KB053813

역사 속의 나그네

복거일 장편소설

역사 속의 나그네

제5권 야심이 굽이치는 땅으로

초판 1쇄 발행 2015년 6월 30일
초판 2쇄 발행 2015년 7월 8일

지은이 복거일
펴낸이 주일우
펴낸곳 ㈜**문학과지성사**
등록번호 제1993-000098호
주소 121-894 서울 마포구 잔다리로7길 18(서교동 377-20)
전화 02) 338-7224
팩스 02) 323-4180(편집) / 02) 338-7221(영업)
전자우편 moonji@moonji.com
홈페이지 www.moonji.com

ⓒ 복거일, 2015, Printed in Seoul, Korea

ISBN 978-89-320-2737-1
ISBN 978-89-320-2732-6(세트)

이 도서의 국립중앙도서관 출판예정도서목록(CIP)은 서지정보유통지원시스템 홈페이지(http://seoji.nl.go.kr)와
국가자료공동목록시스템(http://www.nl.go.kr/kolisnet)에서 이용하실 수 있습니다.
(CIP제어번호: CIP2015016341)

복거일 장편소설

역사 속의 나그네

제5권 야심이 굽이치는 땅으로

문학과지성사
2015

꿈속에서 책임은 비롯한다.

　　　　　　　—델모어 슈워츠

이 작품은 1991년에 먼저 세 권을 내고 중단되었다. 이어 쓸 기회가 곧 오려니 생각했었는데, 기회는 좀처럼 오지 않았고, 이제야 세 권을 더해서 일단 매듭을 짓게 되었다. 스무 해가 넘는 공백기가 너무 길어서, 독자들과의 약속을 늦게나마 지켰다는 홀가분함보다 사라진 가능성에 대한 아쉬움이 훨씬 크다.

앞의 세 권은 초판과 내용이 똑같다. 표기가 달라진 곳들이 있을 따름이다. 따라서 전에 졸작을 읽어주신 독자들께선 '제4권 꿈의 지평 너머로'부터 읽으시면 된다. 그동안 졸작을 읽어주시고 속편에 대한 기대를 말씀해주신 독자들께 고마움의 말씀을 드린다.

2015. 봄.

복거일

책머리에

다른 상품들과는 달리, 책은 내용과 성격을 소비자들에게 쉽게 알릴 길이 없다. 그런 사정은 모든 저자들에게 곤혹스럽겠지만, 소설가들에게는 특히 그렇다. 책을 낼 때면, 그래서 내 책을 고른 독자들이 자신이 생각했던 것과 다른 책임을 발견하게 되는 모습이 마음에 얹힌다.

이 소설은 21세기에 태어나서 16세기에서 살아가는 어느 조선 사람의 얘기다. 그는 시낭(時囊)을 타고 6천5백만 년 전의 백악기로 시간여행을 떠나는데, 시낭이 고장 나서, 16세기에 불시착한다. 자신이 태어난 때보다 5백 년 전에 존재한 세상에 혼자 좌초하여 살아가는 일은 누구에게나 쉽지 않을 것이다. 그러나 그는 아주 큰 이점을 지녔으니, 바로 뛰어난 지식이다. 21세기에서 자라난 사람이 지닌 지식은, 특히 과학적 지식은, 대단할 것이다. 16세기 사람들이 지닌 지식에 비기면, 더욱 그럴 것이다.

그래서 이 작품은 과학소설이라고 볼 수 있다. 미래소설의 모습을 많이 지닌 역사소설이라고 볼 수도 있다. 그러나 더 적절한 이름은 아마도 무협소설일 것이다. 주인공이 영웅적 삶을 꾸려가기 때문이다. 그는 16세기의 조선 사회에 수동적으로 적응하는 것이 아니라 그것을 자신의 이상에 맞춰 바꾸려고 애쓴다. 여느 무협소설들과 다른 점은 주인공이 뛰어난 근육의 힘이 아니라 발전된 지식의 힘에 의존한다는 점뿐이다.

이 작품은 1988년 가을부터 세 해 동안 『중앙경제신문』에 연재되었다. 『중앙경제신문』의 직원들과 독자들에게 고마움의 말씀을 드린다. 연재가 시작될 때부터 격려해주신 『문학과지성』 동인 다섯 분 선생님들께, 그리고 세 권을 한꺼번에 내느라 수고하신 '문학과지성사'의 직원들께, 좀 새삼스럽지만, 고마움의 말씀을 드린다.

1991. 10.
복거일

차례

제2판 서문

책머리에

입
법
자

제 12 부

1

"그러하시면, 원슈님, 쇼쟝안 귀금 아씨 뫼시고셔 다녀오겠압나니이다." 최월매가 말했다.

"녜. 그리하쇼셔. 최 대쟝끠셔 이대 살피쇼셔."

"녜, 원슈님. 챵의."

"챵의." 최의 경례에 답례하고서, 언오는 귀금이에게 고개를 끄덕여 보였다. "그러하면, 다녀오쇼셔."

"녜," 그녀는 가느다란 목소리로 대꾸하고서 고개를 숙였다. 이제 잠자리를 여러 번 같이했는데도, 그녀는 여전히 수줍어했다. 오히려 전보다 더 수줍어진 것 같았다.

오늘 전사자들의 유족들이 절에서 재를 올릴 예정이었다. 홍쥬목의 진산(鎭山)인 월산(月山)에 범화사(法華寺)란 절이 있었다. 서문 밖 5리 남짓한 곳이어서, 유족들이 찾기 좋았다.

귀금이가 최월매와 함께 떠나자, 그는 가벼운 마음으로 련병쟝으로 향했다. 전사자들이 130명이 넘고 유족들이 5백 명이 넘었으므로, 추모 행사는 어쩔 수 없이 번다했고 준비가 부족했고 실수도 많았다. 다행히, 리산응이 일을 원만하게 처리하고 있었다. 자신이 유족이면서 챵의군 대표로서 행사를 치르는 터라, 유족들이 섭섭해할 소지를 줄일 수 있을 터였다.

런병쟝엔 결성현 원정에 나서는 부대들이 모여 있었다. 김항텰이 6개 졍대로 이루어진 원정군을 이끌 터였다.

그의 모습이 보이자, 군악대가 「원슈에 대한 경례」를 연주하기 시작했다. 그가 말에서 내리자, 김항텰이 급히 다가왔다. "챵의."

"챵의. 다 쥰비다외얐나니잇가?"

"녜, 원슈님."

뒤따라온 졍언디(鄭彦智)가 경례했다. "챵의."

"챵의," 답례하고서, 그는 졍에게 밝은 웃음을 지어 보였다. "졍 군사끠셔 이번 작전에셔 혼쾌히 죵요로온 임무를 맜다주셔셔, 참아로 감샤하압나니이다. 졍 군사끠셔 이대 셜득하시면, 결성현 사람달히 어리게 우리 뜻을 거스리디 아니할 새니이다."

그의 계획은 결성현령을 공격하기 전에 졍언디를 내세워 결성현감에게 투항을 권유하는 것이었다. 공식적으론 아직 튱쳥감사인 졍이 투항을 권유하면, 결성현감이 저항을 포기하고 귀순할 가능성이 있었다. 설령 저항하더라도, 현감 자신의 마음이 혼란스러울 터였고, 현령을 지키는 관군 병사들도 전의가 줄어들 터였다. 그의 계획을 듣자, 졍은 곤혹스러운 낯빛을 지었다. 그러나 승패가 이미 결정된 싸움에서 사람들이 다치는 것을 막는 길이라는 그의 얘기에 더 버티지 못하고 승낙했다.

"쇼쟝이 미력이나마 힘가쟝 셜복해보겠압나니이다."

"감샤하압나니이다. 함끠 올아가사이다."

"부대 차렷," 그가 정과 함께 쟝대로 올아서자, 김항텰이 구령을 내렸다. "원슈님끠 대하야 경례."

"챵으이," 병사들의 함성이 아직 이슬이 덜 마른 런병쟝 둘레로 퍼져나갔다.

"챵의."

"몬져, 결셩현 원정군 사령의 임명이 이시겠압나니이다," 문셔 참모부쟝 하균이 외치고서, 두루마리를 펼쳤다. "호셔챵의군 군령 뎨삼십일호. 슈 륙군 총독 딕령 김항텰. 명 결셩현 원정군 사령. 배쇽. 뎨일보병졍대. 뎨십일궁슈졍대. 뎨십륙보병졍대. 뎨십칠긔병졍대. 뎨십팔포병졍대. 뎨십구운슈졍대. 긔묘 삼 월 이십이 일 호셔챵의군 원슈 리언오. 대독."

김항텰이 돌아서서 외쳤다. "원슈님끠 대하야 경례."

"챵으이," 병사들이 기운차게 외쳤다. 모두 얼굴에 기대가 어렸다. 이번 작전을 가벼운 몸 풀기 정도로 여기는 듯했다.

"챵의," 김이 돌아서서 경례했다.

"챵의."

"이제 원슈님 훈시 이시겠압나니이다," 하가 말했다.

"부대 쉬엇."

병사들이 편안한 자세로 서자, 그는 애기를 시작했다. "챵의군 여러분, 오늘 여러분들끠셔는 결셩현텽을 점령하려 떠나시나이다.

이번 작견은 그리 어렵디 아니할 새니이다. 우리 챵의군은 이믜 여섯 디위 큰 싸홈애셔 모도 이기었나이다. 결셩현텨로 작안 고을헤 우리 챵의군에 맞셜 군대 이실 새 없나이다. 그러나 옛 말쌈애 '경젹필패'라 하얐나이다. 젹군을 가벼이 보면, 꼭 패하개 마련이라난 말쌈이니이다. 아모리 쟉안 젹이라도, 므겁게 녀기고 쥰비를 단단히 한 다암애 싸화야 하나이다. 여러분, 므슴 녜아기인디 아시겠나니잇가?"

"녜에," 군데군데서 대꾸가 나왔다.

"여러분, 므슴 녜아기인디 아시겠나니잇가?"

"녜에," 이번에는 모두가 대꾸했다.

"그리하고 여러분들끠 신신당부할 말쌈이 또 하나 이시나이다. 우리 챵의군은 사람달히 모도 사람다이 살 수 이시게 하려 니러셨나이다. 그러모로 우리 챵의군은 사람달히, 힘없는 사람달히, 우리 탓아로 해랄 입난 일이 없게 조심하여야 하나이다. 사람달히 우리 챵의군을 두려하거나 원망하난 일이 없게 쳐신하야주쇼셔. 사람달히 우리 챵의군을 보면 반기도록 쳐신하야주쇼셔. 여러분, 므슴 녜아기인디 아시겠나니잇가?"

"녜에," 병사들의 대답은 우렁찼지만, 그로선 병사들이 그의 뜻을 제대로 헤아렸다는 자신은 없었다.

실제로 민간인들이 챵의군 병사들로부터 입는 손해는 점점 심각해지고 있었다. 갑자기 모여 제대로 훈련받지 못한 병사들 수천 명이 함께 몰려다니다 보니, 별의별 어처구니없는 일들이 나오게 마련이어서, 둘레에 사는 민간인들이 크고 작은 피해를 보고 있었다.

18

그는 이미 부대장들에게 민간인들이 해를 입었을 경우에 할 조치를 자세히 이르고 민사참모부쟝 김병룡이 원정군에 합류해서 민간인들과의 분쟁을 처리하도록 한 터였다.

그는 특히 박초동에게 주의할 일들을 자세히 일렀다. 결성현을 점령하면, 1보병정대가 결성현에 주둔할 터였고, 박은 주둔군 사령으로 결성현을 실질적으로 다스릴 터였다. 결성현감으론 그 지역의 호장이나 좌슈를 찾아서 임명하도록 김항렬에게 일렀다.

그가 훈시를 마치자, 원정군은 바로 출발했다. 군악참모부쟝 한정희가 이끄는 데일군악듕대가 뽑아내는 「잠수함대가」 가락에 맞춰, 가벼운 걸음으로 련병쟝을 떠났다. 정문홍이 지휘하는 데이군악듕대가 쟝대 옆 제자리에서 북을 울려 싸움터로 떠나는 부대들을 격려했다. 어저께 날라리나 소고와 같은 악기들을 다룰 줄 아는 사람들을 뽑아 군악대를 보강한 다음, 군악대를 둘로 나눈 터였다.

동헌으로 돌아오자, 그는 10특공정 대장 김을산에게 사람을 보냈다.

"챵의. 쇼쟝알 브르압샸나니잇가?"

"챵의. 김 대장, 어셔 오쇼셔. 우만셕 정병도 어셔 오쇼셔," 그는 김의 뒤에서 당혹스러운 기색으로 몸을 옹송그린 우만셕에게 말했다. "이리 오쇼셔."

우는 덕산에 사는 백정이었다. 몸집도 크고 생김새가 단단해서, 특공대에 넣었는데, 그의 기대에 어긋나지 않았다. 이번 편제 개편에서 발탁되어, 지금은 5대대의 3등대쟝이었다.

"나이 두 분을 오시라 한 것은," 슈정과를 마시면서 땀을 들이고 나자, 그는 본론을 꺼냈다. "사람달히 우리 챵의군에 많이 들어오게 하난 일알 두 분과 샹의하려는 뜻이었나이다. 우리 챵의군은 사람다이 살디 못하난 사람달할 위하야 니러셨나이다. 그러모로 시방 사람다이 살디 못하난 사람달히 많이 우리 챵의군에 들어와야 하나이다."

"녜, 원슈님." 김이 고개를 끄덕였다.

"사람다히 살디 못하난 사람달 가온대 별히 쳔대받난 사람달한 백쟝이라 블리는 사람달히니이다." 잠시 뜸을 들이면서, 그는 우를 쳐다보았다.

그의 눈길을 받고, 우가 눈길을 숙였다. 그의 말을 어떻게 받아들여야 할지 몰라 좀 당황하는 듯했다.

"녜, 원슈님. 그러하압나니이다." 김이 대꾸했다.

"우리 챵의군은 신분으로 사람달할 차별하디 아니하나이다. 귀쳔이 없나이다. 실로난 쳔인들히 싸홈애 쓰이는 재조이 많아서, 오히려 우대받나이다."

그의 얼굴에 어린 웃음을 보자, 두 사람이 얼굴에 웃음을 올렸다.

"그러하압나니이다." 김이 대꾸했다.

"별히 백쟝 츌신은 칼알 많이 써본 덕분에, 우 졍병텨로 싸홈애셔 공알 많이 셰웠나이다. 그러하야셔, 나난 백쟝 츌신들흘 많이 모호져 하나이다. 따로 특공대랄 맹갈 생각도 이시나이다." 우가 그의 말을 새기도록 뜸을 들이고서, 그는 말을 이었다. "우 졍병, 우 졍병끠셔 고향애 가셔셔 사람달할 모화주쇼셔. 그리하시고 다란 백쟝 마알애도 널리 알외야셔, 백쟝 츌신들히 우리 챵의군에 많이 들어오도록 하야주쇼셔."

"녜, 원슈님. 이대 알겠압나니이다."

"우리 챵의군에 들어오면, 힘세고 담력이 큰 백장 츌신들히 셩공한다난 것을 너비 알외쇼셔."

"녜, 원슈님." 그의 얼굴에 어린 웃음을 보고, 우도 조심스럽게 웃음을 띠면서 고개를 끄덕였다. "원슈님 말쌈 쇼쟝이…… 쇼쟝 마알애 돌아가셔 너비 알외겠압나니이다."

김을산과 우만셕이 돌아가자, 문셔참모부쟝 하균이 문셔들을 들고 왔다. "말쌈하신 「내보인민졍부 션언셔」이압나니이다."

"아, 녜." 백졍들을 따로 모아 대대를 만들 것인지 아니면 단대나 듕대로 만들어 분산할 것인지 생각하던 그는 하가 서안 위에 펼친 두루마리에 마음을 모았다.

내보인민졍부 션언셔

모든 사룸돌히 사룸다이 살개 ᄒ져 니러션 호셔챵의군은 니러션 디 보름 만애 내보의 홍쥬목, 례산현, 덕산현, 대흥현 네 고을흘 얻었도다. 이 네 고을틀콰 앒으로 호셔챵의군이 얻을 고을틀흘 잘 다슬겨 호셔챵의군은 내보인민졍부를 셰웠음을 너비 알외노라. 내보인민졍부의 쥬인은 모든 백셩들히도다. 위로는 님굼을 받자옵고 아래로는 백셩들흘 받자와셔, 내보이 사룸돌히 살기 됴흔 곳으로 밍굴져 ᄒ도다. 내보인민졍부는 승샹이 잇글새도다.

　　　　　　　　　　　기묘 삼 월 이십이 일
　　　　　호셔챵의군 원슈 겸 내보인민졍부 승샹 리언오

　그의 눈길이 '승샹'이란 말에 오래 머물렀다. 새로 만들어진 정
부의 우두머리를 부를 이름을 놓고, 그는 꽤 고심했다. 호셔챵의
군이 조선 왕조에 대한 반란을 꾀하는 것이 아님을 강조해온 터라,
내보인민졍부의 우두머리가 결코 임금이 아니라는 것을 가리키는
이름이 필요했다. 아울러 그 직책이 중앙 정부에서 파견한 지방 장
관이 아니라 독자적 권력을 지닌 자리라는 사실을 가리키는 것도
필요했다. 그런 조건들에 중국에서 고대부터 오랫동안 이어진 직
책인 승샹(丞相)이 가장 잘 맞는다고 그는 판단했다.

　그가 선언셔에 수결을 두자, 하가 다음 문서를 펼쳤다. 내보인민
졍부의 조직도였다. 천천히 고개를 끄덕이면서, 그는 조직도를 살
폈다.

　조직은 되도록 이곳 관행을 따랐다. 리호례병형공(吏戶禮兵刑工)
으로 업무를 나누는 관행을 바꾸면, 공연히 혼란만 커질 터였다.
승샹 아래에 육부(六府)를 두고 관장하는 장관은 샹셔(尙書)라 부
르기로 했다.

　'승샹이라는 이름을 썼다는 것을 알면, 한성의 조정에서 놀라
서⋯⋯' 야릇한 웃음으로 그의 입이 비뚤어졌다.

　'승샹'은 황제 바로 아래에서 실무를 장악한 관직이었다. 한 사
람만을 둔 적도 있었지만, 대개 좌승상, 우승상으로 두 사람을 두
어 행정 업무를 나누어 맡았다. 조선에선 중국을 두려워해서 감히

22

쓰지 못했던 이름이었다. 고려가 원(元)에 복속했을 때, 원은 개성(開城)에 정동행중서성(征東行中書省)을 두고 고려국왕을 좌승상으로 삼아 고려를 다스렸다. 원은 중서성(中書省)을 중앙 정부의 핵심으로 삼고 지방을 11개의 행중서성(行中書省)으로 나누어 다스렸는데, 행중서성의 장관은 승상이었다.

내보인민정부 조직은 아직 제대로 짜이지 않았다. 호셔챵의군과 내보인민정부 사이의 관계가 또렷이 정해지지 않았으므로, 어쩔 수 없었다. 궁극적으로 챵의군이 정부 안으로 들어와야 하겠지만, 아직은 챵의군이 주도적 조직 노릇을 할 수밖에 없었다. 지방 행정 기구들과 중앙 행정 기구 사이의 관계도 아직 제대로 설정되지 않았다. 그래도 조직도를 만들어놓았으니, 정부를 구성할 밑그림은 마련된 셈이었다.

다음 문서는 내보인민정부의 예산에 관한 규정이었다. 비록 정부는 구성되지 않았지만, 정부가 예산에 따라 일을 집행하고 회계연도가 끝나면 결산을 하는 관행을 미리 만들어놓자는 뜻이었다. 올해의 예산은 일단 2십만 문으로 결정했다. 필요한 자금은 '홍쥬식화셔'에서 빌리기로 했다.

그는 그 자금으로 먼저 정부가 투자한 공사(公社)들을 몇 개 세울 생각이었다. 지금 그가 은근히 걱정하는 것은 시중에 쌀어음이 너무 많이 풀려 나갔다는 사실이었다. 물자가 풍족하지 않은 상황에서 돈이 갑자기 많아지면, 인플레이션은 필연적이었다. 쌀어음이 말 그대로 쌀과 연계된 통화였으므로, 쌀어음이 많이 발행되어 이내 쌀로 바꾸어줄 수 없으면, 쌀과의 연계가 끊어지고 쌀어음의

값이 폭락할 수도 있었다. 그렇게 되면, 쌀어음의 발행을 통해서 물자를 비교적 쉽게 얻으려는 그의 전략은 위기를 맞을 터였다. 단 하나의 방책은 정부가 물자나 서비스를 생산해서 쌀어음을 회수하는 길이었다. 그 목적을 위해서 공사들을 만드는 일이 추진되는 것이었다.

맨 먼저 세우려는 공사는 '홍쥬연예공사'였다. 홍쥬에 극장을 마련하고 상시 공연을 하자는 얘기였다. 지금 내보 지방에 사는 사람들은 밤에 즐길 만한 오락이 드물었다. 극장을 만들어서 갖가지 공연들을 하면, 사람들에게 인기가 높을 것 같았다. 풀린 돈을 회수하고 이윤을 남기고 적잖은 일자리들까지 만들어낼 수 있는 방안이었다. 연예 공연을 할 사람들도 어렵지 않게 구할 수 있었다. 보령 슈영 작전을 마치고 돌아오는 길에 광천 포구에서 사당패가 판을 벌인 것을 보았었다. 모두 여성들로 이루어진 연예단이었는데, 잔치들에 불려 가서 공연을 한다고 했다. 실은 그들의 주업이 매춘이라는 얘기도 들렸다. 이미 극장 터를 보아둔 터였다.

책들과 신문을 펴내는 '출판공사', 갑자기 수요가 늘어난 종이를 만드는 '졔지공사', 광산에서 철과 다른 금속들을 캐내는 '채금공사', 금속을 제련하는 '졔텰공사', 고기를 잡는 '어로공사' 그리고 소금을 굽는 '졔염공사'도 곧 세울 생각이었다.

예산과 차입에 관련된 서류들에 수결을 두고 나서, 그는 느긋한 한숨을 쉬었다. 이렇게 사람들의 삶을 보다 풍족하고 윤택하게 하는 일은 늘 즐거웠다. 그런 즐거움이 잇단 싸움들에 지치고 해진 마음을 부드럽게 덮는 것을 느끼면서, 그는 자리에서 일어섰다.

"하부쟝, 슈고 많이 하샸나이다."

"감샤하압나니이다, 원슈님."

"그리하고, 리영화랄 승샹부 비셔원쟝아로 발령하쇼셔. 이제브터는 내보인민졍부의 일달한 승샹부에셔 하도록 하사이다. 챵의군 일과 졍부 일을 셔르 구별해나가야 하나이다. 미리 그리하디 아니하면, 일달히 뒤섞여셔, 내죵애난 걷잡알 수 없을 새니이다."

2

"얼우신 글씨 참아로…… 쇼쟝이 글씨를 잘 쓰디는 못하디마난, 됴한 필톄는 알아볼 수 이시나이다. 얼우신 필톄 참아로 아람다오나이다."

언오의 치하에 인봉유가 좀 겸연쩍은 웃음을 지으면서 흰 수염을 쓰다듬었다. "쇼인이 쇼시애난 글자랄 잘 새겼난듸, 이제는 힘이 달려셔……"

"아니압나니이다. 얼우신끠셔 새기신 글자달히 참아로 아람다오나이다."

그의 치하는 빈말이 아니었다. 인이 비목(碑木)에 새겨놓은 비명(碑銘)은 정말로 힘차고 아름다웠다. 인은 젊을 때 교셔관(校書館)의 각자쟝(刻字匠)이었다고 했으므로, 글자 새기는 솜씨가 좋을 줄은 알았었지만, 그리 힘들이지 않고 새긴 글씨들이 문득 목숨을 지닌 듯 살아나는 모습은 경이로웠다. 한글은 많이 새겨보지 않았을 터인데도, 나름의 서체를 이루었다.

　　호셔챵의군 부수 례산왕공부영(禮山王公富英)의 묘
　　갑인생 긔묘졸
　　긔묘 삼 월 십류 일 호셔챵의군 례산현 쥬둔군 수령으로
　　호셔챵의군 뎨구대대롤 잇글고 례산현텽을 디킈다 젼수
　　금월무공훈쟝 튜셔

　언오는 자신이 지은 비명을 마음속으로 다시 읽어보았다. 짧았다. 그래서 무덤의 주인에게 어울릴 터였다. 행적이 스스로 말하는 영웅에겐 긴 비명이 필요하지 않았다.

　물기 어린 눈으로 그는 한쪽에 쌓인 비목들을 살폈다. 비석을 만들 만한 처지가 아니어서, 전사자들의 무덤 앞엔 비목을 세울 수밖에 없었다.

　'긴 싸움이 끝나면, 그때…… 남보(南浦)에서 좋은 돌이 나온다 하니, 남보를 얻으면……'

　그의 눈앞에 전사자들이 묻힌 호셔챵의군 묘역에 거대한 신도비가 우뚝 선 모습이 떠올랐다. 그 옆으로 용감한 병사들의 모습을 나타낸 조각들이 설 터였다. 사실적이면서도 상징적인 조각들이. 이전엔 볼 수 없었던 현대적 조각들이. 지금 이곳에서 후세의 미술사가들이 풀려고 애쓸 수수께끼 하나가 막 태어나려 하고 있었다.

　"얼우신," 입가에 옅은 웃음을 띠고서, 그는 인에게 당부했다. "슈고로오시더라도, 얼우신끠셔 모래 유족달콰 함끠 례산까쟝 가

셔셔 비목달해 비명을 다 새겨주쇼셔."

"녜, 원슈님. 이대 알겠압나니이다. 쇼인이 졍셩으로 비명을 새기겠압나니이다."

그가 8공병졍대의 작업장에서 나와 유족들이 머무는 곳으로 향하는데, 동헌 쪽에서 긔병들이 달려왔다. 멀리서 달려와서 땀 젖은 말들이 입에 거품을 물고 있었다.

"챵의," 맨 앞에 선 긔병이 경례했다. 17긔병졍대 1대대쟝 우승호였다. 우는 결셩현 원졍군에 배속되어 오늘 아침에 결셩현으로 떠났었다.

"챵의."

"원슈님, 김항텰 총독의 보고셔를 가져왔압나니이다." 우가 보고하고서 말에서 내렸다.

"아, 녜. 슈고 많이 하샀나이다. 보사이다."

원슈님젼 상셔

원슈님끠 알외옵느니이다. 쇼쟝이 잇근 결셩현 원졍군은 오늘 미시에 결셩현텽에 니르렀옵느니이다. 우리 군대 니르자, 결셩현텽을 디킈던 결셩현감은 도망ᄒᆞ얏옵느니이다. 그리ᄒᆞ야 우리 군대는 싸홈ᄒᆞ디 아니ᄒᆞ고 결셩현텽을 얻었옵느니이다. 시방 현감 자리를 맛둘 사름을 ᄎᆞᆺ고 이시옵느니이다. 앏으로 쇼쟝이 엇디ᄒᆞ여야 홀디 원슈님끠셔 하교ᄒᆞ야주시기를 바라옵느니이다. 원슈님 안녕ᄒᆞ기시를 빌면셔, 글월을 줄이옵느니이다.

긔묘 삼 월 이십이 일

결셩현 원졍군 슈령 슈 륙군 총독 딕령 김항텰 배샹

그의 입이 절로 벌어졌다. 고을 하나를 화살 한 대 쏘지 않고서 그냥 얻은 것이었다. 김항텰의 보고서를 다시 접어 봉투에 넣으면서, 그는 바삐 생각했다.

"우 대쟝, 슈고 많이 하샸나이다." 그는 긔병들을 살폈다. 우와 함께 온 긔병들은 넷이었다. 우는 단대 하나를 데리고 온 모양이었다. "멀리 달려와셔, 사람도 말도 시드러울 새니, 졈 쉬쇼셔. 결셩현에는 래일 아참애 돌아가쇼셔. 나이 김항텰 총독애게 뎐할 녜아기난 다란 군사달해게 맛디겠나이다."

"녜, 원슈님. 이대 알겠압나니이다. 챵의," 우가 반갑게 대꾸하고서 말에 올라탔다.

동헌으로 돌아가면서, 그는 김항텰에게 줄 임무를 생각했다. 결셩을 너무 쉽게 얻은 터라, 그냥 돌아오는 것은 아무래도 싱거웠다. 내처 해미까지 얻는 것도 그럴듯했다. 결셩에서 해미는 가까웠다. 해미는 큰 고을은 아니었지만, 지형적으로 요충이었다. 해미를 지키면, 북서쪽 셔산이나 태안에서 내려올 군대를 쉽게 막을 수 있었다. 튱쳥우도 병마절도사의 쥬진(主鎭)이었으므로, 성도 튼튼했다. 20세기 말엽에 복원된 해미 읍성을 떠올리면서, 그는 입맛을 다셨다.

동헌에 이르자, 그는 김항텰에게 보낼 작전 명령을 문셔참모부 요원인 민맹견에게 구술했다.

호셔챵의군 군령 뎨삼십이호

슈신: 결셩현 원졍군 수령 슈 륙군 총독 딕령 김항털
참죠: 슈총참모챵 졍령 리산응

호나. 결셩현 원졍군이 결셩현텽을 얻어 임무를 완수훈 것을 치
하홈.

둘.   결셩현 원졍군은 해미현을 공격홀 것. 긔묘년 삼월 이십삼
일 부로 결셩현 원졍군을 해미현 원졍군으로 변경홈.

세.   슈 륙군 총독 딕령 김항털을 해미현 원졍군 수령으로 임명
홈.

네.   군령 뎨삼십일호로 결셩현 원졍군에 배쇽훈 부대둘홀 해미
현 원졍군으로 이쇽홈.

다숫. 뎨일보병졍 대챵 딕위 박초동은 뎨일대대롤 거느리고 결셩
현 쥬둔군 수령으로 결셩현을 방위홀 것. 결셩현에 쥬둔호
면셔, 병사둘홀 모집호고 훈련호야 뎨일보병졍대 병력을 규
졍대로이 치올 것.

여슷. 뎨일보졍졍대의 뎨이대대와 뎨삼대대롤 뎨이십보병졍대로
재편셩홈. 뎨이대대챵 졍수 백용만올 뎨이십보병졍 대챵으
로 임명호고 뎨이대대 뎨일단대챵 곽승규를 뎨이대대챵으
로 임명홈.

닐굽. 해미현 원정 작전을 돕기 위하야, 뎨칠보병졍대와 뎨륙긔
　　병졍대의 뎨일대대와 뎨이대대롤 해미현 원정군의 지원군
　　으로 편셩홈. 지원군은 뎨칠보병졍 대쟝 윤삼봉이 지휘홈.
여덟. 원정군과 지원군은 각각 결셩현텽과 홍쥬셩을 삼월 이십사
　　일 진시에 출발ᄒᆞ야 해미현텽으로 향홀 것. 두 부대ᄂᆞᆫ 홍쥬
　　목 고남면에셔 만나 합류홀 것.

긔묘 삼 월 이십이 일

원슈 리언오

그는 지도에서 위치를 다시 확인했다. 고남면(高南面)은 결셩현
에서 해미현으로 가는 길목에 있었는데, 그의 지도엔 갈산면(葛山
面)으로 나와 있었다.

그는 고개를 끄덕였다. "이대 다외얐나이다. 이 문셔를 두 부 더
맹갈아쇼셔."

문서에 슈결을 둔 다음, 그는 마루 끝으로 나와 셩묵돌을 찾았
다. "셩 대쟝."

"녜, 원슈님." 마당에서 근위병들에게 무엇을 지시하던 셩이 섬
돌을 뛰어 올라왔다.

"사람알 보내셔 쳔영셰 대쟝끠 나이 보자 한다 뎐하쇼셔."

그가 동헌 마당을 서성이면서 유족들이 노독을 풀면서도 지루하
지 않게 내일 하루를 보낼 수 있는 방안을 궁리하는데, 쳔영셰가
다가왔다. "챵의. 원슈님, 쇼쟝알 브르압샸나니잇가?"

"녜, 쳔 대쟝. 어셔 오쇼셔. 올아가사이다."

동헌에 자리 잡자, 그는 군령을 쳔에게 내밀었다. "군령인듸, 한 디위 넓어보쇼셔."

"녜, 원슈님."

"쳔 대쟝, 이번 작젼이 끝날 때까쟝, 일대대와 이대대랄 윤삼봉 대쟝끠 맛디쇼셔," 쳔이 읽기를 기다려, 그가 말했다.

"녜, 원슈님."

"그리하시고, 쳔 대쟝, 오날 결셩에셔 온 긔병들흔 시드러울 새 니, 쳔 대쟝끠셔 일개 듕대랄 잇그시고셔 결셩으로 가쇼셔. 이 군 령을 김항텰 총독애개 뎐하쇼셔."

"녜, 원슈님."

"그리하시고, 쳔 대쟝끠셔 해문역(海門驛)에 가셔셔 그곳 사졍 이 엇더한디 살펴보쇼셔. 말달한 엇더한디, 역리들히 우리 긔병대 애 들어올 의향안 이시난디…… 안징 대쟝이 이대 할 새디마난, 쳔 대쟝끠셔 한 번 더 살펴보쇼셔."

해문역은 결셩현텽 북쪽에 있는 역이었다.

"녜, 원슈님. 이대 알겠압나니이다."

"쳔 대쟝끠셔 됴량하셔셔 쳐티하쇼셔. 시방 우리 챵의군의 형편 으로난 해문역에셔 긔병 일개 단대만 얻어도, 큰 도옴이 다외얄 새 니이다. 별일 없으면, 시방 출발하쇼셔."

32

3

 고개를 들고서, 언오는 침침해진 눈을 손등으로 가볍게 비볐다. 한숨이 절로 나왔다. 이곳의 책들은 모두 한문으로 된 터라, 책을 읽는 일은 정말로 힘들었다. 책을 펴려면, 마음을 도사려 먹어야 했고, 몇 줄 읽지 않아서, 숨이 막히는 느낌이 들었다.

 '더는 못 읽겠다. 적당히 해야지, 도저히······' 고개를 저으면서, 그는 앞에 놓인 책을 우울한 눈길로 내려다보았다.

 겉장이 많이 닳은 『대명률딕해(大明律直解)』였다. 중국 명(明) 왕조의 형법전인 『대명률』을 싣고 이두로 번역해놓은 책이었다. 조선 관리들이 읽기 쉽게 이두로 번역해놓았는데, 이두를 제대로 알지 못하는 그로선 이두도 한문 원문만큼 어려웠다.

 책의 앞부분에 나온 '십악(十惡)' 가운데 으뜸은 '모반(謀反)'이었는데, 그 말에 대한 해설은 "[모반은] 사직을 위태롭게 하려고 일을 꾸미는 것을 말한다(謂謀危社稷)"였다. 그 아래에 작은 글씨로 적힌 이두 해설이 있었다. "社稷乙危亡爲只爲作謀爲行臥乎事"라는 그 이두 해설을 "사직을 위태롭고 망하게 하려고 모의한 일"이란 뜻으로 풀고 나니, 머리가 어지러웠다. 내내 그런 식이었다.

그래도 그 책은 대충이라도 훑어보아야 했다. 조선조의 기본 법전인 『경국대전』은 형견(刑典)에서 "대명률을 쓴다(用大明律)"고 규정해서 『대명률』을 형법의 일반법으로 삼았다. 지금 이곳의 모든 형벌은 『대명률』의 규정들을 거의 그대로 따르는 셈이었다. 새로운 형법 체계를 세우려는 그로선 먼저 『대명률』의 내용을 알아야 했다. 중국을 중심으로 한 동아시아의 고대 사회들에선 법을 통상 율령(律令)이라 일컬었는데, 엄격히 따지면, 율(律)은 형법을 뜻했고 령(令)은 행정법을 뜻했다.

지금 그로선 형법 체계를 세우는 일이 시급했다. 아무런 준비 없이 기병했고 싸움터에선 법이 제대로 시행되기 어려웠지만, 그래도 형벌은 체계를 따라서 집행되어야 했다. 갑자기 몇천 명의 병사들이 모였으니, 크고 작은 범죄들이 끊임없이 나왔다.

어저께만 하더라도, 8공병정대의 병사 하나가 민가에 들어가서 아낙을 겁간하려다가 붙잡혔다. 처리하기가 난처했다. 한참 고심한 끝에, 그는 그 병사에게 사흘 동안 막사 앞에서 요강을 머리에 이고 서 있으라는 벌을 선고했다. 사내가 요강을 머리에 이고 서 있는 모습은 더할 나위 없이 부끄러운 일이었으므로, 잘못을 저지른 병사에게 가벼운 벌을 주면서도, 다른 병사들에게 훈계의 효과가 있기를 기대한 조치였다.

그러나 그런 임기응변은 한계가 있을 수밖에 없었다. 모든 사람들이 인정하고 기준으로 삼는 형벌 규정들이 필요했다. 그런 규정들을 마련하려면, 일단 지금 이곳에서 통용되는 『대명률』을 바탕으로 삼아야 했다. 그가 현대적 관점에 맞는 법체계를 단숨에 만들어낼 수는 없었다. 설령 만들어낼 수 있다 하더라도, 그의 현대적 관점이 이곳 사정에 맞는다고 자신할 수도 없었다.

이 세상보다 5백 년 앞선 세상에서 왔으므로, 그는 자신의 추종자들보다 너무 앞설 수 있었다. '지도자가 추종자들보다 한 걸음 앞서는 것은 지도력을 강화한다; 열 걸음 앞서는 것은 그를 낯선 사람으로 만들어서 지도력을 약화한다; 지도자는 추종자들에게 신비스러운 존재가 되어야지 낯선 존재가 되어선 안 된다.' 그것이 그가 늘 자신에게 일러온 얘기였다.

죄와 벌은 풍속에 바탕을 둔다. 현대적 법 이론을 이곳 현실에 적용하는 과정에서 나온 타협은 『대명률』의 체계를 그대로 두되 그 형벌의 가혹함을 누그러뜨리는 방안이었다. 현대의 인도적 법체계 속에서 살았던 그에겐 너무 끔찍하고 야만적으로 느껴질 만큼 『대명률』의 형벌은 가혹했다. 그런 가혹함을 조금이라도 덜어내면, 작지 않은 성과일 터였다.

밖에서 사람 소리가 나더니, 문이 조심스럽게 열렸다. 최월매가 웃음 띤 얼굴로 들어서더니, 방바닥에 한 무릎을 꿇고 몸을 숙여 절했다. "원슈님, 쇼쟝 다녀왔압나니이다."

"아, 슈고 많이 하샸나이다. 재난 이대……?"

"녜, 원슈님. 재난 이대 올이왔압나니이다. 재 셩대하야, 재랄 올이고 나니, 마암이 편하다고 사람마다 깃거하얐압나니이다."

"아, 그러하얐나니잇가? 다행이외다. 한산댁 마나님끠셔
도……?"

"녜, 원슈님. 한산댁 마나님끠셔도 됴화하샸압나니이다. 마암이
졈 플리신 닷도 하압나니이다." 최가 얼굴에 조심스러운 미소를
올렸다.

"다행이구료. 왕부영 대쟝 유족달한……?"

"왕부영 대쟝 유족달토 마암이 졈 가라앉안 닷하압나니이다. 다
란 유족달토 재랄 올이고 나니, 얼골이 많이 밝아졌압나니이다."

"참아로 다행이오. 이제 사십구일재 이실 샌듸. 그때난 례산애
셔 재랄 올이난 것이 나알 닷한듸…… 최 대쟝 생각애난 엇더하
오?"

"녜, 원슈님." 최가 고개를 끄덕였다. "그리하난 것이 됴할 닷하
압나니이다."

"나이 민사참모부에 녜하기할 새디마난, 최 대쟝끠셔도 마암에
두고……"

"녜, 원슈님. 귀금 아씨난 시방 한산댁 마나님과 함끠 겨시나이
다." 그의 마음을 헤아리고서, 최가 덧붙였다. "시드러우실 새니
졈 쉬시라 말쌈드렸는데도, 한산댁 마나님과 함끠 져녁을 드시겠
다고 하셔셔……"

고개를 끄덕이면서, 그는 웃음을 지었다. "그리하라 하쇼셔. 한
산댁 마나님끠셔도 귀금 아씨 옆에 이시면, 덜 심심하실 새니이
다."

"녜, 원슈님."

"유족달히 녀자달히 많아니, 최 대쟝끠셔 이대 살피쇼셔."

"녜, 원슈님. 이대 알겠압나니이다."

최가 나가자, 그는 마음을 모아 『대명률직해』를 읽었다. 30권 4책으로 된 방대한 법전이었지만, 조항들의 대부분은 지금의 목적과는 관련이 없거나 약해서, 그는 많이 건너뛰면서 읽어나갔다. 2백여 년 전 중국에서 만들어진 형법의 내용을 파악해나가자, 현대적 법 이론에 바탕을 두고 그가 세워야 할 형벌 체계의 모습이 차츰 또렷해졌다.

마침내 그는 붓을 잡고 자신의 생각을 다듬어 써 내려갔다.

호셔챵의군 군령 뎨삼십삼호

지금히 시행두외논 형률은 너모 가혹하도다. 그러하야 인민돌히 크게 괴롭도다. 이러한 수졍을 술펴셔, 호셔챵의군이 다사논 따해셔는 윈녁과 곧히 새로이 형률을 뎡하노라.

하나. 죄롤 지은 사람 본인만이 벌을 받노라. 모든 권쇽이 홈끠 벌을 받논 련좌졔는 업시하노라.

죄를 지은 사람만이 벌을 받는 것은 현대에선 하도 당연해서 새삼 언급할 필요가 없는 일이었다. 그러나 고대에선 대부분의 사회들에서 가족을 함께 벌하는 연좌제가 시행되었다. '삼족(三族)'을 멸한다'는 관행이 널리 시행되었다. 중세에 만들어진 『대명률』에서도 연좌는 혹독해서, '모반대역'의 경우에는 집안이 결딴났다. 그는 연좌제를 없애겠다는 뜻을 이미 봉선이 아버지의 배반 사건 때 밝혔었다. 이제 그 뜻을 명문으로 규정한 것이었다.

    둘.   수형은 사람을 고의로 죽인 경우에만 선고한다. 『대명률』에 나온 다른 죄들흔 모도 일등을 감후야 류형으로 흐노라.

『대명률』에 나온 형벌은 크게 보아 다섯 가지였으니, '오형(五刑)'이라 일컬어진 태(笞), 장(杖), 도(徒), 유(流), 사(死)였다.

그가 살았던 저 세상에선 사형은 없었다. 21세기 중엽까지는 거의 모든 사회들에서 사형 제도가 폐지되었고, 종교적 이유로 사형을 고집한 사회들에서도 사형이 실제로 집행된 적은 드물었다. 원래 사형을 없앤 것은 인도주의적 견해가 널리 받아들여진 덕분이었지만, 생물학과 의학의 발달은 사형을 낡고 불필요한 제도로 만들었다. 유전자와 뇌의 정밀 검사는 범죄를 저지를 가능성이 있는 사람들을 어릴 적에 가려냈고, 발달한 의술은 유전자와 뇌의 잘못된 부분을 효과적으로 치료했다. 검사를 통한 예방이 아무리 철저하더라도, 끔찍한 범죄들은 나왔지만, 범인들은 사형을 당하는 대신 그런 범죄를 유발한 정신병을 치료받았고 속죄의 삶을 살 기회를 얻었다.

이곳에선 사형이 자연스러운 형벌로 여겨졌고, 그리 사악하지 않은 범죄들에도 사형이 매겨졌다. 그런 관행은 불필요하게 혹독

했지만, 그렇다고 당장 사형을 없앨 수는 없었다. 사악한 범죄들에 대해서 사형을 매기는 것은 사람의 정의감에 맞았다. 사형이 현대 에서도 오래 존속된 것은 그런 사정 때문이었다. 사형이 없는 형법 은 이곳 사람들에겐 우스꽝스러운 법으로 보일 터였다. 그래서 일 단 과실 치사만 사형 대상에서 제외한 것이었다.

세. 수형을 시행홀 때, 오직 교(絞)만 시행ᄒᆞ고 참(斬)은 업시ᄒᆞ 노라.

이곳에선 사형을 집행하는 방식들로는 대체로 목을 졸라 죽이 는 교형과 칼로 목을 베어 죽이는 참형이 있었다. 무거운 범죄들 은 으레 참형이었다. 몸을 여섯 부분들로 토막 내어 죽이는 능지 처참이나 시체를 거리에 내돌리는 효시(梟示)와 같은 형태들도 있었다. 칼로 목을 베어 죽이는 일은 너무 끔찍하고 잔인한 일이 어서, 그는 참형만은 없애고 싶었다. 독약을 마시게 하는 길이 가 장 나을 터였지만, 그것은 지금 챵의군의 형편에선 시행하기 어려 웠다.

네. 유형과 도형은 부가ᄃᆞ외ᄂᆞᆫ 쟝형을 업시ᄒᆞ노라.

유형(流刑)은 사형을 받을 만한 죄는 아니지만 비교적 무거운 죄 를 지은 사람에게 매겨졌다. 유형을 받으면, 먼 곳으로 추방되어 평생 고향으로 돌아가지 못했다. 도형(徒刑)은 유형보다 가벼운 형벌로, 관가에 소속되어 소금을 굽거나 대장간 일을 하는 고된 징역이었다. 둘 다 형을 받기 전에 등급에 따라 매를 때렸다. 그런 장형(杖刑)을 없앤 것이었다.

> 다숫. 쟝형은 매 흔 대마다 쏠어음 다숫 문으로 대신흥노라. 태형은 매 흔 대마다 쏠어음 흔 문으로 대신흥노라.

이처럼 매를 때리는 대신 벌금을 내도록 하면, 범죄를 효과적으로 억제할 뿐 아니라 당사자들이 몸을 상하지 않고 정부는 세금을 거두니 두루 좋을 터였다.

> 여슷. 죄룰 지은 것으로 의심두외눈 사룸의 죄룰 살필 때눈 증거를 뚈온다. 고신올 금흔다.

고신(拷訊)은 고문을 뜻했다. 이곳에선 죄를 지은 것으로 의심을 받는 사람은 모진 고문을 받아야 했다. 법과 관가의 위엄을 보인다고 증인들까지도 먼저 매를 때리는 관행까지 있었다.

'고신을 금하는 것은 당연하지만, 과연……' 자신이 써놓은 구절을 내려다보면서, 그는 입맛을 다셨다.

고문은 현대에서도 깔끔하게 풀기 어려운 문제였다. 고문을 두둔하는 사람은 물론 드물었지만, 현실적으로 합법적 취조와 불법적 고문 사이의 경계는 또렷할 수 없었다. 공권력의 남용으로부터 피의자들을 보호해야 한다는 명제와 범죄의 피해자들의 권익도 보호되어야 한다는 명제 사이에서 법과 관행은 늘 혼란스러울 수밖에 없었다.

"당장은 어쩔 수 없지. 일단 이렇게 해놓고서 차츰……" 자신이 써놓은 초안을 다시 훑어보면서, 그는 만족스러운 마음으로 중얼거렸다. 현대적 법체계와는 거리가 멀었지만, 이 세상에 합리적인 법체계를 세운다는 목표가 훨씬 또렷해지는 듯한 느낌이었다.

4

"그러하시면 두 분끠셔 래일 룡쳔면 쇠굴로 가셔셔 한디위 살피시는 것이 됴할 닷한듸…… 오 군사, 래일 틈을 내실 수 이시나니잇가?"

"녜, 원슈님. 래일 할 일달할 녜아기하야놓고셔 떠나겠압나니이다." 오윤효가 선뜻 대꾸했다.

"그러하시면 두 분끠셔 쇠굴을 살펴보쇼셔. 그리하시고 당쟝 사람달할 모호아셔 쇠랄 캐도록 하쇼셔."

"녜, 원슈님. 이대 알겠압나니이다." 오가 활기차게 대꾸했다.

"녜, 원슈님. 분부대로 거행하겠압나니이다." 리자형이 조심스럽게 대꾸했다.

리는 결셩현 룡쳔면에 있는 쇠굴의 주인이었다. 어저께 오의 소개로 리를 만났는데, 언오가 챵의군의 뜻과 상황에 대해 얘기하고 쇠붙이가 없어서 어려운 사정을 설명하자, 리는 선뜻 집에 있는 상당한 양의 쇠를 내놓았다. 그래서 믈자참모부를 통해서 그 쇠를 사들인 터였다. 마침 챵의군이 결셩현을 얻어서 다스리게 된 터라, 쇠굴을 확장해서 쇠의 생산을 늘릴 길을 찾아보기로 한 것이었다.

친위듕대쟝 유화룡이 소반을 들고 들어왔다. 슈졍과 잔들이 놓여 있었다. 이곳에선 차를 마시는 풍습이 없어서, 차를 내야 좋을 경우에 내놓을 것이 마땅치 않아서 적잖이 어색했다. 그래서 그는 슈졍과를 많이 대졉했다.

"자, 슈졍과랄 졈 드쇼셔."

"녜, 원슈님. 감샤하압나니이다," 오가 인사했다. 리는 따라서 우물우물하더니 고개를 숙였다.

"우리 챵의군이 다란 고을틀흘 얻으면, 쇠굴들흘 여럿 얻게 다외얄 새니이다," 슈졍과를 한 모금 마시고서, 그는 말을 이었다. "이믜 해미예 우리 군사랄 보냈아니, 곧 해미 쇠굴을 얻을 새니이다. 그리 쇠굴들흘 얻어 쇠랄 많이 캐내고 쇠랄 디우려면, 사람달히 사사로이 일알 하기난 어렵나이다. 므슴 큰 조직이 이셔야 하나이다." 잠시 얘기를 멈추고, 언오는 두 사람을 살폈다.

두 사람은 잘 알아듣지 못한 낯빛으로 고개를 조심스럽게 끄덕였다. 그들은 물론 '조직'이란 말을 알아듣지 못했을 터였다. 이곳 사람들에게 조직은 낯선 개념이었다. 그런 말도 없었고, 그들이 '관'이라 부르는 국가 말고는, 조직이 움직이는 것을 본 적도 드물었다. 현대 사회의 기본적 조직인 회사 기업이 아예 없는 사회였다.

문득 가슴이 막막해졌다. 지금 조선 사회에서 부족한 것은 물건들을 만드는 '물리적 기술physical technology'만이 아니었다. 사람

들이 일하도록 조직하는 방식들인 '사회적 기술social technology'
도 아주 원시적이었다. 대지동에서 저수지를 만드는 과정에서, 그
는 그 점을 절감했었다. 무역으로 큰돈을 번 상인들이 있었다고 했
지만, 그들의 사업은 개인적이었고 조직적이 아니었다. 그래서 오
래 존속한 회사 기업이 나오지 못했다. 자연히, 일들을 합리적으로
바라보고 처리하는 근대적 자본주의 정신이 나올 토양이 존재하지
않았다. 그렇게 사회적 기술이 원시적인 사회에서 발전된 물리적
기술이 나오기는 어려웠다. 그 둘은 함께 발전하는 것이었다. 정착
농업, 법의 지배, 재산권, 화폐, 주식회사, 은행, 거래소, 모험사업
자본venture capital과 같은 사회적 기술들이 없이, 문명이 발전할
수는 없었다. 지금 이곳엔 발전된 물리적 기술이 어쩌다 나오더라
도 그것을 이용하고 지속적으로 혁신할 사회적 조직이 없었다.

"그러니까, 계와 같은 것을 크게 맹갈아셔 여러 사람달히 돈알
모호난 것이니이다," 두 사람의 얼굴을 살피면서, 그는 조심스럽
게 설명했다.

'계'란 말을 듣자, 두 사람의 낯빛이 좀 또렷해졌다.

"녜, 원슈님. 이대 알겠압나니이다." 오가 대꾸했다.

리가 따라서 공손하게 고개를 끄덕였다.

그는 속으로 입맛을 다셨다. 그가 만들려는 주식회사와 계 사이
엔 근본적 차이가 있었다. 계는 출자한 사람들과 긴밀한 관계가 있
는 개인적이고 느슨한 조직이고 주식회사는 독자적인 법적 인격을
지니고 잘 짜인 조직이었다.

"그러하야셔 이번에 '홍쥬졔텰공사'라 하난 것을 맹갈 생각이니

이다. 그 계는 쇠랄 캐내고 디워셔 사람달히나 우리 챵의군에 파난 일알 하고, 그런 일알 하야 리문을 남길 새니이다……" 그는 두 사람에게 '홍쥬계텰공사'의 조직과 운영 방식에 대해서 자세히 설명하기 시작했다.

두 사람은 그의 설명을 열심히 새겨들었다. 그러나 그가 설명을 마쳤어도, 그들의 얼굴엔 혼란스러워하는 기색이 어렸다. 이곳 사람들에게 주식회사란 개념을 쉽게 설명할 길은 없었다. 소유자들로부터 독립해서 영구적으로 존속하는 사업이라는 개념은 상업 문화가 발전한 사회에서만 나올 수 있었다. 특히 중요한 것은 복식 부기가 널리 쓰여서 회사의 입장에선 소유주들이 낸 자본금도 부채의 일종이라는 관념이 받아들여져야 했다. 그의 설명을 듣고 이곳 사람들이 이내 주식회사의 뜻과 움직이는 모습을 이해하기를 기대할 수는 없었다.

그러나 주식회사 제도의 도입은 근본적 중요성을 지닌 일이었다. 역사적으로, 자본주의 경제가 발전하기 전에, 개인들이 제한된 위험만을 부담하는 주식회사가 먼저 나왔었다. 그리고 주식회사는 복식 부기가 보급된 사회에서만 나올 수 있었다. 그래서 독일 경제학자 베르너 좀바르트는 "복식 부기 없이 어떤 자본주의가 존재할 수 있는지 상상할 수 없다"고까지 말했다. 국제 무역에 종사했던 고려 상인들은 복식 부기를 썼는데, 아쉽게도, 조선조에선 그 전통이 이어지지 않았다.

"공사랄 맹갈려면, 몬져 자금이 이셔야 하모로, 챵의군에셔 팔쳔 문을 출자할 것이니이다. 시방 챵의군은 쇠 많이 필요하니, 공사난 아마도 이문을 많이 남길 것 같하나이다. 공사애 돈알 내려는 인민들이 이시면, 그리하개 할 생각이니이다."

그가 말을 멈추고 살피자, 두 사람이 조심스럽게 고개를 끄덕였다.

그는 옆에 놓인 두루마리를 집었다. "이 문셔는 인민달해게 '홍쥬졔텰공사'이 셰워디었다난 것을 알외난 공고이니이다."

"녜, 원슈님." 오가 대꾸하고서 몸을 앞으로 내밀어 그가 셔진들로 눌러 펴놓은 문서를 살폈다.

호셔챵의군 군령 뎨삼십스호
홍쥬졔텰공사 셜립 공고

호셔챵의군은 왼녁과 곧히 홍쥬졔텰공사룰 셜립ᄒ노라.

ᄒ나. 홍쥬졔텰공사난 쇠룰 사고 디우고 푸난 일을 ᄒ도다.

둘. 호셔챵의군은 공사에 쓸어음 팔쳔 문의 ᄌ본금을 출ᄌᄒ도다.

세. 일반 인민돌토 ᄌ본금을 출ᄌ홀 수 이시도다. 츌ᄌ난 십 문 이샹으로 ᄒ도다.

네. 츌ᄌᄒ난 사롬애게난 그 ᄉ실을 증명ᄒ난 자문을 발행ᄒ도다.

다숫. 츌ᄌ홀 사롬은 츌ᄌ홀 금액애 샹당ᄒ난 권리를 가지도다. 츌ᄌᄒ난 사롬의 권리난 공사의 유스룰 션임홀 권리, 리문을 난호아 받을 권리, 내죵애 공사이 해산홀 때 남아지 재산올 난호아 받을 권리이도다.

여슷. 츌즈홀 시한은 금년 오월 말일이도다.

닐곱. 상셰훈 일둘흔 호셔챵의군 민수참모부나 군사부 오윤효 딕 군수애게 문의호시라.

올한녁과 곧히 홍쥬졔텰공수룰 셜립호니, 만한 인민둘희 츌즈룰 브라노라.

기묘 삼 월 이십삼 일

호셔챵의군 원슈 리언오

"쇼쟝이……" 공고에서 자신의 이름을 본 오가 그를 바라보면서 말했다. "쇼쟝이 이리 죵요로온 일알……"

"오 군사끠셔 뉘보다도 잘하실 새니이다. 쇠애 대하야 이대 아시난 분끠셔 사람달해게 자셔히 녜아기하야주셔야 사람달히 많이 츌자할 새 아니겠나니잇가? 그러하야셔 쇼쟝이 오 군사끠 미리 말씀드리디 아니하고 몬져 공고애…… 너그러이 생각해주쇼셔."

"원슈님끠셔 쇼쟝알…… 감샤하압나니이다. 렬심히 하야보겠압나니이다."

"그러하시면, 원슈님," 리가 조심스럽게 입을 열었다. "쇼인과 갇한 사람안 홍쥬졔텰공사와 엇디 거래하면 다외나니잇가?"

그는 잠시 생각을 가다듬었다. "얼우신끠셔는 쇠굴에서 쇠를 캐내셔 공사에 파시면 다외나이다. 공사난 그리 사들인 쇠랄 오 군

제12부 · 입법자(立法者) 47

사와 간한 분들히 하시난 슈철점에 맛뎌셔 이내 쓸 수 이시난 됴한 쇠로 맹갈 새니이다. 그리한 다암에, 그 쇠랄 우리 챵의군이나 다란 사람달헤게 팔 새니이다."

"녜, 원슈님. 이대 알겠압나니이다." 리가 대꾸하고서 억눌렀던 한숨을 조용히 내쉬었다.

"공사에 돈알 츌자하난 사람안 돈알 내난 것만아로 책임이 끝나나이다. 한번 돈알 내고 나면, 그 사람안 아모란 책임이 없나이다. 책임안 공사애 이시나이다. 책임은 공사랄 맡아셔 경영하난 유사애게 이시나이다. 뉘 십 문을 공사애 츌자하면, 그 사람안 돈알 더 내라난 녜아기랄 다란 사람애게셔 듣디 아니하나이다. 므슴 책임도 디디 아니하나이다. 사정이 아조 낫바뎌도, 츌자한 돈 십 문만 잃을 따람이니이다. 그리하고 공사의 사업이 잘다외야셔 돈알 벌면, 그 리문에셔 자갸 몫알 받난 것이니이다. 이 졈알 사람달히 아난 것이 죵요롭나이다."

"녜, 원슈님. 이대 알겠압나니이다."

두 사람의 고갯짓에 아까보다 힘이 들어간 것이 흐뭇해서, 그는 웃음을 띠고 말했다. "그러하니, 두 분끠셔 사람달헤게 널리 알외쇼셔. 공사애 츌자하난 것이 됴한 생각이라고. 앒아로 쇠랄 쓸 대 많이 삼길 터이니, 쇠랄 다루난 공사이 리문을 많이 남기리라난 녜아기랄 사람달헤게 말쌈하야주쇼셔."

"녜, 원슈님. 이대 알겠압나니이다."

"이제 여러 곳애 쇠굴을 팔 샌듸," 슈졍과 잔을 비우고서, 그는 차분한 목소리로 말했다. "굴을 파면, 둘에에 여러 가지로 해랄 기티나이다. 파낸 흙이 비예 씻겨 나려가면, 밭이 흙에 덮이고, 내난 더러워디고. 그러하니, 두 분끠셔는 쇠굴 둘에 해 가디 아니하게 마암알 써주쇼셔. 파낸 흙알 이대 모호아셔 흙이 비예 씻겨 나려가 디 아니 하도록 하고 밭이나 논이 흙에 아니 덮이도록 하쇼셔."

"녜, 원슈님. 이대 알겠압나니이다." 리가 선뜻 대꾸했다.

이곳 사람들이 환경의 오염과 파괴에 대해 현대 사람들만큼 인식하고 주의하기를 기대할 수는 없었다. 그래도 당부를 하고 나니, 마음이 좀 가벼웠다.

동헌 마당까지 나가 두 사람을 배웅하고서, 그는 잠시 밤하늘을 올려다보면서 생각을 가다듬었다. 일은 비교적 잘 풀리고 있었다. 아무리 계획을 잘 세워도, 일의 성패는 우연에 크게 달린 것이었다. 다행히, 2주 전 엉겁결에 기병한 뒤로, 그에겐 운이 따라주고 있었다. 특히 공셰곳창에서 법성보창의 조운 선단을 얻은 일은 큰 행운이었다.

'이제 본격적으로 현대적 조직을 도입할 수 있지. 일을 맡길 사람들이 부족한 것이 좀 아쉽지만……' 그는 가볍게 입맛을 다셨다.

그로선 당장 현대적 조직들을 도입하고 싶었다. 그렇게 하는 것이 실은 이번 기병을 성공으로 이끄는 데 결정적으로 중요하기도 했다. 그러나 현대적 조직을 이끌 사람들이 이곳엔 존재하지 않았다. 사물들을 현대적 관점에서 바라보도록 그가 일일이 가르쳐야 했다. 안타깝게도, 그렇게 가르쳐서 일을 맡길 만한 인물들이 너무 드물었다.

'당장 홍쥬계렬공사를 맡길 사람이 필요한데……' 가볍게 혀를 차면서, 그는 다시 후보들을 꼽아보았다. 역시 마땅한 사람은 떠오르지 않았다. 맡길 만한 사람들은 모두 이미 중요한 일들을 맡고 있어서, 새로 일을 맡기기가 어려웠다.

　'모든 것들을 내가 나서서 해야 되니…… 내가 처음 대지동에서 저수지를 만들기 시작했을 때도……' 아련한 마음으로 그는 저수지를 만들던 때를 떠올렸다. '그때도 그랬었지.'

　문득 생각 하나가 떠올랐다. '그렇지. 봉선이 할아버님께서 맡으시면……'

　생각해볼수록 그럴듯했다. 봉선이 할아버지는 인품으로 보나 경험으로 보나 적임자였다. 자수성가한 사람답게 판단이 정확하고 거래에서 빈틈이 없었다. 오윤효나 리자형과 같은 상인들과 거래하면서 그들에게 휘둘리지 않을 사람이었다. 원래 정직하고 경우가 바른 사람이라, 지위를 이용해서 자신의 이익을 도모할 걱정도 없었다. 물론 그로선 개인적 고려 사항도 있었다. 봉선이 아버지의 배반 때문에, 봉선이네 집안은 큰 피해를 보았다. 결과적으로 그가 은인인 봉선이 할아버지에게 큰 폐를 끼친 것이었다. 홍쥬계렬공사의 경영을 부탁한다면, 지금 크게 상심했을 노인에게 상당한 위로가 될 터였다.

　'멋진 방안이다.' 그는 단숨에 계단을 뛰어 올라와서, 방으로 들어갔다.

봉선이 한아바님끠 올이는 글

뎍됴하얐옵나니이다. 그수이 얼우신끠셔 긔톄 강녕하오신디 굼굼
하옵느니이다. 쇼쟝은 얼우신끠셔 념려하야주신 덕분에 잘 디내고
이시옵느니이다. 금번에 호셔챵의군이 홍쥬에 홍쥬졔텰공ᄉᆞ라 하는
계를 밍골려 하옵느니이다. 쇠를 쇠굴들헤셔 사들이고 디워셔 됴흔
쇠로 밍골아내는 일올 하옵느니이다. 즈본금은 챵의군에셔 팔쳔 문
을 내고 희망하는 인민돌토 츌즈홀 새니이다. 그러하야셔 얼우신끠
홍쥬졔텰공ᄉᆞ롤 맛다 경영하야주십사 말쏨 올리옵느니이다. 부대 쇼
쟝의 쳥을 들어주시기 바라옵느니이다. 봉션 아기씨와 봉슈 도령이
보고 싶브옵느니이다. 얼우신끠셔 홍쥬로 나오실 때 봉션 아기씨와
봉슈 도령을 다리고 나오시면 됴하겠옵느니이다. 내내 강녕하시기
룰 기원하면셔, 글월을 줄이옵느니이다.

긔묘년 삼 월 이십이 일
리언오 샹셔

써놓은 편지를 한번 훑어보고서, 그는 보지 않는 눈길로 앞을 바
라보았다. 봉선이 엄마의 모습이 선연히 떠올랐다. 가냘픈 모습이
었다. 이 세상을 살아가기 힘들 것처럼 느껴질 만큼. 그녀는 그에
겐 수줍은 누이 같아서, 그녀를 볼 때마다 안쓰러웠다.
'얼마나 힘들까?' 그는 한숨을 길게 내쉬었다.
봉선이 아버지가 챵의군을 배반하고 관가에 고변한 것도, 따지

고 보면, 봉선이 아버지가 그와 그녀 사이의 관계를 의심한 데서
나온 일이었다. 남편과 시댁 식구들이 모두 적대적일 터이니, 그녀
에겐 지금 삶이 지옥 같을 터였다. 그러나 그가 그녀를 위해 할 수
있는 일은 없었다.

"셩 대쟝," 무력감을 밀어내고서, 그는 셩묵돌을 찾았다.

"녜, 원슈님," 바로 방 밖에 있던 셩이 문을 열고 안으로 들어
섰다.

"나이 문셔참모부쟝과 민사참모부쟝과 녜아기할 일이 이시나이
다."

"녜, 원슈님. 문셔참모부쟝과 민사참모부쟝을 오라 하겠압나니
이다."

셩이 나간 뒤, 그는 봉선이 엄마를 위해 그가 할 수 있는 일들을
다시 생각해보았다. 역시 없었다. 그가 지닌 권력은 물론 컸다. 그
러나 그가 무슨 일을 하더라도, 봉선이 엄마의 처지가 나아질 것
같진 않았다.

문셔 참모부쟝 하균과 민사 참모부쟝 김병룡이 급히 들어왔다.

"나이 두 분을 오시라 한 것은," 두 사람이 자리에 앉기를 기다
려, 그는 얘기를 꺼냈다. "문셔들흘 쉬이 맹가난 길에 대하야 녜아
기하려 함이외다. 두 분끠셔도 이대 아시는 것텨로, 시방 우리 챵
의군이 맹가난 문셔들히 아조 만하나이다. 앏아로난 더 만하딜 새
니이다."

"녜, 원슈님," 하균이 조심스럽게 말을 받았다. "그러하압나니
이다."

"그러하다고 문셔참모부 요원들흘 많이 늘리기도 쉽디 아니하나이다. 시방 우리 챵의군은 언문을 쓰고 이시나이다. 많안 사람달히 알개 하려는 뜻이니이다. 그러나 언문을 잘 쓰는 사람달히 생각보다난 젹나이다. 량반달히나 관원들혼 진셔를 알디 언문은 모라나이다. 셔리들혼 이두를 쓰고 언문은 아니 쓰나이다. 그러하야셔 언문을 아난 사람달히 많디 아니하나이다."

하가 열심히 고개를 끄덕였다. "녜, 원슈님. 그러하압나니이다. 쇼쟝도 챵의군에 들어온 뒤헤야 언문을 배웠압나니이다."

"시방 언문을 잘 쓰는 사람달한 여염집 부인들콰 규슈들히니이다." 그가 싱긋 웃자, 두 사람이 따라서 웃음을 지었다.

"그러하나 여염집 부인들콰 규슈들헤게 규방애셔 나와 여기셔 일하라 할 수는 없으니, 난감하나이다. 이리하면, 엇더하겠나니잇가? 밖애 부탁해도 관계티 아니할 문셔들흘 여염집들에 맛뎌셔 언문을 아난 부인들콰 규슈들히 그 문셔들흘 많이 벗기도록 하면?"

두 사람은 그를 바라보면서 눈을 끔벅거렸다. 그러더니 서로 쳐다보았다. 그의 말뜻을 제대로 알아듣지 못한 듯했다.

그제야 그는 자신의 제안이 간단한 일이 아님을 깨달았다. 이곳은 관존민비(官尊民卑)가 근본적 원리로 작용하는 사회였다. "주권은 국민에게 있고 모든 권력은 국민들로부터 나오는" 사회가 아니었다. 이곳에서 관가의 일을 민간인들에게 맡기는 일은 상상하기 어려웠다. 관가의 서리들이었던 두 사람에겐 특히 그러할 터였다. 여염집의 여인들에게 공문서를 복사하는 일을 맡긴다는 제안도 그들에겐 기괴하게 들릴 터였다. 근본적으로, 이곳 사람들에겐 외주

outsourcing라는 개념이 없었다. 정부가 많은 기능들을 시장에 맡기고, 기업들은 핵심적 기능들에 전념하면서 나머지 기능들을 다른 기업들에게 맡기는 관행이 자연스러웠던 21세기 사회와는 전혀 다른 세상이었다.

한참 동안 설명하고 나서야, 두 사람이 그의 생각을 제대로 알아들었다. 다시 한참 논의한 뒤에야, 실제적 방안이 나왔다. 먼저 '호셔챵의군 부녀후원회 홍쥬지부'를 결성하고 그 조직을 통해서 문서 복사와 같은 일들을 맡기는 것이었다. 그는 김병룡에게 그 조직을 만들도록 지시했다. 그리고 하균에겐 챵의군이 새로 얻은 고을들에 배포할 문서들을 많이 만들라고 지시했다.

두 사람이 나가자, 그는 잠시 누워서 눈을 감았다. 피곤했다. 기병한 뒤로 늘 긴장과 걱정 속에서 살았고 제대로 쉬지 못했으므로, 피곤한 것이 무리도 아니었다.

'이러다 몸살이라도 나면……' 그의 마음을 스친 걱정 한 줄기를 졸음의 검은 물살이 덮었다. '잠시 눈을 붙이고 나서, 면쳔을 공략할……'

5

"자, 이제 아범은 돌아가시게. 총참모쟝이라 하난 종요로온 직분을 맛닷아니, 어셔 돌아가셔 일알 보시게," 성문을 나서자, 한산댁 마나님이 배웅하러 따라온 리산웅에게 말했다.

"네, 어마님. 죠곰만 더……" 리가 대꾸하고서 슬쩍 옆에 선 언오를 쳐다보았다.

"원슈님도 이제 돌아가쇼셔," 잔잔한 웃음을 얼굴에 띠고서, 그녀가 그에게 말했다.

"네, 마나님. 죠곰만 더 가셔……" 그는 앞쪽 다리를 가리켰다. "뎌긔 다리까장……"

례산으로 돌아가는 유족들의 행렬 앞머리는 이미 다리 가까이 이르렀다. 식량과 취사도구를 실은 수레들이 무겁게 움직이고 있었다. 5백 명 가까운 행렬이고 노인들과 아이들이 많은 데다가, 왕부영의 부인은 몸이 무거웠으므로, 가볍게 길을 나설 형편이 아니었다. 그래서 아예 13운슈정대 3대대와 1취사대대가 나선 터였다. 13운슈정 대쟝 리쟝근이 이번 걸음을 지휘했고 1취사대대는 고사리댁 남갑슌이 지휘했다. 둘 다 대지동 사람들이었으므로, 한산댁 마나님이 여러모로 편할 터였다.

다리 가까이 이르자, 그는 걸음을 멈추고 뒤따라오던 리쟝근을 돌아다보았다. "리 대쟝, 나난 여긔서 배웅하겠나이다."

"녜, 원슈님. 그러하면 쇼쟝안 가보겠압나니이다."

"그리하쇼셔. 대지동애 들어가시면, 봉션이 한아바님끠 여긔 사정을 자셔히 말쌈드리쇼셔."

리는 언오가 봉션이 할아버지에게 쓴 편지를 지니고 있었다.

"녜, 원슈님. 이대 알겠압나니이다. 광시댁 얼우신끠 원슈님 말쌈알 이대 뎐하겠압나니이다. 챵의."

"챵의."

"그러하면 쇼쟝도 가보겠압나니이다, 챵의." 고사리댁이 맵시 있게 경례했다. 가슴에 위계쟝과 지휘관 표쟝을 달고 머리에 군모를 쓴 그녀 모습이 산뜻했다. 등에 갓난애를 업고서도, 그녀는 날렵하게 움직였다.

"챵의. 아, 남대쟝끠 나이 부탁드릴 일이 이시난듸……" 그는 주머니에서 작은 복주머니를 꺼냈다. 안에 노리개와 댕기가 들어 있었다. "이것을 봉션 아기씨애게 주쇼셔. 나이 봉션 아기씨 보고 식브어 한다 녜아기하쇼셔."

"녜, 원슈님." 고사리댁이 미소를 머금었다. "이대 알겠압나니이다."

"그러면 아범, 나난 대지동아로 가보겠소. 종요로온 직분을 맡 닷사니, 정셩으로 하시게." 자랑스러움이 어린 얼굴로 마나님이 아들에게 당부했다.

"녜, 어마님. 이대 알겠압나니이다."

마나님이 고개를 돌려 그를 올려다보았다. "원슈님, 부대 셩공 하쇼셔. 우리 긔훈이 아범의 공이 헛도이……" 마나님이 말을 마 치지 못하고 간절한 뜻을 담은 눈길로 그를 쳐다보았다.

"녜, 마나님." 마나님의 눈길을 힘들게 받으면서, 그는 탁한 목 소리로 대꾸했다. "꼭 셩공해셔, 리산구 현감의 하날갇히 높안 공 이 셰샹애 너비 알려디고 칭송받게 하겠압나니이다. 먼 길에 조심 하압쇼셔." 그는 몸을 바로 하고 공손히 읍했다.

한산댁 마나님이 간절한 눈길로 자기 아들을 한 번 더 살핀 뒤 무거운 걸음을 떼어놓았다.

"긔훈이 도령님," 그는 자기 엄마의 손을 잡고 수줍게 그를 훔쳐 보는 아이 앞에 앉았다. "내죵애 우리 바다해 가사이다."

녀석이 싱긋 웃으면서 고개를 끄덕였다.

"먼 길에 조심하쇼셔," 그는 리산구의 부인에게 인사하고 읍했다.

"녜, 원슈님. 원슈님끄셔도 부대 조심하쇼셔," 눈물을 글썽이면 서, 부인이 뜻밖에도 또렷한 목소리로 대꾸했다.

행렬은 천천히 움직였다. 그는 유족들 모두에게 간곡한 위로의 말을 건넸다. 행렬 맨 뒤는 먼 길을 걷기 어려운 사람들이 탄 달구 지들이었다.

"현슌 아씨," 그는 엄마 손을 잡고 수레에 걸터앉은 왕부영의 딸에게 말을 건넸다. "술위를 타니, 엇더하나니잇가? 탈 만하나니잇가?"

녀석이 생긋 웃으면서 고개를 끄덕였다.

"그러하면 잘 가쇼셔. 내죵애 나이 현슌 아씨 보러 례산아로 가겠나이다." 왕의 부인에게 작별 인사를 하기가 좀 쑥스러워서, 그는 아이에게 대신 인사를 건넸다.

"현슌아, 원슈님끠 말쌈하시면, 대답알 하여야디. 감샤하압나니이다, 라고 인사 올여야디."

제 엄마의 얘기에 녀석이 배시시 웃었다.

그 순진한 웃음이 그의 가슴에 아프게 닿았다. 갖가지 감정들이 문득 치밀어 올라와서, 목이 뻣뻣했다. 그는 주머니에서 복주머니를 꺼냈다. "이것 받아쇼셔."

녀석이 홀긋 제 엄마를 올려다보더니, 손을 내밀었다.

"집까장안 길이 머니, 조심하쇼셔."

녀석이 고개를 끄덕였다. 이어 제 엄마를 쳐다보더니, 배시시 웃으면서 덧붙였다. "감샤하압나니이다."

행렬의 맨 뒤에 선 3대대쟝 신홍식이 경례했다. "챵의."

"챵의." 답례하고서, 그는 간곡하게 당부했다. "신 대쟝, 길이 머니, 사람달할 이대 보살펴주쇼셔."

"녜, 원슈님. 이대 알겠압나니이다."

천천히 움직이는 행렬이 다리를 건너는 것을 그는 아득한 마음으로 바라보았다. '도대체 내가 무슨 일을 벌인 것인가? 내가 어떻게 감당하려고……'

그는 이 세상에 들어올 자격이 없는 이방인이었다. 역사에 영향을 미치지 않고 조심스럽게 살다가 자취 없이 사라져야 할 사람이었다.

'그런데 지금 나는…… 저 세상의 시간 줄기를 끊어놓고. 이 세상엔 감당 못할 일들을 벌여놓았으니……'

문득 속이 빈 것처럼 느껴지면서, 다리에서 힘이 빠져나갔다. 지금 여기서 일어나고 있는 일들이 모두 환영처럼 느껴졌다. 따스한 햇살 아래 누운 고운 봄 풍경이 한 꺼풀 벗겨지면 그대로 사라질 그림 같았다. 아니, 차라리 그랬으면 좋을 터였다.

나오는 한숨을 되집어넣고서, 그는 풍경을 둘러보았다. 산비탈엔 흰 산벚꽃들이 흐드러지게 피었고 밭둑엔 발간 복사꽃들이 고왔다. 냇둑은 민들레들로 밝았다. 그러나 그의 마음은 춥고 쓸쓸했다. 모든 일들이, 특히 시작한 일을 잘 마무리해서 그 많은 사람들의 죽음이 헛되지 않게 하겠다는 다짐이, 부질없는 것들로 느껴졌다.

옆에 선 리산웅이 조심스럽게 헛기침을 했다.

그 소리에 흔들리던 그의 마음이 가까스로 제자리를 찾았다. 한숨을 길게 내쉬고서, 그는 말없는 리의 물음에 대꾸했다, "돌아가사이다. 할 일달히 많안듸……"

"녜, 원슈님," 탁하게 가라앉은 목소리로 리가 대꾸하고서 흘긋 그의 얼굴을 살폈다. "원슈님, 너모…… 큰일을 하다보면…… 너모 샹심하디 마압쇼셔."

성안으로 들어오자, 리산웅은 참모부로 향하고 그는 공병대로 향했다. 그저께 결성현 룡쳔면의 쇠굴을 살피러 갔던 오윤효와 리자형이 돌아왔다는 보고를 아침에 받은 터였다.

공병대 가까이 가자, 그의 얼굴에 웃음이 배어 나왔다. 바쁘게 일하는 병사들이 내는 갖가지 소리들이 그의 귀엔 어떤 음악보다도 즐거웠다. 조금 전 유족들을 배웅하고 나서 갑자기 생긴 듯했던 뱃속의 빈 곳을 그 소리들이 든든하게 채웠다.

'그렇지. 저 소리들이 나는 한…… 내가 이 세상에 들어와서 한 일들이 모두 허망할 수야 없겠지. 저 사람들에게 한 약속이 있지. 이 세상을 모든 사람들이 사람답게 살 수 있는 세상으로 만들겠단 약속이 있지.' 다리에 힘을 주어, 그는 걸음을 옮겼다.

그가 다가오는 것을 보자, 병사 하나가 하던 일을 놓고 줄달음질을 쳤다. 그의 얼굴에 어린 웃음이 짙어졌다. 군대는 늘 그랬다. 계급이 높은 사람이 부대를 찾아오면, 먼저 직속상관에게 알려야 했다. 이미 부대쟝들은 모두 부하들에게 신신당부했을 터였다. "원슈님꼐셔 오시난 것을 보면, 하던 일 다 놓아두고 몬져 보고브터 하거라."

곧 쟝츈달이 급한 걸음으로 다가와서 그를 맞았다. "챵의. 원슈님 오압샸나니잇가?"

"챵의. 쟝 대쟝, 모도 슈고랄 많이 하나이다."

손등으로 이마의 땀을 훔치면서, 쟝이 씨익 웃었다. "녜, 원슈님. 일이 졈 많아셔……"

마음이 흔들렸던 탓인지, 그는 쟝의 기름진 웃음이 든든하게 느꺼졌다. 천천히 고개를 끄덕이면서, 그는 둘레를 살폈다. 수레 부품들이 널려 있었고, 너머에 화살을 만드는 재료들이 쌓여 있었다. 수레들을 만드는 일은 기병한 뒤 줄곧 급하고 중요한 과제였다. 이제는 화살을 만드는 일이 오히려 급해졌다. 관군과의 다음 싸움에서 쓸 화살들이 부족해서, 그는 적잖이 걱정되었다.

"술위들히 많아서 믈자랄 많이 나르고 살달히 많아서 우리 궁슈들히 살알 마음대로 쏠 수 이시면, 우리 챵의군은 겁낼 것이 없나이다. 공병대 병사달히 모도 그 사실알 마암애 새기도록 쟝 대쟝끠셔 늘 니라두쇼셔."

"녜, 원슈님. 이대 알겠압나니이다."

그가 왔다는 얘기를 들었는지, 오윤효와 리자형이 급히 다가왔다.

"챵의." 오와 리가 경례했다.

"챵의. 두 분끠셔 슈고랄 많이 하샸나이다."

"아, 아니압나니이다. 원슈님, 쇼쟝달히 어제 룡천 쇠굴을 보고 왔압나니이다."

"녜. 쇠굴은 엇더하더니잇가?"

"사람알 졈 많이 넣으면, 쇠랄 더 캘 수 이실 닷하압나니이다." 오가 조심스럽게 대꾸했다.

"녜, 원슈님. 그러하압나니이다." 그의 눈길을 받자, 리가 덧붙였다.

"그러하면, 리 군사, 사람달할 졈 모호아셔 쇠랄 캐도록 하사이다."

"녜, 원슈님."

"그리하려면, 돈이 졈 필요하겠나이다?"

"녜, 원슈님." 리가 잠시 머믓거리다가 조심스럽게 대꾸했다.

"돈이 당쟝 얼머나 이셔야 하겠나니잇가?" 그는 오를 쳐다보았다.

잠시 머믓거리더니, 오가 어렵게 대꾸했다. "당쟝애난 한 이백 문가량 이시면……" 오가 흘긋 리를 쳐다보았다. "그만한 돈이 이시면, 쇠굴을 늘리는 일은……?"

"녜. 한 이백 문이면 다외겠압나니이다."

"그러하면, 나이 이백 문을 션금 됴로 리 군사끠 지급하라 참모부에 니르리다. 홍쥬계렬공사와 계약하난 것으로 하사이다. 그러하니, 리 군사끠셔는 당쟝 래일브터 쇠굴을 늘리고 사람달할 넣으쇼셔."

그가 두 사람과 해미에 있는 쇠굴을 이용할 길을 상의하는데, 쳔영셰가 말을 몰고 다가왔다. "챵의."

"챵의. 쳔 대쟝끠셔 슈고랄 많이 하샀나이다."

"원슈님, 김항렬 총독의 글을 가져왔압나니이다."

"아, 녜. 보사이다." 그는 쳔이 건넨 봉투를 받아들었다

원슈님젼 샹셔

원슈님끠 알외옵나니이다. 쇼쟝이 잇근 해미현 원졍군은 오날 미시에 해미현텽에 니르렀옵나니이다. 우리 군대 니르르자, 해미현텽을 디키던 관리돌흔 모도 도망햐얏옵나니이다. 니어 우리 군대는 해

미 병영을 틔었읍ᄂ니이다. 병영을 디키던 관군은 잠시 우리와 싸호다가 도망ᄒ얏읍ᄂ니이다. 그리ᄒ야 우리 군대ᄂ 어렵디 아니ᄒ개 병영을 얻었읍ᄂ니이다. 우리 군ᄉ돌 가온ᄃ 죽은 사롬은 없읍ᄂ니이다. 다틴 사롬은 왼녁과 근ᄒ읍ᄂ니이다.

데칠보병졍대 데삼대대 졍병 민듕규
데칠보병졍대 데삼대대 부병 신수용
데십륙보병졍대 데일대대 부병 김샹만

이번 해미 병영 싸홈애셔도 졍언디 군ᄉ끠셔 큰 도움을 주셨읍ᄂ니이다. 시방 현감 직임을 맛돌 사롬을 촞고 이시읍ᄂ니이다. 앏ᄋ로 쇼쟝이 엇디ᄒ여야 홀디 원슈님끠셔 하교ᄒ야주시기를 바라읍ᄂ니이다. 원슈님 안녕ᄒ시기를 빌면셔, 글월을 줄이읍ᄂ니이다.

긔묘 삼 월 이십사 일
해미현 원졍군 ᄉ령 슈 륙군 총독 딕령 김항텰 배샹

"해미랄 틔러 간 우리 군대 쉬이 해미현텽과 해미 병영을 얻었다 하나이다."

"아, 그러하압나니잇가?" 쟝이 반기자, 다른 사람들이 따라서 기뻐했다.

"그러하면 나이 해미로 보낼 명령을 맹갈아야 하니, 돌아가보겠소이다. 모도 수고랄 졈 하야주쇼셔."

천영셰와 함께 동헌으로 가면서, 그는 결성과 해미의 소식을 들었다. 김항렬의 보고대로, 싸움다운 싸움 없이 두 고을을 얻은 것이었다. 아울러, 천이 빠르게 움직인 덕분에, 결성의 해문역과 해미의 몽웅역(夢熊驛)에서 역리들과 말들을 많이 얻었다. 아쉬운 대로, 두 역의 역리들로 긔병 1개 대대를 편성할 만했다. 천은 해미역의 역쟝인 류항식을 쓸 만한 인물로 천거했다.

천과 얘기하는 사이, 그의 마음속에선 다음 작전 계획이 자연스럽게 모습을 갖추었다. 내친 김에 튱쳥도 서북부를 완전히 평정하는 것이었다. 생각보다 훨씬 쉽게 고을 둘을 얻었으니, 원정군으로 하여금 그대로 진격해서 셔산(瑞山)과 태안(泰安)을 얻도록 하고, 언오 자신은 나머지 군대를 이끌고 가야산 줄기 동쪽으로 진격해서 면쳔(沔川)과 당진(唐津)을 얻자는 계획이었다. 생각해볼수록 그럴듯했다. 가야산 줄기의 서쪽과 동쪽에서 한꺼번에 진격하면, 관군들이 서로 돕는 것을 막을 수 있었다. 서북부를 평정하면, 곧 한성에서 내려올 경군(京軍)과 마주설 때, 배후를 근심하지 않아도 될 터였다. 물론 적잖은 군사들을 얻을 터였고, 운이 좋으면, 군량도 얻을 수 있었다.

'병력이 부족한 것이 좀……' 가볍게 혀를 차면서, 그는 면쳔 작전에 투입할 수 있는 부대들을 꼽아보았다.

결성과 해미로 주력을 보낸 터라, 홍쥬셩을 지킬 병력을 빼면, 실제로 그가 쓸 수 있는 병력은 얼마 되지 않았다. 그나마 그 병력의 주력은 슈군이었다. 슈군들은 실질적으론 거의 다 전라도 법셩보의 조졸(漕卒)들이어서 그에 대한 충성심이 깊지 않았고 아직 관군과의 싸움을 제대로 치르지 않아서 조직을 튼튼히 할 기회도 없었다. 그런 슈군에 의지해서 작전을 벌인다는 것은 당연히 위험했다.

그러나 그는 이내 마음을 고쳐먹었다. '내가 언제 훈련된 군사들을 이끌고 일을 벌였나? 싸움을 하면서, 훈련을 시키는 거지.'

동헌으로 돌아오자, 그는 이내 작전 명령을 구술했다.

호서챵의군 군령 뎨삼십오호

슈신: 해미현 원정군 ㅅ령 륙군 총독 디령 김항털
참죠: 슈 총참모장 정령 리산응

ㅎ나. 해미현 원정군이 해미현텽과 해미 병영을 얻어 임무를 완슈흔 것을 치하흠.

둘. 결성현 공략 작전과 해미현 공략 작전에셔 큰 공을 셰운 사룸둘흘 왼녁과 굳히 표챵흠.

은월무공훈쟝 군ㅅ 졍령 졍언디
쳥셩무공훈쟝 뎨칠보병졍대 뎨삼대대 졍병 민듕규
뎨칠보병졍대 뎨삼대대 부병 신수용
뎨십륙보병졍대 뎨일대대 부병 김샹만

세. 해미현 원정군은 셔산군을 공격흘 것. 기묘년 삼월 이십륙일 부로 해미현 원정군을 셔산군 원정군으로 변경흠.

네. 슈 륙군 총독 디령 김항털을 셔산군 원정군 ㅅ령으로 임명흠.

다숫. 군령 뎨삼십이호로 해미현 원졍군에 배쇽흔 부대돌홀 셔산
　　군 원졍군으로 이쇽홈.

여숫. 뎨십륙보병졍 대장 부수 졍호식은 뎨일대대롤 거느리고 해
　　미현 쥬둔군 수령으로 해미현을 방위홀 것. 해미현에 쥬둔
　　흐면셔, 병수돌홀 모집흐고 훈련흐야 뎨십륙보병졍대 병력
　　을 규졍대로이 채울 것.

닐굽. 뎨칠보병졍대 뎨일대대와 뎨십륙보병졍대 뎨이대대롤 뎨
　　이십일보병졍대의 뎨일대대와 뎨이대대로 재편셩홈. 뎨칠
　　보병졍대 뎨일대대쟝 졍병 김창삼올 뎨이십일보병졍 대쟝
　　으로 임명홈. 졍병 문종구를 뎨일대대쟝으로 임명홈.

여숫. 뎨륙긔병졍대 뎨삼대대롤 뎨이십이긔병졍대 뎨일대대로
　　개편홈. 해문역과 몽웅역에서 응모흔 역리들홀 동 긔병졍
　　대의 뎨이대대로 편셩흐고, 마구 관리 요원들로 뎨삼마구
　　대대롤 편셩홈. 뎨륙긔병졍대 뎨삼대대쟝 부수 황칠셩을 뎨
　　이십이긔병졍 대쟝으로 임명홈. 졍병 진갑슐을 뎨일대대쟝
　　으로, 부병 류항식올 뎨이대대쟝으로, 딕병 오한무를 뎨삼
　　마구대대쟝으로 임명홈. 뎨이십이긔병졍대는 개편이 완료
　　두외는 즉시 홍쥬목으로 귀환홀 것.

　그는 21보병졍대와 22긔병졍대를 새로 편셩한 것이 퍽이나 흐
뭇했다. 아직 제대로 충원되지 않아서 내용은 좀 빈약했지만, 일
단 뼈대는 갖춘 셈이었다. 그동안 공을 세우고 능력과 인품을 증명
한 황칠셩에게 부대를 맡긴 것도 기꺼웠다. 그는 홍쥬로 불러들인

22긔병졍대를 면천군 공략 작전의 핵심 부대로 삼을 생각이었다. 졍언디에게 은월무공훈쟝을 준 것엔 여러 뜻이 담겼다. 튱청도 관찰사에게 걸맞은 포상을 하려면, 은월무공훈쟝은 주어야 했다. 그리고 은월무공훈쟝을 받으면, 졍령인 졍이 딕쟝으로 승진할 수 있었다. 윤긔의 뒤를 이어 쟝군이 되는 것이었다. 그렇게 높은 지위를 얻으면, 졍도 쉽게 변심할 수 없을 터였다.

'이렇게 하면, 일단……' 웃음으로 입이 벌어지는 것을 느끼면서, 그는 문셔참모부 셔원이 쓴 군령을 다시 찬찬히 읽었다. 내용이 워낙 복잡해서, 혹시 실수했을 수도 있었다.

셔원에게 군령을 두 부 복사하라고 이른 뒤, 그는 김항텰에게 따로 보낼 편지를 쓰기 시작했다.

김항텰 총독 보쇼셔.

김 총독의 보고는 잘 받아보았ㄴ이다. 어려운 공략 작전들홀 이대 수행흔 것을 다시 치하흐나이다. 다른 분들끠도 내 치하 말쏨올 뎐흐야주쇼셔.

군령 삼십오호애 나온 바텨로, 김 총독이 잇그는 원졍군은 셔산군을 공략흐기 브라ㄴ이다. 나는 곧 남아지 부대돌홀 잇글고셔 면천군과 당진현을 공략홀 새니이다.

이번 공략의 목표는 셔산군이디마난, 태안군까장 진공흐여야 두외알 새니이다. 한셩에셔 나려올 경군을 맞기 젼에 우리 배후의 걱뎡을 덜려는 뜻이니이다. 亽졍이 그러흐니, 김 총독은 태안군 공략

올 고려흐야 일돌홀 쳐티흐쇼셔.

태안군 공략애논 윤인형 군슈꾀셔 동행흐시논 것이 도옴이 드외 알 새니이다. 윤 군슈꾀셔는 아직 한셩에셔 임명흔 태안군슈이시니, 태안 사룸돌홀 이대 위무흐실 새니이다.

해미현감과 훈도돌흔 졍언디 군슈와 윤인형 군슈의 뜯을 참작흐 야셔 션발흐기 브라ᄂᆞ이다. 셔산군과 태안군을 얻은 뒤헤도 그리흐 기룰 브라ᄂᆞ이다.

다시 김 총독과 휘하 부대돌희 군공올 치하흐면셔, 글을 줄이나 이다.

긔묘 삼 월 이십오 일
리언오 쏨

군령과 편지를 봉투에 넣고서, 그는 셩묵돌을 불렀다. "셩 대쟝."

"원슈님, 저어긔……" 유화룡이 들어왔다. "셩 대쟝이 잠깐 어 듸 갔압나니이다."

"유 대쟝. 우승호 대쟝하고 윤인형 군사랄 오시라 하쇼셔."

"녜, 원슈님."

유가 나가자, 그는 지도를 꺼내놓고 례산현 인근의 지형을 살폈 다. 한셩에서 내려올 관군과의 싸움에 대비해서 그가 마련한 작전 계획은 례산현 북쪽 무한산셩(無限山城)에 방어선을 펴는 것이었 다. 왼쪽에 무한쳔을 끼고 있고 오른쪽엔 금오산(金烏山) 줄기가 뻗어 내려와서, 야트막한 무한산셩은 방어선을 치기에 좋았다. 게

다가 례산이 원래 챵의군의 본거지였으므로, 그곳에 방어선을 치면, 여러모로 이점이 있었다.

그는 천천히 고개를 끄덕였다. '조공(助攻)은 몰라도, 주력은 일단 신챵현을 거쳐 무한산성 쪽으로 오겠지.'

한성에서 내려오는 관군은 홍쥬를 목표로 삼고 올 터였다. 따라서 가장 가깝고 편한 길을 따라 례산으로 들어오게 될 터였다. 지금 그가 노리는 것은 자신이 바라는 곳에서 싸움이 벌어지는 것이었다. 그래야 싸움이 그가 바라는 대로 펼쳐질 수 있었다. 훈련되지 않은 병사들을 이끌고 우세한 관군에 맞서려면, 적어도 그렇게 싸움의 모습을 부분적으로나마 그가 통제할 수 있어야 했다.

"원슈님. 쇼쟝알 브르압샀나니잇가?" 윤인형이 조심스럽게 방안으로 들어오면서 인사했다.

"녜, 윤 군사. 어셔 오쇼셔." 그는 지도를 치우고 일어나서 윤을 맞았다. "이리 앉으쇼셔."

"녜." 그가 앉기를 기다려 윤이 앉았다.

"윤 군사끠 오시라 한 것은······" 그는 다가올 태안군 공략에서 윤에게 기대하는 바를 설명하기 시작했다.

"녜, 원슈님. 이대 알겠압나니이다. 쇼쟝이 힘닿난 대까장 해보겠압나니이다." 그의 설명을 다 듣자, 윤은 선뜻 승낙했다.

"참아로 고마오신 말쌈이시니이다. 군사끠셔 그리하야주시면, 태안군을 얻어셔 다사리난 일이 어렵디 아니할 새니이다."

"쇼쟝이 원슈님끠 큰 은혜를 입었아오니, 결초보은이 맛당하압나니이다." 윤이 두 손으로 방바닥을 짚고 윗몸을 숙여 인사했다.

"그리하시고…… 태안군에 이시난 슈군에 대하야 알고 식브나이다. 태안군에는 소근보진(所斤浦鎭)이 이시나니이다?"

"녜, 원슈님. 군 서녁 삼십 리 다외난 곳애 이시압나니이다. 슈군 쳠사이 소근보진알 관쟝하압나니이다."

그가 소근보진의 상황에 대해 알아보는데, 우승호가 들어왔다.

"챵의. 원슈님, 쇼쟝알 브르압샤나니잇가?"

"챵의. 우 대쟝, 어셔 오쇼셔. 이리 앉아쇼셔." 우가 자리에 앉기를 기다려, 그는 설명했다. "우 대쟝끠셔는 곧 해미로 가쇼셔. 거긔 십칠긔병졍대 이시니, 원대로 복귀하쇼셔."

"녜, 원슈님. 이대 알겠압나니이다."

"해미에 가셔셔 이 봉투를 김항텰 총독에게 젼하쇼셔." 그는 봉투를 우에게 건넸다. "그 안해 군령이 들었나이다."

"녜, 원슈님."

"그리하시고…… 윤인형 군사끠셔 해미로 가시니, 우 대쟝끠셔 뫼시고 가쇼셔."

두 사람이 떠나자, 그는 리산웅과 10특공졍 대쟝 김을산을 불렀다. 그리고 다시 지도를 펴놓고 례산 지역 지형을 살폈다.

두 사람이 자리 잡자, 그는 지도를 두 사람 앞으로 돌려놓았다. "여긔 례산 읍내이니이다. 여긔 무한산셩이고, 여긔 신례원이니이다."

두 사람이 고개를 끄덕이고서, 목을 빼어 그가 가리킨 곳들을 들여다보았다.

"곧 한셩에셔 관군이 나려올 새니이다."

'관군' 소리를 듣자, 두 사람이 문득 긴장하면서 그의 얼굴을 살폈다.

"관군은 이곳 홍쥬를 바라고 올 샌듸, 멀리셔 오니, 뎨일 빠란 길로 올 새니이다. 딸와셔 이리 평택, 아산, 신챵알 거쳐 례산아로 나려올 것이 분명하나이다."

리가 고개를 끄덕였다. "녜, 원슈님."

김이 조심스럽게 고개를 끄덕였다.

"이번에는 우리 홍쥬셩에서 관군이 니르르기를 기다릴 수 없나이다. 관군이 우리 경내애 들어오기 젼에 싸화야 하나이다. 그리하여야 우리 인민달히 해랄 입디 아니할 새니이다."

"녜, 원슈님." 리가 무겁게 고개를 끄덕였다.

"그런 젼차로 나난 여긔 무한산셩에 방어션을 틸 생각이니이다. 무한산셩을 미리 졈령하고 이시면, 무한쳔이 바로 녚이니, 젹군이 왼녁으로 돌아셔 나올 수 없고, 올한녁으로는 산줄기가 갓가이 나려와 이시니, 쟉안 군사로도 막알 수 이시니이다."

"녜, 원슈님. 묘한 계책이시니이다." 리의 목소리가 한결 밝았다.

열심히 고개를 끄덕이고 주먹으로 입을 가리고 헛기침을 하는 김의 얼굴도 밝았다.

"두 분끠셔는 디난 열하랏날 새배예 우리 군사달히 홍쥬 군사달할 긔습한 일알 기억하시나이다?"

두 사람이 잠시 기억을 더듬더니, 고개를 끄덕였다. "녜, 원슈님."

"그때 돌아가신 왕션동 뎡우의 안내랄 받아셔 나와 김 대쟝이 잇근 특공대 군사달히 읍내 산줄기를 타고셔 신졈리 쥬막애 묵었던 홍쥬목사랄 습격하얐나이다. 이번에도 그리할 생각이니이다."

두 사람이 그의 말뜻을 새기는 사이, 다시 터진 상처처럼 례산현에서 죽은 사람들의 기억이 왈칵 몰려들었다. 아득한 옛날처럼 느껴졌지만, 따져보면, 겨우 열 나흘 전이었다. 그 열나흘 동안에 그리도 많은 일들이 일어난 것이었다. 그들을 안내했던 왕선동은 이미 저승 사람이 되었고, 이제 그들은 다시 례산에서 관군을 칠 일을 계획하고 있었다.

마음을 다잡고 헛기침으로 목을 고른 다음, 그는 말을 이었다, "우리 챵의군이 여긔 방어션을 티면, 관군도 갓가이 머믈 수밧긔 없나이다. 그리다외면, 관군의 지휘관안 신례원에 머믈 새니이다. 그때 우리 특공대 한밤애 신례원의 지휘관 숙소랄 티면…… 므슴 녜아기인디 두 분끠션 아시겠나니잇가?"

"녜, 원슈님. 이대 알겠압나니이다." 리가 힘이 들어간 목소리로 대꾸했다.

"녜, 원슈님. 이대 알겠압나니이다." 김의 목소리에도 힘이 들어 있었다.

"그러하니, 김 대쟝끠셔는 곧 십특공경대를 잇글고 례산아로 가쇼셔. 례산현텽에 진을 티고셔, 밤애 훈련을 하쇼셔. 여긔 금오산 뒷녁으로 올아가셔," 그는 손가락으로 지도를 짚었다. "이리이리 산줄기를 타고 슈텰리로 나려가셔 여긔 산줄기를 넘어셔 간량리로 나려가쇼셔. 그리하면, 신례원 뒷녁으로 나올 새니이다. 신례원을 한 바회 돌아셔 원과 집달히 엇디 삼기었는디 살펴본 뒤헤 현텽으로 돌아오쇼셔."

"녜, 원슈님. 이대 알겠압나니이다."

"밤마다 그리 훈련하쇼셔. 그리고 낮애난 잠알 자도록 하쇼셔. 몸이 밤애 일하난 것에 익숙하게 다외다록 하쇼셔. 훈련을 열심히 하야 밤눈이 밝아디고 밤애 산알 타난 일이 쉽다록 하쇼셔. 대대쟝 달한 이믜 신졈리 싸홈애셔 큰 공알 셰웠으니, 이대 할 새니이다. 새로 들어온 병사달토 모도 밤애 긔습하난 일애 익숙하게 다외도록 하쇼셔."

"녜, 원슈님. 이대 알겠압나니이다. 열심히 훈련하겠압나니이다."

"그리하시고, 젹병들이 추격해오난 경우에 대비하려면, 특공대에 궁슈들이 이시난 것이 됴할 새니이다. 궁슈 일개 단대랄 김 대쟝 부대에 배쇽하겠으니, 함끠 훈련하쇼셔."

"녜, 원슈님. 이대 알겠압나니이다."

"그리고 리 총참쟝끠셔는 김 대쟝끠셔 훈련하난 대 어려움이 없도록 마암알 써셔 도와주쇼셔."

"녜, 원슈님. 그리하겠압나니이다."

"시방 나이 한 녜아기난 우리 세 사람만이 아난 일이니이다. 다란 사람달히 알면, 모도 허사이 다외얄 뿐 아니라, 우리 군사달히 위험해디나이다. 다란 사람달히 절대 모라게 하쇼셔."

"녜, 원슈님. 말 조심알 하겠압나니이다."

"녜, 원슈님. 이대 알겠압나니이다."

"김 대쟝끠셔는 군사달해게도 알리디 마쇼셔. 대대쟝달해게도

녜아기하디 마쇼셔. 뉘 물으면, 특별한 계책이 없이, 그저 밤애 특
공 훈련을 하난 것이라 녜아기하쇼셔."

"녜, 원슈님. 말쌈대로이 시행하겠압나니이다."

"시혹 이 계책이 밧가로 새어나간 닷하면, 김 대쟝끠셔는 바로
이 계책을 그치쇼셔. 나한테 보고하디 아니하고도, 그치쇼셔. 므슴
녜아기인디 아시겠나니잇가?"

6

먼 길을 행군해서 시장한 터라, 밥 짓고 국 끓이는 냄새가 유난
히 구수했다. 입안에 고인 침을 삼키고서, 언오는 식사를 마련하느
라 분주한 취사단대 여군들에게 웃음 실린 눈길을 보냈다.

"이제 뜸을 들이디," 최옥단이 밥솥에 불을 때는 여군들에게 지
시했다.

최는 이번 면천현 공략 작전을 계기로 편성된 보급대를 맡았다.
홍쥬 출신으로 나이가 마흔가량 된 여인이었는데, 성격이 활달하
고 주변이 좋은 듯해서 그의 눈에 뜨였었다. 마침 친정이 면천현
읍내라서, 이번 작전에 여러모로 도움이 될 터였다.

'아, 살 것 같다. 밖에 나오니, 이리 좋은 것을⋯⋯' 원슈의 제모
(制帽)가 된 '원산 괭이갈매기들'의 빨간 운동모자를 벗고 이마의
땀을 손등으로 훔치면서, 그는 짙푸른 소나무들 사이로 막 잎새들
이 돋기 시작한 참나무들과 꽃이 활짝 핀 산벚나무들이 들어찬 산

비탈을 둘러보았다. 얼굴에 저절로 웃음이 배어 나왔다. 홍쥬성 안에서 갖가지 사무들에 치이다 훌훌 털고 이렇게 군사 작전에 나서니, 몸도 가볍고 마음도 가뿐했다.

개울에서 땀을 씻은 병사들이 밥이 나오기를 기다리면서 애기하고 있었다. 편성된 지 얼마 되지 않았지만, 이제 제법 군대 꼴이 나고 있었다. 어제 행군한 뒤로 질서가 잡힌 것이 완연했다. 병사들은 쉴 때도 자기 부대에서 멀리 떨어지지 않았다.

면천현 원경군은 채후신이 이끄는 슈군이 주력이었다. 류군은 황칠셩이 이끄는 22긔병졍대만 작전에 참가했다. 면천군에 큰 관군이 있을 것 같지 않아서, 그는 큰 병력을 동원할 필요가 없다고 판단했다. 하긴 홍쥬성의 방어에 필요한 부대들을 빼놓으면, 동원할 만한 부대도 없었다. 그리고 이번엔 슈군만으로 작전을 완수해서, 슈군이 공을 세울 기회를 주고 슈군 병사들의 사기를 올려주면서 일체감을 불어넣으려는 계산도 있었다. 채후신에게 역량을 펼칠 기회를 주고도 싶었다.

3듕대 쪽에서 갑자기 목소리들이 높아지더니, 웃음판이 터졌다. 무슨 걸쭉한 농담이라도 나온 모양이었다.

'다행이다. 모두 속으론 모두 울화가 치밀 텐데……' 행군해온 오르막길을 내려다보면서, 그는 천천히 고개를 끄덕였다.

보령 슈영 작전에서 챵의군에 항복해서 들어온 병사들을 빼놓곤, 슈군 병사들은 거의 다 법성보창의 조졸들이었다. 갑자기 조운션들과 거기 실린 셰미를 챵의군에 빼앗기고 고향으로 돌아갈 수 없어 챵의군에 든 터라, 그들로선 지금의 처지가 달가울 리 없었다. 만일 2백 가까운 그들이 작당해서 반항하면, 믿을 만한 군사들은 근위대대의 근위병들과 22긔병졍대의 긔병들뿐인 그로선 난감할 수밖에 없었다. 다행히, 채후신이 뛰어난 지도력을 보여서 갑작스럽게 만들어진 부대를 잘 이끌고 있었다.

'내가 사람을 알아보는 능력이 없진 않지.' 얼굴에 느긋한 웃음을 올리고서, 그는 병사들 사이를 돌아다니면서 얘기하는 채후신을 슬쩍 살폈다.

자화자찬이었지만, 틀린 얘기는 아니었다. 그는 이내 채후신의 됨됨이를 알아보았고, 채가 끝내 보령 슈영에서 화를 입으리라는 것을 예견했으며, 채가 챵의군으로 망명할 길을 넌지시 열어놓았었다. 이번 작전에 채를 군이 면천현 원졍군 사령으로 임명한 것도 채의 공을 높이려는 생각에서였다. 원슈인 그가 직접 지휘하는 작전에 따로 원졍군 사령을 두는 것은 전례가 없었다.

원졍군은 어제 아침에 홍쥬성을 나와 북쪽으로 행군해서 해 질 무렵에 덕산현텽에 닿았다. 오늘 아침에 덕산현텽을 나와 여기 덕산현과 면천군의 경계까지 20리 남짓 행군해온 것이었다.

어제 덕산현텽에 머문 일이 생각나면서, 그의 얼굴에 어린 웃음이 짙어졌다. 덕산현감 신경슈는 그를 반갑게 맞았다. 원래 이번 긔병의 단초가 된 물꼬 싸움을 일으킨 장본인이 이제는 그와 챵의군에 대해서 흔들리지 않는 믿음을 보이고 있었다. 눈치를 보니, 현감 노릇에도 익숙해진 듯했다. 덕산현 쥬둔군 사령인 최셩업과도 사이가 나쁘진 않은 듯했다.

챵의군의 통치를 받는 덕산현이 안정되었다는 사실에 크게 고무

되었지만, 정작 그를 기쁘게 한 것은 덕산현에서 응모해서 그를 처음 보는 병사들이 그에게 보인 태도였다. 저 세상에서 많은 사람들의 열광적 환영을 받았었지만, 중세 시골의 젊은이들이 그에게 보인 수줍은 환영은 그의 가슴을 더운 감정들로 채웠다.

덕산현에선 이미 최가 병사들을 많이 모집한 터라, 남자 병사들을 구하긴 어려웠다. 대신 그는 녀군들을 모집했다. 취사와 바느질과 세탁을 맡을 녀군들이 당장 필요했다. 그래서 홍쥬에서 이끌고 온 취사 요원들에 새로 응모한 덕산의 기생들, 관비들, 그리고 여염집 부녀들을 더해서 보급둥대를 만들었다.

녀군들로 이루어진 보급둥대가 편성되면서, 원정군의 분위기가 미묘하게 바뀌었다. 녀군들의 눈길을 의식하면서, 그저 거칠기만 했던 슈군 병사들이 사내답게 행동하려고 애쓰는 것이 눈에 들어왔다. 녀군들이 바라보니, 비겁하거나 야비한 짓을 하려는 충동은 많이 억제될 터였다.

"셩 대쟝."

"녜, 원슈님." 친위둥대쟝 유화룡과 연락둥대쟝 림형복과 무엇을 상의하던 셩묵돌이 대꾸하고서 달려왔다.

"나난 시방 뎌긔 고개로 올아가셔 한디위 살펴볼 생각이니, 채총독끠 그리 녜아기하쇼셔. 밥이 지어디는 대로 군사달할 먹이라 하쇼셔."

"녜, 원슈님."

그가 고개로 올라가자, 유화룡이 친위병 몇과 함께 따라 올라왔다. 황칠성에게 긔병 1개 둥대를 이끌고서 정찰을 나가라 한 터였다. 돌아올 때가 되었는데 아직 돌아오지 않아서, 좀 궁금했다.

고개에 올라서자, 그는 앞쪽을 살폈다. 덕산현 외야면(外也面)과 면천군 마산면(馬山面) 사이에 있는 이 야트막한 고개를 지나 길이 곧장 북쪽으로 뻗었다. 면천군텅은 10리가 채 안 되었으나, 사이에 있는 야산 자락에 걸려 잘 보이지 않았다. 그는 고개 오른쪽에 있는 봉우리로 올라갔다. 그리고 쌍안경을 들어 앞쪽을 살폈다. 길엔 사람들이 보이지 않았지만, 군텅을 둘러싼 성벽엔 사람들이 보였다. 읍성은 단단해 보였다.

'읍성의 높이가 십오 척이라 했는데, 성이 정말로…… 우리가 온다는 것을 알고 대비했다면, 쉽지 않겠다.' 그는 속으로 입맛을 다셨다.

열다섯 자 높이의 석성은 결코 가볍게 볼 것이 아니었다. 만일 성안에 있는 사람들이 결사적으로 방어한다면, 공성 기구를 제대로 갖추지 못한 군대에겐 오르기 어려운 장벽일 수도 있었다. 지금 그가 거느린 병력은 8개 슈군듕대, 1개 긔병경대 그리고 근위대대였다. 슈군 병력 가운데 여군들을 빼놓고 실제로 싸움에 나설 병력은 2백이 채 안 되었다. 긔병을 공성전(攻城戰)에 쓰기는 어려웠다. 근위대대는 50명 남짓했다.

그가 공성 계획을 생각하는데, 성 앞쪽 두 마장 되는 길에 한 무리 긔병들이 나타났다. 쌍안경으로 앞선 긔병이 황칠성임을 확인한 뒤, 그는 안도의 한숨을 길게 내쉬었다.

그가 다시 고개로 내려오자, 채후신이 올라와서 좀 걱정스러운 얼굴로 그를 맞았다.

"황 대쟝이 돌아오고 이시나이다."

"아, 녜." 채의 얼굴이 좀 밝아졌다. "원슈님, 뎜심을 드시옵쇼셔."

"녜. 황 대쟝이 오면, 함끠 들겠나이다. 채 총독끠셔 몬져 나려가셔셔 군사달히 뎜심을 잘 드는가 살피쇼셔."

"녜, 원슈님. 알겠압나나이다."

그는 다시 다가오는 긔병들을 쌍안경으로 살폈다. 이상했다. 그는 쌍안경을 내렸다가 다시 올리고 긔병들을 살폈다. 틀림없었다. 열넷이었다. 원래 황이 이끌고 나간 긔병들은 1대대 1등대 열 명이었다. 셋이 늘어난 것이었다.

'순셩역에 다녀온 모양이구나.'

면쳔군텽 동쪽 4리에 순셩역(順城驛)이 있다고 했는데, 동쪽 산에 가려셔 아직 보이지 않았다. 그가 황에게 부여한 임무는 적의 눈에 뜨이지 않는 정찰이었지만, 황은 무슨 사정 때문인지 순셩역으로 가서 역리들을 설득해서 데리고 오는 모양이었다. 황은 그렇게 스스로 판단해서 할 만한 위인이었다.

마침내 황이 이끈 긔병들이 닿았다. 그는 고개를 좀 내려가서 일행을 맞았다. "어셔 오쇼셔. 슈고 많이 하샸나이다."

"챵의." 황이 급히 말에서 내려 경례했다. "쇼쟝 정찰 임무를 마치고 돌아왔압나나이다."

"모도 슈고 많이 하샸나이다." 땀에 흠뻑 젖은 사람들과 말들을 살피면서, 그는 웃음을 지었다. "엇더하더니잇가?"

"셩은 사람달히 많이 디키고 이시압나나이다. 우리 챵의군이 오날 올 줄 미리 안 닷하압나니이다."

그는 고개를 끄덕였다. "그러할 수도 이시나이다. 어제 우리 덕산애셔 묵었으니, 뉘 면천에 긔별하얏알 수 이시나이다."

"이믜 우리 온다난 것이 알려딘 터라, 쇼쟝안 순셩역으로 가셔 친한 동모달하고 녜아기랄 해보기로 마암알 먹었압나니이다." 황이 뒤에 션 역리들을 가리켰다. "쇼쟝이 순셩역 사람달해게 원슈님을 한번 뵈압고 말쌈알 들어보라 권하얐더니, 부역쟝하고 역리 둘이 쇼쟝알 딸와셔 이리 왔압나니이다."

"아, 그러하나니잇가? 황 대쟝, 이대 하샸나이다." 그는 몇 걸음 앞으로 나아가서 세 사람에게 읍했다. "어셔 오쇼셔. 호셔챵의군 원슈 리언오라 하나이다. 이리 와주셔셔, 참아로 감샤하압나니이다."

말고삐를 잡은 채, 세 사람이 읍하면서 우물우물 인사를 차렸다.

그는 그들에게 지을 수 있는 가장 환한 웃음을 지어 보였다. "목이 마라실 샌듸, 말달토 목이 마랄 샌듸, 가사이다. 요 너머에 우리 군대 진알 텼나이다. 어셔 이리로 오쇼셔."

7

행렬은 빠르게 나아가고 있었다. 목표가 보이니, 마음이 달뜨는 듯, 병사들의 걸음이 빨라졌다.

행렬 가운데에 선 군악대가 내는 군악 가락도 따라서 높아지는 듯했다. 「원슈에 대한 경례」를 속으로 따라서 흥얼거리면서, 그는 흐뭇한 마음으로 군악대를 살폈다. 아직 본부등대에 속했지만, 서른 명이 넘었으니, 따로 등대로 편성할 규모가 된 것이었다. 홍쥬를 떠날 때는 1개 단대였는데, 덕산에서 스물 가까운 군악병들을 받아들인 것이었다. 군악대를 이끄는 강막동은 홍쥬 사람으로 군악대에 일찍 들어왔는데, 음악적 재능이 있었다.

원래 대지동에서 처음 봉기했을 때 농악대를 맡았을 만큼 농악에 관심이 있던 터라, 최셩업은 덕산현을 다스리고 모병하면서 농악을 잘하는 사람들을 많이 모집해놓았다. 면쳔군 원졍군에 가담할 병사들을 모집한단 얘기가 나오자, 너도나도 들고 싶어 했다.

덕분에 군악대가 갑자기 커졌다. 날라리를 부는 병사들은 이내 챵의군의 군가들을 익혔다. 더러 음정이 틀리는 곳들이 있었지만, 그의 귀엔 날라리 가락으로 듣는 「셈퍼 파이딜리스」가 어떤 음악보다도 즐거웠다.

잠시 말을 멈추고, 언오는 행렬 앞머리와 면천 읍성 사이를 가늠했다. 1킬로미터가량 될 듯했다. 그는 말을 몰아 앞으로 나아가기 시작했다. 근위대대 병사들이 급히 따라왔다.

지세를 살핀 뒤, 그는 행렬의 분기점이 될 곳에 멈추었다. 성벽까진 3백 미터가량 되었다. 생각에 잠겨, 그는 고개를 끄덕였다. 읍성은 『신증동국여디승람』에 나온 대로였다. 평지에 돌로 쌓았는데, 높이가 15척이 됨직했다. 크지는 않았지만 견고해서, 만일 안에서 사람들이 굳게 저항하면, 성을 얻기가 쉽지 않을 터였다.

그는 쌍안경을 들어 성벽을 살폈다. 맞은편 남문 성루 둘레에 사람들이 많이 모여 있었다. 군복을 입은 관군들 사이에 흰옷 입은 사람들이 보였다.

'민간인들이 관군에 합세했나?' 문득 가슴이 졸아들었다.

이런 일은 처음이었다. 지금까지 '의병'이 관군에 합세해서 챵의군에 저항한 적은 없었다. 물론 조선조에선 늘 의병의 역할이 컸다. 왜란이나 호란과 같은 외침만이 아니라, 중앙 정부에 반기를 든 지방 세력의 봉기들에서도 으레 토호들이 이끈 의병들이 나와서 관군을 도왔다.

어두운 생각들을 눌러 넣고, 그는 따라온 채후신을 돌아다보았다. "채 총독."

"녜, 원슈님."

"이곳이 분긔졈이니이다. 앗가 녜아기한 대로 여긔셔 우리 군대 둘로 난호아디나이다."

"녜, 원슈님. 이대 알겠압나니이다." 채후신이 대답하고서 행렬로 돌아갔다.

곧 행렬의 앞머리인 1슈군등대가 다가와서 오른쪽으로 돌기 시작했다. 이어 2슈군등대가 왼쪽으로 돌아갔다.

그는 북문을 주공의 목표로 삼았다. 덕산현에서 그는 장돌림들을 쳑후병들로 받아들여 길 안내를 맡겼는데, 그들의 얘기에 따르면, 면쳔성 둘레의 지형은 북쪽이 높고 남쪽이 낮았다. 군텽 북쪽 4리 되는 곳에 면쳔 읍성의 쥬산(主山)인 몽산(蒙山)이 있고, 그 산자락에 읍내가 자리 잡은 것이었다. 그래서 북쪽에선 성안을 굽어보면서 싸울 수 있었다. 남쪽에서 다가오는 챵의군을 맞기 위해 관군 지휘관이 남문 쪽에 병력을 많이 배치했으리라는 계산도 있었다. 조공은 동문과 서문을 목표들로 삼았다. 남문은 적이 도망치도록 비워놓았다.

마지막 부대인 8슈군보급등대가 오른쪽 길로 들어서자, 그는 륙군 22긔병졍대를 이끌고 그 뒤를 따랐다. 처음 싸움터에 나선 터라, 슈군 부대들의 행렬은 혼란스러웠다. 모두 다가올 싸움에 대한 두려움과 흥분이 뒤섞인 낯빛이었다.

그래도 부대들은 제자리를 찾아가서 대열을 맞추고 있었다. 주공인 북문 쪽엔 슈군본부등대, 1슈군등대, 5슈군궁슈등대, 6슈군화포등대, 7슈군운슈등대, 8슈군보급등대와 륙군 22긔병졍대가 자리잡았다. 조공인 동문 쪽과 서문 쪽에는 각각 2슈군둥대와 3슈군둥대가 자리 잡았다.

이번 작전의 핵심은 총통들을 이용한 공격준비사격이었다. 원래 보령 슈영(水營)에서 얻은 화기들은 텬자(天字) 총통 다섯 자루, 디자(地字) 총통 열한 자루, 황자(黃字) 총통 서른두 자루였다. 그 가운데 부실한 것들과 화포로선 크기가 작아서 쓸모가 적다고 판단한 황자 총통들은 녹여서 화살촉들을 만들었고, 텬자 총통 세 자루와 디자 총통 여덟 자루만 이번 원정에 가져왔다.

"원슈님, 부대달히 모도 자긔 자리애 이시압나니이다." 마침내 채후신이 보고했다.

"이대 하샸나이다. 이제 총통달할 배티하사이다. 총통달할 뎌긔……" 그는 비교적 평탄한 곳을 가리켰다. 성벽에서 백 미터쯤 떨어진 곳이었다. "뎌긔 한 줄로 셰우는 것이 엇더하겠나니잇가?"

"네, 원슈님. 그리하난 것이 됴할 닷하압나니이다."

"그러하면 그리하사이다."

"네, 원슈님. 이대 알겠압나니이다." 채가 대꾸하고서 화포둥대로 다가갔다. 곧 병사들이 바쁘게 움직이기 시작했다. 그가 가리킨 곳으로 큰 나무 방패를 든 병사들이 나아가서 방패들을 세웠다. 성벽 위에서 적군이 쏠 화살들로부터 포수들을 보호하려는 것이었다. 이어 포수들이 총통들을 제자리로 날랐다.

그사이에 그는 궁슈둥대를 찾아 둥대쟝 량호근에게 지시했다, "화포둥대가 총통을 놓으면, 궁슈둥대도 이내 살알 쏘쇼셔."

"네, 원슈님."

"우리 군사달히 셩벽 갓가이 다가갈 때까장 살알 쏘쇼셔. 젹이 셩벽 위로 고개랄 내밀디 못하게 하쇼셔."

그가 웃음을 짓자, 량이 씨익 웃으면서 대꾸했다, "녜, 원슈님. 이대 알겠압나니이다."

총통들의 방렬이 끝나자, 바라보던 병사들 사이에서 감탄하는 소리들이 나왔다. 녹을 닦아내고 기름을 칠한 총통들에서 햇살이 되비쳤다. 그런 총통 열한 자루를 한 줄로 세워놓으니, 아닌 게 아니라, 보기에 그럴듯했다.

"채 총독, 이제 총알 놓아쇼셔."

"녜, 원슈님. 이대 알겠압나니이다." 가까스로 억누른 흥분으로 채의 목소리가 탁했다.

"부대 방총 준비," 채의 명령을 받은 화포듕대쟝 강리셕이 병사들에게 명령을 내렸다,

"방총 준비," 병사들이 복창했다.

"셰총."

"셰총," 병사들이 악을 쓰듯 복창하고 총통들의 안쪽을 검사했다. 이어 각 총쟝(銃長)들이 셰총이 완료되었다고 보고했다.

"약션 드려."

"약션 드려," 병사들이 복창하고서 도화선인 약션(藥線)을 총통 아래쪽 약션혈(藥線穴)을 통해 안으로 집어넣었다. 이어 가위로 적절한 길이로 잘랐다.

"화약 나려," 모든 총통들이 명령대로 시행했다는 보고를 받은 듕대쟝이 다시 명령을 내렸다.

병사들이 복창하고 총구를 통해서 화약을 넣었다.

"복지 나려."

병사들이 화약을 덮는 복지(覆紙)들을 총통 안으로 넣어 조심스
럽게 화약을 덮었다.

"송자로 가배야이 다아여."

병사들이 화약을 다지는 나무인 송자(送子)로 화약을 가볍게 다
졌다.

"목마 나려."

목마(木馬)는 화약 바로 위에 자리 잡고 탄환과 같은 발사물들을
떠받치는 격목(檄木)이었다.

"송자로 힘까장 다아여."

병사들이 송자로 격목을 쳐서 화약과의 틈새가 없도록 했다.

"듕연자 한 층 나려."

듕연자(中鉛子)는 중간 크기의 납 탄환이었다. 텬자 총통은 한
회에 듕연자 100개와 대연자(大鉛子) 한 개를 쏘았고, 디자 총통은
듕연자 60개와 대연자 한 개를 쏘았다.

"흙 한 층 나려."

탄환들 위에 흙 층을 쌓는 것은 탄환들 사이의 틈을 메우고 위층
의 탄환들이 고루 재이도록 돕기 위한 것이었다.

"송자로 힘까장 다아여."

병사들이 열심히 흙 층을 다졌다. 화포에 대한 지식이 많은 채후
신은 화포듕대 병사들에게 늘 일렀다, 송자를 많이 써야 연자들이
제대로 나간다고.

"듕연자 한 층 나려."

탄환들은 한 층에 30발씩 들어갔다. 그래서 텬자 총통은 세 번 탄환을 재야 했고 디자 총통은 두 번 재야 했다.

"흙 한 층 나려."

병사들이 흙을 다시 넣자, 강리셕의 힘찬 명령이 떨어졌다, "송자로 힘까장 다아여."

슬그머니 병사들을 둘러본 그의 입가에 웃음이 어렸다. 모든 병사들이 넋을 잃고 화포듕대 요원들이 총통들을 쏠 준비를 하는 모습을 바라보고 있었다. 신기한 광경을 구경하느라 공성의 두려움이 좀 가신 듯도 했다.

"텬자 총통. 듕연자 한 층 나려."

원래 텬자 총통은 한 번에 쏘는 탄환들이 100개여서, 세번째 잴 때는 40발이 들어갔다. 그러나 그는 듕연자들의 한 층을 규격화해서 늘 30발씩 쏘도록 했다.

이번엔 텬자 총통들을 맡은 요원들만 복창하고 움직였다. 강리셕의 명령에 따라 병사들이 흙 층을 채우고 송자로 흙을 다졌다.

"대연자로 막아."

대연자의 크기는 총통의 구경과 같았다.

"송자로 힘까장 다아여."

병사들이 송자로 대연자를 다져 넣었다. 힘든 일이라, 병사들은 모두 땀을 뻘뻘 흘리고 있었다.

마침내 강리셕이 채후신에게 보고했다, "총통 십일 위 방총 준비 완료."

채가 그를 돌아보았다. 그가 고개를 끄덕이자, 채가 결연한 어조로 명령했다. "방충."

"방충," 강이 복창하고 돌아서서 명령했다. "부대 블 준비."

뒤쪽에서 불을 피우고 보살피던 병사들이 불붙은 심지들을 포수들에게 나누어주었다.

"부대 블 혀."

총통 둘레에 모인 병사들이 모두 큰 소리로 복창하고서 약선에 불을 붙였다.

문득 부대에 정적이 내렸다. 모두 숨을 죽이고서 타들어가는 약선들을 바라보았다.

"쿠구구웅……" 마침내 요란한 소리가 나면서 탄환들이 성벽을 향해 날았다. 탄환들의 속도가 그리 크지 않아서, 연자들이 눈에 들어왔다.

뜨거운 기운이 그의 몸을 가득 채웠다. 컴퓨터로 통제되어 동시에 발사되는 현대의 일제사와는 물론 비교가 안 되었지만, 그래도 열한 자루의 총통들이 거의 동시에 발사된 것은 대단한 일이었다.

탄환들은 표적을 제대로 찾지 못했다. 대연자 하나가 북문 성루를 맞춘 것을 빼놓고는, 별다른 효과는 없는 듯했다. 총통은 원래 정확도가 떨어지는 화포였고, 사각(射角)도 어림으로 잡은 터라, 그는 애초에 그런 기대를 하지 않았었다. 그가 기대한 것은 일제사에서 나오는 요란한 포성과 많은 탄환들이 부를 심리적 효과였다.

'이 정도 포성이면, 성안에 있는 사람들은 간이 서늘하겠지.' 야릇한 웃음을 흘리면서, 그는 쌍안경을 들어 성벽 위의 움직임을 살폈다. 조금 전까지만 해도 부산하게 움직이던 사람들이 하나도 보이지 않았다.

"량 대쟝."

"녜, 원슈님."

"이제 궁슈듕대난 일졔샤랄 하쇼셔."

"녜, 원슈님. 이대 알겠압나니이다." 량이 돌아서서 명령했다. "부대 일졔샤 쥰비."

궁슈들이 일제히 활을 들어 성쪽을 겨냥했다. 서른 명 가까운 터라, 나란히 서서 일제히 줄을 당긴 궁슈들의 모습도 멋졌다.

"쏴."

강의 명령이 떨어지자, 화살들이 일제히 성루를 향해 날았다. 화살들은 탄환들보다는 훨씬 정확했다. 대부분 성루 둘레에 떨어졌다. 바라보던 병사들 사이에서 감탄하는 소리들이 났다.

강리셕이 맨 왼쪽의 디자 총통으로 급히 달려가는 것이 눈에 들어왔다. 눈치를 보니, 그 총통이 불발인 모양이었다. 불발에 대한 조치는 반시(半時)를, 즉 현대의 시간으로는 한 시간을, 기다린 뒤 처치하는 것이었다. 그런 일은 경험이 많은 듕대쟝이 잘 처리할 수 있을 터였다. 그는 말을 끌고서 군악대 쪽으로 다가갔다. "강 대쟝."

"녜, 원슈님." 강막동이 달려왔다.

"공격 군호랄 올이쇼셔."

"녜, 원슈님. 이대 알겠압나니이다." 강이 이내 날라리를 입에 댔다. 「경기병 서곡」의 한 소절이 하늘로 날아올랐다.

그는 '겸백이' 위에 올라탔다. 그의 흥분을 느꼈는지, 말은 앞으로 내닫고 싶어 하는 몸짓을 했다. 그는 칼을 뽑아 들고 외쳤다, "챵의군 앞아로. 챵의구운."

"챵의구우운." 병사들이 따라서 외쳤다. 대오를 갖춘 병사들이 달려 나가기 시작했다. 그들 위로 궁슈듕대가 쏘아대는 화살이 바삐 날았다.

1듕대 병사들이 사다리들을 성벽에 기대 세웠다. 칼을 빼어 든 단대쟝들이 앞장서서 성벽으로 올라섰다. 북문을 지키던 관군은 모두 도망쳤는지, 성벽 위에서 맞서는 사람은 없었다. 곧 성문이 열렸다. 병사들이 함성을 올리면서, 안으로 몰려 들어갔다.

근위대대를 이끌고 성안으로 들어서면서, 그는 문득 배가 불러 오는 듯한 느낌이 들었다. 고을 하나를 또 얻은 것이었다. 자신의 꿈을 펼칠 땅을 넓히는 것은 거의 관능적인 즐거움이었다.

'이래서 정복자들이 힘들고 위험한 정복의 길에 나서는 것일까?' 면천군텽을 향해 천천히 말을 모는 그의 마음속으로 한가로운 생각이 스쳤다.

그는 새삼스러운 눈길로 그가 얻은 땅을 둘러보았다. 문득 아랫도리가 뿌듯해졌다. 늦은 봄 햇살 아래 조용히 누운 성안 마을은 저항을 포기하고 억센 사내에게 몸을 맡기는 여인이었다.

8

생각에 잠긴 눈길로 언오는 찢기고 더러워진 종이를 내려다보았다. 면천군텽 외삼문 옆에 붙었던 격문(檄文)이었다. 호셔챵의 군이 온다는 소식을 듣고서, 이 고을 사람 하나가 의병들을 모은 글이었다.

아까 성벽 위에 있던 민간인들의 모습이 떠올랐다. 드디어 민간인들의 저항이 나타난 것이었다. 예상했던 대로, 격문을 내걸고 의병을 모집한 사람은 이곳의 양반 토호였다.

그는 천천히 고개를 끄덕였다. '이제 관군만이 아니라 의병도 걱정해야 한다, 그런 얘긴데……'

가벼운 한숨을 내쉬고서, 그는 문서참모부 요원이 급히 언문으로 옮긴 글을 천천히 뜻을 새기면서 읽었다. 무도한 무리들이 몰려오니, 충성스러운 백성들이 일어나서 고을을 지켜야 한다는 얘기였다. 한문으로 된 글의 문체를 그로선 평가할 수 없었지만, 나름으로 조리가 있는 글이었다.

격문을 쓴 사람이 호셔챵의군을 비난한 이유는 셋이었다. 하나는 국왕에 대해 반역했다는 것이었다. 둘은 이 세상의 근본적 법도를 허물었다는 것이었다. 냥반과 샹민과 쳔민이 서로 다른 것이 세상의 법도인데, 모든 사람들이 똑같다고 주장한 것은 하늘의 뜻을 어기는 짓이란 얘기였다. 셋은 부도덕하다는 것이었다. 남녀가 유별한데, 망측스럽게 여자들을 남자들과 함께 어울리도록 한다는 얘기였다.

그의 눈길이 "진셔를 모루고 비루흔 언문을 쓰는 물이"라는 구절에 머물면서, 그의 입가에 쓸쓸한 웃음이 어렸다. 격문의 저자는 그 구절이 호셔챵의군에 대한 가장 큰 모욕이 되리라 여긴 듯했다. 가슴이 막막했다. 참된 글인 한문을 모르고 그저 아녀자들이나 쓰는 비루한 글인 언문을 쓰는 무리는 사람다운 사람들이 못 된다는 양반들의 생각이 무엇으로도 다리를 놓을 수 없는 거대한 허공처럼 16세기 사람인 격문의 저자와 21세기 사람인 그를 갈라놓고 있었다. "덕슈인 리안집 긔(德修人 李安執 記)"라고 자신의 정체를 씨족의 일원으로 규정한 것도 두 사람 사이의 거리를 더욱 넓혔다.

"원슈님," 셩묵돌의 조심스러운 목소리가 그의 상념 속으로 비집고 들어왔다.

그는 고개를 돌려 셩을 바라보았다. "네, 셩 대쟝."

"원슈님, 호쟝알 다려왔압나니이다."

"아, 그러하나니잇가?" 그는 자리에서 일어섰다.

동헌 마루로 나오니, 섬돌 아래에 노인 한 사람과 쟝년 한 사람이 서 있다가 급히 그에게 읍했다.

"뎌분이……"

"어셔 오쇼셔. 쇼쟝이 호셔챵의군 원슈 리언오이압나니이다." 그도 답례했다.

"쇼인달히 원슈님끠 문후 인사 올이압나니이다." 노인이 다시 허리를 깊이 숙여 인사했다. "쇼인안 이 면쳔 고을 호쟝 죠동환이 압고 이 사람안 쇼인의 족하인듸 이 고을 공방이압나니이다."

"아, 그러하시나니잇가? 이리 뵈압게 다외야셔 반갑삽나니이다. 어셔 올아오쇼셔." 그는 신도 신지 않고 성큼 토방으로 내려섰다.

"원슈님끠셔 이리……" 노인이 황급히 섬돌을 올라왔다.

"아직 관아 일알 쟝악하디 못하야, 얼우신끠 대접할 것이 없나이다." 방에 자리 잡자, 그는 미안한 마음을 얘기했다.

"별 말쌈알……" 노인이 급이 손을 저었다. "쇼인달한 관계티 아니하압나니이다."

"셩 대쟝," 그는 웃음을 띠고서 셩을 보았다. "보급듕대 최 대쟝 끠 녜아기하셔셔 슝냉이라도 내오쇼셔."

"녜, 원슈님," 셩이 대꾸하고서 근위병에게 지시했다.

"얼우신끠 이리 오시라 한 것은 이 고을 사정을 잘 아시난 분끠 녜아기랄 들어보고자 하난 생각애셔……" 그는 고개를 가볍게 숙였다. "이리 와주셔셔 감사하압나니이다."

"아니압나니이다." 노인이 급히 손을 저었다. "쇼인달히 일즉 원슈님을 찾아뵈압디 못하야 죄숑할 따람이압나니이다."

"얼우신, 우리 호셔챵의군은 모단 사람달히 사람다이 살 수 이시게 하려 니러셨나이다. 여긔 「챵의문」에 그리 나왔나이다." 그는 옆에 놓인 두루마리를 펼쳐놓았다. "시방 우리나라해셔는 사람달히 힘까장 일하야도, 사람다이 살기 어렵도다. 그러하야셔 뜻이 이시난 사람달한 모도 나라랄 걱졍하고 이시도다. 우리 살기 그리도록 어려운 말매난 나라히 옳이 다살여디디 못하난 대 이시도다. 시방 우리 님굼꺼셔는 백셩을 사랑하시디마난, 됴졍의 됴신달한 나라화 백셩을 위하난 마암이 없고 님굼의 눈과 귀를 가리면셔 자갸 사욕만알 채오고 이시도다……"

「챵의문」을 다 읽고셔, 그는 노인의 얼굴을 살폈다.

어떻게 대꾸해야 할지 모른다는 곤혹스러움이 노인의 근심스러운 얼굴을 덮었다. 공방(工房)이란 사람은 고개를 숙인 채 자기 아저씨를 곁눈질하면서, 그의 눈치를 살피고 있었다.

"이처럼 우리 호셔챵의군이 모단 사람달할 위하야 니러셨으므로, 우리 니르는 고을마다 사람달히 우리를 반겼나이다. 례산, 대흥, 덕산, 홍쥬, 결셩, 해미—이 여섯 고을틀흘 얻었는듸, 모도 우리를 반겼나이다. 관군이 아니면, 우리와 싸호려 나션 사람이 없었나이다. 그런데 여긔 면쳔에션 이리 격문을 내걸고……" 그는 격문을 두 사람 앞으로 밀어놓았다.

두 사람이 움찔하면서 몸을 옹송그렸다.

"여긔 면쳔에션 이리 격문이 나붙고 사람달히 관군과 함끠 우리 챵의군에 맞셨나이다," 그는 부드러운 목소리로 말했다. "쇼쟝이 사람달히 많이 셩벽 우헤 모호인 것을 보았나이다."

두 사람은 자신들에게 책임이 있는 것처럼 두 손으로 방바닥을 짚고 고개를 숙였다. 몸을 떨어서 갓이 흔들렸다.

그는 더욱 부드러운 목소리로 물었다, "얼우신, 쇼쟝안 이 고을 혜셔 이리 격문이 나뷭은 젼차랄 알고 식브나이다."

두 사람은 여전히 몸을 떨면서 고개를 들지 못했다. "불민한 것들히 사리랄 모라고……" 노인이 기어들어가는 목소리를 냈다.

"얼우신, 쇼쟝안 시방 얼우신끠셔 므슴 잘못알 하샸다난 말쌈알 드리는 것이 아니압나니이다. 쇼쟝안 유독 이 고을혜 격문이 나뷭 은 젼차랄 알고 식브나이다. 얼우신, 이 리안집이라 하난 사람안 뉘이니잇가?"

"리안집안 동문리 사난 사람이압나니이다."

"덕슈 리씨이니잇가?"

"녜, 원슈님."

그는 천천히 고개를 끄덕였다. "냥반이라……"

"원슈님, 리안집안 냥반이 아니압나니이다. 리안집안 셔얼이압 나니이다." 문득 또렷해진 노인의 말씨에 경멸이 배어 있었다.

"아, 그러하나니잇가?" 뜻밖의 얘기에 그는 잠시 눈만 끔뻑거 렸다.

격문을 내건 사람이 서얼이리라고는 정말로 상상하지 못했었다. 양반이라면 이 사회의 지배 계급으로 특권을 누리니, 사회 질서를 근본적으로 허무는 챵의군에 대해 두려움과 적대감을 당연히 품을 터였다. 그러나 서얼은 지배 계급이 아니었다. 생물적으로야 양반의 자식들이었지만 신분적으론 적자들에 비해 큰 차별을 받았다. 문과는 물론 생원과나 진사과에도 응시할 수 없었고, 무과나 잡직

96

에만 나아갈 수 있었다. 그나마 진급에도 제약이 있었다. 따라서 리안집이 서얼이라면, 그는 현재의 사회 질서에 대해 커다란 불만을 품었을 터였고 모든 사람들이 평등하게 살 수 있는 세상을 만들겠다는 챵의군에 호의적일 터였다

'미묘해서 예측할 수 없는 것이 사람 마음이라지만……' 그는 속으로 혀를 찼다.

서얼은 적자보다 훨씬 낮은 사회적 계층이었지만, 그래도 지배 계층에 속했다. 노비들은 말할 것도 없고 보통 사람들보다도 신분이 훨씬 높았다. 그런 처지에 놓인 사람은 신분제의 철폐에 어떻게 반응할까? 그런 사람은 적자와 같은 신분이 되는 것을 반기기보다 자신보다 신분이 낮은 사람들이 자신과 같아지는 것을 싫어할 수 있었다.

'내가 생각이 깊지 못했구나. 하긴 량민들도……'

그의 기대와는 달리, 신분적 평등은 이곳 사람들에게 그리 환영받지 못했다. 량민들도 노비들이 자기들과 신분적으로 같아지는 것에 대해 드러내놓고 불평했다.

"리안집이라 하난 사람안 엇더한 사람이니잇가?" 자신의 집안이 한산 이씨의 서얼이라는 사실을 씁쓸하게 떠올리면서, 그는 은근한 어조로 물었다.

노인이 잠시 생각을 가다듬었다. "셔얼이라 졈…… 사람은 재조이 이시난듸, 마암이 졈 거츨어셔…… 이 고을 셔얼들히 리안집알 위두로…… 이번 일도 그 사람과 어울리던 셔얼들히 저즈른 것이압나니이다. 본디 냥반달한 그리 거츤 일을 하디 아니하압나니이다."

"이 고을헤 냥반달히 많이 사나이다?"

"녜, 원슈님. 이 고을헤는 냥반달히 많이 살고 이시압나니이다. 여긔 냥반 가문들 가온대 가장 큰 집안안 덕슈 리씨 집안이압나니이다." 한번 말문이 열리자, 노인은 높지 않은 목소리로 차분히 얘기하기 시작했다.

"덕슈 리씨라……" 그는 기억을 더듬었다. 덕슈 이씨라면 율곡과 충무공을 배출한 가문이었다. "덕슈 리씨난 명문거족이니이다?"

"녜, 원슈님. 그러하압나니이다. 바로 여긔 덕슈 리씨 집안애셔 문정공(文定公)끠셔 나오샷압나니이다." 그가 잘 알아듣지 못하자, 노인이 덧붙였다. "문정공끠셔는 함자이 행 자이압샷나니이다." 그래도 그가 알아듣지 못하자, 노인이 다시 덧붙였다. "문정공끠셔는 좌의졍까장 디내신 분이압시나니이다."

그는 가볍게 고개를 끄덕였다. "아, 그러하나니잇가?"

그가 문정공 리행을 모르는 것이 노인은 무척 안타까운 듯했다. 이 세상 사람들에겐 자신의 고향에서 유명한 사람이 나온 것이 무척 자랑스러울 터였다. 그것도 좌의졍까지 한 인물이니. 그에게 보다 잘 설명할 길을 찾아 방 안을 둘러보던 노인의 얼굴이 문득 환해졌다. "뎌긔『신증동국여디승람』알 찬하신 분이 바로 문정공이시압나니이다."

"아, 그러하나니잇가?" 문득 호기심이 움직여서, 그는 서안에 놓인 그 책을 집어 들었다. "문정공 함자이 행이라 하샷나이다?"

"녜, 원슈님. 초두 밑애 갈행 자이압나니이다. 노랑어리연꽃행

자라 하압난듸, 『시경』에 나오난 '행채'애 쓰는 바로 그 행자이압
나니이다."

"아, 그러하나니잇가?" 그는 책을 집어 들었다.

책 앞머리에 「진신증동국여디승람젼(進新增東國輿地勝覽箋)」이
있었다. 펴낸 책을 임금에게 바치는 글이었다. 거기 리행(李荇)의
이름이 먼저 나와 있었다. 관직이 여럿이었는데, 중요한 것은 우의
정이었다.

"여긔 리졍승 함자이 나와 이시나이다." 그는 반갑게 이름을 짚
었다.

"녜, 원슈님." 노인의 얼굴이 밝아졌다.

근위병이 소반을 들고 들어왔다. 막걸리 주전자하고 술잔들이
놓여 있었다.

"얼우신, 수울이 나왔나이다. 한잔 받아쇼셔." 그는 주전자를 집
어 들었다.

"아, 녜, 원슈님. 감샤하압나니이다." 노인이 급히 잔을 집어 들
었다.

인사를 차리고서, 그는 술을 한 모금 마셨다. 목이 마르던 참이
라, 막걸리가 입에 달았다. 어떻게 식혔는지 모르지만, 막걸리가
제법 시원했다. 문득 푸근해진 마음으로 그는 고추가 들어가지 않
은 밋밋한 딤채 한 조각을 집어 들었다.

"아, 수울이 싀훤하압나니이다. 목이 말랐는듸, 원슈님 덕분에
해갈하얏압나니이다." 노인이 인사를 차렸다.

"아직 일이 안졍다외디 아니하야셔, 손님 대접을 못 하나이다.

그러나한디 얼우신끠셔는 문졍공알 뵈오신 적이 이시압나니잇가?"

노인이 고개를 저었다. "쇼인이 어렸을 적에는 문졍공끠션 셔울 헤셔 벼슬을 하셨고. 말년에 평안도로 귀향 가셔셔, 거긔셔 돌아 가샀나니이다. 뒤헤 신원이 다외야셔, 여긔 션산애 모셨는듸, 장례 셩대하얐압나니이다. 쇼인이……" 노인이 아련한 눈길로 허공을 보면서 잠시 기억을 더듬었다. "쇼인이 열아홉 셜 때였압나니이다."

"그러하면 여긔 덕슈 리씨 집안 사람달히 많이 사시나이다?"

"녜, 원슈님. 여긔 면쳔은 냥반 고을힌듸, 덕슈 리씨 집안이 긔 듕 번챵하압나니이다."

"다란 냥반달한 뉘이시니잇가?"

"릉셩(陵城) 구씨하고 면쳔 복씨이시압나니이다. 여긔셔 븍녁으로 이십 리 다외야난 대에 신암사(申菴寺)라난 졀이 이시난듸, 그 졀에 구씨 재궁(齋宮)이 이시압나니이다. 면쳔 복씨난 고려 적에는 명문이었다 하난듸, 이제는 한미하야, 덕슈 리씨에 미츠디 못하압나니이다."

그는 이곳 양반들의 세력을 그대로 두는 것은 위험하다는 것을 깨달았다. 그가 군대를 이끌고 떠나면, 양반들이 다시 말썽을 일으킬 가능성이 있었다. 면쳔군은 큰 고을이었다. 현대의 당진군(唐津郡)의 남부와 동부를 아우르는 군으로, 서북쪽에 자리 잡은 당진현보다 훨씬 컸다. 챵의군의 근거지인 홍쥬와 례산에 이웃했으므로, 전략적으로도 중요했다. 그로선 이곳을 완전히 장악하는 것이 긴요했다.

그는 마음을 정하고 노인에게 물었다. "이곳 덕슈 리씨 집안이 몇 사람이나 다외나니잇가?"

노인이 잠시 생각했다. "동문리에 이십여 호 이시고, 남문리에도 십 호난 넘고, 븍문리에도 십 호 즈음 다외고…… 모도 사십 호난 넘을 닷하압나니이다."

그는 다른 양반 집안들의 세력에 대해서도 노인에게 물었다. 특히 토지와 노비에 대해서 자세히 알아보았다. 얻고 싶은 정보들을 대략 얻자, 그는 옆에 놓인 두루마리 하나를 폈다.

"여긔 이 문셔는 우리 챵의군의 군령 뎨일호이니이다. 노비달할 면쳔하야 챵의군으로 받아들이는 일알 뎡한 군령이니이다." 그는 노인에게 군령에 대해서 자세히 설명했다.

마침내 군령의 뜻을 제대로 이해한 노인이 무겁게 고개를 끄덕였다. 군령의 내용이 이 고을에, 그리고 자신에게, 미칠 영향들을 걱정스럽게 헤아리는 듯했다.

"이곳 면쳔군에셔도 우리 챵의군은 군령의 관노비달할 모도 면쳔하야 량인달로 맹갈았나이다. 그리하고 그 사람달할 모도 챵의군으로 받아들였나이다. 이제 냥반 집안달희 사쳔들토 면쳔하야 챵의군으로 받아들이져 하나이다. 얼우신끠셔 챵의군을 졈 도와주쇼셔."

노인이 난감한 낯으로 우물쭈물했다.

"여긔 군령에 나온 대로, 챵의군에 응모하난 사쳔은 챵의군이 대신하야 쥬인들게 납가랄 내나이다. 다만 '챵의공채'로 납가랄 내나이다."

노인이 걱정이 가득한 얼굴로 고개를 끄덕였다. "녜, 원슈님. 알겠압나니이다."

"우리 챵의군이 시방 쇽량할 사노달한 모도 오십 인이니이다. 열다삿 설브터 마안 설까지 다외얀 남자달할 쇽량하려 하나이다. 그 남자달회 권속달토 납가랄 내고 면쳔하나이다." 노인이 그의 말뜻을 새길 시간을 준 다음, 그는 말을 이었다, "덕슈 리씨 집안애셔 셜흔 명, 면쳔 복씨 집안애셔 열 명, 룽셩 구씨 집안애셔 열 명을 내도록 하야주쇼셔."

"녜, 원슈님. 알겠압나니이다."

"얼우신, 그리하시고, 덕슈 리씨 집안의 윗얼우신끠 말쌈드리쇼셔, 이 격문을 내건 리안집알 이리로 보내달라고."

낮았지만 힘이 실린 그의 말에 노인이 움찔했다. "녜, 원슈님."

"셩 대쟝."

"녜, 원슈님."

"긔병대 황 대쟝끠 이리 오시라 하쇼셔. 여긔 호쟝 얼우신끠셔 안내하실 새니, 긔병 일개 대대랄 잇글고셔 덕슈 리씨 집안알 찾아가시라고,"

9

해가 성벽에 걸려 있었다. 소나무 가지들 사이로 비치는 봄날 햇살이 부드러웠다. 까닭 모를 서글픔이 가슴에 차올라 마음의 어느 호젓한 모래밭을 시리게 씻고 있었다. 문득 지금 보는 풍경이 낯익다는 느낌이 들었다. 오래전에 어디선가 본 듯했다.

'오래전…… 저 세상에서 보았단 얘긴가?' 떠오른 기억의 회로 속에서 갓 결혼한 두 젊은이들의 모습이 떠올랐다. 아련한 그리움과 무엇으로도 채울 수 없을 것 같은 상실감이 거센 파도로 닥쳤다. 억지로 가슴 밑바닥으로 밀어 넣고 버려온 저 세상의 기억들이 한꺼번에 터져 나올 것만 같아서, 언오는 주먹을 쥐고 이를 악물었다.

'지금은 아니지,' 그는 자신에게 절박하게 호소했다. '지금은 아니지. 언젠가 이 일이 끝나면, 그때……'

덮쳐오던 파도가 차츰 잦아들었다. 한숨을 죽이면서, 그는 슬쩍 소매로 이마에 밴 진땀을 훔쳤다. 성벽 너머로 개 짖는 소리가 들려왔다.

사람들이 내는 갖가지 소리들이 마음속으로 들어왔다. 모두 바삐 움직이고 있었다. 고을 하나를 얻었으니, 처리할 일들이 많았다.

'녀군 변소를 짓는 일이 어떻게 되었는지, 한번 살펴볼까?' 그는 녀군 숙소로 정해진 주방 쪽으로 향했다.

챵의군은 녀군들이 많은 군대였으므로, 녀군들에 대한 배려가 중요했다. 무엇보다도, 녀군들과 남군들 사이의 관계를 엄격하게 통제하는 일이 중요했다. 자칫하면, 군기가 무너지고 세평이 나빠질 위험이 있는 일이었으므로, 그는 부대장들에게 녀군들과 남군들 사이의 관계는 순전히 업무적이어야 한다고 단단히 일러놓았다. 성적 희롱과 농담도 엄금했다.

진지를 떠나 행군하거나 작전할 때는 녀군들의 변소와 욕실을 따로 마련하도록 했다. 성을 차지하자, 그는 녀군들의 변소와 욕실을 먼저 지으라고 채후신에게 지시한 터였다. 덕산현에서 징발한 목수들과 다른 공장(工匠)들이 제법 많아서, 그런 일은 어렵지 않을 터였다. 그들은 아직 본부듕대에 속했지만, 이곳 면쳔의 공장들을 보충하면, 슈군공병듕대로 편성할 만했다.

그사이에 부대들은 교대로 서문 밖 개울에서 몸을 씻었다. 그는 늘 몸을 깨끗이 하는 일의 중요성을 강조했다. 많은 사람들이 한데 모인지라, 군대는 늘 역병의 위험을 안았다. 그래서 고대와 중세엔 우세한 군대가 역병으로 무너진 경우들이 흔했다. 이제 더운 철이니, 물을 끓여 먹고 몸을 깨끗이 하는 일은 더욱 중요했다.

그가 주방 가까이 이르렀을 때, 황칠성이 급히 다가왔다. "챵의.

원슈님, 분부대로 이쟈랄 븥잡아 왔압나나이다."

"챵의. 수고 하샸나이다." 답례하고서, 그는 긔병들이 븥잡아온
사내를 살폈다.

두 손을 새끼로 묶인 채, 젊은이는 고개를 수그리고 있었다. 잘
생긴 젊은이였다. 체념한 듯, 표정이 담담했다.

"황 대쟝, 삿기랄 플어주쇼셔."

"녜, 원슈님." 황이 지시하기도 전에, 긔병 둘이 달라븥어서 젊
은이를 묶은 새끼를 플었다.

젊은이가 놀란 눈길로 그를 흘긋 살폈다. 그리고 묶였던 팔을 조
심스럽게 어루만졌다.

"뫼셔 오라 하얐난듸, 이리 다외얐압나나이다." 그는 젊은이에
게 미안한 웃음을 지어 보였다. "리안집 션생이시니이다?"

"녜. 쇼인이 리안집이압나나이다," 젊은이가 또렷한 목소리로
대꾸하고서 공손히 읍했다.

"만나 뵈오아셔 반갑삽나나이다. 함끠 동헌으로 가사이다."

동헌 쪽으로 가면서, 그는 황칠셩에게 물었다, "리 션생 혼자 오
샸나나이잇가? 아니면, 다란 사람달토 딸와오샸나나이잇가?"

"이분 어마니하고 동생이 딸와오샸압나나이다. 시방 외삼문 밧
긔 이시압나나이다."

"그러하면, 황 대쟝, 가셔셔 두 분을 뫼셔 오쇼셔."

"녜, 원슈님." 황이 말에 올라탔다.

동헌 안방에 자리 잡자, 그는 부드러운 목소리로 리안집에게 물
었다, "리 션생, 격문은 문쟝이 됴한듸, 과거는 보샸나나이잇가?"

잠시 머뭇거리더니, 리가 힘겹게 입을 열었다. "쇼인안 셔얼이라, 과거에 응시할 수 없압나니이다."

　"문쟝이 그리 됴한듸……" 그가 혀를 차자, 리가 얼굴을 붉히면서 고개를 숙였다.

　"원슈님, 수울상알 보아 왔압나니이다." 근위병이 상을 들고 들어왔다.

　"아, 녜. 이리 놓아쇼셔." 그는 주전자를 집어 들었다. "리 션생, 잔알 받아쇼셔."

　"아, 녜. 황공하압나니이다." 리가 급히 잔을 집어 내밀었다.

　"목이 마라실 샌듸……" 싱긋 웃으면서, 그는 리의 잔에 막걸리를 따랐다. 이어 자기 잔에 따르고서 잔을 집었다. "자아, 드사이다."

　"원슈님," 황칠셩이 마루에 선 채 그를 불렀다.

　"녜, 황 대쟝."

　"뎌분과 함끠 온 분들히 뎌긔……" 황이 몸을 돌려 뒤쪽을 가리켰다. "마당애 이시압나니이다."

　"이리 뫼시쇼셔." 그는 황의 뒤를 따라 동헌 마루로 나섰다.

　황이 섬돌을 내려가서 두 사람에게 말했다. 두 사람이 흘긋 동헌을 올려다보더니, 서로 쳐다보았다. 그리고 몸을 옴츠리고 섬돌을 올라왔다.

　"어셔 오쇼셔," 그가 마루에서 인사하자, 두 사람이 황급히 몸을 굽히면서 무어라 웅얼거렸다. 리안집의 어머니는 마흔가량 된 부인이었는데, 자태가 고왔다. 리의 동생은 열예닐곱 살 되어 보였다. 형을 많이 닮았는데, 생김새가 형보다 곱살했다.

다시 자리 잡자, 그는 근위병에게 술잔을 둘 더 가져오라 일렀다. 그리고 웃음 띤 얼굴로 부인에게 부드럽게 말했다, "많이 놀라샸나니이다?"

부인이 두 손으로 방바닥을 짚고서 윗몸을 깊이 숙였다. "쇼인네 자식 죄 큰듸, 이리 잘 대해주시니, 므어라 감샤 말쌈알 올여야 할디 모라겠압나니이다. 원슈님 은혜는 백골난망이압나니이다."

근위병이 술잔을 들고 들어왔다. 그는 주전자를 들어 잔들을 채웠다. 두 사람은 처음엔 사양했지만, 속이 탔던지라, 술을 맛있게 들었다.

"우리 호셔챵의군이 긔병한 것은," 모두 목을 축이고 분위기가 좀 가벼워지자, 그는 입을 열었다. "됴한 셰상알 맹갈려는 뜻이니이다. 모단 사람달히 사람다이 살 수 이시게 하려는 뜻이니이다. 여긔 「챵의문」에 그 뜻이 담겼나니이다."

그가 두루마리를 펴 보이자, 세 사람이 고개를 내밀어 살폈다.

"여긔 나오나니이다. '백성은 나라희 바탕이라, 나라히 됴히 다외려면, 몬져 백성이 모도 몸과 마암이 편히 살아야 하도다. 이에 나라랄 디킈고 님굼을 도오며 백성을 편히 하려 우리 챵의군이 니러셨노라. 우리와 뜻을 함끠하려 하난 사람달한 머뭇거리디 말디어다. 챵의군에 들어와셔 나라랄 디킈고 님굼을 도와셔 백성을 편히 하기랄 바라노라.' 우리 호셔챵의군은 님굼을 위한 군사달히니이다."

세 사람은 제대로 알아듣지 못한 얼굴로 그저 고개만 열심히 ㄲ

덕였다.

"녜, 원슈님. 이대 알겠압나니이다." 셋 가운데 가장 침착한 부인이 대꾸했다.

아들들이 다시 열심히 고개를 끄덕였다.

"그러모로, 튱쳥감사끠셔도 우리 챵의군을 도오시나이다. 졍언디 감사끠셔는 우리 챵의군의 스승이 다외샤, 시방 우리 군사달콰 함끠 셔산에 가셔셔 사람달해게 우리 챵의군을 딸오라 유세하고 겨시나이다." 그들이 그의 얘기를 새길 틈을 주려고 잠시 뜸을 들인 다음, 그는 말을 이었다. "그리하고 례산현감 윤긔, 태안군슈 윤인형, 젼의현감 졍응쇼, 직산현감 원슌보와 갇한 분들토 모도 우리 챵의군의 스승인 군사이 다외야셔, 쇼쟝알 돕고 겨시나이다."

세 사람이 불안한 낯빛으로 무겁게 고개를 끄덕였다.

"녜, 원슈님. 이대 알겠압나니이다. 챵의군의 뜯이 참아로 가상하니, 사람달히 모도 원슈님을 딸오난 닷하압나니이다." 이번에도 부인이 대꾸했다.

그는 속으로 탄복했다. 양반의 쇼실(小室)일 터인데, 자태도 곱고 사리 판단이 빠르고 정확했다. 그의 얼굴에 웃음이 배어 나왔다. "감샤하압나니이다. 수울을 겸 드쇼셔."

막걸리 한 모금으로 목을 축이고서, 그는 말을 이었다. "우리 챵의군이 다사난 따해셔는 모단 사람달히 똑갇한 대졉을 받나이다. 반샹과 귀쳔의 차별이 없고, 격셔의 차별이 없고, 남녀의 차별도 없나이다. 그런 셰샹애션 재조 이시난 사람달히 제 뜯을 바로 펼 수 이시나이다. 재조 이시면, 뉘라도 높안 벼슬을 하고 큰일알 하고 뜯알 펄 수 이시나이다. 셔얼이라도 재조 이시면 높안 벼슬을 할 수 이시고, 샹민이나 노비도 벼슬을 할 수 이시고, 녀자라도 재조 이시고 셩품이 됴하면 벼슬을 할 수 이시나이다."

그는 말을 멈추고 밖에서 나는 소리에 귀를 기울였다. 활기찬 군대가 내는 소리들이 그의 마음을 든든하게 했다.

"시방 우리 챵의군은 재조 이시난 사람달히 많이 필요하나이다. 리 션생텨로 문재 뛰어난 분은 하실 일달히 특히 많아나이다. 우리 챵의군은 많안 사람달히 알도록, 모단 문셔들홀 언문으로 맹가나이다. 그러나 언문을 모라고 진셔만 아난 사람달토 많아나이다. 그러모로 우리 챵의군의 문셔들홀 진셔로 옮기난 사람달히 이셔야 하나이다. 리 션생끠 쇼쟝이 간곡히 부탁드리나니, 부대 우리 챵의군에 들어오샤 쇼쟝알 도와주쇼셔." 그는 두 손으로 방바닥을 짚고 리안집에게 윗몸을 깊이 기울였다.

리가 급히 일어나 무릎을 꿇고 절을 했다. "쇼인이 엇디 그리 막듕한 일알……"

"여긔 면쳔군텽에 각금 나오샤 문셔를 맹가난 일알 겸 도와주쇼셔. 이 자리애셔 결심하시라 말쌈드리는 것이 아니외다. 댁애 돌아가셔셔 생각해보신 뒤헤 쇼쟝애게 뜯을 알려주쇼셔."

"녜, 원슈님. 원슈님 뜯을 이대 알겠압나니이다." 리가 반갑게 대꾸했다.

"그리하시고……" 그는 부인을 바라보았다. "마나님, 마나님끠 드릴 말쌈이 이시나이다."

"원슈님끠셔 쇼인네에게 므슴……" 부인의 밝아졌던 얼굴에 문득 걱정의 그늘이 어스름처럼 어렸다.

"꿀을 졈 구하고 식브나이다. 다람이 아니오라, 우리 군사달 가온대 다틴 사람달히 이시난듸, 다틴 대난 꿀이 됴하나이다. 이 고을헤 꿀을 가잔 집이 이시면, 쇼쟝이 꿀을 졈 사고 식브나이다."

꿀은 전통적으로 상처의 치료에 쓰였다. 현대에 항생제가 발명되면서, 꿀의 약효는 잊혔다. 그러나 강력한 항생제들에 내성을 지닌 세균들이 나오면서, 꿀은 다시 상처의 치료제로 주목을 받았다. 포화당들로 이루어진 꿀은 물을 많이 빨아들이므로, '슈퍼 박테리아'들은 생존과 번식에 필요한 물을 빼앗기게 된다. 그리고 꿀을 만들 때, 벌들은 과산화수소를 발생시키는 효소를 분비하므로, 꿀은 낮은 농도의 과산화수소를 지속적으로 발생시켜서 상처를 씻어낸다. 홍쥬의 병원엔 상처를 입은 군사들이 많았다. 챵의군 병사들도 여럿이었지만, 관군 병사들이 많았다. 한셩에서 내려올 관군과의 큰 싸움을 앞둔 터라, 그로선 꿀을 많이 확보해두고 싶었다.

부인의 낯빛이 한결 밝아졌다. "녜, 원슈님. 므슴 말쌈이신디 이대 알겠압나니이다. 쇼인네의 집에도 꿀이 죠곰 이시압고…… 알아보면, 많디난 아니하겠디마난, 졈 이실 닷하압나니이다."

"마나님끠셔 졈 슈고하야주쇼셔. 꿀을 쉬이 구하려면, 역시 돈이 이셔야 할 새니…… 쇼쟝이 쌀 한 셤을 꿀 값아로 내놓겠나이다." 그는 고개를 돌려 밖을 내다보았다. "셩 대쟝."

"녜, 원슈님."

"티부참모부 요원에게 나이 시방 쌀어음 십오 문이 필요하다 뎐하쇼셔. 약값아로 쓴다고 니르쇼셔."

"녜, 원슈님. 이대 알겠압나니이다."

"마나님. 이제 쇼쟝이 마나님끽 쌀어음 십오 문을 드리겠나이다. 쌀어음 한 문은 쌀 한 말과 갇하나이다. 그 쌀어음으로 꿀을 구하쇼셔. 내죵에 꿀을 판 사람달한 쌀어음을 여긔 현텽 티부참모부에 가져오면 쌀과 바꿀 수 이시나이다."

　"이제브터 호셔챵의군 '면쳔셩 싸홈'애셔 공이 많았던 사람달헤 대한 표챵식을 거행하겠압나니이다." 동헌 마루 아래 토방에 선 문셔참모부 요원 신병헌이 앞마당에 모인 병사들을 바라보며 선언했다. 신은 원래 홍쥬목의 셔리였는데, 성실하고 재주도 있어서, 이번 작전에서 문셔참모부 일을 맡은 터였다. 표챵식과 같은 공적 행사를 진행하는 것은 처음이라, 목소리가 좀 떨려 나왔다.

　"몬져, 원슈님끠 대한 경례 이시겠압나니이다."

　병사들의 맨 앞에 선 채후신이 돌아서서 외쳤다, "원슈님끠 대하야 경례."

　"챵으이," 병사들이 외쳤다.

　채가 돌아서서 토방 위에 선 언오에게 경례했다, "챵의."

　"챵의," 뿌듯한 마음으로 그는 답례했다. 싸움에서 이겨 고을을 하나 더 차지한 터라, 모두 얼굴이 밝았다. 급히 만들어진 군악대가 연주하는 「원슈에 대한 경례」를 들으면서, 그는 간밤에 조금 뿌린 비로 촉촉해진 마당에서 올라오는 싱그러운 흙냄새를 깊이 마셨다.

"바로," 군악이 끝나자, 채가 돌아서서 외쳤다.

"다암애난 원슈님 훈시 말쌈이 이시겠압나니이다."

가벼운 웃음을 띠고서, 그는 병사들을 내려다보았다. "부대 쉬어."

"부대 쉬어," 채가 복창하고서 돌아섰다. "부대 열중쉬어."

꼿꼿이 섰던 병사들이 뒷짐을 지면서 한숨을 내쉬었다.

"호셔챵의군 군사 여러분, 어젓긔 우리 챵의군은 이 면쳔 고을흘 얻었나이다. 여러분들끠셔 모도 용감하게 싸호신 덕분이니이다. 이번 '면쳔성 싸홈'애션 모단 분들히 공이 크디마난, 특별히 공이 크신 분들끠 훈쟝알 드리나이다." 그는 말을 멈추고 몸을 돌려 뒤에 걸린 군령을 가리켰다.

호셔챵의군 군령 뎨삼십팔호

흐나. 면쳔군 원졍군이 면쳔군을 얻어 임무를 완슈흔 것을 치하홈.

둘. 면쳔성 싸홈애셔 공을 세운 사룸둘흘 윈녁과 굳히 표챵홈.

황셩무공훈쟝 슈 슈군 총독 딕스 채후신

데이십이긔병졍 대쟝 부스 황칠셩

원슈부 근위대쟝 졍스 셩묵돌

쳥셩무공훈쟝 슈군본부등대쟝 졍병 민준하

데일슈군듕대쟝 부병 진목하

데이슈군듕대쟝 부병 김한식

데삼슈군듕대쟝 부병 박동셕

데오슈군궁슈듕대쟝 졍병 량호근

데륙슈군화포듕대쟝 부병 강리셕

데칠슈군운슈듕대쟝 졍병 최칠규

슈군본부듕대 부병 강막동

슈군본부듕대 부병 최옥단

데일슈군듕대 딕병 김승기

데일슈군듕대 딕병 쳔용훈

데일슈군듕대 딕병 김맹우

데륙슈군화포듕대 부병 황금셕

근위대대 친위듕대쟝 졍병 유화룡

근위대대 연락듕대쟝 부수 림형복

세. 슈군군악듕대룰 새로이 편셩흐고 졍병 강막동올 군악듕대
      쟝애 임명흠.

네. 슈군보급듕대룰 새로이 편셩흐고 졍병 최옥단올 보급듕대
      쟝애 임명흠.

부대장들은 모두 훈장을 받았다. 실질적으로 부대장급인 군악대
와 보급대를 이끈 강막동과 최옥단도 훈장을 받았다. 1듕대의 병
사 셋은 성벽에 맨 먼저 올라간 병사들이었고, 화포듕대의 황금셕

은 이번에 총통들을 제대로 운용하는 데 공이 컸다.

"모단 사람달히 사람다이 살 수 이시게 하려 니러션 우리 챵의군은 이제 우리 따화 우리 사람달할 디킬 수 이시나이다. 특히 슈군은 군악듕대와 보급듕대랄 새로이 편성하야 더욱 힘이 커디었나이다. 앎아로 채후신 총독의 지휘 아래 용감히 싸화셔 모도 큰 공알 셰우기 바라나이다. 이상."

"원슈님끠 대하야 경례."

"챵으이," 병사들이 힘차게 외쳤다.

"챵의. 훈시 끝."

"챵의."

"이제 원슈님끠셔 훈쟝알 수여하시겠압나니이다," 아까보다 훨씬 안정된 목소리로 신이 말했다. "훈쟝알 받아실 분들흘 쇼관이 브르겠압나니이다. 황셩무공훈쟝. 딕사 채후신. 부사 황칠셩. 경사 셩묵돌. 세 분끠셔는 이리 올아오쇼셔."

호명된 세 사람이 섬돌을 올라와 한 줄로 그의 앞에 섰다.

"경례," 채가 구령을 붙였다. "챵의."

"챵의."

신이 표창 내용을 읽기 시작했다. "표챵쟝. 슈 슈군 총독 딕사 채후신. 귀관안 긔묘년 삼월 이십팔일의 '면천 읍성 싸홈'애셔 명령을 튱실히 딸와 용감하게 싸화셔 공알 크게 셰웠나이다. 이에 감샤와 존경으로 황셩무공훈쟝알 수여하나이다. 긔묘 삼월 이십구일 호셔챵의군 원슈 리언오. 대독."

속마음이 실린 눈길로 채를 보면서, 그는 표창장을 채에게 내밀었다. 표창장에 나온 "감샤와 존경"은 의례적 문구였지만, 그는 채에게 정말로 감사와 존경을 품었다. 그는 채의 인품과 능력을 깊이 믿었다. 그의 생각엔, 지금 챵의군의 여러 장수들 가운데 큰 부대를 지휘할 능력을 지닌 이들은 김항털과 윤삼봉과 채후신이었다. 이번 작전에서 채는 그의 기대를 십분 채워준 것이었다.

그가 노랑 훈장을 집어들자, 어제까지 면천군텽에 딸린 기생이었고 이제 보급듕대에 속한 훈병 왕츈단이 바늘을 들고 다가섰다. 마당 한쪽에 늘어선 군악대가 둥둥 북을 울리기 시작했다. 그녀에게서 풍기는 향긋한 냄새와 군악의 거친 가락이 동시에 그의 마음속으로 들어왔다. 서로 어울리지 않는 그 두 감각이 묘하게 관능을 자극해서, 한순간 정신이 어쩔했다.

"다암. 뎨이십이긔병졍 대쟝 부사 황칠셩. 귀관안 기묘년 삼 월 이십팔 일의 '면쳔 읍셩 싸홈'애셔 명령을 튱실히 딸와 용감하게 싸화셔 공알 크게 세웠나이다. 이에 감샤와 존경으로 황셩무공훈쟝알 수여하나이다. 긔묘 삼월 이십구일 호셔챵의군 원슈 리언오. 대독." 사무적으로 표창장의 내용을 읽던 신이 고개를 들고 좀 덜 딱딱한 낯빛으로 말을 이었다. "시방 황 대쟝끠셔는 작전을 수행하고 이시나이다. 훈쟝안 내죵애 수여하겠압나니이다."

황칠셩은 아침 일찍 긔병대를 이끌고서 동쪽으로 30리 되는 범근내보(犯斤乃浦)로 떠났다. 원래 범근내보엔 공쥬와 홍쥬 지역 군현들의 세미를 모아 한셩으로 조운하는 창고가 있었다. 그러나 물길이 점점 얕아져서 배가 드나들기 어렵게 되자, 꼭 백 년 전에 아산현 공세곶창으로 옮겼다. 『신증동국여디승람』의 면쳔군 편엔

116

"성화(成化) 14년 봄에, 물이 얕아 배가 땅에 좌초하므로, 아산 공
세곳으로 옮겼다"고 나와 있었다. 성화 14년은 성종(成宗) 치세였
다. 아직 한성으로 조운하지 못한 세미가 있을지 몰라서, 황에게
한번 가서 살펴보라고 한 것이었다.

"다암. 근위대대쟝 졍사 셩묵돌. 귀관안…… 긔묘 삼월 이십구
일 호셔챵의군 원슈 리언오. 대독."

그는 웃음 띤 얼굴로 표창장을 셩에게 내밀었다. "셩 대쟝, 축하
하오."

좀 수줍은 웃음을 얼굴에 띠고서, 셩이 표창쟝을 받아 들었다.
"감샤하압나니이다, 원슈님."

셩을 처음 만난 때가 생각났다. 대지동 골짜기에서 례산현텽의
관원들과 싸울 때였다. 관원들이 가마고개를 넘어온다는 김을산의
보고를 받고 나서 사람들을 배치할 때, 그는 셩과 김병달과 림형복
세 사람을 근위병들로 임명했었다. 그 뒤로 세 사람은 줄곧 그의
둘레에서 떠나지 않고 그를 충실히 지켜온 것이었다.

표창식이 끝나자, 그는 당진현을 공략하는 작전 계획을 세웠다.
당진현은 채후신이 원졍군을 이끌고 공략하도록 했다. 언오 자신은
근위대대와 22긔병졍대를 이끌고서 례산으로 갈 작정이었다. 이제
한성에서 관군이 내려올 때였으므로, 미리 가서 준비해야 했다.

"이리 오시라 한 것은 당진현을 공략하난 일알 샹의하려는 뜻이
었나이다," 그의 부름을 받고 급히 와서 숨을 거세게 쉬는 채후신
에게 그는 말했다.

"녜, 원슈님."

"여긔 군령에 나온 대로, 당진현 공략안 채 총독끠셔 군대랄 잇그쇼셔. 나난 례산아로 가겠나이다."

"아, 녜. 이대 알겠압나니이다. 례산애 므슴 일이……?" 채가 조심스럽게 물었다.

그는 고개를 가볍게 저었다. "특별한 일안 아니고…… 이제 한 셩에셔 보낸 관군이 우리 따해 니르를 때 다외얐나이다. 내 미리 가셔 살피려 하나이다."

"아, 녜. 원슈님, 이대 알겠압나니이다."

그는 군령이 적힌 종이를 펴서 채 앞으로 돌려놓았다.

호셔챵의군 군령 뎨삼십구호

슈신: 면쳔군 원졍군 스령 슈 슈군 총독 부스 채후신

참죠: 슈 총참모쟝 졍령 리산응

하나. 면쳔군 원졍군이 면쳔군을 얻어 임무를 완료흔 것을 치하홈.

둘. 면쳔군 원졍군은 당진현을 공격홀 것. 긔묘년 삼월 이십구일 부로 면쳔군 원졍군을 당진현 원졍군으로 변경홈.

세. 슈 슈군 총독 부스 채후신을 당진현 원졍군 스령으로 임명홈.

네. 군령 뎨삼십륙호로 면쳔군 원졍군에 배쇽흔 부대돌홀 당진현 원졍군으로 이쇽홈.

다숫. 데이십이긔병경대는 배쇽을 해제홈. 데이십일긔병경대 데
　　일대대는 면천군 원정군에 재배쇽홈.
여숫. 데일슈군듕대쟝 정병 진목하는 면천군 쥬둔군 수령으로
　　면천군을 방위홀 것. 면천군에 쥬둔ᄒ면셔, 병수둘홀 모집
　　ᄒ고 훈련홀 것.

　　　　　　　　　　　　　　　긔묘 삼 월 이십구 일
　　　　　　　　　　　　　　　원슈 리언오

　다 읽고나서, 채가 결연한 얼굴로 그를 바라보았다. "원슈님, 이
대 알겠습니다. 군령대로이 거행하겠압나니이다."

　"채 총독. 긔병 일개 대대랄 원정군에 넣었으니, 급한 일이 이실
때, 련락하쇼셔."

　"녜, 원슈님. 그리하겠압나니이다."

　"당진현에는 당진보진이 이시난듸…… 연장과 군량이 이실 샌
듸…… 그 일안 나보다 채 총독끠셔 더 잘 아실 새니, 채 총독끠셔
쳐티하쇼셔."

　"녜, 원슈님. 쇼쟝이 신듕히 쳐티하겠압나니이다."

　"당진현이 안정다외면, 이내 여긔 면천으로 돌아오쇼셔. 관군과
의 싸홈안 아모래도 례산애셔 이실 새니이다."

　"녜, 원슈님. 이대 알겠압나니이다. 당진현이 안정다외면, 이내
면천으로 돌아와셔 대긔하겠압나니이다."

　"원슈님. 십칠긔병경대 이대대 김만동 대쟝이 김항털 총독의 보

고셔를 가져 왔압나니이다." 셩묵돌이 조심스럽게 보고했다.

"아, 그러하나니잇가?" 문간에 김만동이 서 있었다. "아, 김 대
쟝. 슈고 많이 하샸나이다. 이리 오쇼셔."

"챵의. 김항텰 총독이 원슈님끠 올이난 보고셔를 가져왔압나니
이다."

"보사이다."

김이 품에서 봉투를 꺼내어 공손히 바쳤다. "홍쥬까장 갔다 이
리 오나라 늦었압나니이다."

"아, 그러하샸나니잇가? 시드러우실 샌듸, 졈 쉬쇼셔."

"관계티 아니하압나니이다."

"말달한 엇더하나니잇가? 디치디난 아니하였나니잇가?"

"녜, 원슈님. 홍쥬에셔 말알 갈아타고 왔압나니이다."

고개를 끄덕이면서, 그는 봉투를 열었다.

원슈님젼 샹셔

원슈님끠 알외옵ᄂᆞ니이다. 쇼쟝이 잇근 셔산군 원졍군은 오날 오
시에 셔산군텅에 니르럿옵ᄂᆞ니이다. 우리 군대 니르르자, 셔산군셩
을 디킈던 젹군은 셩문을 닫고 우리 군대이 대항ᄒᆞ얏옵ᄂᆞ니이다. 우
리 군대난 남문을 티난 톄ᄒᆞ면서 셔문을 급히 티었옵ᄂᆞ니이다. 셔녁
에는 작은 개울이 셩안ᄋᆞ로 흘러 들어가는 젼차로 셩벽 아래애 틈이
이시압ᄂᆞ니이다. 윤삼봉 대쟝이 손소 군ᄉᆞ돌홀 잇글고셔 그 틈새로
셩안ᄋᆞ로 들어가자, 젹군은 견듸디 못ᄒᆞ고 모도 도망ᄒᆞ얏옵ᄂᆞ니이

120

다……

    이어 이번 싸움에서 공이 많은 사람들의 이름들이 나와 있었다. 주공을 맡은 윤삼봉의 7보병경대와 박우동이 거느린 11궁슈졍대 병사들이 많았다.

    쇼쟝과 졍언디 군수는 시방 현감 자리롤 맛돌 사룸올 춫고 이시옵 느니이다. 앒으로 쇼쟝이 엇디호여야 홀디 원슈님끠셔 하교호야주 시기를 바라옵느니이다. 원슈님 안녕호시기를 빌면셔, 글월을 줄이 옵느니이다.

긔묘 삼 월 이십칠 일
셔산군 원졍군 수령 슈 륙군 총독 딕령 김항텰 배샹

    천천히 고개를 끄덕이고서, 그는 채를 바라보았다. "우리 군대 셔산군을 얻었다 하나이다."

    채가 싱긋 웃었다. "쟝한 일이압나니이다."

    그는 김을 살폈다. "김 대쟝, 말이 디티었을 새늬, 래일 아참애 군령을 가지고 길을 떠나쇼셔. 김 대쟝끠셔도 시드러우실 새늬, 졈 쉬쇼셔."

    "녜, 원슈님. 챤의."

    김이 나가자, 채도 일어섰다. "그러하면, 쇼쟝도……"

    마루에서 채를 배웅한 뒤, 그는 한동안 서성거리면서 셔산군 원

경군의 다음 움직임에 대해서 생각했다. 그로선 물론 내쳐 태안군을 점령하고 싶었다. 태안군을 얻어 1개 정대 병력을 주둔시키면, 서북부 지역의 배후를 걱정하지 않아도 될 터였다. 특히 태안은 슈군 진지들이 있는 군사적 요지였다. 서쪽에 있는 쇼근보진(所斤浦鎭)은 슈군첨절졔사(水軍僉節制使)의 진영이었는데, 슈군첨절졔사는 당진현의 당진보(唐津浦)와 셔산군의 파디도(波知島)에 있는 슈군만호(水軍萬戶)들을 지휘했다. 그리고 서남쪽에 있는 안흥량수(安興梁戌)엔 쇼근보진의 분진(分鎭)이 있었다. 당연히, 호셔챵의군으로선 슈군 진영들을 제압하는 것이 긴요했다. 수군 진영들에 있는 군량과 무기들도 무척 탐났다. 게다가 태안군슈인 윤인형이 있었으므로, 태안군성을 점령하는 일도 쉬울 터였다.

한참 서성거린 뒤, 그는 아쉬운 마음으로 고개를 저었다. 시간이 없었다. 이제는 한셩에서 내려오는 관군을 맞을 준비를 서둘러야 했다.

방으로 들어오자, 그는 문서참모부 요원을 불러 군령을 구술했다.

호셔챵의군 군령 데스십호

슈신: 셔산군 원졍군 스령 슈 륙군 총독 딕령 김항텰
참죠: 슈 참모총장 졍령 리산웅

흐나. 셔산군 원졍군이 셔산군텽을 얻어 임무를 완수흔 것을 치하흠.

둘. '셔산군셩 싸홈'애셔 공이 많은 군스둘홀 왼녁과 ᄀᆞᆮ히 표챵홈.
     은월무공훈쟝 슈 륙군 총독 딕령 김항텰
     자셩무공훈쟝 군스 졍령 졍언디
     황셩무공훈쟝 뎨칠보병졍 대쟝 부위 윤삼봉
     뎨십일궁슈졍 대쟝 졍스 박우동

   이어 그는 모든 부대쟝들과 김항텰의 보고서에 언급된 병사들에
게 쳥셩무공훈쟝을 수여한다는 것을 구술했다.

세. 뎨이십보병졍 대쟝 딕위 백용만올 셔산군 쥬둔군 수령에
     임명홈. 뎨이십보병졍 대쟝은 군스달홀 모집ᄒᆞ고 훈련ᄒᆞ야
     뎨이십보병졍대의 병력을 규졍대로이 채울 것.
네. 셔산군 원졍군은 즉시 홍쥬로 복귀ᄒᆞ야 다ᄋᆞᆷ 작젼에 대비
     홀 것.

                                    긔묘 삼 월 이십구 일
                                    원슈 리언오

   구술을 마치자, 그는 마루로 나섰다. 기둥을 짚고 서서, 먼 하늘
을 바라보았다. 이제 다가오고 있었다. 이번 모반에서 가장 큰 고
비가. 한성에서 내려올 경군과의 싸움에서 그와 호셔챵의군의 운
명이 결정되는 것이었다. 이 싸움에서 지면, 그에겐 미래가 없었
다. 이기면, 모반은 성공할 터였다. 큰 싸움들이 이어지겠지만, 그

는 지지 않을 자신이 있었다.

"이번 싸움만 이기면……" 그는 소리 내어 생각했다. 살에 힘이
고이고 있었다. 주먹 쥔 손에 힘이 잡혔다. 이 세상에 나온 뒤 처음
으로 자신이 역사의 물길을 타고 있다는 느낌이 들었다.

동헌 처마에 둥지를 튼 제비가 날아들었다. 가득한 가슴으로 그
는 그 제비에게 뜻 모를 고갯짓을 해 보였다.

전략
가

제13부

1

폐허마다 자신의 이야기를 들려준다. 다른 삶들의 얘기들을 받아들일 만큼 빈 가슴과 세월의 무심한 손길을 헤아릴 만큼 따스한 눈길을 지닌 사람들에게 폐허는 벗은 몸으로 말없이 자신의 이야기를 들려준다. 아니, 이 폐허가 들려주는 것은 아주 말없는 이야기는 아니었다. 갑자기 나타난 사람들에 놀라 숨을 죽였던 풀벌레들이 다시 목청을 높이고 있었다. 무성한 풀숲 보이지 않는 풀벌레들의 하소연들이 폐허에 어린 황량함을 더욱 깊게 만들었다.

언오는 서글픈 마음으로 버려진 산성을 둘러보았다. 무한산성은 무한천 가에 오뚝 솟은 봉우리 위에 자리 잡았다. 례산현텽에서 북서쪽으로 10리쯤 되는 곳이었다. 산성은 돌로 쌓았는데, 오래전에 버려져서, 이제는 물이 나올 만한 곳에 우물 흔적만 남아 있었다.

그는 이 폐성을 북쪽에서 내려올 관군을 막는 방어선의 왼쪽 거점으로 삼을 생각이었다. 방어선의 오른쪽 끝에 동쪽의 높은 산줄기에서 내려온 산자락이 있었는데, 거리가 1킬로미터 남짓했다. 바로 앞쪽을 작은 시내가 흘러서, 방어선을 치기도 좋았다. 그런 지형적 이점을 생각해서, 처음 기병해서 례산현을 점령했을 때, 그는 무한산성을 근거로 삼는 방안도 고려했었다.

'만일 그때 이곳을 근거로 삼았다면…… 얘기가 좀 달라졌을까?' 눈앞에 선연하게 떠오른 리산구와 왕부영의 참혹한 모습에 목이 메는 것을 느끼면서, 그는 자책하는 마음으로 자신에게 물었다.

모를 일이었다. 군사 훈련을 전혀 받지 못한 백 명 남짓한 챵의군 병사들이 스무 곱절이나 되는 관군의 공격을 얼마나 오래 막아낼 수 있었을지 지금 누가 가늠할 수 있겠는가? 아마도 한나절은 버틸 수 있었을 것이다. 그러나 당시 홍쥬에 있던 그가 그들을 구하려고 군대를 움직였을까?

참담한 마음으로 그는 천천히 고개를 저었다. 무한산성에서 례산현 쥬둔군 백 명이 외롭게 싸운다는 소식을 들었어도, 그는 홍쥬의 챵의군을 움직이지 않았을 것이다. 장수는 이미 진 싸움터로 군대를 몰고 들어가는 것이 아니었다.

그는 사람들을 향해 돌아섰다. 9보병졍대와 근위대대의 듕대쟝급 이상 지휘관들이었다. 병사들은 례산현텽에서 쉬고 있었다. 그들을 임시로 지휘하는 임무는 22긔병졍 대쟝 황칠성에게 맡긴 터였다.

"류 대쟝, 여긔 산성을 우리 군사달히 오래 머믈 수 이시난 진디로 맹갈아야 하나이다. 관군이 븍녁셔 나려올 새니, 우리 여긔 산셩에셔 맞아 싸화야 하나이다."

"녜, 원슈님." 9보병졍 대쟝 류죵무는 례산현 쥬둔군 사령이었다.

"그러하니, 구보병졍대난 이 산셩을 진디로 맹갈아난 일알 하쇼셔."

"녜, 원슈님."

"몬져, 믈을 담알 큰 그릇들흘, 독이든, 항아리든, 많이 구하쇼셔. 모도 쌀어음을 주고셔 사야 하나이다. 그릇 값알 옳이 쳐주쇼셔."

"녜, 원슈님. 이대 알겠압나니이다."

"다암엔, 무쇠솥달할 몇 개 구하쇼셔. 블을 땔 나모도 구하쇼셔. 믈은 샹하기 쉬우니, 늘 끓여 먹어야 하나이다. 시방텨로 날씨 더우면, 믈을 끓여 먹는 것이 죵요롭나이다."

"녜, 원슈님. 이대 알겠압나니이다."

류는 대지동 사람이니, 그동안 그가 대지동에서 펼치려 애쓴 현대 의학 지식들을 상당히 받아들였을 터이고, 특히 더울 때는 물을 끓여 먹고 파리를 잡는 것이 중요하다는 얘기는 익히 들었을 것이었다.

"관군이 여러 날알 에워싸도, 우리 챵의군이 목 마라디 아니하도록 믈을 많이 담아두쇼셔."

"녜, 원슈님."

"일대대난," 그는 류와 1대대쟝 박슌홍을 번갈아 쳐다보았다. "일대대난 여긔 산셩에셔 내 녜아기한 대로 일하개 하쇼셔."

"녜, 원슈님."

"그리하시고 이대대난," 그는 류와 2대대장 최황에게 말했다. "근위대대와 함끠 냇둑을 딸와 진디랄 맹가난 일알 하도록 하쇼셔."

"녜, 원슈님."

"그러하면 당쟝 일알 시작하사이다. 날이 많디 아니하나이다."

산성에서 내려오기 전에 그는 방어선이 쳐질 곳을 한 번 더 살폈다. 개울을 건너 공격해 오는 관군이 흙담 뒤에 몸을 숨긴 챵의군의 거센 반격에 부딪쳐 거품처럼 혼란스럽게 밀려나는 모습이 눈앞에 떠올랐다.

'관군의 파도가 거듭 밀려와서 부서지는 절벽이 될 것이다. 저 작은 시내의 냇둑이,' 그는 속으로 다짐했다.

산성에서 내려오자, 그는 곧장 시내로 향했다. 시내는 들판을 동서로 가로질러 흐르다 산성 가까이서 북쪽으로 휘어 나갔다. 마침 냇둑에 버드나무 고목의 그루터기가 있었다. 그는 그 위에 올라서서 사람들에게 자신의 계획을 설명하기 시작했다.

먼저, 한성에서 내려올 관군이 어떻게 움직일지 설명했다. 챵의군의 목표는 관군을 막아내는 것이었다. 지금 챵의군은 결코 관군을 이길 수 없었고 그도 이길 생각을 하지 않았다. 그저 관군의 공격을 막아내서 이미 얻은 지역을 지키고 다스리면서 힘을 키울 시간을 번다면, 더 바랄 것이 없었다. 반면에, 관군을 이끌고 온 장수는 빨리 반군과 싸워 깨뜨려야 했다. 그렇지 못하면, 그가 벌을 받을 터였다. 그래서 이곳에서 벌어질 싸움은 필연적으로 관군이 서

둘러 공격하고 챵의군이 방어 진지에서 그들을 막아내는 상황이
될 것이었다.

이어 그는 흙담의 중요성을 강조했다. 흙담은 관군 병사들이 쏘
는 화살로부터 챵의군 병사들을 지켜주고 시내를 건너 공격해 오
는 관군 병사들이 챵의군 진지로 올라오는 것을 어렵게 만들 터였
다. 그래서 방어 진지를 만드는 일은 실질적으로는 남쪽 냇둑 바로
앞의 흙과 모래를 퍼 올려서 냇둑을 높이는 일이었다.

정말로 힘든 일은 건너편 냇둑에 선 나무들을 없애는 일이었다.
냇둑을 따라 군데군데 버드나무들과 팽나무들이 자라나서, 궁수들
의 사계(射界)를 가렸다. 그 나무들을 베어내는 일은 무척 힘들고
더딜 터였다.

그의 설명이 끝나자, 사람들의 낯빛이 한결 풀렸다. 지금 챵의군
이 맞은 상황을 이해하고 자신들이 할 일들이 무엇인지 알았다는
것이 그들의 마음을 든든하게 한 모양이었다.

"지금히 녜아기한 것텨로, 우리 챵의군은 여긔 방어션을 틸 새
니이다." 그는 1대대쟝 박슌홍의 눈길을 찾았다. "일대대난 무한
산셩을 진디로 맹가난 일알 하쇼셔."

"녜, 원슈님. 이대 알겠압나니이다."

"이대대난 여긔셔브터 뎌긔 길까쟝 냇둑을 딸와 흙담알 쌓아쇼
셔."

"녜, 원슈님. 이대 알겠압나니이다." 2대대쟝 최황이 대꾸했다.

"그리하시고 근위대대난 길 건넌편에셔 일하나이다." 그는 방
어션의 오른쪽 끝을 가리켰다. "거긔 냇둑을 딸와 흙담알 쌓아쇼

셔."

"녜, 원슈님. 이대 알겠압나니이다." 셩묵돌이 대꾸했다.

"뎌긔 건넌편 냇둑에 늘어션 나모달한 버혀내야 하나이다. 우리 군사달히 살알 쏘난 대 걸월 새니이다. 버혀낸 나모달할 다담아셔 여긔 냇둑에 션 큰 나모달해 대고셔 셰우면, 자연히 목책이 다외얄 새니이다."

사람들이 모두 고개를 끄덕였다.

"시방 우리 군사달히 많디 못하니, 그 일안 사람달할 사셔 할 생각이니이다. 류 대쟝."

"녜, 원슈님."

"잇다가 현텽으로 돌아가시면, 홍 현감과 샹의하쇼셔, 뎌 나모 달할 버힐 사람달할 사난 일알. 품삿안 넉넉이 주도록 하쇼셔. 필요한 쌀어음은 문셔참모부에 녜아기하쇼셔."

"녜, 원슈님. 이대 알겠압나니이다."

"그리하시고……" 그는 냇둑 아래쪽의 논들을 가리켰다. "이 논달한 시방 믈에 자마 이시나이다. 논의 믈을 빼고 우리 군사달히 셜 수 이시게 맹갈아야 하나이다."

"녜, 원슈님."

"그러나 뎌 건넌편 냇둑 너머 논달한 믈에 깊이 자마 이셔야 하나이다. 그리다외야, 젹군이 마암대로이 움즉일 수 없나이다."

"녜, 원슈님. 이대 알겠압나니이다," 류가 대꾸하자, 사람들이 따라서 고개를 끄덕였다.

"그리다외면, 논밭 님자달히 한 해 농사랄 망티게 다욀 새니이다. 논밭 님자달히 볼 손해랄 미리 믈어주쇼셔. 넉넉이 주쇼셔."

"녜, 원슈님."

"우리 챵의군은 사람달히 편히 살게 하져 니러셨나이다. 사람달히 우리 챵의군을 원망하난 일이 없다록 하쇼셔."

그가 설명을 마치자, 례산현 주둔군 지휘관들은 맡은 일들을 시작하려고 서둘러 현텽으로 돌아갔다. 그는 근위대대 지휘관들과 함께 시내의 하류를 살폈다. 하류 쪽은 물풀이 우거지고 군데군데 웅덩이들이 있었다. 그러나 모래로 덮인 땅은 비교적 단단했다. 만족스러운 마음으로 고개를 끄덕이면서, 그는 건너편 들판을 살폈다.

'이만하면, 아쉬운 대로 긔병들이 움직일 수 있겠다.'

그가 생각한 것은 시내 하류를 건너서 관군의 진영을 왼쪽에서 에워싸는 단익포위(單翼包圍) 작전이었다. 동서를 가로지르다 무한산성 바로 앞에서 북쪽으로 휘어 나간 시내가 그런 작전을 자연스럽게 만들었다. 그가 설정한 방어선은 1킬로미터가 넘었지만, 실제로 싸움이 일어날 곳은 북쪽의 신창현에서 내려와 례산현텽으로 향하는 큰길 둘레일 터였다. 따라서 양쪽 병력은 방어선의 한가운데로 몰릴 터였고, 챵의군 좌익에 의한 단익포위는 그가 시도하지 않더라도 자연스럽게 나올 터였다. 챵의군 좌익이 관군 전위를 포위하고 긔병대가 물러나는 관군의 주력을 추격한다면, 싸움은 쉽게 끝날 수도 있었다.

운동모자를 벗고 이마의 땀을 손등으로 문지르면서, 그는 『손자(孫子)』의 한 구절을 떠올렸다. "싸움을 잘 하는 자는 패하지 않을 곳에 서서 적의 패배를 놓치지 않는다(善戰者 立於不敗之地 以不失

敵之敗也)."

　느긋한 한숨을 내쉬면서, 그는 사람들을 돌아보았다. "이제 우리도 돌아가사이다."

2

봉분의 붉은 흙엔 거친 삽 자국들이 그대로 남아 있었다. 그 앞에 비 한 번 맞지 않아서 어쩐지 들뜬 느낌을 주는 나무 묘비가 서 있었다.

호셔챵의군 졍병 례산왕공션동(禮山王公先童)의 묘

임자생 긔묘졸
긔묘 삼 월 십륙 일 호셔챵의군 데구대대 데삼듕대룰 잇글고
례산현텽을 디킈다 젼亽
은월무공훈쟝 튜셔

처음 왕션동을 만났던 때가 떠올랐다. 한밤에 신졈리 주막에 든 홍쥬목사를 기습하러 갈 때, 왕이 길을 안내했었다. 왕은 신졈리

사람의 사노였는데, 왕부영의 얘기를 듣고 그날 아침 챵의군에 웅모한 터였다.

'임자생이라.' 왕의 나이를 따져보았다. 스물일곱이었다. 나오는 한숨을 끊고서, 언오는 곁에서 그를 살피는 인봉유를 돌아보았다.

"묘비가 아조 묘하나이다. 글자달히 참아로 아람다오나이다. 얼우신끠셔 참아로 슈고랄 많이 하샸나이다."

"쇼인이야 그저……" 인이 허리를 숙였다.

"대지동애 묻힌 분들의 묘비난……?"

"그분들 비난 아직 마차디 못하얐압나니이다. 래일까장안 다외알 닷하압나니이다."

"참아로 큰일인듸, 얼우신끠셔 혼자 슈고랄 하시니, 쇼쟝안 미안한 마암뿐이니이다."

"아니압나니이다. 쇼인이 원슈님 높안 뜯을 받들어셔 정성도이 해보겠압나니이다.

'뎨이차 례산현텽 싸홈'에서 전사한 127명 가운데, 이곳엔 읍내 사람들 92명이 묻혔고 대지동 사람들 35명은 대지동에 묻혔다. 이곳은 향천사를 지나 골짜기를 따라 한참 올라온 곳으로, 산개울 북쪽 산자락이라, 묘지로 알맞았다. 그러나 무덤이 한꺼번에 아흔 기가 들어서다 보니, 어쩔 수 없이 혼란스러웠다.

"이리 묘역을 맹가난 일이 보통 일이 아닌듸, 이번에 홍 현감하고 박 훈도끠셔 슈고랄 많이 하샸나이다." 그는 곁에선 례산현감 홍인발과 훈도 박션동에게 치하 인사를 차렸다.

"원슈님, 아니압나니이다. 쇼인이야 맛당히 할 일알 하얏압나니이다," 홍이 매끄럽게 대답하자, 박이 우물거리면서 고개를 끄덕였다.

"일군들 삯안 넉넉이 주셨나니잇가?" 그는 박에게 물었다. 박은 호형공방 담당 훈도니, 실무자일 터였다.

"녜, 원슈님. 시셰보다 후히 쳐주었압나니이다," 박이 자신 있게 대답했다. 한산댁 마름이었으니, 일꾼들을 부리고 삯을 주는 일에는 밝을 터였다. 이제 박은 리산구의 죽음으로 받은 충격에서 좀 벗어난 듯했다.

그가 웃는 얼굴로 고개를 끄덕이자, 박이 덧붙였다, "쌀어음이 브죡하야, 내죵애난 쌀로 주었압나니이다."

"아, 그러하샸나니잇가? 이제 홍쥬에셔 쌀어음을 많이 맹갈고 이시나이다. 여긔 얼우신끠셔 쌀어음을 직어내난 목판달할 맹갈아 샸나니이다. 일문하고 십문하고. 죠곰만 참아시면, 쌀어음이 브죡하디 아니할 새니이다."

쌀어음을 발행하는 일에서 병목이 된 것은 그가 슈결을 두고 일련번호를 매기는 절차였다. 싸움터를 돌아다니다 보니, 홍쥬에 머물면서 그 일을 할 새가 없었다. 이번에 만든 목판들엔 그의 슈결이 이미 새겨져서, 그가 할 일도 줄어들었다.

"녜, 원슈님. 큰일안 아니압나니이다. 쌀어음을 받으면, 사람달히 이내 쌀로 밧고압나니이다. 그 자리에셔 밧고아 가난 사람달토 이시압나니이다."

그는 껄껄 웃었다. 사람들이 쌀어음을 못 미더워하는 모습이 눈에 선했다. "사람달히 아직 쌀어음을 못 미더워하나이다?"

"아모리 하야도, 백셩들헤게는 조해 조각보다난 쌀이 미덥디 아니하겠압나니잇가?" 홍이 한마디 거들었다.

그는 고개를 끄덕였다. "사람달로션 그리 녀길 만하나이다."

"쌀어음을 갖고 이시다가 비랄 만나면, 랑패다외얀다는 것을 많이 걱뎡하압나니이다," 박이 설명했다. "믈에 젖거나 블에 타거나 잃어버리거나 하면 엇디하나 걱뎡하압나니이다."

들고 보니, 그럴 만도 했다. 종이 쪽지인 쌀어음을 이곳 사람들이 간수하기는 쉽지 않을 터였다. 우선 지갑이 없었다. 가죽이나 합성수지로 만들어진 지갑이 없으니, 쉽게 물에 젖거나 잃어버릴 터였다. 하긴 이곳에선 옷에 주머니가 없었다. 여유 있는 사람들은 물건들을 긴 소매 속에 넣고 다녔다. 집에다 두고 다닌다 해도, 금고가 없는 터라, 간수하기가 쉽지 않았다.

'언제나 즉시 쌀로 태환이 된다는 보장만 있으면, 쌀어음이 화폐로 유통되리라고 믿었는데, 얘기는 그렇게 간단한 것이 아니구나. 사람들이 쌀어음을 안전하게 간수할 방도가 마련되지 않으면……'

그는 깨달았다, 은행에 쌀어음을 예금할 수 있어야, 사람들이 쌀어음을 받는 즉시 쌀로 바꾸지 않아서, 널리 유통되리라는 것을. 여유 자금을 은행에 예금하는 관행이 널리 퍼진다 해서 꼭 쌀어음이 유통된다는 보장은 없었지만, 사람들이 쉽게 은행에 드나들게 되지 않으면, 종이돈인 쌀어음은 제대로 유통되지 않을 터였다.

'그렇다면, 홍쥬식화셔의 지점들을 고을마다 하나씩 내는 수밖에. 이번 싸움이 끝나면, 당장……' 그는 결심했다. 무슨 일이 있어도, 쌀어음은 널리 유통되어야 했다. 화폐가 유통되지 않으면,

경제가 원시적 수준에 머물 수밖에 없었다. 그리고 당장 그로선 사업들을 추진할 금융을 마련할 길이 없었다.

골짜기 위쪽 좀 펑퍼짐한 곳에 왕부영의 무덤이 있었다. 사람들이 제상을 차려놓고 기다리고 있었다. 지금 아흔이 넘는 무덤들 모두에 잔을 올릴 수는 없어서, 왕부영의 무덤에 지내는 제사로 대신하려는 것이었다.

"자, 그러하면, 왕부영 대쟝 묘소로 올아가사이다."

일행이 왕부영의 무덤으로 향하려는데, 셩묵돌이 그에게 다가섰다. "원슈님, 향쳔사 쥬디(住持) 스승님끠셔 오시압나니이다."

돌아다보니, 저만큼 향쳔사 쥬디인 쇼능 스님이 사미승을 앞세우고서 올아오고 있었다. 그가 이곳에 왔다는 기별이 간 모양이었다.

"스승님, 그동안 안녕하샸나니잇가?" 그는 반갑게 인사하고서 합장했다. "나무아미타불. 나무관세음보살."

"나무아미타불. 나무관세음보살," 스님이 걸음을 멈추고 합장했다. "원슈님끠셔 왕림하샸다난 녜아기랄 이제야 들었압나니이다."

가까워지자, 두 사람은 다시 합장하고 인사했다. "념려디덕에 쇼승은 잘 디냇압나니이다. 원슈님끠셔 큰 싸홈애셔 이긔셨다난 소식은 들었압나니이다."

"현공 스승님과 심셩 스승님끠셔 묘한 긔계들흘 이대 맹갈아신 덕분에 싸홈애셔 이긔엇압나니이다." 12공병경 대쟝 셕현공과 2대 대쟝 셕심셩은 이곳 향쳔사의 스님들이었다.

스님의 웃음이 한결 밝아졌다. "모자란 불뎨자들이 엇디하난디 굼굼하얏난듸, 원슈님 말쌈알 들으니, 마암이 졈 놓이압나니이다.

나무관셰음보살."

"이번에 스승님끠셔 우리 챵의군을 위하야 묘디랄 내놓아샀다
고 들엇압나니이다. 아흔이 넘는 묘디라셔 너른 따힌데. 참아로 감
샤하압나니이다."

"별말쌈알. 사람마다 돌아갈 따한 이시난 법인듸, 이번에 돌아
가신 챵의군 군사달끠셔는 여긔 묻히실 인연을 가자샀던 것뿐이니
이다. 나무아미타불. 나무관셰음보살."

"참아로 고마오신 말쌈이시니이다. 그러나한듸, 스승님, 쇼쟝이
드릴 말쌈이 이시압나니이다. 우리 챵의군은 큰일알 하다 보니, 사
람달희 재믈들흘 급히 가져가개 다외야난 일이 흔하압나니이다.
사졍이 급하니, 엇디할 수 없는 일이기는 하디만, 그러나 우리 챵
의군이 다란 사람달희 재믈을 그저 가져다 쓰는 것은 도리 아니압
나니이다. 그러하야셔 우리 챵의군은 사람달희 재믈을 쓸 때난 챵
의공채라 하난 것을 발행하압나니이다."

그는 챵의공채의 뜻과 조건에 대해서 자세히 설명했다. 쇼능 스
님은 그의 얘기를 공손히 듣고 있었지만, 큰 관심은 없는 듯했다.
나중에 값을 쳐주면, 좋고, 안 주면, 그래도 좋다는 마음인 듯했다.
불승다운 태도였지만, 그로선 좀 맥이 빠지는 일이기도 했다.

"그러하시면, 쇼쟝안 뎌긔 묘애 올아가셔 제사랄 올일 새압나니
이다."

"아, 네. 그러하시면, 쇼승도 함끠 가셔 넘불이나 점 하난 것
이……" 스님 얼굴에 느긋한 웃음이 퍼졌다.

"그러하시면, 망자달히 고마워하실 새압나니이다."

일행이 걸음을 옮기기 시작하자, 스님이 목탁을 두드리기 시작했다. 이어 낭랑한 목소리로 독경했다, "셜아득불(設我得佛) 국유디옥아귀축생쟈(國有地獄餓鬼畜生者) 블취졍각(不取正覺). 셜아득불(設我得佛) 국듕인텬(國中人天) 슈죵디후(壽終之後) 복갱삼악도쟈(復更三惡道者) 블취졍각(不取正覺). 셜아득불(設我得佛) 국듕인텬(國中人天) 브실진금색쟈(不悉眞金色者) 블취졍각(不取正覺)……"

『무량슈경(無量壽經)』 법쟝보살(法藏菩薩)의 사십팔원(四十八願)이었다. 아미타불(阿彌陀佛)이 아직 보살이었을 때, 자신의 셩불(成佛)을 미루고 중생을 구원하겠다고 세운 셔원(誓願)이었다. 그 간절한 뜻이 그의 메마른 마음속으로 배어 들어왔다.

설령 내가 부처가 될 수 있다 해도, 나라에 지옥, 아귀, 축생이 있다면, 나는 올바른 깨달음을 취하지 않으리라.

설령 내가 부처가 될 수 있다 해도, 나라 안 사람들과 신들이 살고서 죽은 뒤에 삼악도(三惡道)에 다시 태어나는 자가 있다면, 나는 올바른 깨달음을 취하지 않으리라.

설령 내가 부처가 될 수 있다 해도, 나라 안 사람들과 신들이 순금 빛 살결을 빠짐없이 얻지 못한다면, 나는 올바른 깨달음을 취하지 않으리라……

법쟝보살의 셔원과 호셔챵의군의 「챵의문」이 같다는 생각이 문득 들었다. 그랬다, 둘 다 모든 사람들이 잘사는 사회를 꿈꾸고 그

꿈을 이루기 위해 진력하겠다는 선언이었다.

문득 비감해진 마음으로 그는 자신에게 다짐했다, '설령 내가 이십일 세기의 내 세상으로 돌아갈 수 있다 해도, 가난과 무지로 덮인 이 세상에서 압제와 고통을 받는 사람들이 있는 한, 나는 시낭(時囊)을 타지 않을 것이다.'

그제야 그는 깨달았다, 법장보살의 사십팔원을 독경함으로써 쇼능 스님은 호셔챵의군을 지지한다는 자신의 뜻을 그에게 전하는 것이었다.

고마움이 가득한 가슴으로 그는 스님을 향해 합장하고 고개를 숙였다.

근엄한 얼굴로 독경하던 스님이 얼굴에 미소를 띠고서 고개 숙여 그의 인사를 받았다. 문득 높아진 스님의 독경 소리가 소나무 숲 속으로 퍼졌다, "셜아득불(設我得佛) 국듕인텬(國中人天) 유문블션명쟈(有聞不善名者) 블취졍각(不取正覺)……"

포근한 봄날 햇살을 받는 산기슭 어디선가 꿩 울음소리가 났다. 새로운 생명을 부르는 소리였다. 죽은 자들의 죽음을 생각하는 자리에서도 삶은 이어지고 있었다.

3

"몬져 쇼쟝이 현금의 졍셰를 말쌈드리겠나이다. 우리 챵의군이 디난 초칠일에 여기 례산애셔 닐어션 뒤, 덕산, 대흥, 홍쥬, 결셩, 해미, 셔산, 면쳔, 당진의 아홉 고을흘 얻어셔 다사리나이다. 그동안 닐굽 차례 싸홈애셔 모도 이긔었나이다. 대지동 싸홈애셔 례산현 군사랄 믈리텼고," 언오는 왼손을 들어 손가락으로 꼽기 시작했다. "뎨일차 례산현텽 싸홈애셔 대흥현 군사랄 믈리텼고, 신졈리 싸홈애션 홍쥬목 군사랄 믈리텼고, 일흥역 싸홈애션 해미 병영 군사랄 믈리텼고, 뎨일차 홍쥬셩 싸홈애션 홍쥬셩을 얻었고, 보령 슈영 싸홈애션 보령 슈영의 슈군을 깨텼고, 뎨이차 홍쥬셩 싸홈애션 튱쳥도 감영의 군사랄 믈리텼나이다."

숨을 고르면서, 그는 둘러앉은 사람들을 한 바퀴 둘러보았다.

근엄한 얼굴로 그의 얘기를 듣던 사람들이 고개를 끄덕였다.

례산현 사람들과 회의를 하는 참이었다. 례산현감 홍인발, 훈도인 강을선과 박션동, 례산현 주둔군 사령인 9보병정 대쟝 류죵무, 참모쟝 신둥근, 1대대쟝 박슌홍, 2대대쟝인 최황, 그리고 봉선이 할아버지였다.

"아모 쥰비 없이 니러션 백셩의 군사이 이리 잘 싸호난 일은 아조 드므나이다. 우리 챵의군이 잘 싸호난 것은 우리 챵의군이 의로운 군사인 덕분이니이다. 사람달히 모도 사람다히 살게 하져 니러션 군사이니, 모단 군사달히 잘 싸호게 다외나이다. 우리 군사난 작안 싸홈애셔 큰 군사랄 만나 딜 수도 이시나이다. 실로난 여긔셔 현텽을 디킈던 외로운 우리 군사이 튱쳥감사이 거느린 대군에 맞셔 싸호다 모도 쟝렬히 전사하였나이다. 그러나 그 싸홈안 우리 군사이 얼머나 사긔 높고 잘 싸호난 군사인디 이대 보여주었나이다. 그러하야셔 우리 챵의군은 홍쥬셩 싸홈애셔 튱쳥감사이 거느린 튱쳥좌도 군사랄 통쾌하게 믈리텨셔 죽은 챵의군 군사달희 넋을 위로하였나이다. 이 셰샹애 우리 챵의군에 맞설 군사난 없나이다."

"실로 그러하압나니이다," 류죵무가 말을 받았다.

"원슈님 말쌈이 디당하압나니이다," 홍인발이 덧붙이자, 다른 사람들이 고개를 끄덕였다.

그가 한 얘기는 여기 모인 사람들 모두가 잘 아는 얘기였다. 그렇게 뻔한 얘기를 그가 굳이 한 것은 여기 모인 챵의군 지휘부 사람들이 다른 사람들에게 들려줄 얘기를 제시하려는 뜻에서였다. 얼떨결에 챵의군의 지휘부로 들어왔지만, 이 사람들은 지식인들이 아니었다. 홍쥬목의 좌슈였던 홍인발을 빼놓으면, 글을 제대로 아는 사람도 없을 터였다. 그런 사람들이 스스로 챵의군의 목적과 업

적에 관한 이야기를 만들어서 부하들에게 들려주기를 기대할 수는 없었다. 그래서 호서챵의군의 공식 역사를 그가 만들어서 이런 자리를 통해 퍼트려온 터였다. 이번 싸움이 끝나고 여유가 생기면, 공식 역사를 책자로 만들어서 배포할 생각이었다.

"우리 챵의군이 튱청우도 군사달콰 튱청좌도 군사달할 니엄 깨 텼으모로, 시방 튱청도 따해난 우리 챵의군에 감히 맞셜 군사 없나이다. 이제 우리 맞알 쥰비랄 하여야 하난 것은 한성에셔 나려올 군사이니이다." 사람들이 자신의 얘기를 새길 틈을 준 다음, 그는 말을 이었다. "이번 싸홈안 여긔 례산애셔 이실 새니이다. 여러 분들꾀셔도 이대 아시난 대로, 시방 우리 군사달히 무한산셩 갓가이 방어션을 사고 이시나이다. 한성에셔 나려올 젹군이 니르르면, 우리는 그 방어션에셔 맞아 싸홀 새니이다. 어제브터 류 대쟝 휘하 구졍대 군사달히 슈고랄 많이 하고 이시나이다."

류가 가볍게 윗몸을 숙여 그의 치하를 받았다.

"이제 우리 챵의군 군사달히 모도 례산아로 모호일 새니이다. 몇쳔이나 다외야난 군사달히 함끠 모호이면, 군사달할 먹이고 재우는 일이 례사이 아니나이다."

사람들이 무겁게 고개를 끄덕였다. 이미 그가 개별적으로는 상의를 한 터라, 모두 보급 문제가 심각하다는 것을 알고 있었다.

"원슈님 말쌈대로이, 례사이 아니압나니이다." 홍이 받았다. 군사들을 먹이고 재우는 일은 군사 업무였지만, 현실적으로 현감인 홍에게 일이 많이 돌아갈 수밖에 없었다. "이번에 례산애 모호이난 우리 군사달한 몇이나 다외압나니잇가?"

그는 싱긋 웃었다. "시방 우리 군사달히 몇인디, 나도 모라나이다. 여러 고을헤서 모병하모로, 하라이 다라개 브러날 새니이다."

그의 가벼운 농담에 분위기가 좀 가벼워졌다.

"나이 생각애난 삼천 사람알 예상하고 예비하난 것이 됴할 닷하나이다."

"이대 알겠압나니이다," 홍이 안도하는 목소리로 대꾸했다.

"그리 많안 군사달희 밥알 짓난 일도 쟉안 일이 아니이다. 보급부대달히 딸와오겠디마난, 현텽에셔 밥알 많이 해야 다외얄 새니이다."

"녜, 원슈님. 이대 알겠압나니이다," 홍이 대꾸하자, 두 훈도들이 고개를 열심히 끄덕였다.

"밥알 짓난 대 때 많이 걸위니, 미리 해놓을 수 이시난 것들흔 해놓난 것이 됴하나이다. 시방 우리 군사달히 비샹식량아로 누룽디를 갖고 다니니, 누룽디를 많이 맹갈아놓아쇼셔. 싸홈터에 나간 군사달해게 뉘 밥알 갖다주겠나니잇가? 누룽디를 많이 맹갈아놓으면, 배랄 곯난 군사달한 없을 새니이다."

한동안 누룽지를 만드는 것에 관한 얘기들이 오갔다. 누룽지를 많이 만드는 데는 현텽의 솥들만으로는 부족하다는 것이 드러났다. 그래서 민가에 삯을 주고 현텽 창고의 쌀로 누룽지를 만드는 방안도 아울러 채택되었다.

"그러나한듸," 누룽지를 미리 만들어놓는 일에 대한 얘기가 끝나자, 박션동이 조심스럽게 말문을 열었다. "시방 현텽에 따힐 남기 브죡하압나니이다. 이번에 밥알 많이 지으려면, 따힐 남기 많이 이셔야 하난듸……"

올 것이 왔구나 하는 마음으로, 그는 고개를 끄덕였다. 이곳에선 땔감이 무척 귀했다. 전기와 가스를 쓰던 21세기 사람들은 상상하기 어려울 만큼, 땔감이 귀했다. 주로 산에서 나무를 베어서 땔감으로 썼는데, 가까운 산들엔 할 만한 나무들이 적어서 깊은 산으로 들어가야 했고 도끼 하나로 나무들을 찍어내어 지게에 지고 먼 길을 걸어야 했다.

그러나 지금 문제를 일으킨 것은 그런 일반적 사정이 아니었다. 원래 례산현텽은, 다른 고을들과 마찬가지로, 땔감을 향공에 의존했다. 그러나 호셔챵의군은 홍쥬셩을 점령한 뒤 군령으로 향공을 폐지했다. "모든 향공올 없이ᄒ노라. 챵의군은 쓸 믈자돌홀 모도 사셔 쓰려 ᄒ노라. 관원들회 침학올 막져, 챵의군이 믈자돌홀 살 때ᄂᆫ 져제에셔 살 새니라"라고 선언한 터였다. 문제는 이곳에 '져제'가 존재하지 않는다는 사실이었다. 땔감 시장이 없으니, 땔감을 살 수 없었다. 발전된 시장 경제에서 살아온 그에게 이런 현실은 숨이 막히도록 답답했다.

"박 훈도, 엇디하난 것이 됴하겠나니잇가? 향공안 이믜 없앴고 ᄯᅡ힐 남갈 파난 져계ᄂᆫ 댱달이나 셔는듸……"

"사람달할 몇 뽑아셔 삷알 주고 남갈 해 오라 하면, 다월 닷하압나니이다."

"ᄯᅡ힐 남갈 구하난 일은 쇼인이 하겠압나니이다," 그가 대꾸하기 전에, 봉션이 할아버지가 말했다. 사람들의 눈길이 노인에게로 쏠렸다.

봉션이 할아버지는 어젯밤에 대지동에서 현텽으로 나왔다. 그가 읍내에 사는 봉션이 작은아버지에게 봉션이 할아버지를 뵙고 싶다는 얘기를 했더니, 노인은 이내 현텽으로 나왔다. 그는 홍쥬졔렬공사를 설립하려는 계획을 설명하고 노인에게 그 회사를 맡아 경영해달라고 부탁했다. 노인은 처음엔 겸양했지만, 곧 기꺼이 승낙했다. 그의 청을 물리칠 처지도 아니었지만, 사업적 감각이 뛰어난 노인은 이 사업이 좋은 기회임을 본능적으로 느낀 듯했다.

"례산애셔 따힐 남간 대지동면과 슐곡면에서 나오압나니이다. 쇼인이 대지동애 살아셔, 사졍을 겸 알고 이시압나니이다. 쇼인이 스므나만 사람알 뽑아셔 이삼 일 하면, 다외얄 닷하압나니이다. 그 일에 들어가난 돈안 쇼인이 감당하겠압나니이다."

뜻밖의 제안에 모두 노인의 얼굴을 유심히 살폈다.

"다만, 산 님자달히 남갈 버히게 허락하여야 하난듸……" 노인이 헛기침을 하고서 조심스럽게 홍인발에게로 고개를 돌렸다. "현감님끠셔 대지동과 슐곡의 권농애게 말쌈알 하여주시면, 일이 쉬이 다외얄 수 이시압나니이다."

홍이 흘끗 그를 보더니, 노인에게 대꾸했다. "그것이야 어렵디 아니한듸……"

논의가 문득 활발해졌다. 모인 사람들이 거의 다 대지동 사람들이고 나무 하는 것이야 다 잘 아는 터라, 실제적인 얘기들이 오갔다. 대지동에선 일할 만한 사람들이 거의 다 밖으로 나왔으므로, 슐곡 사람들을 주로 쓰자는 결론이 나왔다.

"그러하면, 그리하사이다. 얼우신끠셔 이리 도와주시니, 일이 이대 다외얄 새니이다. 얼우신, 감샤하압나니이다." 그는 윗몸을 숙여 봉선이 할아버지에게 인사했다.

"아, 아니압나니이다." 노인이 황급히 몸을 숙였다.

그가 동헌 마루에서 사람들을 배웅하는데, 봉선이 할아버지가 토방으로 내려서지 않고 머뭇거렸다. 그와 눈이 마주치자, 노인이 어렵사리 입을 열었다. "원슈님."

"녜, 얼우신."

"쇼인이 용렬하야 자식알 잘못 가라쳐셔 큰 죄랄 짓게 하얏압나니이다." 노인이 고개를 깊이 숙였다.

"그 일안 이믜 디난 일이오니, 얼우신끠셔 너모 마암 쓰디 마압쇼셔."

"그 못난 자식이 원슈님의 너그러우신 배려 덕분에 목숨을 부디하얏압나니이다. 그러나한듸, 문 밧긔 나오디 못하니, 마암이 답답하야 폐인이 다 다외얏압나니이다."

그는 고개를 끄덕였다. 집이 감옥이 되었으니, 그럴 만도 했다. 문득 봉선이 엄마가 무척 어려우리라는 생각이 들었다. 종일 남편의 증오 어린 눈길과 핀잔을 받아내야 하는 그녀의 딱한 모습이 눈앞에 선연히 떠올랐다.

"쇼인이 남갈 하난 일로 슐곡알 여러 디위 가야 하난듸, 이제 쇼인도 나이 이셔셔, 젼만 갇하디 못하압나니이다. 그러하야셔 쇼인이 봉선이 아비랄 다리고 다니면셔 일알 식히고 식브압나니이다." 그의 얼굴을 흘긋 올려다보고서, 노인이 급히 말을 이었다, "군령을 밧고난 일이 어려운 줄 쇼인도 이대 알고 이시압나니다만, 원슈님끠셔 너그러이……"

듣고 보니, 괜찮은 생각이었다. 노인이 혼자 슐곡을 오가면서 일을 주선하고 깊은 산속에서 나무하는 사람들을 독려하는 것은 무리였다. 봉선이 아버지가 곁에서 도와주면, 일이 훨씬 수월할 터였다. 봉선이 엄마가 남편의 구박을 덜 받게 되리라는 점은 더욱 반가웠다.

그가 생각을 정리하느라 뜸을 들이자, 노인은 마음이 타는지 조심스럽게 헛기침을 했다.

"얼우신 말쌈이 옳아시나이다. 그 일은 군령을 밧고어야 하난 일이니…… 얼우신, 죠곰 기다리쇼셔. 쇼쟝이 새 군령을 맹갈겠압나니이다."

"원슈님, 감샤하압나니이다," 노인의 탁한 목소리에 물기가 어렸다.

그는 방 안으로 들어가 군령을 만들었다.

"얼우신, 여긔 이시나이다." 그는 두 손으로 작은 두루마리를 노인이게 내밀었다.

"감샤하압나니이다." 노인이 황급히 받아 들었다.

"몬져 한 달 동안 출입을 허하난 것으로 하얐압나니이다. 일이 다외야가난 것을 보고서, 다시 의논하기로 하시디요."

"네, 원슈님. 원슈님 은혜는 백골난망이압나니이다."

노인을 외삼문까지 배웅하고 돌아오면서, 그는 향공을 폐지한 조치의 뒤처리에 대해 생각했다. 현령이 필요한 물품들을 향공이란 명목으로 징구하는 것을 폐지하고 시장에서 구하겠다고 선언했는데, 현실적으로 시장은 존재하지 않았다. 따라서 창의군과 행정 조직에 필요한 물품들을 살 수 있는 시장을 만들어내야 했다. 집에서 쓰고 남는 것들을 닷새마다 서는 장에 갖고 나오는 원시적 경제에서 훌쩍 벗어나, 이익을 목적으로 꾸준히 물품들을 만들어내는 기업들이 존재하는 시장 경제로 바뀌어야 했다.

다행히, 땔감 시장은 이내 만들 수 있었다. 땔감은 수요가 크고 안정적인 데다가 이미 공급이 원활히 이루어져온 터이니, 땔감을 전문적으로 취급하는 기업을 만들면 되었다. 봉션이 할아버지가 일꾼들을 뽑아서 슭곡과 대지동에서 나무를 하면, 그 사람들을 종업원으로 쓰면 되었다. 봉션이 할아버지에게 넌지시 언질을 준 것처럼, 일이 잘되면, 봉션이 아버지에게 기업의 경영을 맡기는 것도 좋을 터였다.

한번 그런 기업이 세워지면, 땔감만이 아니라 목재도 취급하는 것이 합리적이었다. 이곳에선 재목을 구하기 힘들었다. 도끼와 톱으로 큰 나무들을 베는 것이 워낙 힘들고 톱으로 켜서 재목을 만드는 것은 더욱 힘들었다. 자연히, 목재에 대한 잠재적 수요는 컸지만, 당장엔 수요가 거의 없었다. 큰 나무들이 꾸준히 공급된다면, 재목도 꾸준히 생산될 터이고, 재목에 대한 수요도 빠르게 늘어날 터였다. 그는 무엇보다도 배를 많이 만들고 싶었다. 이곳에선 늘 식량이 부족했다. 그러나 농지를 늘리기는 어려웠고 농업의 생산성을 높이기도 쉽지 않았다. 그러나 아직 오염되지 않은 바다엔 아직 남획으로 씨가 마르지 않은 갖가지 고기들이 많았다. 아무리 잡아도, 결코 줄어들지 않을 만큼 고기들이 많았다. 배만 많다면, 고기를 많이 잡아서, 이곳 사람들이 배를 곯지 않을 수 있었다.

만일 벌채 기업이 나무를 공급하고 제재 기업이 그 나무를 켜서 재목으로 만들고 조선 기업이 그 재목으로 배를 만들고 어로 기업이 그 배로 고기를 잡게 된다면, 소비와 고용과 생산성이 단숨에 늘어날 터였다. 그의 가슴이 부풀었다. 멋진 설계였다. 그리고 실현할 수 있는 꿈이었다.

'내가 시장 설계자가 되는구나.' 걱정과 피로로 꺼칠해진 그의 얼굴에 모처럼 맑은 웃음이 스쳤다.

시장 설계자market designer는 그가 멋지다고 생각했던 직업들 가운데 하나였다. 경제학 지식이 깊어야 할 수 있는 일이라서, 될 생각을 한 적은 없었지만. 시장 설계자는 어떤 문제를 시장을 통해서 푸는 방안을 찾아내는 사람이었다. 시장은 원래 자연스럽게 형성되는데, 여건이 맞지 않아서 시장이 나오기 어려운 경우들도 있었다. 그런 경우들에도 사람들이 거래를 하도록 시장을 설계할 수 있었다.

가장 잘 알려진 시장 설계는 20세기 말엽에 도입된 '거래가능 오염권tradable pollution permit'이었다. 이 제도는 현대의 가장 큰 위험인 환경 오염에 대처하기 위한 방안으로 나왔다. 이 제도에선 정부가 적절한 오염 수준을 고르고 적절한 양의 오염권들을 기업들에 할당한다. 오염권은 오염 물질을 배출할 수 있는 권리이며 자유롭게 거래될 수 있다. 오염 물질을 쉽게 줄일 수 있는 기업들은 한껏 줄이고서 남은 오염권들을 시장에 팔고, 오염 물질을 줄이기 어려운 기업들은 그런 오염권들을 사서 공장을 움직인다. 그래서 최소의 비용으로 오염 물질을 줄일 수 있다. 이 제도는 지구 온난화의 주요 요인인 탄산가스를 줄이는 데 '제한과 거래cap-and-trade'란 이름으로 도입되어 큰 성과를 거두었다. 자연적으로 존재할 수 없는 시장을 잘 설계해내서, 사회 문제를 멋지게 푼 것이었다.

'시장을 잘 설계한다면, 제도들이 원시적이고 사람들은 가난한 이 사회를 빠르게 발전시킬 수 있는데……' 그는 긴 한숨을 맛있게 내쉬었다.

4

"원슈님, 뎌긔," 셩묵돌이 좁은 길 오른쪽 울타리 없는 작은 초가를 가리키고서 말에서 내렸다. "뎌 집이 왕 대쟝 집이압나니이다."

"아, 네." 언오도 말에서 내렸다. 뒤따라온 김샹식이 그에게서 고삐를 받아 들었다.

집은 작았지만 아담한 느낌을 주었다. 그는 고개를 끄덕였다. 왕부영의 집 다웠다. 마당이라 하기도 무엇한 작은 마당 가에 대추나무 두 그루가 서 있었고 아직 잎새가 나지 앓은 나무 아래 어린 계집애 둘이 소꿉놀이를 하고 있었다.

그들을 보자, 두 녀석이 놀란 얼굴로 바라보았다.

그는 급히 웃음을 지으면서 손을 들어 흔들었다. 자세히 보니, 나이가 적어 보이는 아이가 왕부영의 딸 같았다. "현순 아씨?"

녀석이 한순간 머뭇거리더니 고개를 끄덕였다.

"현슌 아씨, 나이 뉘인디 아시겠나니잇가?"

녀석이 고개를 힘차게 끄덕였다. "원슈님."

즐거움의 햇살이 그의 마음을 환하게 밝혔다. 그는 녀석들에게 다가가면서 두 팔을 내밀었다. "현슌 아씨, 이리 오쇼셔."

녀석이 흘긋 제 동무를 살피더니 손에 든 사금파리를 내려놓고 그에게로 다가왔다. 다른 녀석도 슬금슬금 따라오기 시작했다.

"숏곱노리랄 하샸나니잇가?"

녀석이 배시시 웃으면서 고개를 끄덕였다.

그는 주머니에 손을 넣어 볶은 콩을 한 줌 꺼냈다. 볶은 콩은 챵의군의 비상식량이었는데, 인기가 높았다. 군것질할 만한 것이 드문 세상인지라, "볶안 콩과 기생쳡은 그냥 두디 못한다"는 속담까지 있었다.

풀물이 든 손으로 콩을 받아 들고, 녀석들이 흐뭇한 웃음을 지었다.

"어마난 어디 가샸나니잇가?" 인기척이 없는 집을 둘러보면서, 그는 조용히 물었다.

"우믈에……" 큰 녀석이 냉큼 대꾸했다. 좀 샘이 난 모양이었다. "믈 기르려 우믈에 갔어유."

"아, 그러하나니잇가?" 그는 둘러보았다. 우믈은 보이지 않았다. "우믈이 어디 이시나니잇가?"

"뎌긔," 녀석이 냉큼 대꾸하고서 골목 안쪽을 가리켰다.

그가 어떻게 할까 망설이는데, 마침 여인 둘이 물독을 머리에 이고 골목으로 들어섰다. "어마아," 두 녀석이 함께 소리를 내면서 달려갔다.

앞선 부인은 배가 불러서 배를 내밀고 뒤뚱거리면서 걸었다. 왕부영의 부인이었다.

무거운 물독을 받아 들려고, 그는 급히 일어섰다. 그러고는 멋쩍은 웃음을 지었다. 이곳은 엄격하게 내외하는 세상이었다. 이곳에서 외간 남자가 남의 아낙의 물독을 받아 든다는 것은 해괴한 일이었다.

그를 보자, 부인이 멈칫하더니 조심스럽게 다가왔다.

그는 몇 걸음 걸어나가 합장하고 허리를 굽혔다.

부인이 급히 물독을 내려놓고 똬리를 손에 든 채 허리 굽혀 인사했다.

"부인끠션 그동안 엇디 디내샸나니잇가?"

부인이 한순간 머뭇거리더니 대꾸했다. "원슈님 넘려디덕에 저의 집안은 무사히 디내고 이시압나니이다."

이번엔 그가 머뭇거렸다. 적절한 위로의 말이 생각나지 않았다. 막막했다. 지금 무슨 얘기를 할 수 있겠는가? 그는 뒤에 선 부인에게로 눈길을 돌렸다.

왕부영의 부인보다는 네댓 살 더 들어 보였다. 그녀가 급히 물독을 내려놓고 그에게 허리 숙여 인사했다. "원슈님, 저는 왕개복의 쳐이압나니이다."

"아, 녜." 그는 다시 합장하고 허리를 숙였다.

왕개복은 챵의군이 례산현텽을 점령한 날 밤에 현텽을 빠져나갔다가 왕부영의 설득을 받고 돌아왔던 관노였다. 왕개복의 부인이라면 지난번 홍쥬의 훈장 수여식에서 보았을 텐데, 기억은 없었다.

"유족들끠셔 모도 힘저우실 줄 이대 아압나니이다. 쇼쟝이 불민하야……" 그는 다시 허리 굽혀 인사했다.

"아, 아니압나니이다." 왕부영의 부인이 황급히 대꾸하자, 왕개복의 부인이 열심히 고개를 끄덕였다.

"유족들끠션 생업이 이셔야 하난듸, 쇼쟝이 생각해둔 것이 이시압나니이다. 내죵애 따로 말쌈드리겠압나니이다."

즉흥적 얘기는 아니었다. 봉션이 할아버지의 지휘 아래 대지동과 슐곡에서 벌채하는 일이 시작되면, 아예 벌채하는 기업을 만들기로 오전에 구상한 바 있었다. 그는 나무를 켜서 재목으로 만드는 제재 기업과 그 재목들로 배를 만드는 조선 기업을 여기 례산에 세울 생각이었다. 무한쳔을 이용하면, 대흥현과 청양현 북부의 나무들을 쉽게 운반할 수 있었다. 대흥현과 청양현의 동쪽은 차령산맥(車嶺山脈)의 줄기여서, 산이 깊었고 나무도 많았다. 그리고 무한쳔이 삽교쳔과 합치는 지점 아래에선 작은 배들을 만들 조선소를 세울 만했다. 큰 배들은 보령 수영의 조선소를 이용하는 것이 합리적이었다. 삽교쳔이 흘러드는 바다가 경기만이었으므로, 이곳에서 어선들을 만드는 것은 경제적이었다. 무한산성 아래쪽에 제재소를 세우면, 원목의 공급도 수월하고 례산 읍내와 하류의 조선소라는 시장도 가까울 터였다.

그는 제재 기업을 세우되, '뎨이차 례산현텽 싸홈'의 전사자 127명의 유족들로만 주주를 구성할 생각이었다. 금융은 홍쥬식화셔가 제공하면 되었다. 금융 비용은 쿤 문제가 될 것 같지 않았다.

연리 8퍼센트의 대출 이자는 가벼운 짐이 아니었지만, 그의 희망대로 경제가 빠르게 성장한다면, 실질 이율은 그리 높지 않을 터였다. 경제가 성장하면, 인플레이션은 필연적이었다. 모든 생산 요소들에 대해서 수요가 공급보다 빠르게 늘어나므로, 물가는 오를 수밖에 없었다. 인력과 토지는 공급을 늘리기가 어려우므로, 임금과 땅값이 상대적으로 빠르게 오를 터였다. 임금이 오르면, 소득이 늘어나, 재목에 대한 수요도 늘어나니, 전망도 밝았다.

유족들이 세운 기업이므로, 자연스럽게 부인들이 경영에 참여할 터였다. 그가 제재소를 여기 설립하는 방안에 이끌린 또 하나의 이유였다. 지금 '남녀평등'과 같은 구호를 내세우는 것은 말 그대로 '달걀로 바위를 치는' 것이었다. 남존여비(男尊女卑)를 기본 원리로 삼은 윤리와 제도들이 확고하게 자리 잡은 이곳에서, 그런 구호들은 여성들의 동의를 얻기도 어려웠다. 그러나 여성들이 일자리를 통해서 사회 활동들에 참여하게 되면, 그 완강한 남녀차별의 바위들이 스스로 부서져 내릴 터였다. 적어도 그는 그렇게 되기를 희망했다. 이미 챵의군 안에선 여성에 대한 편견이나 차별이 많이 가신 터였다.

"원슈님, 감사하압나니이다."

어색할 수밖에 없는 자리고 할 말도 마땅찮아서, 그는 현슌이에게 말을 걸었다. "현슌 아씨, 나랑 말알 타시겠나니잇가?"

그가 손으로 졈백이를 가리키자, 녀석이 말을 흥미로운 눈길로 살폈다.

"현슌 아씨, 말알 타면, 아조 자미이시나이다."

엄마 치맛자락을 잡고 선 녀석이 흘긋 엄마 얼굴을 올려다보았다.

"이리 오쇼셔. 뎌 졈백이는 아조 슌한 말이니이다." 녀석보다는 부인에게 들으라는 뜻으로 얘기하고서, 그는 두 손을 내밀었다.

제 엄마가 아무 말을 하지 않자, 녀석이 조심스럽게 그에게로 다가왔다.

녀석을 안아 들고서, 그는 다른 계집애에게 물었다, "아씨는 일홈이 므슥이니잇가?"

"연이예유," 녀석이 큰 소리를 대꾸했다.

"연이 아씨는 뎌 말알 타쇼셔." 그는 셩묵돌의 말을 가리켰다.

녀석은 제 엄마 눈치를 살필 것도 없이 달려왔다. "아, 말 탄다."

그는 웃음 띤 얼굴로 두 부인에게 말했다. "쇼쟝이 아씨들끠 무한산셩을 보여드리고 돌아오겠압나니이다."

두 부인이 황송한 얼굴로 고개를 숙였다.

그는 천천히 말을 몰아 무한산셩으로 향했다. 현순이는 처음엔 무척 긴장하더니 차츰 말의 움직임에 맞추면서 몸이 풀렸다.

"뎌긔 새," 녀석이 무한쳔으로 흘러드는 개울을 가리켰다. 개울 한가운데 백로 한 마리가 한가롭게 둘레를 살피고 있었다.

"뎌 새난 백노라 하나이다. 백노."

"백노." 녀석이 따라 했다.

말문이 풀리자, 녀석은 눈에 들어오는 것들을 가리켰다. 녀석과 도란도란 얘기하면서, 그는 마음이 따스해지는 것을 느꼈다.

진지를 마련하던 사람들의 눈길들이 일제히 그에게로 쏠렸다. 사람들의 얼굴이 밝아지는 것이 멀리서도 보였다.

그의 얼굴에 야릇한 웃음이 배어 나왔다. '이제 알겠다, 왜 정치가들이 늘 어린애들과 함께 사진을 찍는지.'

녀석들이 누구인지 알려지자, 사람들의 얼굴이 눈에 뜨이게 밝아졌다. 원슈가 전사한 동료들의 어린 딸들과 함께 말을 탄 모습이 퍽이나 흐뭇한 모양이었다.

진지는 그럭저럭 마련되고 있었다. 그가 뜻한 대로야 되지 않았지만, 모두 열심히 일한 자취가 눈에 띄었다. 적군이 다가올 방어선 북쪽 논들은 물에 잠겼고, 남쪽 진지의 논들은 바짝 말랐다. 투셕긔들이 놓일 자리들도 마련되고 있었다. 투셕긔 네 대는 점심 때 닿았다. 텩셕긔가 뜻대로 만들어지지 않아서, 쟝츈달은 홍쥬에 남아 감독하고 1대대쟝 오명한이 투셕긔들을 갖고 온 것이었다.

정작 그를 흐뭇하게 한 것은 진지 뒤쪽에 드문드문 선 야전 변소들이었다. 몇천 명이 모일 진지였으므로, 변소들을 준비하는 것은 긴요했다. 더운 철이라, 자칫하면 유행병이 나올 터였다. 변소는 위생을 위해서만 필요한 것은 아니었다. 싸움을 앞두고 실금(失禁)하는 병사들이 많았다. 훈련을 제대로 받지 못하고 바로 전투에 투입된 병사들이라, 오줌을 싸는 일은 흔했고 똥을 싸는 경우도 많았다. '뎨이차 홍쥬셩 싸홈'에선 관군이 몰려오는 것을 보던 성벽 위의 병사들이 특히 실금을 많이 해서, 냄새가 진동했었다. 이번에도 관군이 몰려오는 것을 바라보면서 급히 만든 방어선을 지켜야 하므로, 병사들의 두려움은 성벽 위에서 바라보던 때보다 훨씬 클 터였다.

진지를 한 바퀴 둘러보고서, 그는 산성 아래에 말을 멈췄다. 대장들을 불러 모아 치하한 다음, 그는 류종무에게 말했다. "이제 투석긔 네 대 다 왔으니, 셕탄이 이셔야 하나이다. 셕탄은 뎌긔 무한천에 가면, 많이 이시나이다. 사람 머리만 하고 졈 둥그스럼한 돌이면, 다외나이다."

"녜, 원슈님."

"무한쳔에셔 돌알 주어 이리 날라오난 일은 아녀자달토 이대 할 수 이시나이다. 나이 현텽에 돌아가면, 홍인발 현감하고 박션동 훈도끠 녜아기하야, 여긔 읍내 사람달해게 그 일을 맛딜 새니이다. 돌 열 개랄 가자오면, 일 문을, 그러니까 쌀 한 말알 주면, 다외디 아니하겠나니잇가?"

"돌 열 개에 쌀이 한 말이면, 사람달히 다란 일 팽개치고 달려들 새압나니이다."

"그리 아시고, 류 대쟝과 오 대쟝끠셔는 셕탄달할 챙기쇼셔."

"녜, 원슈님. 이대 알겠압나니이다." 류가 대꾸하자, 오가 우물거리면서 허리를 숙였다.

"그러하면, 나난 우리 아씨달할 집에……" 그는 현슌이와 연이를 찾았다.

"뎌긔……" 뒤쪽에 선 누가 급히 외쳤다. "뉘 오난듸."

사람들의 눈길을 따라 북쪽을 보니, 말 탄 사람 둘이 셕양리(夕陽里) 시내를 건너고 있었다. 가슴이 쿵 하고 뛰었다. 챵의군 쳑후 같았다. 쌍안경으로 확인하니, 앞선 사람은 3쳑후대대쟝 라승조였다.

'드디어 온 모양이구나.' 가슴이 조여드는 것을 느끼고, 그는 가슴을 펴고 숨을 깊이 쉬었다.

"라승죠 대쟝이니이다." 그는 사람들에게 얘기하고 셩묵돌을 돌아보았다. "셩 대쟝."

"녜, 원슈님."

"연락병을 보내셔, 라 대쟝끠 이리 오시라 니르쇼셔."

대대쟝이 직접 오는 것으로 보아, 예사로운 보고는 아닐 터였다. 여러 가능성들이 그의 마음을 바쁘게 스쳤다. 지금 동북쪽 지역의 쳑후 임무는 쳑후참모부쟝 황구용의 지휘 아래 3대대가 맡고 있었다. 3대대는 신챵현텽에 자리 잡고 실질적으로 신챵현 주둔군 역할을 하면서, 아산현과 평택현(平澤縣)에 쳑후들을 내보냈다. 아산과 평택에 나간 쳑후들은 새우젓 장수나 소금 장수 노릇을 하면서, 정보를 얻고 있었다.

라승죠는 급히 인사를 차리고 품에서 보자기를 꺼내어 안에 든 종이를 바쳤다. "여긔 황구용 대쟝이 원슈님끠 올이난 보고 이시압나니이다."

"슈고랄 많이 하샸나이다." 다시 치하하고서, 그는 종이를 펼쳤다. 내용은 길지 않았다. 그는 사람들을 둘러보았다. "황구용 대쟝의 보고애 딸오면, 젹병의 션봉이 어제 나죄 유시(酉時)에 경긔도 진위(振威) 읍내에 이르렀다 하나이다."

사람들이 무겁게 고개를 끄덕였다.

"아, 그러하압나니잇가?" 류죵무가 뒤늦게 대꾸했다.

"원래 우리 쳑후는 아산과 평택까쟝 나가난듸, 경긔도 따해까쟝 들어간 닷하나이다. 이번에 쳑후부대애셔 큰 공알 세우샸나이다."

그의 치하에 라승죠의 검은 얼굴이 검붉어졌다. "급쥬라 걸음이 빨라셔……"

그는 무척 흐뭇했다. 병사들이 스스로 그렇게 과감하게 행동하는 것은 그로선 마음 든든해지는 일이었다. 사람들이 스스로 결정할 권리를 지닌 민주적 사회에서 살아온 사람들은 모든 것들을 지시받아 해온 전제적 사회에서 살아온 사람들보다 전술적으로 훨씬 낫다고 했다. 자유로운 사람들은 싸움터의 상황에 맞추어 전술을 바꾸지만, 억압받은 사람들은 기회를 잡아서 행동하는 능력이 없다는 얘기였다. 천인들인 역의 급쥬들이 사람 대접을 받게 되자, 스스로 과감하게 행동하게 된 것만 같아서, 그로선 퍽이나 흐뭇했다. 그의 일방적 해석일 수도 있었지만, 어쨌든 좋은 징조였다.

"경긔도 진위까장 나가셔 젹군이 움즉이는 것을 살핀 일안 참아로 공이 크나이다. 그리 쟝한 군사 일홈이 므슥이니잇가?"

"최만득이라 하압나니이다."

"품계는?"

"부병이압나니이다."

"최만득 부병이 그리 큰 공알 셰웠으니, 표챵알 받아야 할 새니이다. 쳥셩무공훈쟝알 슈여하겠나이다." 그는 셩묵돌을 찾았다. "셩 대쟝."

"녜, 원슈님."

"최만득 부병에게 훈쟝알 슈여하는 군령을 쓸 수 이시게 하야주쇼셔."

병사 한 사람에게 훈장을 주는 것이 따로 군령을 내릴 만큼 큰일은 물론 아니었다. 그러나 지금 여기 있는 병사들에게 그 사실을 알리는 것은 뜻이 있었다. 쳑후병이 튱쳥도를 넘어 경긔도 땅까지 들어가서 새우젓 장수 노릇을 하면서 적군의 움직임을 살펴 적군의 도착을 빨리 알렸고 그래서 무공훈장을 받았다는 사실이 널리 알려지면, 지금 적군의 출현으로 두려움이 가득할 병사들에게 좋은 효과가 있을 터였다.

성묵돌이 준비하는 동안, 그는 현슌이와 연이를 찾았다. 한쪽에서서 좀 근심스러운 낯빛으로 어른들이 하는 것을 바라보는 녀석들에게 그는 밝은 웃음을 지어 보였다. "현슌 아씨, 연이 아씨, 이리 오쇼셔."

녀석들이 쭈뼛거리면서 다가왔다.

"이제 나이 붓으로 글을 쓸 새니, 잘 보쇼셔."

녀석들이 서안을 흘끔거리면서 고개를 끄덕였다.

그는 붓을 들었다.

호셔챵의군 군령 뎨소십륙호

총참모부 뎨삼쳑후대대 부병 최만득은 긔묘년 삼월 삼십일 쳑후의 임무를 튱실히 슈행ᄒᆞ야 격졍을 일즉 보고홈ᄋᆞ로써 큰 공을 셰웠기에 쳥셩무공훈쟝을 슈여홈.

긔묘 ᄉᆞ 월 초일 일
호셔챵의군 원슈 리언오

164

그는 먹이 마르기를 기다려, 종이를 라에게 건넸다. "신챵아로 돌아가시면, 이 군령을 모단 대대원들헤게 넓어주쇼셔."

"녜, 원슈님."

"젹병의 움즉임을 계쇽 보고하쇼셔. 『손자병법』에 니라기랄 '디 피디기(知彼知己)면 백젼백승(百戰百勝)'이라 하얐나이다. 젹병이 몇이나 다외고 언제 엇디 움즉이는디 우리 자셔히 알면, 우리 챵의 군은 싸홈애셔 젹병에 크게 이길 새니이다."

"녜, 원슈님. 이대 알겠압나나이다."

"라 대쟝, 수고하샀나이다. 돌아가보쇼셔."

"녜, 원슈님. 그러하오면 쇼쟝안 돌아가보겠압나나이다. 챵의."

두 아이를 집에다 데려다주려고 천천히 말을 몰면서, 그는 한성에서 내려오는 경군(京軍)과의 싸움에 대해 생각했다. 당장 결정해야 할 것은 점령한 고을들에 배치한 주둔군의 재배치였다. 아직 제대로 평정된 것이 아니므로, 주둔군이 물러나면, 양반들이 일어나서 현령을 공격할 가능성이 작지 않았다. 그는 홍쥬의 사정이 특히 마음에 걸렸다. 홍쥬는 챵의군의 근거지였으므로, 홍쥬를 잃으면, 그의 모반이 위협받을 터였다. 그는 홍쥬목사가 된 윤긔를 높이 평가했지만, 윤이 그를 배신할 가능성은 결코 작지 않았다. 부득이해서 반도들에게 협력했지만, 기회가 오자, 홍쥬성을 확보해서, 나라에 충성했노라고 변명하면, 윤은 조정으로부터 벌이 아니라 상을 받을 수 있었다. 반란은 흔히 그런 식으로 무너졌다.

그래서 그는 각 현에 1개 대대를 그리고 홍쥬엔 1개 졍대를 주둔시키고 싶었다. 그러나 병력에서 여유가 없는 그로선 그 방안은 비현실적이었다. 경군은 지방의 군대와는 규모나 전력에서 크게 우월할 터였다. 그가 지금 거느린 병력을 다 동원해도, 어려운 싸움이 될 터였다.

'어떻게 한다?' 현순이를 한 손으로 안고 말의 움직임에 따라 흔들리면서, 그는 자신에게 물었다. 답은 나오지 않았다.

개울엔 아직도 그 백로가 그대로 있었다. 그 새의 확신에 찬 자세가 마음에 묘한 물결을 일으켰다.

개울을 건너기 직전에 문득 떠올랐다, 루이 다부가 나폴레옹에게 한 말이. 워털루 싸움을 앞두고, 나폴레옹은 두드러지게 유능한 지휘관인 다부 원수를 국방상으로 임명해서 파리의 행정을 맡겼다. 엘바 섬에 유배되었다 탈출해서 가까스로 권력을 되찾은 터라, 나폴레옹으로선 파리가 그를 배반하지 않도록 하는 것이 긴요했다. 그는 다부에게 "당신 말고는 파리를 맡길 만한 사람이 없다"고 설명했다. 그러자 다부가 대꾸했다, "그러나, 폐하, 만일 폐하께서 승자가 되면, 파리는 폐하의 것일 터이고, 만일 폐하가 패배하신다면, 저나 다른 누구도 폐하를 위해서 아무것도 할 수 없을 것입니다."

그의 처지도 같았다. 이번 싸움에서 지면, 모든 것이 물거품이 될 것이었다. 이번 싸움에서 이기면, 홍쥬가 설령 그를 버려도, 이내 되찾을 수 있을 것이었다.

"그래, 다 걸자," 그는 소리 내어 생각했다.

현순이가 그를 살피려고 고개를 옆으로 돌렸다.

"현순 아씨, 말 타고 구경하난 것이 자미이셨나잇가?"

녀석이 고개를 끄덕였다. "많이."

5

"참아로 아름다온 긔계이니이다," 쟝츈달의 지휘 아래 공병들이 텩셕긔를 설치하는 것을 바라보던 언오의 입에서 절로 찬사가 나왔다.

서양의 발전된 투셕긔들과는 비교할 수 없는 원시적 기계였지만, 그래도 그것엔 잘 만들어져서 모든 부분들이 제대로 기능하도록 만들어진 기계의 단단하고 간결한 아름다움이 있었다. 게다가 자신이 이곳에 도입한 무기여서, 애착이 갔다. 새로운 무기는 때로 전쟁에서 결정적 요인으로 작용했었다. 기원전 16세기경에 지중해 동쪽 지역에서 활동한 히타이트족은 철로 만든 칼을 썼다. 철검은 청동검을 동강낼 수 있었으므로, 히타이트족은 단숨에 서남아시아를 정복하고 제국을 세웠다. 15세기 서유럽에선 영국군의 장궁(長弓)이 프랑스의 기병을 압도했다. 19세기 말엽 조선에선 동학군이 일본군의 기관총 몇 정에 무너졌다. 지금 이곳에서 투셕긔는 뜻밖의 효과를 낼 수도 있는 미사일 무기였다. 로마 제국 군단들의 전투력의 작지 않은 부분은 그들이 지녔던 많은 투석긔들에서 나왔다. 지금 그가 만든 원시적 턱석긔나 투석긔에 큰 기대를 걸 수야 없었지만, 그래도 새로운 무기인지라, 적잖은 도움이 될 터였다. 이미 보령 슈영 공략에서 투석긔 두 대가 효과를 본 터였다.

그의 치하에 쟝이 싱긋 웃었다. "이번에 공병들히 고생알 겸 하얐압나니이다."

"이번에 공이 큰 군사달한 훈쟝알 받도록 쟝 대쟝끠셔 마암알 써주쇼셔."

"녜, 원슈님. 이대 알겠압나니이다."

"머리랄 구하노라 어려웠는듸, 슈고 많이 하샸나이다."

"녀자이 머리 자르는 일이 원 어려운 일이라셔…… 머리 자르고셔 다시 머리 자랄 때까장안 집에셔 나오디도 못하나이다."

"아, 그러하나니잇가? 슈건이나 보자기랄 쓰고 다니면, 다외디 아니하나니잇가? 우리 챵의군을 위하야 장한 일알 한 것인듸, 므슥이 붓그러울 것이 있겠나니잇가?"

"긔것이……" 쟝의 얼굴에 문득 분노가 어렸다. "사람달히 머리 자란 녀자달할 손가락질하압나니이다. 돈 받고 머리 판 녀자라고."

그는 쟝의 말뜻을 이내 알아듣지 못하고 쟝을 멀거니 쳐다보았다. "머리를 자란 것이 붓그러운 일이란 녜아기이니잇가? 아니면, 우리 챵의군을 위하야 머리랄 자란 것이 붓그러운 일이란 녜아기이니잇가?"

"돈 받고 머리 자른 것은 요됴슉녀이 할 일이 아니라난 녜아기이압나니이다. 속이 좁안 녀자달히……"

그는 천천히 고개를 끄덕였다. 단순한 일이었지만, 들여다보면, 꽤나 복잡한 현상일 듯했다. 누가 새롭거나 어려운 일을 하면, 칭찬하기보다는 헐뜯는 것이 인심이었다. 게다가 조선은 돈이 오가는 거래에 대한 의구와 혐오가 뿌리를 깊이 내린 사회였다. '사농공상(士農工商)'으로 신분을 정한 데서 보듯, 상업과 관련된 것들은 모두 천하게 여겼다. 이 사회의 빈곤과 억압이 그렇게 상업을 천시하고 억압한 데서 나왔다는 사실을 조선조 5백 년 동안 아무도, 어떤 석학도 어떤 사상가도, 깨닫지 못한 것이었다. 그래서 돈을 받고 머리를 판 일은 이곳 사람들에겐 어쩐지 천한 일로 비쳤을 것이었다. 게다가 머리는 성적 상징이었다. 남성이든 여성이든 풍성한 머리는 성적 매력을 지녔다. 이곳에선 "삼단 곧한 머리"가 여성의 매력의 핵심이었다. 그래서 아직 사내를 모르는 동기(童妓)와 내연을 맺는 것을 "머리를 얹힌다"고 했다. 머리를 돈을 받고 판 여인은 돈을 받고 몸을 파는 여인과 연상될 수밖에 없었다. 그리고 그런 여러 요인들 밑엔 기득권을 위협받는 계층들의 챵의군에 대한 거대한 반감이 자리 잡고 있을 터였다. 감히 입 밖에 내지 못하는 반감이 그런 식으로 왜곡되어 드러났다고 보아야 했다.

그는 씁쓰레하게 입맛을 다셨다. 그냥 넘어가기엔 뿌리가 깊은 일이었지만, 마땅한 대책은 나올 수 없는 일이었다.

문득 생각 하나가 떠올랐다. '이왕 일이 그렇게 되었으면, 적극적으로 이용하는 것도…… 챵의군에서 감사의 뜻으로 모자를 선

사하면, 그분들도 떳떳하게 나니닐 수 있고, 손가락질하는 일도 사그라질 것 같고. 여성이 모자 쓰는 것이 유행할 수도 있지.'

이곳에서 여성은 대체로 모자를 쓰지 않았다. 모자는 높은 신분의 상징이었다. 양반은 늘 모자를 썼지만, 평민과 여성은 평시엔 모자를 쓰지 않았다. 한번 모자가 여성 패션의 한 부분이 되면, 남녀차별의 벽을 낮추는 효과도 지닐 터였다.

'패션 산업을 한번 일으켜봐?' 야릇한 웃음을 짓다가, 쟝이 아직 그의 반응을 기다리고 있음을 깨닫고, 그는 서둘러 웃음을 지웠다. "쟝 대쟝, 나이 이 일알 깊이 생각하야 쳐티하겠나이다."

"녜, 원슈님."

"우리 챵의군을 위하야 어려운 일알 하신 분들끠 죠곰이라도 마암 상하난 일이 없도록 하겠나이다."

3세기에 로마가 포위되었을 때, 투석긔들에 쓰인 힘줄들이 낡아서 끊어졌다. 그러자 로마 여인들이 머리를 잘라 바쳐서, 투석긔들을 고칠 수 있었다. 그는 그 일화를 잊고 있었는데, 투석긔를 만드는 일을 상의할 때, 쟝츈달이 먼저 여인들의 긴 머리를 쓰는 방안을 생각해내자, 그 일이 생각났다.

"녜, 원슈님."

뒤쪽이 갑자기 시끄러워졌다. 돌아보니, 깃발을 앞세운 병사들이 현텽 쪽에서 다가오고 있었다. 윤삼봉이 이끄는 7보병경대와 박초동이 이끄는 1보병경대였다. 먼저 방어선에 투입될 부대들이었다. 지금 방어선은 례산현 주둔군인 9보병경대와 덕산현 주둔군이었던 최셩업의 3보병경대가 지키고 있었다.

사기가 높은 부대가 싸움터로 나설 때 내뿜는 기백이 느껴져서, 그의 얼굴에 웃음이 자연스럽게 배어 나왔다. 그의 살을 자신감이 가득 채웠다. '오늘은 이긴다. 어떤 군대가 와도, 이긴다.'

소집 명령을 받은 부대들은 어제까지 모두 례산에 닿았다. 예상보다 훨씬 많은 병사들이 모여서, 비전투요원들까지 합치면, 5천 명이 넘었다. 자연히, 병사들을 재우고 먹이는 일이 큰일이 되었다. 그는 부대들을 현텽 둘레의 골짜기들에 배치했다. 김항텰이 이끄는 셔산군 원경군은 향천사 골짜기에 머물렀고, 채후신이 이끄는 당진현 원경군과 덕산, 대흥, 결성의 주둔군들은 대지동으로 가는 길목인 삽티고개 골짜기에 머물렀고, 나머지 부대들은 현텽 안팎에 머물렀다.

그가 보급에 마음을 쓴 덕분에 큰 혼란은 없었고 병사들은 제때에 식사를 했다. 큰 병력이 한곳에 오래 머물 때 나올 문제들을 줄이려고, 그는 숙영하는 부대들에게 지침을 내렸다.

호셔챵의군 군령 데스십구호

숙영ᄒᆞᄂᆞᆫ 군ᄉᆞ들히 샹례 디킈어야 홀 일둘홀 왼녁과 ᄀᆞᆮ히 뎡ᄒᆞ노니 모든 군ᄉᆞ들히 디킈고 대챵둘흔 감독ᄒᆞ기ᄅᆞᆯ ᄇᆞ라노라.

ᄒᆞ나. 민가애 엇던 폐도 기티디 말 것. 엇디홀 수 업시 민가애 폐
　　를 기텼을 때는 샹관애게 바로 보고홀 것.
둘.　　 믈은 반ᄃᆞ시 글혀 마실 것.

세.   강이나 시내의 믈을 더러이디 말 것.

네.   샹례 몸올 싯을 것.

다숫. 부대마다 야젼 변소돌홀 풀 것. 여군들을 위훈 변소롤 따로 맹굴올 것.

긔묘 수 월 이 일

호셔챵의군 원슈 리언오

이미 날씨가 더워져서, 수인성 전염병의 위험이 컸다. 만일 전염병이 나오면, 챵의군은 그날로 무너질 터였다.

큰 싸움을 앞두고 그가 자신감을 갖게 된 데엔 적군에 관해서 꽤 많이 안다는 사실도 한몫했다. 쳑후들이 계속 보고해온 덕분에, 그는 한성에서 내려오는 관군의 성격과 움직임에 관해서 상당히 많이 알고 있었다. 그는 관군이 적으면 3천 명, 많으면 4천5백 명이 되리라고 추산했다. 1천 명에서 1천5백 명으로 추산되는 선봉은 어젯밤에 신챵현텽에 머물렀다. 2천 명에서 3천 명으로 추산되는 즁군(中軍)은 하루 늦게 선봉을 따르고 있었다.

그는 선봉의 쳑후나 머리가 오전 11시경에서 정오 사이에 신례원에 이를 것으로 예상했다. 선봉의 주력은 오후 1시에서 2시 사이에 이를 것으로 예상했다. 지금 12시가 다 되어가는데, 신례원을 살피는 쳑후에게선 아직 소식이 없었다. 관군을 이끈 장수는 서두르지 않는 듯했다. 례산에 빨리 이르는 길은 아산에서 신챵으로 바로 오는 길이었다. 그러나 관군은 동쪽에 있는 온양을 거쳐서 신챵으로 오고 있었다.

부대들이 이르자, 그는 윤삼봉과 박초동에게 작전 계획을 설명했다. "격군은 길을 딸와셔 신례원에셔 이리로 올 새니이다. 우리는 여긔 방어션에셔 격군을 막아내나이다."

"녜, 원슈님." 그의 손길을 따라, 두 사람이 방어션을 둘러보았다.

"격군은 신례원에셔브터 길을 딸와 길게 늘어셜 새니, 우리가 녚에셔 티면, 격군은 싸호디도 못하고 항오가 믄허딜 새니이다." 그는 주머니에서 접힌 종이를 꺼냈다. 작전 개념을 나타낸 지도였다. "여긔 보쇼셔. 이곳이 신례원이고 이곳이 현텽이니이다. 시방 우리는 여긔 이시나이다. 격군은 이리 길을 딸와셔 내려올 새니이다. 두 분끠션 군사달할 잇글고 여긔 길 동녁 셕양리 뒷산애 숨어 기다리다가, 공격 군호이 나오면, 급히 격군을 녚에셔 티쇼셔. 아시겠나잇가?"

"녜, 원슈님. 이대 알겠압나니이다."

"부대달한 윤 대쟝끠셔 지휘하쇼셔."

"녜, 원슈님."

"나모 그늘 속애 몸알 숨기고 이시다가, 군호이 나오면, 나아가셔 격군을 티쇼셔."

"녜, 원슈님."

"군호이 나오면, 여긔 셔녁에션 긔병대 죵경리 가난 길을 딸와셔 격군을 틸 새니이다. 그리하면, 격군은 세 동강이 나셔, 항오이 완전히 믄허딜 새니이다."

그의 얼굴에 어린 느긋한 웃음을 두 사람이 역시 느긋한 웃음으로 받았다. "녜, 원슈님."

"군사달히 뎜심은 모도 먹었나니잇가?"

다른 부대들보다 먼저 전방으로 투입되는 부대였으므로, 그는 두 경대 병사들은 점심을 일찍 먹고 방어선으로 나오라고 한 터였다.

"녜, 원슈님." 윤삼봉이 씨익 웃었다.

"모도 잘 먹었압나니이다." 박초동이 진지하게 말을 받았다. "요사이 보릿고개인듸, 배브르게 먹으니, 모도……"

"군사달히 모도 비샹식량안 가졌나니잇가?" 그는 병사들이 등에 멘 배낭을 살폈다.

"녜, 원슈님. 모도 누룽디와 볶안 콩알 가졌압나니이다." 윤이 대답하고 병사들을 살폈다. "누룽디 맛이 됴하야셔, 비샹식량이니 시방 먹디 말라 하야도, 모도 우믈우믈……"

그는 껄껄 웃었다. 아닌 게 아니라, 콩과 보리를 섞어 눌린 누룽지는 맛이 좋아서, 그도 군것질처럼 누룽지를 우물거리곤 했다.

멈춰 서서 다음 명령을 기다리는 병사들을 바라보는 두 대쟝의 눈길에 많은 것들이 담겨 있었다. 병사들을 배불리 먹이는 일은 지휘관에겐 정말로 흐뭇한 일이었다.

"그러하면, 뎌긔 믈독달할 들고 가도록 하쇼셔." 그는 방어선 뒤쪽 산자락에 놓인 솥들과 물독들을 가리켰다. "글힌 믈이 들었으니, 믈독의 믈만 마시게 하쇼셔. 목이 많이 마라겠디만, 글힌 믈만 마시도록 하쇼셔."

늦봄 뙤약볕 아래 들판에서 싸움이 벌어지면, 병사들은 목이 무척 마를 터였다. 수통을 갖추지 못한 병사들로선 바로 앞에 흐르는 냇물을 마실 수밖에 없었다. 그래서 급히 물을 끓일 수 있도록 한 것이었다. 솥을 걸고 물을 끓이고 물독에 담는 일들은 모두 새로 조직한 6취사대대 여군들이 하고 있었다. 누룽지를 만드는 일에 례산 읍내 부인들이 많이 참여했는데, 그들 가운데 가장 적극적인 사람들이 바로 '례산현텽 싸홈'의 전사자들의 유족들이었다. 그래서 아예 원하는 사람들로 취사대대를 만든 것이었다. 챵의군의 규모가 빠르게 커졌으므로, 2개 취사대대만으론 힘이 부치던 상황이었다.

물독을 들고 산등성이를 넘어가는 부대를 보면서, 그는 느긋한 웃음을 얼굴에 띠고 손등으로 턱을 문질렀다. 그가 윤삼봉의 7졍대와 박초동의 1졍대를 기습 부대로 고른 것은 물론 그들을 믿기 때문이었지만, 그들이 이곳 사람들이어서 지리에 밝다는 점도 고려한 것이었다.

그가 물을 끓이는 부인들에게 치하하려 몸을 돌리는데, 길을 따라 긔병 둘이 달려왔다. 3쳑후대대에 속한 병사들이었다. 그에게 가까이 오자, 그들은 말에서 내려 뛰어왔다. "챵의."

"챵의."

"원슈님, 젹군의 쳑후이 신챵현텽 녁에서 와서 세거리를 디났다고 원슈님끠 보고 올이라 하얐압나니이다. 라승죠 대대쟝의 보고이압나니이다."

"아, 그러하나니잇가? 젹군의 쳑후이 세거리랄 디났다난 녜아기이니잇가?"

"녜, 원슈님. 그러하압나니이다."

"슈고랄 많이 하샸나이다. 시방 라 대쟝안 어디 이시나니잇가?"

"쇼인이 떠날 때난 효자리 다리애 이셨압나나이다."

"이대 알겠나이다. 라 대쟝끠 돌아가셔셔 나이 이대 알았다고 전해주쇼셔."

"녜, 원슈님. 챵의."

다시 말을 타고 북쪽으로 달리는 긔병들을 바라보면서, 그는 바삐 생각했다. 세거리는 신챵현텽으로 가는 길과 삽교쳔 쪽으로 가는 길이 갈라지는 곳이었다. 세거리에서 신례원까지는 2킬로미터 남짓했다. 지금 다가오는 관군 션봉의 주력이 쳑후보다 반 시간가량 뒤에 있다 치면, 한 시간 뒤에야 신례원에 닿을 터였다. 그러면 오후 1시쯤 될 터였다. 아무래도 신례원에서 점심을 들고 오후에 례산현텽을 향해 나설 것 같았다.

그는 연락듕대쟝 림형복을 찾았다. "림 대쟝."

"녜, 원슈님." 림이 달려왔다.

"김항텰 총독애게 가셔셔, 뎜심 먹고 나셔 류갑슐 대쟝의 이보병졍대와 임슈동 대쟝의 오보병졍대를 몬져 이곳 방어션으로 보내라고 니르쇼셔."

"녜, 원슈님. 김항텰 총독에게 가셔 '뎜심 먹고 나셔 류갑슐 대쟝의 이보병졍대와 임슈동 대쟝의 오보졍졍대랄 몬져 이곳 방어션으로 보내라' 니르겠압나나이다." 림이 또박또박 복창했다.

"맞나이다." 림이 정확하게 복창한 것이 대견해서, 그의 얼굴에 웃음이 번졌다. "다녀오쇼셔."

"챵의." 림이 돌아서서 자기 부대로 뛰어갔다.

연락병 하나와 함께 현령 쪽으로 말을 달리는 림을 바라보면서, 그는 행복감 비슷한 기분이 온몸을 채우는 것을 느꼈다. 일은 그가 뜻한 대로 풀리고 있었다.

구수한 밥 냄새가 얼굴을 감쌌다. 방어선 맨 오른쪽을 맡은 3보병정대 5대대 병사들이 식사를 하고 있었다. 큼직한 솥 둘을 걸어 놓고 산에서 막 해 온 청솔가지로 밥을 한 참이었다. 덕산현에 주둔하면서 모병한 터라, 3정대는 여군들이 많았고 보급도 충실했다.

문득 식욕이 일었다. 그는 주머니에 손을 넣었다. 배고개댁이 "스승님께서 식사랄 제때해 하디 못하신다"고 어젯밤에 그에게 특별히 갖다준 잣과 호두를 주머니에 넣고 다녔던 것이다. 잣을 한 줌 집어, 장춘달에게 내밀었다. "여긔, 쟝 대쟝, 잣이 이시나이다."

쟝이 싱긋 웃으면서 손을 내밀어 받았다.

"복심이 어마님이 어젯밤에 다란 사람 몰래 갖다준 것인듸……" 그가 클클 웃자, 쟝이 참지 못하고 소리 내어 웃었다.

다시 주머니에 손을 넣으려는데, 반대쪽 주머니에 무엇이 든 느낌이 들었다. 손을 넣으니, 접힌 종이가 잡혔다. 꺼내어 보니, 어제 저녁에 김향렬이 그에게 바친 문서였다. 그가 막 기병했을 때, 대흥현감이 튱쳥감사에게 장계를 올리면서 해미 병영의 우병마절도사에게 보낸 사본이었다.

大興縣監爲馳報事

三月初捌日酉時

禮山縣大枝洞面炭洞里住

良人崔基浩告變爲去矣

初柒日妖僧立文俗名李彦吾者

惑大枝洞面民人而……

'대흥현감이 급히 보고하는 사항으로, 삼월 초파일 유시에 례산현 대지동면 탄동리에 사는 냥인 최괴호가 고변하되, 초칠일에 속명이 리언오인 요사스러운 중 립문이란 자가 대지동면 사람들을 현혹해……'라는 뜻이었다.

요승(妖僧)이란 표현에 눈길이 머물면서, 그의 입가에 야릇한 웃음이 어렸다. 아직 한 달이 채 안 되었는데, 대지동 사람들을 이끌고 나오던 때가 아득한 옛날만 같았다.

한숨을 죽이면서, 그는 그 종이를 주머니에 넣고 잣을 꺼냈다. 잣을 우물거리면서, 그는 한 바퀴 둘러보았다. 문득 곧 벌어질 싸움의 과정이 영화처럼 마음을 스쳤다. 싸움을 예측하기는 어려워서 아무리 잘 세운 작전 계획이라도 이내 비현실적이 된다 하지만, 그는 이번 싸움이 자신의 예상대로 진행될 것 같은 느낌이 들었다.

생도 시절에 그는 정보 부족의 문제에 관해서 웰링턴 공작이 한 얘기를 여러 번 들었다. "전쟁의 일은 모두, 그리고 실은 삶의 일도 모두, 당신이 아는 것으로부터 당신이 모르는 것을 찾아내려고 애쓰는 것이다; 그것이 내가 '산 저쪽에 무엇이 있는지 추측하는 것'이라 부른 것이다." 그는 지금 산 저쪽에 무엇이 있는지 비교적 잘 알고 있었다. 그리고 그가 바라는 대로 싸움이 흘러가도록 유도하고 있었다.

"원슈님," 5대대쟝 왕도한이 다가왔다.

"녜, 왕 대쟝."

"쇼쟝의 부대가 식사랄 하난듸, 원슈님꼐셔 쇼쟝과 함끽……"

"아, 그러하나니잇가?" 듣고 보니, 자주 만나지 못했던 병사들과 함께 식사하는 것도 괜찮은 일이었다. 그와 근위대대는 원래 9졍대와 함께 식사할 예정이었다. "나이 먹을 밥도 이시나니잇가?"

6

"시방 말쌈드린 것이 나이 세운 작전 계획이니이다." 언오는 둘러선 긔병 지휘관들을 둘러보았다. "작전 계획의 뜻을 아시겠나니잇가?"

"녜, 원슈님. 이대 알겠압나니이다," 쳔영세가 대답하자, 다른 사람들이 고개를 끄덕였다.

"어려운 뎜은, 앗가 녜아기한대로, 우리 긔병들히 공격하난 길이 너모 좁아셔, 한 줄로 셔셔 나아갈 수밧긔 없다는 사졍이니이다." 그는 얼굴에 웃음을 띠고 긔병들의 공격로인 읍내에서 종경리로 가는 길을 가리켰다.

논 사이로 난 길이라, 긔병들이 한 줄로 공격할 수밖에 없었다. 자연히, 긔병 공격의 장점인 충격의 효과는 최소한으로 줄어들고 반격을 받을 위험은 부쩍 늘어날 터였다.

"녜, 원슈님. 그러하압나니이다," 쳔이 다시 대답하고 다른 사람들이 고개를 끄덕여 동의했다.

"그것 참. 한디위 달려셔 티고 싶은듸," 황칠셩이 입맛을 다시자, 웃음이 터졌다.

"사졍이 그러하니, 돌아가셔셔 쳔 대쟝 지휘 아래 여러 대쟝들 끠셔 엇디하여야 할디 샹의하쇼셔."

긔병 대쟝들이 무한산셩 앞쪽 긔병대의 진지로 돌아가는 모습을 보면셔, 그는 황칠셩이 한 얘기를 떠올렸다. "김 총독."

"녜, 원슈님," 긔병대의 공격로를 골똘히 살피던 김항텰이 그에게 고개를 돌렸다.

"오날안 우리 군사달히 모도 싸호고 식븐 닷하나이다. 사긔 아조 높으나이다."

김항텰이 씨익 웃었다. "녜, 원슈님. 모도 한디위 싸호고 식븐 긔색이압나니이다."

뒤쪽에셔 말발굽 소리가 났다. 돌아보니, 채후신이 달려오고 있었다. 뒤에 연락병이 따르고 있었다. 슈군이 당진현을 공략할 때, 홍셰역(興世驛)에셔 얻은 말들은 모두 슈군에 배당해셔 쳑후등대를 만들도록 한 터였다.

"어셔 오쇼셔, 채 총독."

채가 말에셔 내려 경례했다. "챵의."

"챵의."

"원슈님, 슈군은 시방 현텽에셔 대기하고 이시압나니이다."

오늘 싸움에셔 슈군은 예비 병력이었다. 그래셔 현텽에 머물도록 한 터였다.

"아, 그러하나니잇가? 슈고하샸나이다. 군사달한 엇더하나니잇가? 사긔 높아나니잇가?"

채후신이 고개를 숙였다. "쇼쟝이 영민하디 못하야, 군사달희 사긔 높디 못하압나니이다."

뜻밖의 대답에, 그는 잠시 채의 얼굴만 바라보았다. "므슴 일이 이셨나니잇가?"

채가 잠시 머뭇거리더니 어렵게 말을 입 밖에 냈다, "실로난 어젯밤애 군사 다삿이 도망하얐압나니이다."

"아, 그러하얐나니잇가?" 병사들의 탈영은 중대한 문제였다. "그 다삿이 작당하야 도망하얐나니잇가?"

"녜, 원슈님. 법셩보 사람달 가온대 한마알애 사난 쟈달 다삿이 작당하야……"

"너모 마암 쓰디 마쇼셔. 군사달히 도망하는 것이야 병가디샹사이니, 크게 놀랄 일안 아니이다. 오날 큰 싸홈알 앒애 두고, 두려하난 군사달토 이실 새니이다. 법셩보 군사달히야 집애 가고 식블 새고." 그는 싱긋 웃었다.

그가 도망병 문제를 예사로 여기면서 부드럽게 말하자, 채의 굳었던 얼굴과 몸이 좀 풀렸다.

"나이 녯날녜아기 하나 하리다. 녯날 셔녁 어느 먼 따해 싸홈알 아조 잘 하난 님굼이 이셨나이다. 그 님굼은 군사달히 많이 도망하야셔 늘 어려움을 겪었나이다. 하라난 도망하얐던 군사 하나이 잡히어셔 그 님굼 앒아로 묶여 왔나이다. 그 님굼이 묻기를, '웨 나랄 버리고 도망하얐난다?' 그 군사이 대답하기랄, '폐하, 시방 우리 군사달히 모도 여려운 쳐디이압나니이다.' 그 님굼이 말하기랄, '알았노라. 오날 우리 한디위 더 싸호세. 만일에 나이 싸홈애 디면, 래일 우리 함끠 도망하세.' 그리하고난 그 군사랄 자갸 부대로 돌아보냈나이다."

그들은 함께 소리 내어 한참 웃었다.

"자미이시난 녜아기이압나니이다. 원슈님, 그 님굼은 엇디 다외얏압나니잇가?" 김항렬이 물었다.

"그 님굼은 군사달할 이대 조련하야 나라를 넓혔고 내죵애 대왕이라 블리었나이다."

그가 한 이야기는 독일 프리드리히 대왕의 일화였다. 2백 년 뒤에 먼 서쪽 대륙에서 군사 지휘관으로 이름을 날릴 군주의 얘기였다. 프리드리히 대왕의 프로이센 군대처럼 잘 조직되고 훈련된 군대조차 도망병들로 어려움을 겪었다는 사실은 그로 하여금 이 문제를 철학적으로 보도록 만들었다.

두 사람이 만족스러운 얼굴로 고개를 끄덕였다.

"그러하면, 채 총독, 나이 오날 작전 계획을 말쌈드리겠나이다." 그는 주머니에서 작전 지도를 꺼냈다.

"녜, 원슈님."

그는 지도를 땅에 펴놓고 그의 계획을 설명하기 시작했다.

적군이 길을 따라 다가오면, 오른쪽 산자락에 매복한 보병들과 왼쪽의 긔병들로 양익포위(兩翼包圍)를 한다는 그의 구상을 듣자, 채가 만족스럽게 고개를 끄덕였다. "학익진(鶴翼陣)이압나니이다."

"그러하나이다." 그는 고개를 끄덕였다. "시방 여긔 방어션에는 보병 사개 졍대 디킈고 이시나이다. 슈군은 예비대이니이다."

"녜, 원슈님. 알겠압나니이다."

"채 총독끠션 슈군을 더긔," 그는 오른쪽 산줄기를 가리켰다. "뎌 산줄기 뒷녘 젹군 눈에 보이지 아니하난 곳애 두쇼셔."

"녜, 원슈님. 이대 알겠압나니이다."

"이번 싸홈애션 슈군은 김 총독의 졀졔를 받아쇼셔. 싸홈이 시작다외면, 여긔 방어션은 김 총독끠셔 지휘할 새니이다. 앗가 녜아기한 대로, 나난 긔병들콰 함끠 젹군을 티겠나이다."

"녜, 원슈님. 분부대로이 거행하겠압나니이다." 채가 고개 숙여 인사하고 김항텰에게로 몸을 돌렸다. "김 총독님, 슈군은 시방 례산현텅에 이시나이다. 언제 이리로 움즉이는 것이 됴하겠나니잇가?"

김이 흘긋 그의 얼굴을 살피더니, 채에게 말했다. "곧 젹군이 니르를 새니, 바로 이리로 오난 것이 됴할 새니이다."

"알겠압나니이다. 그러하시면, 쇼쟝안 현텅으로 가셔 군사달할 잇글고 돌아오겠압나니이다. 챵의."

채가 돌아간 지 얼마 되지 않아서, 관군의 쳑후들이 신례원 쪽 산자락을 돌았다. 모두 말을 탔는데, 열 남짓했다. 챵의군의 방어션을 보더니, 모두 멈칫했다. 한참 방어션을 가리키며 떠들더니, 둘이 말을 돌려 뒤쪽으로 사라졌다.

방어션을 지키던 챵의군 병사들 사이에서도 웅성거리는 소리가 났다. 느긋하던 분위기가 문득 팽팽해졌다.

관군 척후들은 조심스럽게 앞으로 나왔다. 화살이 미치지 못하는 곳에 멈춰 언제라도 돌아서 도망칠 태세로 방어선을 살폈다.

그런 상태로 20분 넘게 지났다. 그러나 산자락 너머에선 아무런 움직임이 없었다.

그는 조바심이 났다. 만일 관군의 선봉이 신례원 근처에서 등군을 기다린다면, 그로선 난처할 수밖에 없었다. 이미 세운 작전 계획이 쓸모가 없게 될 뿐 아니라, 관군의 두 부대들이 합치면, 훨씬 어려운 싸움이 될 수밖에 없었다. 그래서 부대들을 방어선에 투입하지 않고 산줄기 뒤쪽에 숨겨 놓은 터였다.

30분이 지나자, 그는 관군을 싸움으로 이끌어 들일 길을 찾았다. 가장 나은 방안은 보병 1개 대대를 앞으로 내보내 관군의 척후들을 몰아내면서 관군 본진이 있을 신례원 가까이 밀고 나가도록 하는 것이었다. 그러면 자연스럽게 싸움이 시작되고 관군이 앞으로 나오게 될 터였다. 문제는 그렇게 적군을 유도한 부대가 물러나는 일이 쉽지 않다는 점이었다. 적과 싸우면서 일부러 져준다는 것이 결코 쉬운 노릇이 아니었다. 그런 작전을 제대로 수행하려면, 잘 훈련된 부대가 필요했다. 아쉽게도, 지금 그에겐 그런 부대가 없었다. 적군이 급히 쫓아오면, 모두 겁이 나서 정신없이 도망칠 터였다. 그렇게 도망친 부대가 방어선으로 달려들면, 방어선에선 다른 병사들에게 두려움이 전염될 수 있었다. 병사들이야 앞뒤 사정을 모르니, 두려움에 질릴 수도 있었다. 자칫하면, 제 꾀에 속아 전반적 패주로 이어질 수도 있었다.

답답한 마음에 그는 괴병들을 내보내 정찰하기로 마음을 정했다. 왼쪽 무한천 둑길을 따라 1개 긔병듕대를 내보내면, 신례원의 적군의 동향을 살필 수 있었다. 그 방안도 긔병의 존재를 적군에게 알린다는 문제가 있었지만, 지금 처지에선 그것은 치를 만한 대가였다.

그가 졈백이를 타고 방어선인 둑길을 따라 무한산성 앞쪽 긔병 집결지에 거의 다 갔을 때, 북쪽에서 아득하게 북소리가 들려왔다. '드디어 움직였나?' 그는 반가운 마음으로 말을 멈추고 쌍안경을 들었다.

뻗어 내려온 산자락으로 길이 굽은 곳 너머에 깃발을 앞세운 부대가 나오고 있었다. 멀리서 보아도 어쩐지 힘이 느껴지는 부대였다. 지금 조선에서 가장 강력한 부대일 터였다. 그만큼 이번 싸움이 어렵고 중요하다는 사실을 음미하면서, 그는 말에서 내려 조심스럽게 말머리를 돌렸다. 근위병들이 따라서 말을 돌렸다.

길가의 지휘소에 이르자, 그는 쟝츈달에게 투셕긔들과 텩셕긔를 쓸 준비를 하라고 일렀다. 그의 복안은 일단 돌을 던져서 적군의 전진 속도를 늦추고, 적군이 더 가까이 오면, 화살을 쏘아 적군을 막아낸다는 것이었다. 그렇게 해서, 적군이 뭉치면, 양익의 측면 공격의 효과가 커질 터였다.

마침내 적군의 선두가 먼저 나와 살피던 쳑후들과 합류했다. 그리고 검은 물결처럼 앞으로 나오기 시작했다.

그는 공병졍대 쪽으로 다가갔다. "쟝 대쟝."

"녜, 원슈님," 쟝츈달의 높은 목소리에 흥분이 짙게 배어 있었다.

"텩셕긔를 쏘쇼셔."

"녜, 원슈님." 쟝이 대꾸하고서 텩셕긔를 향해 돌아셨다. "텩셕
긔 일호긔 발샤 쥰비."

공병들이 복창하고 셕탄을 쏠 준비를 했다.

"일호긔 발샤." 쟝의 명령이 떨어지자, 긔쟝의 복창이 나오고 곧
셕탄이 날아올랐다. 셕탄은 예상보다 훨씬 높이 날아서 길 오른쪽
풀섶에 떨어졌다.

"됴하나이다. 쟝 대쟝, 계속 쏘쇼셔."

"녜, 원슈님." 자부심이 가득한 얼굴로 쟝이 대답하고서 텩셕긔
를 운용하는 병사들에게 외쳤다, "일호긔 계속 발샤."

원치를 감는 데 시간이 걸리므로, 사격 속도는 느렸다. 그리고
더러 사람들 사이에 떨어지기도 했지만, 셕탄들은 대부분 길 밖에
떨어졌다. 그래도 심리적 효과는 작지 않았다. 셕탄이 날아오르면,
관군들은 멈칫거렸고 쟝의군 진지에선 환성이 터졌다. 그사이에도
관군의 대열은 앞으로 나와서, 두 군대 사이가 가까워졌다.

"쟝 대쟝, 투셕긔를 쏘쇼셔," 그는 쟝츈달에게 명령을 내리고
11궁슈졍 대쟝 박우동을 찾았다. "박 대쟝, 격군들헤게 살알 쏘아
셔 앞아로 나오디 못하게 하쇼셔."

곧 셕탄과 화살이 바삐 날았다. 길을 따라 나오던 관군은 궁슈들
에겐 좋은 표적들이어서, 관군들이 많이 화살에 맞았다. 관군들이
뿔뿔이 흩어져 도망치기 시작했다.

그는 김항텰을 돌아보았다. "김 총독."

"녜, 원슈님."

"나난 이제 긔병대로 가겠나이다. 여긔는 김 총독꿔셔 지휘하쇼

셔."

"녜, 원슈님."

그는 말에 올라타고서 김항렬과 채후신에게 가벼운 웃음을 지어
보였다. "그러하면 나난 가보겠소이다."

"챵의. 원슈님, 몸조심하쇼셔," 간곡한 마음이 담긴 목소리로 김
이 인사했다.

"챵의," 채가 경례했다.

"챵의. 잇다가 삼거리에서 보사이다."

싸움에 이겨 적군을 추격하게 되면, 삼거리까지만 추격하기로 되
어 있었다. 관군의 듕군이 오늘 안에 신챵현텽에 이르리라고 판단
했으므로, 멀리 추격하면, 계획에 없는 싸움이 나올 수도 있었다.

긔병들은 기대에 찬 얼굴로 그를 맞았다.

"쳔 대쟝, 공격 진디로 이동하쇼셔," 그는 얼굴에 웃음을 올리고
낮은 목소리로 명령을 내렸다.

"녜, 원슈님." 쳔이 씨익 웃고서, 명령을 내렸다, "긔병대 승마."

곧 긔병대는 무한천 오른쪽 냇둑과 모랫벌을 따라 북쪽 공격 위
치로 움직이기 시작했다. 황칠성의 22긔병졍대가 맨 앞에 섰고 쳔
영세의 6긔병졍대가 뒤를 따랐다. 안징의 17긔병졍대는 예비대로
서 그와 함께 움직일 터였다. 긔병대를 2군악듕대가 따랐다.

긔병대가 공격 위치에 서자, 그는 상황을 살폈다. 신례원에서 챵
의군 진지 가까이까지 길을 따라 움직이는 관군 행렬은 거대한 뱀
같았다. 챵의군의 화살과 셕탄에 밀려난 병사들이 한데 뭉쳐서, 행
렬의 앞머리는 뱀 대가리처럼 부풀어 올랐다. 공격하기 좋은 상황

이었다. 지금 공격하면, 맨 앞쪽에 매복한 부대들이 행렬의 가운데보다 약간 앞쪽을 덮치고 긔병대는 지휘부의 바로 앞을 칠 것 같았다. 그는 시계를 보았다. 오후 3시 13분이었다.

"강 대쟝," 그는 2군악대쟝 강막동을 돌아보았다.

"녜, 원슈님." 강이 급히 뛰어왔다.

"공격 군호랄 올이쇼셔."

"녜, 원슈님." 강이 바로 날라리를 입에 댔다. 「경긔병 서곡」의 한 소절이 들판 위로 퍼졌다.

"챵의군 앒아로오. 챵의구운," 그는 칼을 뽑아 들고 외쳤다.

"챵의구우운," 긔병들이 복창하고서 돌격하기 시작했다. 정대긔를 든 긔슈가 앞장을 서고 황칠셩이 바로 뒤에 섰다.

"챵의구우운," 방어선 동쪽 주전장에서 함성이 올랐다. 이어 챵의군 병사들이 장벽을 넘어 달려가기 시작했다. 군악대의 취타(吹打)가 그들을 앞으로 밀었다.

그는 매복한 곳을 살폈다. 별다른 움직임이 없었다. 가슴이 거세게 뛰기 시작했다. '군호를 못 들었나? 저리 함성과 취타가 높은데……'

그사이에 긔병들의 선두는 행렬 가까이 이르렀다. 충격을 예상한 관군들이 흩어져서, 관군의 행렬은 긔병들이 닿기 전에 미리 갈라졌다. 한 줄로 서서 돌격하는 터라, 충격은 크지 않았지만, 기습을 당한 관군은 행렬이 이내 무너졌다. 미리 정해진 대로, 긔병들은 오른쪽 관군들은 쳐다보지도 않고 왼쪽으로 돌아 관군을 치기 시작했다.

다시 북쪽을 살피니, 행렬이 꿈틀거렸다. 이어 매복했던 챵의군이 셕양리의 산자락과 길을 따라 내리 닥쳐 행렬을 덮쳤다.

이제 관군의 행렬은 세 동강으로 끊어져서 무너지고 있었다. 긔병대와 방어선에서 나온 보병들 사이에 낀 관군 선두의 병사들은 산으로 도망치고 있었다. 거대한 뱀 같았던 관군은 동강 난 뱀처럼 몸부림치고 있었다.

'이제 이겼다.' 그는 긴 한숨을 내쉬었다. '이젠 누구도 관군을 수습할 수 없다.'

"우리 챵의군이 이긴 것 같하압나니이다." 안징이 조심스럽게 말했다.

"그런 닷하외다." 그는 고개를 끄덕이고 시계를 보았다. 3시 18분이었다. 한판 싸움의 운명이 단 5분 만에 결정된 것이었다.

이제 길에 관군은 보이지 않았다. 앞쪽은 산등성이로 흩어졌고 뒤쪽은 뒤로 흩어지거나 무한천 쪽으로 도망치고 있었다.

"안 대쟝."

"녜, 원슈님."

"이제 십칠경대도 움즉이쇼셔. 젹군을 추격해서 삼거리까장 가쇼셔. 그 너머로는 군사달히 가디 못하개 하쇼셔."

"녜, 원슈님. 이대 알겠압나니이다. 챵의." 안이 돌아서서 조바심을 내는 긔병들에게 명령을 내렸다. "십칠긔병경대 앒아로. 챵의군."

"챵의구운," 긔병들이 복창하고 달려 나가기 시작했다.

긔병들의 뒤를 따르기 전에, 그는 뒤를 흘긋 살폈다. 보드라운

봄 하늘 속으로 갈매기 한 마리가 하구 쪽으로 유유히 날아가고 있
었다. 전쟁은 인간들만이 하는 짓이었다.

7

쌀어음들에 일련번호를 매기던 언오는 볼펜을 서안에 내려놓고 가슴을 폈다. 쌀어음이 워낙 많아서, 그저 번호를 써넣는 일인데도, 시간이 걸리고 제법 손이 아팠다. 쌀어음을 목판으로 인쇄하게 된 뒤로는 슈결을 둘 필요가 없는 것이 그나마 다행이었다.

"원슈님끠셔 시드러우실 샌듸, 졈 쉬었다 하시난 것이 엇더하오실지……" 마실 것을 들고 찾아왔던 최월매가 조심스럽게 물었다.

그녀를 돌아보며, 그는 싱긋 웃었다. "시드럽디 아니하나이다. 싸홈애 이긔면, 없던 힘도 솟아나나이다."

그녀가 환한 웃음으로 답하면서 고개를 끄덕였다. "오날안 우리 챵의군 군사달히 모도 신이 나셔……"

오후의 싸움은 완벽한 승리였다. 싸움터를 정리하지 않아서 전과를 확실히 알 수는 없었지만, 관군의 전사자는 적어도 40명은 될 듯했다. 부상을 입어 붙잡히거나 항복한 자들은 33명이었다. 멀리 도망쳐서 다가오는 싸움에 가담하지 못할 병사들도 적잖을 터였다. 가장 큰 소득은 물론 적군의 사기가 땅에 떨어졌다는 사실이었다. 선봉이 제대로 싸움 한번 못 해보고 무너졌으니, 지금쯤 관군 진영은 두려움으로 덮였을 터였다. 조금 전에 황구용이 보고한 바에 따르면, 관군의 듕균은 신창현텽에 머물고 있었다.

포로들을 심문한 채후신의 보고는 그의 예상이 대체로 맞았음을 확인해주었다. 이번에 내려온 군대는 오위(五衛)의 군사들이었다. 선봉은 의흥위(義興衛)와 튱좌위(忠佐衛)의 군사들이었는데, 의흥위엔 튱쳥도 군사들이 많고 튱좌위엔 젼라도 군사들이 많아서 선봉을 그리 구성했다는 얘기였다.

"래일 싸홈안 쉽디 아니할 새니이다."

"그러하오니 원슈님꾀셔 쉬셔야 하압나니이다. 쇼쟝이 원슈님 엇게를 즈믈러드리겠압나니이다." 그가 사양할 새도 없이, 그녀가 그의 뒤에 앉아 그의 어깨를 주무르기 시작했다.

향긋한 분내가 그를 감싸면서, 그의 마음속 깊은 곳에서 무엇이 깨어났다. "어, 싀훤하다." 어색한 마음을 감추려고, 그는 좀 과장된 탄성을 냈다.

"힘줄이 뭉치압샸나니이다. 이리 풀면, 싀훤하실 새압나니이다."

시원한 맛에 가벼운 신음이 저절로 나왔다. 그는 눈을 감고 부드러운 여자의 손길에 뭉친 근육이 풀리는 쾌락을 즐겼다.

문이 열리는 소리에 그는 나른한 눈을 떴다.

"스승님꾀셔 나죄 진지랄 제대로 드시디 못하압샸기에……" 배고개댁이 음식 그릇이 놓인 소반을 들고 들어왔다. 최가 그의 어깨를 주무르는 것을 본 터라, 낯빛이 밝지 못했다.

"복심이 어마님, 어셔 오쇼셔."

"스승님끠셔 열무수 딤채랄 맛갓나개 드시길래……" 그녀가 서안 옆에 소반을 내려놓았다.

아까 근위병들과 함께 식사할 때, 열무김치가 맛있다고 칭찬했던 것이 생각났다. 고추가 들어가지 않았는데도, 산초와 젓갈로 맛을 내서, 정말로 맛이 좋았었다.

"뎡 대쟝끠셔 원슈님끠 드리려고 졍셩으로 차린 음식이압나니이다. 원슈님, 졈 드쇼셔," 최가 매끈하게 받으면서 상 옆으로 옮겨 앉았다.

그는 누룽지를 한 조각 떼어내서 입안에 넣었다. 콩과 보리가 많이 들어간 누룽지는 쌀만 들어간 누룽지보다 구수했다. "아, 누룽디 구스다."

배고개댁의 얼굴이 환해졌다. "스승님, 딤채도 졈 드쇼셔."

그는 젓가락을 집어 들었다. "딤채 잘 닉어셔, 맛이 참아로 됴하나이다."

"뎌번에 보령 슈영에셔 가자온 새오젓이 맛이 됴하야셔, 딤채 맛도 됴하압나니이다."

"아, 그러하나니잇가?" 그는 고개를 끄덕이고 김치를 한 조각 더 집었다. "나만 먹을 것이 아니라, 두 분도 함끠 드사이다."

"아, 아니압나니이다." 최가 급히 손을 젓고서, 웃음 띤 얼굴로 덧붙였다, "쇼쟝이 들면, 내죵애 뎡 대쟝끠 야단알 맞알 새압나니이다."

웃음이 터지자, 분위기가 한결 가벼워졌다. 배고개댁의 마음도 풀린 듯했다. 그녀가 삶은 달걀의 껍질을 벗겨서 소금에 찍어 그의 입 앞에 내밀었다. "스승님, 여긔 달개알……"

그는 입을 내밀어 달걀을 한입 베어 물었다. 이곳의 달걀은 21세기의 세상에서 먹은 달걀보다 맛이 훨씬 좋았다. 좋은 요리를 맛볼 수 없어서 그런지 마당과 텃밭에서 자라는 닭이 갓 낳은 달걀이 신선해서 그런지는 몰랐지만, 분명히 맛이 달랐다.

배고개댁이 사발에 물을 따라 내밀었다. 꼭 어린 자식에게 밥을 먹이는 엄마 같았다.

물을 한 모금 마시고 흘긋 최를 보니, 그녀가 야릇한 웃음을 띠고서 바라보고 있었다.

이럴 때는 그냥 배고개댁이 해주는 대로 따르는 것이 상책이라는 것을 터득한 터였다. 단둘이 있을 때보다, 다른 여인이 함께 있을 때, 그녀는 자신이 그와 아주 가까운 사이임을 보이려 애썼다. 그녀는 그에 대해 무슨 권리를 지녔다고 여겼고 그런 생각이 아주 틀린 것도 아니었다. 그렇게 인정해주는 것이 '집안'을 편하게 하는 길이었다. 그랬다, 집안이었다. 귀금이가 공식적인 배우자였지만, 그의 둘레엔 관계가 가깝고 미묘한 여인들이 여럿 있었다. 배고개댁은 그를 오래 보살폈고, 최월매는 그가 처리하기 어려운 일들을 해결하는 역할을 해왔고, 홍도화와 왕일지는 싸움터에서 그의 수발을 들고 있었다. 왕일지는 홍쥬성의 동기(童妓)로 2의약대대에 속했는데, 그는 그녀에게 묘하게 마음이 끌렸다. 눈치 빠른 최월매가 그런 정황을 읽고서, 싸움에 나선 뒤로, 그의 시중을 들게 한 것이었다. 그리고 이제는 1의약대대쟝이 된 김강션은 례산에서 처음 만났을 때부터 대담하게 자신의 마음을 드러내곤 했다. 여러 여인들 사이의 관계는 너무 미묘하고 복잡해서, 그는 그저 다독거리면서 지내는 것이 가장 낫다는 것을 인정할 수밖에 없었다.

"스승님, 뎌긔," 그가 달걀을 다 먹자, 배고개댁이 누룽지를 잘게 잘라 그의 앞에 놓으면서 그에게 말했다.

"녜?"

"스승님끠 드릴 말쌈이 이시압나니이다."

누룽지를 우물거리면서, 그는 고개를 끄덕였다.

"덕산애셔 최성업 대쟝이 군사랄 잇글고 올 적의 녀군들흘 모집하야 함끠 왔압나니이다?"

"녜, 그러하얐디요."

덕산현 주둔군인 3보병정대는 그동안 최성업이 성공적으로 모병해서 3개 대대를 제대로 갖췄다. 그리고 취사를 맡을 여군들도 스물 가까이 모집했길래, 정식으로 보급등대로 편성해준 터였다.

"그 덕산 녀군 하나이 남자 군사애게······" 그녀가 어렵사리 말을 이었다, "남자 군사애게 몸알 앗이았다 하압나니이다."

속이 뜨끔했다. "덕산애셔 온 녀군이······?"

"녜, 스승님."

"겁간한 사람안 갇한 삼정대 군사라난 녜아기이니잇가?"

"녜, 스승님." 그녀가 힘을 주어 고개를 끄덕였다.

"언제······?"

"어젯밤애 일이 일어났다 하얐압나니이다."

"이 녜아기난 뉘에게 들으샸나니잇가?"

"삼졍대의 보급듕대쟝애게셔 들었압나니이다."

"그 녀군은 시방 어디 이시나니잇가?"

"쇼쟝이 다리고 이시압나니이다. 듕대쟝이 제 부대애 이시기 어렵다 하야셔, 쇼쟝이 임시로……"

"이대 하샸나이다. 겁간알 당하얐아면, 몸이 샹하얐알 샌듸……"

"걷기 겸 불편하디마난, 크게 샹한 대난 없난 닷하압나니이다."

"불행 듕 다행이니이다. 그러하야도 속아로 샹하얐알 수도 이시니, 최 대쟝끠셔 한번 살펴보쇼셔."

"녜, 원슈님. 말쌈대로이 거행하겠압나니이다." 최가 일어서자, 배고개댁도 따라 일어섰다.

두 사람이 나가자, 그는 다시 서안을 당겨놓고 쌀어음에 번호를 매기기 시작했다. 그러나 일이 손에 잡히지 않았다. 뜻밖의 일은 아니었다. 배고개댁이 그 일을 얘기했을 때, '올 것이 왔구나' 하는 생각이 들었었다. 많은 젊은 남녀들이 어울리면, 이런 일은 일어날 수밖에 없었다. 그래도 실제로 닥치니, 마음이 많이 흔들렸다. 이곳의 군은 풍속과 관행을 깨뜨리고, 여자들을 병사들로 받아들여서 남자들과 어울리게 한 터였다. 작은 문제가 나오더라도, 이내 녀군을 모집한 그의 결정에 대한 거센 비난으로 이어질 터였다. 여성에 대한 편견이 워낙 뿌리를 깊이 내린 사회인지라, 챵의군 지휘관들 사이에서도 녀군들을 모집한 일에 대해선 은근히 불만이 고이는 눈치였다.

방문이 열리더니, 홍도화가 조심스럽게 그러나 스스럼없이 들어왔다. 가까이서 수발을 들다 보니, 그가 그리 어렵지 않게 된 것이었다.

누구도 그의 시중을 드는 사람에겐 영웅이 아니란 서양 격언이 떠오르면서, 그의 얼굴을 야릇한 웃음기가 스쳤다. "여긔 누릉디 겸 드쇼셔."

"쇼인네는 많이 먹었압나니이다. 원슈님, 드쇼셔."

"나이 많이 들었나이다. 겸 드쇼셔."

"여긔," 그녀가 누릉지 조각을 집어 그에게 내밀었다.

그가 입으로 받아먹자, 그녀가 밝은 웃음을 지었다. 그리고 자신도 한 조각 집어 들었다. "이 누릉디 맛이 됴하압나니이다."

그는 고개를 끄덕였다. 그녀까지 옆에 있으니, 일할 마음이 더욱 줄어들었다. 그는 서안을 옆으로 밀쳐냈다.

"원슈님, 니불을……?"

"아니오. 할 일이 아직 많이 이시나이다. 나가셔셔 셩 대쟝 겸 들어오라 하쇼셔."

"녜."

그는 급히 들어온 셩묵돌에게 일렀다, "녀군 지휘관달끠 이리 오라 하쇼셔. 대대쟝급 이상 지휘관달한 모도 이리 모호이라 하쇼셔."

"녜, 원슈님. 이대 알겠압나니이다."

"그리하시고…… 명 대쟝끠 수울상알 내오라 하쇼셔. 지휘관달히 모도 열둘이니, 거긔 맞초아 수울상알 차리라 하쇼셔."

성이 나가자, 그는 다시 서안을 당겨놓고 쌀어음에 번호를 매기기 시작했다. 잉크가 다했는지, 제대로 나오지 않았다. 무척 아쉬웠다. 볼펜은 이 세상엔 있을 수 없는 착시물이었지만, 그래서 위조를 막는 데는 더할 나위 없이 좋았다.

'빨리 잉크를 발명해야 하는데.' 빨강 펜으로 바꾸어 쓰면서, 그는 입맛을 다셨다.

볼펜의 잉크는 곧 떨어질 터였다. 교셔관에서 일했던 인봉유가 전적을 간행할 때 쓰는 검정 잉크를 만드는 법을 알아서, 쌀어음을 인쇄할 수 있었다. 그러나 너무 거무칙칙해서, 호감이 가지 않았다. 파랑이나 빨강처럼 색깔 있는 잉크를 개발하는 것이 시급했다.

곧 사람들이 모여들었다. 늦은 밤에 급히 모이라는 얘기를 들은 터라, 서로 무슨 일인지 알려고 수군거렸다.

"원슈님," 최월매가 들어와서 그에게 조용히 보고했다. "그 녀군은 갑작도이 그런 변을 당하야, 정신이 없디마난, 몸애 큰 샹처를 입디는 아니한 닷하압나니이다. 청심환을 먹였으니, 졈 나알 닷하압나니이다."

마침내 배고개댁의 지휘 아래 취사대대 여군들이 술상을 들고 들어왔다. 상이 제법 푸짐했다. 모두 호기심이 가득한 얼굴로 그를 살피고 있었다.

"자아, 모도 수울상 앒애 앉아쇼셔."

자리가 잡히자, 그는 얘기를 시작했다. "이번 싸홈애션 우리 챵의군이 온젼히 이긔었나이다. 우리 챵의군 군사달히 모도 큰 공알 셰운 덕분이니이다. 나난 여러분들끠 특별히 감샤하나이다."

그의 칭찬에 모두 수줍은 얼굴을 했다. 이런 공식적 칭찬에 익숙지 않은 사람들이었다.

"녯날 먼 따해 싸홀 때마다 이긘 님굼이 이셨나이다. 그 님굼이 '군사달한 배로 행군한다' 하얐나이다. 배고픈 군사달한 행군할 수도 잘 싸홀 수도 없나이다. 여러분들끠셔 뜨슨 밥알 때 맞춰 지어셔 이바디하신 덕분에 우리 챵의군이 이긜 수 이셨나이다. 참아로 감샤하압나니이다."

"쇼쟝달히야 한 일이 별로 없압나니이다. 원슈님끠셔 신묘한 계책알 셰우신 덕분인 줄로 아압나니이다." 최월매가 대꾸하자, 다른 사람들이 모두 고개를 끄덕였다.

"고마온 말쌈이시나이다. 그러하야셔 오날 밤애난 나이 여러분들끠 수울을 한잔식 올이고져 하나이다." 그는 주전자를 집어 들고 일어서서 잔마다 막걸리를 따랐다.

"자아, 함끠 드사이다." 그는 잔을 들었다. "챵의."

"챵의." 모두 힘차게 외쳤다.

"수울 맛이 됴하나이다. 취사대대 여러분들끠셔 슈고랄 많이 하샀나이다."

"급히 하노라 수울이 제대로 다외얐난디도 모라고……" 배고개댁이 대꾸하자, 1취사대대쟝 고사리댁과 2취사대대쟝 최인슌이 고개를 열심히 끄덕였다.

"매도 몬져 맏난 것이 낫다 하얐아니, 됴티 아니한 쇼식 몬져 말쌈 드리겠나이다. 덕산현에 쥬둔하얐던 삼보병졍대애셔 남자 군사이 취사듕대의 녀군을 겁간하얐나이다."

사람들이 놀라는 기색이 없는 것을 보고, 그는 소문이 여군들 사이에 다 퍼졌다는 것을 깨달았다. "불행 듕 다행아로, 변을 당한 녀군은 몸이 크게 샹하디난 아니한 닷하나이다. 시방 의약대대애셔 치료랄 받고 이시나이다. 나이 이런 일이 닐어나디 아니하다록 마암을 썼디마난, 이런 일이 니러나셔, 원슈로셔 여러분들끠 미안할 따람이니이다."

"아니압나니이다. 쇼쟝달히 불민하야, 원슈님끠 심려를 끼텨드렸압나니이다." 최월매가 매끄럽게 받았다.

"다시난 이런 일이 니러나디 아니하도록, 군률을 어긴 군사난 엄히 달홀 새니이다."

사람들이 무겁게 고개를 끄덕였다.

"그러나 래일 싸홈이 이시니, 범인의 재판안 뒤로 졈 미룰 수밧긔 없나이다. 그 뎜을 녀군들헤게 이대 알리쇼셔. 이번 일은 그냥 넘어가디 아니하고 꼭 벌을 주어셔 군긔를 엄정히 하겠나이다."

"네, 원슈님. 이대 알겠압나니이다." 최가 대꾸하자, 사람들이 고개를 열심히 끄덕였다.

"변을 당한 녀군은 챵의군을 위하야 싸호다 변을 당하얐아니, 챵의군에셔 젼샹쟈로 대우하야주는 것이 맛당하나이다."

모두 고개를 끄덕였다.

"이런 일이 다시 닐어나디 못하개 하려면, 녀군들을 보호하난 임무를 맛단 사람이 이셔야 하나이다. 그런다로 참모부에 녀권보호참모부를 셜티하고 참모부쟝안 최월매 부쟝끠셔 겸임하난 것으로 하얐나이다."

뜻밖의 얘기에 최가 잠시 그를 바라보았다. 그러더니, 정신을 차려, 몸을 굽혔다. "원슈님, 감샤하압나니이다. 열심히 맛뎌주신 일알 하겠압나니이다."

"녀군이 이시난 부대애난 녀권보호참모부 요원들히 파견되어, 녀군들히 억울한 일알 당하난 경우이 없도록 하겠나이다." 사람들이 그의 얘기를 새길 틈을 준 다음, 그는 말을 이었다, "최 부쟝끠셔는 이제 의약참모부쟝과 녀권보호참모부쟝알 겸하나이다."

"원슈님끠셔 이리 쇼쟝알 높이 녀겨주시니, 쇼쟝안 그저 감읍할 따름이압나니이다." 최가 다시 몸을 숙였다.

"이제 녀군들히 많아뎌서, 부대랄 개편해야 하나이다. 몬져, 보급졍대랄 취사졍대와 침션졍대로 난호나이다. 취사졍대난 명순례 대쟝끠셔 맛다시고 침션졍대난 리순매 대쟝끠셔 맛다실 새니이다. 그리하고 명순례 대쟝끠셔는 믈자참모부 부부쟝의 직책도 맛다시나이다."

배고개댁에게 믈자참모부 부부쟝의 직책을 준 것은 그녀가 섭섭하지 않도록 하려는 뜻과 그녀와 새로 침션졍 대쟝이 된 리순매가 다투는 것을 막으려는 뜻이 함께 있었다.

"의약참모부의 부대달한 의약졍대, 위생졍대, 셰탁졍대로 난호나이다. 의약졍대난 김강션 대쟝끠셔 맛다시고 위생졍대난 졍도화 대쟝끠셔 맛다시고 셰탁졍대난 진삼례 대쟝끠셔 맛다시나이다."

승진한 사람들은 자기 이름이 나오면 몸을 숙여 감사의 뜻을 표했다.

"그리하고 시방 륙군이나 슈균의 젼투 부대달해 배쇽다외얀 녀군들흔 모도 총참모부애 소쇽다외얀 것으로 하겠나이다. 참모부에 소쇽하되, 일안 전투 부대애셔 하난 것이니이다. 그리하면, 녀군들흔 부대쟝달회 결졔를 받디마난, 봉록안 총참모부에서 받알 새니, 부대쟝달히나 부대원달히 함부로 하디 못할 새니이다. 므슴 녜아기인디 아시겠나니잇가?"

그의 예상과는 달리, 이 일은 사람들에게 낯선 듯했다. 그래서 한참 설명을 한 뒤에야, 비로소 사람들이 고개를 끄덕였다. 그렇게 여럿이 서로 묻고 답하는 사이에, 분위기가 풀렸다.

"오날 이 자리난 나이 여러분들끠 감샤하난 자리이니이다. 수울을 겸 드쇼셔. 자아, 모도 잔알 드쇼셔." 얘기를 많이 한 참이라, 술맛이 시원했다. "어, 싀훤하다."

"원슈님 덕분에 이리 수울 마시고 호강하압나니이다," 김강션이 말했다. "원슈님 만슈무강하시기랄 텬디신명끠 긔원하면셔 쇼쟝이 원슈님끠 수울 한잔알 올이져 하압나니이다."

웃음이 터지고 몇이 손뼉을 쳤다.

그녀가 일어나서 그의 앞으로 오더니 허리 굽혀 인사했다. "쇼쟝이 원슈님끠 권쥬가랄 올이겠압나니이다."

사람들이 반갑게 손뼉을 쳤다.

"오래간만애 강션이 노래랄 듣는고나," 최월매가 신명이 난 목소리로 말했다.

"구운불겨언," 강션이 노래를 시작했다. "황하지슈텬샹래 불류도해불복회."

"됴오타," 최가 추임새를 넣었다.

"구운불겨언 고당명경비백발 됴여쳥사모셩셜……"

"아, 이태백이구나," 그의 입에서 탄성이 절로 나왔다.

이백(李白)의 「쟝진쥬(將進酒)」였다. '君不見 黃河之水天上來 奔流到海不復回. 그대는 보지 못했는가 황하의 물줄기가 하늘에서 내려와 거센 물결로 바다에 이르면 돌아오지 못하는 것을.' 노래의 뜻이 뒤늦게 떠올랐다.

그저 글로 읽은 시를 노래로 들으니, 가슴에서 감정의 물살이 넘실거렸다. 21세기 조선에선 오래전에 죽은 노래가 16세기 이곳에선 술자리에서 늘 불리는 노래라는 사실을 받아들이는 한순간, 문득 불어온 한 무더기 바람에 일제히 뒷모습을 보이는 나무 잎새들처럼 그의 마음속 기억들의 풍경이 청초한 뒷모습을 보였다.

"여이동쇼만고슈우," 긴 노래가 마침내 끝났다.

'與爾同銷萬古愁. 그대와 함께 만고의 수심을 삭이리.' 이미 한 세상을 버린 시간비행사의 가슴에 '만고'라는 말은 시리게 닿았다.

김강선이 두 손으로 공손히 술잔을 그에게 올렸다.

그는 일어나다 말고 엉거주춤한 자세로 잔을 받았다.

"원슈님, 만슈무강하옵쇼셔."

으레 하는 인사에 담긴 그녀의 마음이 가슴에 닿았다. 두 사람의 눈길이 엉겼다.

그가 단숨에 잔을 비우자, 사람들이 손뼉을 쳤다.

"김 대쟝, 내 수울 한잔 받으시겠나니잇가?"

"녜, 원슈님. 감샤하압나니이다."

그는 그녀에게 잔을 건네고 술을 따랐다. "김 대쟝 덕분에 수울을 맛갓나개 들었나이다.”

“원슈님, 감샤하압나니이다.” 그녀가 얼굴을 옆으로 돌리고 잔을 입에 댔다.

넘실거리는 감정의 물결에 실려, 그는 충동적으로 말했다, “김대쟝의 고온 노래랄 들었으니, 나이 한번 노래랄 부르겠나이다.”

이번엔 손뼉과 환호성이 정말로 시끄러웠다.

그는 마음을 가다듬고서 노래를 부르기 시작했다.

　　“곳닢안 하욤없이 바람애 디고
　　만날 날안 아득타 긔약이 없네.”

아득해진 저 세상이 살과 뼈가 시리도록 그리워지면서, 슬픔의 파도가 마음을 덮쳤다. 눈이 감겼다. 눈가가 아려오는 것을 느끼면서, 그는 간절한 마음을 가락에 실었다.

　　“므어라 마암과 마암안 맺디 못하고
　　한갓도이 플닢만 맺아려는고.
　　한갓도이 플닢만 맺아려는고.”

8

"젹군의 쟝슈들흔 그대로 신례원에 머믈고 이시압나니이다. 이
제 계요 군사달히 나죄 밥알 먹고 이시압나니이다," 황구용이 보
고했다.

"아, 그러하나니잇가?" 느긋한 웃음을 지으면서, 언오는 고개를
끄덕였다. "젹군의 쳑후들토 그대로 이시나니잇가?"

그의 희망과 예상대로, 관군은 신례원에서 밤을 보내려는 것 같
았다. 관군 듕군은 예상보다 하루 늦게 나타났다. 선봉이 참패하고
쫓겨온 충격을 추스르느라, 신챵에서 하루를 더 머문 것이었다. 그
리고 지휘부가 신례원의 여관과 주막들에 들었다. 지금 신챵에서
행군해 온 관군이 숨을 돌릴 곳은 신례원뿐이었다. 그리고 머물기
좋은 여관과 주막들을 관군 지휘부가 차지하는 것도 자연스러웠
다. 적군의 지휘부가 밤을 보낼 곳을 미리 알 수 있다는 것은 결정
적 중요성을 지닌 정보였다. 애초에 무한산성 앞으로 흐르는 시내

를 따라 방어선을 치기로 결정했을 때, 그가 이런 상황까지 내다본 것은 아니었다. 그저 관군의 예상 접근로에서 지형적으로 가장 나은 곳을 골랐을 따름이었다. 그런 결정에서 나온 뜻밖의 이점이라, 그는 더욱 흐뭇했고 이번 싸움에서 자신이 이기리라는 믿음이 더욱 굳어졌다.

"녜, 원슈님. 쳑후들토 그대로 이시압나니이다."

한성에서 내려온 관군을 경긔도 진위에서부터 지켜본 쳑후들 덕분에 챵의군은 격군의 동향을 소상히 알 수 있었고 덕분에 션봉을 깨뜨릴 수 있었다. 오후에 관군이 세거리에서 신례원에 이르는 구간에 머물러 밤을 지낼 준비를 한다고 쳑후들이 보고하자, 그는 쳑후들을 관장하는 쳑후참모부쟝 황구용에게 1쳑후대대를 이끌고 무한천의 서쪽 둑을 따라 죵경리로 가도록 했다. 죵경리는 신례원에서 당진 쪽으로 가는 길이 례산으로 가는 큰길에서 갈라진 뒤 처음 나오는 마을이었다. 신례원에서 2킬로미터가량 되었지만, 무한천 건너편이라 눈에 잘 뜨이지 않으므로, 신례원에 머무는 관군의 움직임을 잘 살필 수 있었다. 아울러, 관군이 무한천 서쪽으로 돌아서 챵의군을 기습하는 것을 경계하는 전초 역할도 할 수 있었다.

"슈고 많이 하샸나이다, 황 대쟝." 그는 마음이 담긴 눈길로 황을 살폈다.

"녜, 원슈님."

"이번 싸홈애션 황 대쟝과 쳑후들희 공이 웃듬이나이다."

황의 몰골이 언오의 얘기가 사실임을 유창하게 말해주었다. 관군의 움직임을 몰래 지켜보느라 여러 날을 노숙한 터라, 황의 옷은

거지 옷 같았고 몸에선 땀내가 진동했다. 야윈 얼굴에선 눈빛만이 빛났다.

"아, 아니압나니이다. 쇼쟝이야 그저…… 군사달한 겸 고생하햐 압나니이다." 황이 싱긋 웃었다.

"나이 이대 아나이다. 이번 싸홈이 끝나면, 모도 공애 딸와셔 샹알 받알 새니이다. 군사달해게 니르쇼셔, 원슈이 쳑후들희 공알 이대 알고 이시다고."

황이 따라 웃음을 지었다. "녜, 원슈님."

"시방," 그는 시계를 들여다보았다. "슐시(戌時)이니, 해시(亥時)애 다시 보고하쇼셔."

"녜, 원슈님. 이대 알겠압나니이다."

그는 황을 외삼문까지 배웅했다. 그가 전부터 알았고 이번 일을 처음부터 함께 시작한 사람들이라, 그는 대지동 사람들이 아무래도 미더웠다. 먼저 챵의군에 들어온 터라, 대지동 사람들이 위계에서도 높은 자리들을 차지했다. 대지동 사람들도 이제는 자신들의 운명이 그의 운명에 달렸다는 것을 깨닫고 그의 뜻을 따르려 열심이었다. 흐뭇한 것은 그들이 맡은 일들을 잘해낸다는 사실이었다. 황만 하더라도, 뜻밖의 재능을 드러내서 능동적으로 움직이고 있었다.

외삼문을 들어오자, 그는 취사장으로 향했다.

"복심이 어마님," 그를 보자 반색하고 달려온 배고개댁에게 말했다. "이제 군사달 밥알 지으쇼셔."

"녜, 스승님."

"향천사와 삽티 부대달해난 나이 련락병을 보내겠나이다."

"네, 스승님. 이대 알겠압나니이다."

야습(夜襲)을 위해서 병사들에게 밤참을 먹이려는 것이었다. 몇 천 명이나 되는 병사들의 밥을 짓는 것이 작은 일이 아니라서, 미리 배고개댁에게 밥 지을 준비를 하라고 일러둔 터였다. 황구용의 보고로 적군이 신례원에서 밤을 지낼 것이 확실해졌으므로, 계획대로 야습을 실행하기로 결정한 것이었다.

"원슈님, 모도 모호얐압나니이다. 뎨일졍대난 몸이 얇안 박초동 대쟝 대신 신종구 대쟝이 참예하얐압나니이다." 김향렬이 보고했다.

박초동은 그저께 오후 관군 션봉을 칠 때, 다리를 다쳐 내아에서 치료받고 있었다. 큰 상처는 아니었지만, 기동이 불편해서, 부대를 지휘하기 어려웠다.

"그러하면 작젼 회의를 시작하겠나이다." 그는 방 안에 둘러앉은 사람들을 둘러보았다.

모두 낯빛과 몸짓에서 자신감과 기대를 내뿜고 있었다. 땀 냄새가 방을 가득 채웠지만, 그래도 세탁대대가 열심히 일한 덕분에 옷차림은 비교적 깨끗했다.

"오날 밤애 우리 챵의군은 시방 신례원에 머므는 젹군을 티나이다."

전율을 느낀 듯, 모두 몸이 굳었다가 한숨을 내쉬었다. 그러나 놀란 얼굴들은 아니었다.

"밤애 공격을 당하면, 엇던 군대도 두려홈알 늣기게 다외나이다. 긔습을 당하면, 당연히 두려홈이 더 크나이다.『손자병법』에 '공긔무비(攻其無備)하고 츌긔불의(出其不意)하라' 하얏나이다. 격이 방비하디 못한 곳알 티고 마암애 두디 아니한 곳아로 나가라난 뜯이니이다. 그러하야셔 우리 챵의군이 야습하면, 격군이 감히 대항하디 못할 새니이다."

"녜, 원슈님. 그러하압나니이다," 김항렬이 받자, 모두 고개를 끄덕였다. 이런 자리에선『손자병법』한 구절을 인용하는 것도 팬찮았다.

그는 두루마리를 펴서 셔진들로 네 귀를 눌러놓았다. 신례원 둘레의 지도였다.

"여긔 신례원이니이다. 격군의 쟝슈들히 시방 여긔 머믈고 이시나이다. 여긔 례산현텽이니이다. 시방 우리 이시난 곳이니이다." 사람들이 위치를 제대로 익힐 틈을 준 다음, 그는 말을 이었다, "우리 챵의군은 여긔 향쳔사 골알 딸와 올아가셔, 이곳이 향쳔사니이다." 그는 절을 손가락으로 짚었다. "향쳔사랄 디나, 안락산 아래랄 디나, 슈텰리로 넘어가나이다. 거긔셔 시내랄 딸와 나려가면, 바로 신례원이니이다."

사람들이 지도에 나온 지형을 기억할 틈을 준 다음, 그는 새 지도를 그 위에 폈다. 신례원 둘레를 확대한 지도였다.

"여긔 시방 관군 쟝슈들히 머므는 신례원의 여관과 주막달히니이다. 우리 챵의군은 이 시내랄 딸와 나려와셔 여긔셔 대열을 경비할 새니이다. 여긔 시내 올한녁에 김을산 대쟝의 십특공졍대 셜 새니이다. 십특공경대 대열의 듕심이 다외야셔, 양녁에 부대달히 셜 새니이다. 바로 왼녁에 류갑슐 대쟝의 이보병경대 셔고, 그 왼녁에 윤삼봉 대쟝의 칠보병경대 셔고, 다시 그 왼녁에 정호식 대쟝의 십류보병경대 셜 새니이다. 그리하고, 십특공경대 올한녁에는 임슈동 대쟝의 오보병경대 셔고, 그 올한녁에 김갑산 대쟝의 십오보병경대 셔고, 다시 그 올한녁에 백용만 대쟝의 이십보병경대 셔나이다. 이 닐굽 경대달히 오늘 밤 쥬공의 션두이니이다. 션두 부대달 할 잇그시는 대쟝달꺼셔는 자갸 부대의 위티를 이대 닉혀두쇼셔."

쥬공에 속한 경 대쟝들이 고개를 내밀고 자기 부대 위치를 마음에 새기려 열심히 지도를 들여다보았다.

"맨 올한녁에 용만이 셔고 용만이 왼녁에 나이 셔고 내 왼녁에 임슈동이 셔고 그 왼녁에 을산이 셔네," 김갑산이 큰 소리로 외우자, 사람들이 쿡쿡 웃었다.

"나난 김을산 대쟝의 십특공경대 바로 뒤헤 셔나이다. 근위대대와 군악 이듕대와 삼듕대 나와 함끠 셔나이다. 내 왼녁에 예비대인 김챵삼 대쟝의 이십일보병경대 셔고 내 올한녁에 채후신 총독의 슈군이 셔나이다. 내 바로 뒤헤 샤격(射擊) 부대달히 셔나이다. 샤격 부대달한 셕탄과 살알 쏘난 부대달히니이다. 우리 공격하기 전에 몬져 격군 진디에 셕탄과 포탄과 살알 쏘아셔, 격군이 샹하고 긔 꺾이도록 하난 것이니이다. 공격쥰비샤격을 하난 것이니이다."

그와 눈길이 마주치자, 앞자리에 앉은 채후신이 얼굴에 야릇한 웃음을 지었다. 보령 수영을 공격할 때, 투셕긔들로 공격쥰비샤격을 했었고 효과가 괜찮았었다.

"공격쥰비샤격에 참가하난 부대달한 팔공병경대, 십일궁슈대대, 십이공병경대, 십삼운슈경대, 십팔포병경대, 십구운슈경대, 오슈군듕대, 륙슈군화포듕대, 칠슈군운슈듕대이니이다. 운슈경대달한 셕탄달할 지게로 날라주쇼셔. 샤격 부대달한 채후신 총독이 지휘할 새니이다."

예비 부대들과 샤격 부대들의 대쟝들이 부대 위치를 확인했다.

"한밤즁이라 산알 타난 일이 쉽디 아니하나이다. 그동안 특공대난 열심히 밤애 신례원을 습격하난 훈련을 해왔나이다. 그러하야셔 이십삼특공경대의 일개 듕대식을 각 정대애 배쇽하얐나이다. 경 대쟝들끠셔는 배쇽다외얀 특공듕대랄 부대 앎애 셰우쇼셔." 그는 23특공경 대쟝 명쥰일에게로 눈길을 돌렸다. "명 대쟝."

"녜, 원슈님."

"명 대쟝끠셔는 쥬공의 모든 부대달해 일개 듕대식 배티하쇼셔. 사람이 브죡하면, 예비대애난 일개 단대식 배쇽하쇼셔."

"녜, 원슈님. 이대 알겠압나니이다."

"남아지 부대달한 모도 김항텰 총독의 지휘 아래 무한산셩의 방어션을 디킈나이다. 시방 방어션에는," 그는 위의 지도를 들어내고 아래 지도를 폈다. "셔녁브터 여긔 무한쳔 건너편 죵경리에 일쳑후대대 나가 이시고, 여긔 무한산셩 앎애 최셩업 대쟝의 삼보병경대 디킈고, 여긔 동녁 길 둘에 류죵무 대쟝의 구보병경대 이시고, 그 올한녁 산등셩이에 이쳑후대대와 삼쳑후대대 이시나이다. 남아지 부대달한 모도 방어션에 모호이얐다가 공격이 시작다외면, 함끠 공격하쇼셔. 김 총독 휘하의 부대달한 시방 방어션에 이시난 척후대대달과 삼보병정대, 구보병정대와 예비대인 일보병정대, 륙긔병정대, 십칠긔병정대, 이십이긔병정대와 총참모부의 모단 부대 달히니이다. 총참모부에서 군악대 이개 듕대만 나랄 딸와셔 쥬공에 쇽하나이다."

한참 논의가 오갔다.

"이번 야습은 젹군이 우리 움즉이는 것을 몰라야, 크게 셩공하나이다. 공격이 시작다외기 젼에는 군사달히 소래랄 내디 아니하도록 하쇼셔."

"녜, 원슈님. 이대 알겠압나니이다." 대답하는 목소리들에 힘이 배어 있었다.

"부대난 방진알 이루어 나아가쇼셔."

"녜, 원수님. 이대 알겠압나니이다."

"몬져 샤격 부대달히 셕탄과 살로 공격하나이다. 젹이 놀라셔 우왕좌왕할 때, 공격 군호랄 올이면, 군악대애셔 힘까장 취타하나이다. 우리 군사달히 함셩을 디라고 군악이 높이 울이면, 젹군의 간담이 서늘해딜 새니이다." 그는 싱긋 웃었다. "한밤듕에 갑작도이 그리 소란하게 우리 챵의군이 밀려오면, 젹군 군사달히 얼머나 놀라겠나니잇가?"

사람들이 웃으면서 고개를 끄덕였다. 이어 궁금한 일들에 대해 그에게 묻고 서로 확인했다.

한밤중에 적군이 큰 소리를 내면, 병사들은 놀라서 두려워하게 마련이었다. 사면초가(四面楚歌)라는 말이 그 사실을 알려주었다. 20세기의 6·25 전쟁에서 중공군은 미군과 한국의 군대에 대해 이

전술을 효과적으로 썼다. 중공군은 장비가 부실해서 무전기로 연락할 수 없었다. 그래서 밤에 공격할 때 호각, 피리, 꽹과리 같은 악기들을 써서 서로 연락했는데, 이런 악기들이 내는 소리들은 방어하는 미군과 한국군 병사들에겐 큰 두려움을 주었다. 그래서 밤에 중공군의 호각 소리나 피리 소리가 나면, 훈련을 제대로 받지 못한 한국군 병사들은 싸우지도 않고 도망해서 전선이 자주 무너졌다.

"그러하야셔 나이 이런 것을 쥰비하얐나이다." 그는 옆에 놓인 버들 바구니에서 호루라기 하나를 집어 들어 사람들에게 보였다. "호루루기이니이다. 쟝 대쟝끠셔 맹갈아시느라 슈고 많아샸난듸……"

어제 쟝츈달에게 호루라기를 만들어달라고 부탁했었다. 어디 쓸 것인지는 말하지 않았었다. 나무로 파는 터라, 품이 많이 들었다. 처음엔 소리가 잘 나지 않았지만, 차츰 개량해서, 이제는 소리가 제법 컸다.

그는 호루라기를 입에 물고 힘껏 불었다. 방 안에 날카로운 소리가 울리자, 모두 움찔했다.

"소래 아조 크고 날카로와셔, 젹군이 들으면, 간담이 오그라들 새니이다. 하나식 가지쇼셔."

사람들이 하나식 집어서 살피고 시험하느라, 한동안 방 안이 시끄러웠다. 잠시 모두 어린애들처럼 낄낄거리면서 호루라기를 불어 댔다.

"우리 모도 소래 디르며 일졔히 공격하야 젹군이 도망하면, 우

리는 신챵현까장 좇아갈 새니이다. 모단 부대달한 신챵현텽에 모
호이다록 하쇼셔."

다시 의논이 이어졌다. 세거리에서 동쪽 신챵으로 가지 않고 북
쪽으로 난 길을 따라 바로 아산으로 가는 관군들을 추격하느냐 하
는 문제를 놓고 얘기가 길어졌다. 의견들이 한데 모아지지 않자,
사람들이 그의 의견을 물었다. 그는 밤에 멀리 추격하는 일이 위
험해서 신챵현텽으로 모이도록 했다고 설명했다. 추격에 긔병들이
나서지 않도록 한 것도 같은 뜻이라고 덧붙였다. 오늘 밤 야습으로
관군이 한번 흩어지면, 뒤에 다시 모여 재편성하기가 쉽지 않으리
라는 점도 지적했다.

"굼굼하신 일이 또 이시나니잇가?" 얘기가 잦아지자, 그는 사람
들을 둘러보았다.

김항텰이 한 바퀴 둘러보고 대답했다, "이제 모도 이대 아난 닷
하압나니이다."

"그러하면 부대애 돌아가셔셔 군사달해게 밤참알 먹이쇼셔. 보
급대애 밥알 해놓아라고 닐렀으니, 밥이 다외얐알 새니이다. 시혹
밥이 브죡한 부대 이시면, 비샹식량알 난호아주쇼셔. 시방 해시인
듸, 자졍에 향쳔사애셔 출발하겠나이다. 모든 부대달한 자졍까장
향쳔사 골로 모호이쇼셔."

그의 계산으론 신례원 동쪽 산기슭의 공격 진지에 닿는 데 세 시
간이 걸렸다. 달도 없는 밤에 산길을 타므로, 시간이 더 걸릴 수도
있고 뜻밖의 사고도 나올 수 있으므로, 한 시간은 더 걸릴 수 있었
다. 4시에 공격하면, 딱 좋았다. 어둠 속에 기습하고 날이 밝을 때

216

추격하게 될 터였다.

"녜, 원슈님. 이대 알겠압나니이다. 말쌈하신 대로이 자정에 향천사 골에 모호이겠압나니이다." 김항렬이 힘이 들어간 목소리로 대답했다.

사람들을 전송하고 동헌 마루 끝에 서서, 그는 하늘을 올려다보았다. 별이 가득한 밤하늘을 볼 때마다 밀려오는 슬픔의 물살 아래로 묵직한 자신감이 자리 잡고 있었다. '단 한 번의 패전으로 모든 것이 사라지지만……'

귀금이 얼굴이 떠올랐다. 그녀의 살결과 체취가 문득 그를 휘감았다. '내가 이 세상에서 만난 연인도 사라지고……'

효수된 리산구와 왕부영의 처참한 모습이 떠올랐다. '내가 여기서 죽게 만든 백이십칠 명의 목숨도 헛되게 만들고……'

'그 모든 것들이 내가 세운 꿈에서 비롯했는데……' 마당 한구석에 걸려 그을음을 길게 내는 관솔불을 바라보면서, 그는 아득한 기억 하나를 끄집어냈다. "꿈속에서 책임은 비롯한다." 그랬다, 어려운 것은 꿈을 꾸는 것이 아니라 그것에 따르는 책임을 감당하는 것이었다.

그래도 지금은 자신이 있었다. 그는 온몸으로 느끼고 있었다, 오늘 밤 싸움에 이기리라는 것을. 그 뒤에도 싸움은 이어지겠지만, 그것은 그때 생각할 일이었다. 오늘은 오늘 일만으로 족했다. 그는 긴 한숨을 내쉬었다.

9

앞선 특공대원들이 걸음을 멈췄다. 그도 따라서 멈추고 앞을 살폈다. '다 왔나?'

맨 앞에 선 10특공경대의 행렬도 움직이지 않고 있었다. 시계를 보니, 2시 44분이었다. 향천사 골짜기의 집결지에서 0시 25분에 출발했으니, 예상대로 도착한 셈이었다.

그가 앞으로 나아가자, 김을산이 급히 다가왔다.

"원슈님." 김이 거세게 속삭였다.

"녜, 김 대쟝."

"이제 거의 다 왔압나니이다."

"아, 녜." 그는 고개를 끄덕였다. "앒아로 나아가셔 살펴보사이다."

대열 앞으로 나아가니, 멀리 신례원의 불빛이 보였다. 관군 병사들이 피운 화톳불들도 사그라지고 여관과 주막들이 내건 장명등 몇 개가 외로이 달 없는 어둠을 헤치고 있었다. 마음속으로 슬픔의 안개비가 내리는 것을 느끼면서, 그는 잠시 그 고단한 불빛을 바라보았다.

"우리 온 것을 아직 모라난 닷하압나니이다," 김이 다시 거세게 속삭였다.

"척후는?"

"몬져 뎌긔 개울까장 나가보라 하얐압나니이다. 일개 단대랄 내보냈압나니이다."

그는 쌍안경을 들어 개울을 살폈다. 개울 건너편 둑에 엎드린 채 앞을 살피는 네 사람이 보였다. 그 너머에도 적군의 모습은 보이지 않았다.

그는 공격 진지로 삼은 곳을 둘러보았다. 낯설었다. 며칠 전 낮에 길 쪽에서 바라본 것과는 사뭇 달랐다.

"김 대쟝, 뎌긔에 부대랄 배티하쇼셔."

"녜, 원슈님."

"삼렬로 배티하쇼셔."

"녜, 원슈님."

김이 이내 돌아가서 대대쟝들에게 지시했다. 각 부대에 배치되었던 특공대 요원들이 한데 모여 그가 가리킨 곳으로 움직이기 시작했다. 모두 조용히 움직이려 애썼지만, 몇백 명 병사들이 내는 소리들은 고요한 밤 속으로 크게 울려 퍼졌다.

3열로 방진을 이루면, 6개 보병정대들과 1개 특공정대는 정면이 대략 650미터일 터였다. 거리는 1킬로미터가 채 안 되었다. 제대로 움직여서 관성을 유지한다면, 신례원에 머무는 관군 지휘부를 단번에 휩쓸어버릴 수 있었다.

병사들이 내는 소리는 점점 커지고 있었다. 더러 소리를 지르는 병사들까지 있었다. 곤이 잠든 적군이라도, 깨지 않을 수 없을 것만 같았다.

'지금 적군이 알아차리면……' 차라리 적군이 창의군의 접근을 알아차리기를 마음 한구석으로 바라는 자신을 발견하고 쓴웃음을 지었다. 그리되면, 그로선 선택의 여지가 없어질 터였다. 공격준비 사격 준비가 안 되었더라도 당장 공격해서 기습의 이점을 살리는 것이 가장 나은 방안이었기 때문이다.

아까 작전 회의에서 공격준비사격으로 적군의 혼을 빼놓겠다고 호언을 하고 나서, 그는 이내 후회했다. 투석기의 사거리가 너무 짧아서, 공격준비사격을 제대로 하려면, 보병들의 대열을 적군 진지 아주 가까이까지 밀고 나가야 할 터였다. 그렇게 가까이까지 갈 수 있다면, 차라리 그대로 기습하는 것이 합리적이었다. 위험도 작고 효과도 클 터였다. 괴롭게도, 공격준비사격을 하지 않으면, 그의 체면이 크게 깎일 터였다. 무거운 석탄을 지게에 지고 달도 없는 밤에 산들을 넘어온 운슈정대들의 병사들이 두고두고 투덜거릴 터였다. 그로선 그런 사태만은 피해야 했다. 병사들의 절대적 믿음 하나를 자산으로 삼아서 반란을 이끄는 처지에서, 투석기로 석탄 하나 쏘아보지 않고 공격하는 방안은 받아들일 수 없었다.

이렇게 어려운 처지는 그가 상충되는 전술들을 섞은 데서 나왔다. 산을 넘어 우회해서 야습하는 것은 기습의 효과를 극대화해야 성공할 수 있었다. 그러나 공격준비사격은 드러내놓고 적군의 사기를 꺾으려는 시도였다. 두 전술은 양립할 수 없는 것이었다. 그가 그런 실수를 하게 된 것은 어두운 데서 싸우다가 창의군 병사들이 많이 다치는 것을 걱정했기 때문이었다. 공격준비사격을 하면, 관군들이 놀라 도망쳐서 저항이 작아지고 창의군 사상자들도 줄어들리라고 본 것이었다.

그 문제에 대해 결정을 하지 못한 채, 그는 상황을 살폈다. 이제 보병 부대들은 제대로 대형을 갖추고 있었다. 지형 때문에 대열이 고를 수야 없었고 부대들 사이의 간격도 너무 컸지만, 그런대로 공격에 나설 만했다. 개울을 건너면, 밭이고 경사가 완만해서, 적진으로 돌격하기 딱 좋았다.

"셩 대쟝, 가셔셔 졍대쟝달끠 이리 모호이라 하쇼셔."

졍대쟝들이 모이는 동안, 그는 사격 부대를 합리적으로 운용할 길에 대해 골똘히 생각했다. 차라리 텩셕긔와 투셕긔 부대들이 보병 대열 앞에 나가서 사격하도록 하는 방안이 나을 듯했다. 궁슈들이 적군의 접근을 막아준다면, 가능한 방안일 수도 있었다. 사거리가 긴 화포들은 대열 뒤에서 쏘면 되었다.

"원슈님, 졍 대쟝달히 다 모호이았압나니이다." 그가 쌍안경으로 관군의 진지를 살피는데, 셩이 보고했다.

"아, 녜. 이제 대형이 갖초아뎠으니," 그는 대쟝들에게 말했다. "뎌긔 개울 앒애까쟝 나아가사이다. 대형을 디니도록 하쇼셔."

곧 대열이 앞으로 나아가기 시작했다. 움직임이 육중했다. 어지간한 군대는 막을 수 없는 무게를 지니고 비탈을 내려가고 있었다.

관군 진지에서 소리가 났다. 누가 급히 소리치고 있었다. 드디어 챵의군이 가까이 왔음을 알아차린 모양이었다.

문득 마음이 맑아졌다. 상황이 스스로 결정해서 그의 고뇌로부터 풀어준 것이었다. 그는 채후신을 찾았다. "채 총독."

"녜, 원슈님." 채의 목소리는 여느 때보다 더욱 침착하고 묵직했다. 위기를 겪으면서 많은 것을 잃은 사람이 또 하나의 위기에서 내는 목소리였다.

"관군이 알아차렸으니, 바로 텨야 하나이다. 샤격할 사이 없나이다. 나난 보병들콰 함끠 나아갈 새니이다. 여긔 뒷일은 채 총독끠 맛디나이다."

"녜, 원슈님. 이대 알겠압나니이다."

"보병들히 젹군 지휘부를 티면, 예비대들은 북쪽으로 삼거리를 향하야 나아가쇼셔."

"녜, 원슈님. 이대 알겠압나니이다." 채가 어둠 속에서 그를 응시했다. "원슈님, 죠심하쇼셔. 챵의"

그는 싱긋 웃고서 답례했다. "챵의."

이어 그는 군악대로 가서 한정희를 찾았다. "한 대쟝."

"녜, 원슈님." 한이 달려왔다.

"나이 공격 군호랄 올이면, 군악대난 대열을 딸와 나오면셔 쉬디 않고 쳐타하나이다."

"녜, 원슈님. 이대 알겠압나니이다."

그는 신호수인 리졍션만 데리고서 대열 앞으로 나아갔다. 이제 관군 진지는 소란했다.

김을산이 다가와서 묻는 얼굴로 그를 쳐다보았다.

"바로 텨야 하겠나이다."

"네, 원슈님."

그는 둑 위로 올라서서 대형을 갖추고 늘어선 병사들을 향했다. "호셔챵의군 뎨십특공정대, 뎨이보병정대, 뎨오보병정대, 뎨칠보병정대, 데십오보병정대, 뎨십륙보병정대, 뎨이십보병정대난 전진한다."

그가 손짓하자, 리졍선이 날라리를 들어 공격 신호를 불었다. 급한 가락이 컴컴한 들판 속으로 퍼져나갔다.

그는 칼을 뽑아 들고 돌아서서 앞으로 가리켰다. "챵의군, 앒아로."

"챵의구운," 함성이 나고 군악대의 취타가 그 뒤를 따랐다.

칼로 앞을 가리키면서, 그는 개울을 건너 앞쪽 둑으로 올라섰다. 대열이 뒤를 따랐다.

"형복아, 가셔 근위병들홀 모도 불러와라," 셩묵돌이 바로 뒤에서 다급하게 외쳤다. "원슈님끠셔 맨 앒애 겨신다."

그는 걸어나갔다. 적진을 향해. 다리에 힘을 주고 먹먹한 가슴으로 걸어나갔다. 대열의 앞은 지휘관이 설 자리였다. 이름에 값하는 지휘관이 설 자리였다. 방진으로 세상의 모든 군대들을 제압했던 고대 그리스의 군대에서 방진의 맨 오른쪽 앞자리는 지휘관이 서는 '영예로운 자리'였다. 오른쪽에서 선 병사의 방패로 가려지지 않은 맨 오른쪽 줄, 적군의 창과 맨 먼저 부딪치는 앞자리—많은 부하들을 죽음으로 몬, 그리고 부하들을 죽음으로 몰고 가는 지휘관이 죄책감으로 서는 자리였다.

그는 걸어나갔다. 저 세상 몇십억 사람들의 신뢰를 저버리고 이 세상의 많은 사람들을 죽음으로 내몬 자의 깊은 죄책감을 기운으로 삼아, 다리에 힘주어 걸어 나갔다.

10

"원슈님," 셩묵돌이 문간에 서서 그를 불렀다.

서안에 놓인 챵의공채에 슈결을 두던 언오는 고개를 들었다.

"군령을 길텽에 브티앗압나니이다."

"아, 녜." 앞에 놓인 챵의공채에 '일백문(壹百文)'이라고 써놓고 슈결을 둔 다음, 그는 자리에서 일어났다.

새로 고을을 점령하면, 그는 먼저 관노비들을 챵의군으로 받아들이고 다음엔 토호들의 사노비들 가운데 일부를 속량해서 받아들였다. 좌슈나 호장을 찾을 수 있으면, 그 사람들에게 챵의군이 원하는 인원과 군량미를 제시한 뒤 유력한 토호들이 합의해서 스스로 사노비들을 속량하고 챵의군에게 군량미를 팔도록 했다. 물론 값은 챵의공채로 치렀다. 토호들의 세력을 줄이면서 챵의군의 인력과 물자를 늘리는 방안이었다. 챵의군이 정한 양을 토호들 스스로 할당하므로, 강제성이 덜했고 마찰이나 번거로움이 크게 줄어

들었다. 챵의공채로 값을 지불하니, 적어도 형식적으로는 수탈이 아니었다. 아울러, 할당 과정에서 서로 다투거나 감정이 상하게 마련이어서, 토호들이 연합해서 챵의군에 저항할 가능성도 줄였다. 무엇보다도, 챵의군이 이제 이곳을 다스리는 세력이라는 사실을 사람들 마음에 선명하게 새겨주었다. 지금까지 그 방안은 꽤 성공적이었다. 적어도 드러내놓고 반발한 사람은 없었다. 신챵현은 비교적 작은 고을이므로, 그는 속량할 사노비를 30명으로 그리고 챵의군에 팔 군량미를 150섬으로 정할 생각이었다.

어젯밤에서 오늘 새벽까지 이어진 '데이차 신례원 싸홈'은 챵의군의 깔끔한 승리로 끝났다. 한밤에 밀어닥친 챵의군에 맞서려는 관군 병사는 없었다. 방진을 짜고 빠른 걸음으로 밀어붙인 기세가 워낙 거셌고, 군악대의 군악 소리와 정 대쟝들의 호루라기 소리가 워낙 커서, 관군 진영은 이내 혼란에 빠졌고 모두 도망치기 바빴다. 지휘관들도 마찬가지였다. 신례원을 휩쓸고 나자, 그는 군대를 북쪽으로 돌렸다. 목표가 관군들을 되도록 많이 죽이는 것이 아니라 관군들이 흩어지게 하는 것이었으므로, 그는 대열을 유지한 채 추격하도록 했다.

그래서 큰 병력들이 맞선 싸움이었지만, 사상자들은 예상보다 훨씬 적었다. 아직 싸움터를 정리하지 않아서 확인하진 못했지만, 그의 느낌으론 죽은 관군 병사들이 30명이 채 안 되는 것 같았고 잡힌 자들은 22명이었다. 잡힌 자들은 대부분 무한천을 건너 당진 쪽으로 도망치다 황구용이 거느린 척후들에게 붙잡혔다. 챵의군의 손실은 아주 가벼워서, 죽은 자는 없었고 다친 자들도 부상이 크지 않았다.

현텽엔 누울 만한 곳마다 병사들이 누워서 잠을 자고 있었다. 원슈가 지나가는데도, 아는 체하는 사람이 없었다. 밤을 새워 싸우고 행군한 터에 아침을 먹었으니, 모두 잠이 깊을 수밖에 없었다.

그는 느긋한 웃음을 지었다. 점심을 들고 나면, 바로 관군을 추격해서 흩어진 관군이 다시 모일 틈을 주지 않을 생각이었다.

군령은 길텽 옆벽에 붙어 있었다. 사람들이 모여서 구경하고 있었다.

"챵의," 군령 만드는 일을 지휘한 마갑슈가 경례했다.

"챵의. 슈고 많이 하샸나이다."

호셔챵의군 군령 뎨오십ᄉ호

ᄒ나. 디난 ᄉ월 삼일의 '뎨일차 신례원 싸홈'과 ᄉ월 칠일의 '뎨이차 신례원 싸홈'애셔 분투한 모돈 군ᄉ돌홀 티하홈.

둘.　뛰어난 공을 셰운 쳑후경대, 뎨십특공경대, 뎨이십삼특공경대룰 부대 표챵홈.

세.　뛰어난 공을 셰운 군ᄉ돌홀 왼녁과 ᄀᆫ히 표챵홈.

　　　쟈셩무공훈쟝　슈 륙군 총독 부령 김항텰

　　　　　　　　　슈 슈군 총독 졍ᄉ 채후신

　　　　　　……

그의 얼굴에 흐뭇한 웃음이 배어 나왔다. 이번 두 차례 싸움에서 채후신은 돌격 부대가 아니라 예비 병력을 지휘했었다. 예비 병력을 지휘하면서 공을 세우기는 쉽지 않은데, 채는 실제로 공을 세웠다. 그가 샤격 부대와 예비대의 지휘를 채에게 맡기고 돌격 부대를 지휘하려고 앞으로 나아가자, 채는 샤격 부대가 돌격 부대를 뒤따라 나아가도록 했다. 그리고 사거리가 되자, 륙군의 18포병정대와 슈군의 6화포듕대에 화포를 쏘게 했다. 그래서 공격쥰비샤격 대신 오히려 효과적인 공격지원샤격이 이루어졌다. 이어 궁슈들이 화살을 쏘고 텩셕긔 한 대까지 셕탄을 몇 발 쏘았다. 채의 뛰어난 지휘 덕분에, 관군은 기세가 일찍 꺾였고 양쪽의 사상자들도 크게 줄어들었다. 공격쥰비샤격을 계획한 그도 체면이 섰다.

수훈자 명단이 길었다. 두 차례 큰 싸움에서 이긴 터라, 이번엔 수훈자들이 다른 때보다 몇 곱절 많았다.

그는 슈군들에게 마음을 많이 썼다. 지금 챵의군에서 가장 불만이 큰 것은 법셩챵의 조졸들이었던 슈군 병사들일 터였다. 실제로 슈군엔 탈영병들이 생겼다. 그래서 이번에 듕대장급은 공이 컸어도 쳥셩무공훈챵을 받았는데, 선임듕대쟝인 1슈군듕대쟝 진목하, 5슈군궁슈듕대쟝 량호근, 그리고 6슈군화포듕대쟝 강리셕은 황셩을 받았고, 화포듕대의 사수들은 모두 쳥셩을 받았다.

운슈경대 지휘관들도 황셩을 받았다. 보급을 맡은 부대들은 공이 드러나는 경우가 드문데, 이번엔 한밤에 셕탄들을 지고 산을 넘은 점을 고려한 것이었다. 13운슈경 대쟝 리쟝근은 특별히 자셩을 받았다. '례산현텽 싸홈'에서 처형된 사람들의 장례를 잘 치른 것에 대한 배려였다.

네. 수월 륙일 현재 호셔챵의군의 군격을 ᄀ존 모든 군ᄉ둘헤게
포상금 삼문식 지급홈.

긔묘 ᄉ 월 륙 일
호셔챵의군 원슈 리언오

지위와 계급을 가리지 않고 똑같은 포상금을 주는 것은 그가 추구하는 이상에 맞을 뿐 아니라 어느 사회에서나 흔치 않은 일이어서, 그는 이 대목이 특히 흐뭇했다. 이제 5천 명이 훌쩍 넘는 군대여서, 3문씩이면 쌀이 2천 섬 가까이 나갈 터였지만, 그는 이번엔 포상금을 지급해서 사기를 높이고 싶었다.

그가 돌아서려는데, 내아 쪽에서 채후신이 급히 다가왔다.

"아, 채 총독, 어서 오쇼셔. 마참 채 총독ᄭᅵ 오시라 연락하려던 참이었난듸, 이대 다외얏나이다."

"아, 녜, 원슈님. 포로달 가온대 열다삿이 챵의군에 들어오겠다 하얏압나니이다."

"열다삿이나? 채 총독ᄭᅧ셔 대단한 일알 하샸나이다."

"쇼쟝의 공이 아니오라, 실은," 채가 싱긋 웃었다. "녀군들희 공이압나니이다. 다틴 관군 군사달할 경셩도이 보살피난 것을 보고셔, 마암이 움직인 닷하압나니이다."

"하아, 그러하나니잇가?" 그는 고개를 젖히고 껄껄 웃었다. "하긴 녀군들이 이대 보살피면……"

"군령이 새로 나왔압나니이다?"

"녜. 논공행상안 미룰 일이 아니라셔……"

"쇼쟝안 한 일이 없는듸, 이리 큰 샹알……" 군령을 읽더니, 채가 송구스러운 목소리로 말했다.

"별말쌈알…… 채 총독끠셔 샤격 부대달할 이대 지휘하신 덕분에, 우리 쉽게 이기고 다틴 군사달히 젹었나이다." 그는 셩묵돌을 돌아보았다. "셩 대쟝."

"녜, 원슈님."

"대쟝달끠 연락하쇼셔. 모도 동헌으로 모호이라 하쇼셔."

함께 동헌으로 돌아가면서, 그는 채에게 슈군의 분위기에 대해 자세히 물었다. 다행히, 이번 싸움을 치르면서, 사기가 높아졌고 충성심도 깊어졌다고 채가 진단했다.

"다행이외다. 원래 뱃사람달히라 억센 사람달힌 터에 갑작도이 배와 쌀알 우리에게 앗기고 챵의군으로 들어와셔 불만이 높안 사람달히니이다. 슈군이 군대다이 움직이고 이리 공알 셰운 것은 채 총독끠셔 이대 지휘하신 덕분이니이다."

"아니압나니이다. 모도 원슈님의 높안 덕을 흠모하야…… 원슈님끠셔 잇그시는 우리 챵의군에 튱셩하고 이시압나니이다."

"귀순한 군사달한 슈군에 넣으쇼셔. 내죵애 문셔참모부에 녜아기하쇼셔."

"녜, 원슈님. 감샤하압나니이다."

"이제 여긔 싸홈안 끝났난듸, 우리 배후이 걱뎡다외나이다. 채 총독끠셔 또 듕한 임무를 맛다주셔야 하겠나이다."

채가 그를 흘긋 살폈다. "녜, 원슈님. 쇼쟝애게 임무를 맛뎌주시면, 엇던 임무이든 분골쇄신하야 완슈하겠압나니이다."

"시방 나이 마암알 쓰는 것은 태안, 셔산, 당진에 이시난 관군 슈군들히니이다……" 그는 태안을 점령할 계획을 채에게 설명하기 시작했다.

동헌에 자리 잡자, 그는 채에게 마련한 군령을 펴 보였다.

호셔챵의군 군령 데오십오호

ᄒᆞ나. 슈군의 편졔를 왼녁과 ᄀᆞ티 개편홈.

슈 슈군 총독 딕위 채후신

슈 슈군 참모부쟝 부스 민쥰하
본부대대쟝 졍병 김시동
녀권보호참모 겸 보급대대쟝 딕스 최옥단
쳑후등대쟝 졍병 최웅해
군악등대쟝 딕스 강막동
함션관리등대쟝 졍병 황명규

데일슈군대대쟝 겸 면쳔군 주둔군 스령 딕스 진목하
데이슈군대대쟝 겸 당진현 주둔군 스령 딕스 김한식
데삼슈군대대쟝 딕스 박동셕

뎨오슈군궁슈대대쟝 부소 량호근
뎨륙슈군화포대대쟝 딕소 강리셕
뎨칠슈군운슈대대쟝 부소 최셕규

　면쳔과 당진을 얻은 뒤, 슈군 병력이 늘어난 것을 반영해서, 듕대급 부대들을 대대급으로 올린 것이었다. 아직 제대로 충원이 되지 않았지만, 작전을 하면서 보충하면 될 터였다. 배라야 광천 포구에 매인 전함 두 척에 무한천 하류에 매인 조운선 열 몇 척뿐이었지만, 그래도 슈군은 이제 뭍에서 독자적으로 작전을 수행할 수 있는 부대가 된 것이었다.

　며칠 전 3보병정대에서 일어난 녀군 성폭행 사건을 계기로 해서, 녀군보호참모를 두었다. 슈군의 참모부들을 아직 본부대대에 두어 기능에 따라 분화하지 않았는데, 녀군의 복지와 권리를 살필 참모부는 미리 따로 둔 것이었다. 보급대대쟝 최옥단은 심지가 꿋꿋해서 낯설고 어려운 그 임무를 감당할 만했다.

　둘.　슈 슈군 총독 딕위 채후신을 태안군 원정군 소령에 명홈.
　　　왼녁의 부대돌홀 태안군 원정군에 배쇽홈.

　　슈군의 젼 부대
　　륙군 뎨륙긔병정대 뎨팔대대
　　뎨팔공병정대 뎨칠대대
　　뎨십삼운슈정대 뎨삼대대

긔묘 ᄉ 월 륙 일

호셔챵의군 원슈 리언오

"이대 알겠압나니이다, 원슈님," 군령을 읽은 채가 기쁜 낯으로
말했다.

"이번에 태안알 졈령하면, 채 총독끠셔 그 지역을 관쟝하실 새
니이다. 태안, 셔산, 당진알 함끽 관쟝하난 셔븍방면군을 두고 채
총독끠셔 사령으로 그 고을들희 방어 임무를 맛다실 새니이다."

"원슈님, 감샤하압나니이다." 채가 윗몸을 숙여 인사했다. "그
리 종요로온 임무를 맛뎌주시니, 쇼쟝안 마암이 므겁사압나니이
다."

"채 총독, 바다난 따보다 너르나이다. 그러하야셔 바다로 나아
가난 나라난 흥하고 백성들흔 가아멸게 다외나이다. 원래 우리나
라난 바다 건너 듕국과 교역을 하여왔나이다. 바로 당진애셔 듕국
으로 가난 배달히 돛알 올이았나이다. 당(唐)나라로 가는 나루라
하야셔 당진(唐津)이라 일홈한 것 아니니잇가?"

"녜, 원슈님. 그러하압나니이다."

"듕국에 명(明)나라히 들어션 뒤, 해금령(海禁令)을 나리어셔 명
나라 사람달히 사사로이 외국 사람달콰 교역하난 것을 금하얐나이
다. 그 뒤로 듕국의 큰 항구 도시달한 교역을 하디 못하야 쇠퇴하
고 우리 항구들토 모도 쇠퇴하았나이다. 당진안 당나라 때난 번챵
한 항구였는듸, 시방안 쟉안 보에 디나디 아니하나이다."

"녜, 원슈님. 그러하압나니이다."

명이 처음부터 바다를 멀리한 것은 아니었다. 유명한 정화(鄭和)
의 남해대원정(南海大遠征)은 명이 세워진 지 얼마 되지 않은 때
에 있었다. 15세기 초엽 성조(成祖)의 환관이었던 정화는 거의 30
년 동안 일곱 차례나 엄청난 함대를 이끌고 동남아시아와 인도를
거쳐 페르시아까지 항해했다. 그 함대의 분견대(分遣隊)는 아프리
카 동해안의 주요 교역항인 케냐의 말린디까지 갔었다. 그가 이끈
함대의 규모는 상상하기 어려울 정도로 커서, 대형 선박들만 60여
척이었고 승무원들은 2만 7천 명 안팎이었다. 현대의 어지간한 나
라의 해군만 한 함대였다. 1492년 콜럼버스가 아메리카 대륙을 재
발견한 항해에 올랐을 때, 그는 배 세 척에 탄 120명의 승무원을
이끌었다. 바스코 다 가마의 인도 항해에선 배 네 척에 2백 명이
채 못 되는 승무원들이 탔고, 마젤란의 세계 일주 항해에선 배 다
섯 척에 3백 명이 채 못 되는 승무원들이 탔다.

이처럼 엄청난 함대가 일곱 번이나 인도양으로 진출했으므로,
당연히 중국과 남아시아 여러 나라들 사이에 교역이 활발해졌다.
그러나 정화의 대원정은 국가에서 주도한 사업이란 근본적 약점
을 품고 있었다. 명은 인근 국가들의 조공(朝貢)을 교역의 기본으
로 삼고 민간인들의 무역은 해금령으로 철저히 통제했으므로, 명
의 해외 교역은 자생력이 없었다. 뒤에 북쪽 국경의 방어에 자원이
들어가자, 정화의 대원정은 이어지지 못했고 그 위대한 사업은 아
무런 유산도 남기지 못했다.

"시방 먼 셔녁 사람달히 큰 배랄 타고 와셔 듕국하고 일본하고

난 교역하나이다. 믈자랄 서로 사고팔아야 리문이 삼기고 사람달히 가아멸게 다외난듸, 시방 우리는······"

가슴이 답답해졌다. 이미 오래전에 포르투갈, 스페인, 네덜란드 사람들이 먼 바다를 건너와서 중국과 일본에 들러 교역을 하고 새로운 문물을 전파하는데, 조선만 우물 안에서 살고 있었다. 일본에선 이미 조총이 가장 중요한 무기가 되었고 몇 해 뒤엔 조총으로 무장한 일본군이 대륙의 정복에 나설 참이었다. 생각할수록 답답했다.

"그러하야서 나난 당진보랄 듕국과 교역하는 큰 항구로 키울 꿈을 가쟜나이다. 채 총독끠셔 그 꿈의 바탕알 마련하시난 혜옴이니이다."

얘기는 자연스럽게 태안의 소근보진으로 옮겨갔다. 태안을 공략하는 데 문제가 되는 것은 태안군수의 병력이 아니라 소근보진 슈군첨사의 슈군 병력이었다. 그가 채후신에게 태안 공략을 맡긴 가장 큰 이유도 채가 슈군 사정을 잘 안다는 점이었다.

대쟝들이 들어오기 시작했다. 모두 그가 앞에 펴놓은 군령을 흥미롭게 읽었다.

"여러분들끠셔 분투하신 덕분에 이번 신례원 싸홈애셔 우리 크게 이긔었나이다. 논공행샹안 늦어셔 됴할 일이 없기에, 급히 길텽에 군령을 브티었나이다. 모도 군령을 보샸나이다?"

"녜, 원슈님," 김항텰이 먼저 대답하자, 다른 사람들이 따라 대답하고 고개를 끄덕였다.

"이제 우리 챵의군은 격군을 튜격하야 다시 모호이디 못하게 하

여야 하나이다. 그러나한듸 우리 뒤 텅 비어 불안하나이다. 시방
홍쥬는 리산응 총참모쟝이 쟉안 군사달로 디킈고 이시나이다. 무
쇼식이 희쇼식이라 하디만, 내 마암안 불안하나이다. 그러하야셔
빨리 우리 부대랄 보내고 식브나이다."

사람들이 고개를 끄덕였다.

"사정이 급하니, 걸음이 가장 빠란 부대달히 가야 하나이다. 김
을산 대쟝의 십특공정대와 황칠셩 대쟝의 이십이긔병정대난 홍쥬
로 가쇼셔."

"녜, 원슈님. 이대 알겠압나니이다." 김을산과 황칠셩이 대답했다.

"군사달히 듕식을 먹은 뒤혜 바로 츌발하쇼셔."

"녜, 원슈님. 이대 알겠압나니이다."

"걸음이 빨라야 하니, 취사병달히나 운슈병달한 없이, 두 정대
만 가쇼셔. 쥰비다외면, 나이 부대랄 사열하겠나이다."

두 사람이 일어나서 밖으로 나가자, 그는 손으로 군령을 바로 폈
다. "여긔 군령은 슈군을 개편하난 것이니이다. 그리하고 태안군
을 공략하기 위하야 태안군 원정군을 편셩하얐난듸, 원졍군 사령
은 채후신 총독이시니이다. 채 총독과 배쇽된 부대쟝달끠셔는 군
사달해게 듕식을 먹이쇼셔. 츌발 쥰비가 다외면, 나이 사열하겠나
이다."

채후신과 다른 지휘관들이 밖으로 나가자, 그는 나머지 대쟝들
에게 관군을 추격하는 작전에 대해 설명했다. 김항렬이 이끄는 부
대는 아산, 평택, 직산(稷山), 목쳔(木川)을 거쳐 텬안(天安)으로
향하고 윤삼봉이 이끄는 부대는 온양(溫陽)을 거쳐 바로 텬안을 공

략해서, 패주한 관군의 재편성을 막는다는 것이 작전의 요점이었다. 언오 자신은 주로 보급 부대들과 행정 부대들을 이끌고 뒤따라가면서 점령한 고을들에 행정 조직을 마련하기로 했다.

"김 총독과 윤 대쟝끠셔는 오날 나죄까장 각기 아산현텽과 온양 군텽을 졈령하쇼셔."

"녜, 원슈님. 이대 알겠압나니이다."

"나난 모레 온양아로 출발하겠나이다."

대쟝들이 나간 뒤, 그는 잠시 방바닥에 누워 몸을 한껏 폈다. 굳어 뭉친 덜미의 살을 조심스럽게 문지르면서, 잠을 청했다. 밤을 꼬박 새웠으니, 잠깐이라도 눈을 붙이는 것이 나을 듯했다. 그러나 중요한 싸움에서 이겨 흥분된 마음은 좀처럼 잠 속으로 빠져들지 않았다.

누가 방문을 조심스럽게 열었다. "어머, 원슈님, 맨바닥애셔……" 최월매였다.

그녀가 급히 편 요 위에 누우니, 느긋한 한숨이 나왔다. "최 대쟝."

"녜, 원슈님."

"내 뒷목이 뻣뻣하나이다. 목 겸 주믈러주쇼셔."

"녜, 원슈님. 돌아누우쇼셔."

뭉친 살을 부드럽게 푸는 그녀 손길이 시원했다. "어, 싀훤하다." 탄성이 절로 나왔다.

"셩 대쟝." 그녀가 불렀다.

셩묵돌이 급히 방문을 열었다.

"내아에 가셔셔 여긔 신챵현 기생 가온대 츈앵이라 하난 아이랄 오라 하쇼셔."

성이 잠시 머뭇거리다가 우물우물 대꾸하고 문을 닫았다.

"여긔 신챵현텽 기생 가온대 마암에 드는 아이 하나 이셔셔, 원 슈님 다리랄 주믈러 드리게 오라 하얏압나니이다," 최가 설명했다.

대꾸할 기운이 없어서, 그는 잠자코 있었다. 잠 속으로 빠져들면서, 그는 자신의 입가에 흐릿한 웃음이 어리는 것을 느꼈다. 최월매는 기회가 닿을 때마다 그가 기생의 시중을 받도록 하려고 애쓴다는 것과 그녀에겐 그것이 자연스럽고 당연한 일이어서 그가 결코 그녀의 생각을 바꾸지 못하리라는 것과 낯선 세상에 홀로 불시착한 그로선 그런 친절을 고마워해야 한다는 것이 그의 머리에 떠오른 마지막 생각들이었다.

11

드디어 해가 기울고 있었다. 하지까지 한 달 남짓해서, 낮이 길었다. 날도 더웠다.

'대지동을 나온 게 엊그제 같은데, 어느새 봄이 다 갔구나.' 가벼운 한숨을 내쉬고서, 언오는 둘레를 살폈다.

그에게 온양은 익숙한 곳이었다. 이곳에서 고등학교를 다녔다. 지금 그가 바라보고 선 온궁(溫宮) 바로 뒷산이 고등학교 자리였다. 그래도, 5백 년의 세월을 건너 만나는 이곳은 아주 낯설었다. 그 낯선 세상이 오래 숨었던 기억들을 불러내서, 그에게 자신이 이 세상에 불쑥 들어온 존재하는 사실을 되새기도록 만들었다.

온궁은 오른쪽에 외정전(外正殿)과 내정전(內正殿)이 있고 왼쪽에 탕실(湯室)이 있었다. 그 사이에 창고와 주방으로 보이는 작은 건물들이 대여섯 채 자리잡고 있었다. 건물들은 낡아서 세월의 무게를 힘겹게 견디는 것처럼 보였다. 이곳을 자주 찾은 마지막 임금이 세조(世祖)였다 하니, 백 년 넘게 임금의 관심을 받지 못한 것이 었다. 담은 높았지만, 궁문이 활짝 열려 있고 챵의군 녀군들이 안에서 분주히 움직여서, 궁궐의 담이 지닌 위엄과 거부의 몸짓은 많이 누그러져 있었다.

녀군 병사 둘이 키들거리면서 궁문을 나서다가 그를 보고 얼굴을 붉히더니 고개 숙이고 바삐 지나갔다. 낯이 익지 않은 것으로 보아, 신챵현이나 온양군에서 모집한 병사들일 터였다.

그는 녀군들만 온궁을 이용하도록 했다. 탕실에서 목욕하고 외정전과 내정전에서 묵도록 했다.

그의 조치는 사람들을 놀라게 했다. 평민들이 임금이 묵는 궁 안에서 목욕을 하고 묵는 것은 그들에겐 상상도 해보지 못한 일이었다. 졍언디를 비롯한 군사(軍師)들이 그에게 조심스럽게 반대 의견을 펴기까지 했다. 상것들이 임금의 궁 안에 들어가 목욕하고 자는 것은 법도에 어긋난단 얘기였다.

그러나 그는 명령을 거두지 않았다. "여러 군사달희 말쌈안 일리 이시난 말쌈이시나이다. 그러하나 쇼쟝안 우리 군사달히 온궁애셔 목욕하고 자난 것이 도리애 어긋나란 일은 아니라고 생각하나이다. 시방 님굼끠셔 여긔 머므시는 것이 아니고 궁이 븨였나이다. 님굼끠셔는 모단 백셩들홀 앗기시난듸, 빈 궁을 백셩들히 쓰는 것을 엇디 탓하시리잇가? 님굼끠션 오히려 깃거워하실 새니이다."

남군들은 온궁 뒤쪽 주막거리에 머물도록 했다. 주막거리엔 허름한 목욕탕들이 있었고 주막들도 있어서 하룻밤은 어렵지 않게 묵을 수 있었다. 그도 거기서 목욕하고 머물 생각이었다.

온궁의 시설들이 모두 왕실의 재산이므로, 온궁에 손을 대는 것은 현명한 일은 못 되었다. 온궁이 조금이라도 훼손되면, 국왕과 조정이 크게 화를 낼 것이었다. 실은 녀군들이 온궁에서 하룻밤을 지냈다는 얘기가 한성에 퍼지면, 작지 않은 추문이 될 터였다.

그래서 이곳을 개발하더라도, 온궁을 다치지 않고 해야 할 터였다. 그는 먼저 온궁 뒤쪽에 공중목욕탕 둘을, 남성용과 여성용을, 크게 지을 생각이었다. 나무가 아니라 벽돌로. 공중목욕탕은 아무래도 돌이나 벽돌로 짓는 것이 나았다. 실은 다른 공공건물들도 되도록 벽돌로 지을 계획이었다. 레고처럼 조립할 수 있는 벽돌들을 쓰면, 작은 집에서부터 성벽에 이르기까지 튼튼하고 내구적인 시설들을 쉽게 지을 수 있을 터였다.

공중목욕탕은 물론 좋은 효과를 가져올 터였다. 당장 위생적 관습이 퍼질 터였다. 이곳 사람들은 목욕을 자주 하지 않았다. 목욕탕이 없으니, 겨울엔 몸을 씻기 어려웠다. 이곳에 큰 목욕탕을 세우면, 사시사철 뜨거운 물에 목욕할 수 있으니, 적어도 인근 사람들은 덕을 볼 것이었다.

사람들이 오래 머물면서 목욕으로 건강을 되찾는 요양 시설도 세울 생각이었다. 요양 시설에 수영장을 포함하면, 여가 문화에 새로운 경지가 열릴 수 있었다. 그렇게 시설들을 갖추면, 자연스럽게 문화 도시가 자라날 터였다. 이제는 문화 산업에도 마음을 써야 했다. 그의 희망대로, 내보 지방의 경제가 빠르게 발전하면, 근대적 중산층이 나타날 터였고, 그들은 문화를 누리기를 원할 터였다. 문화 산업의 바탕을 미리 마련하면, 경제의 지속적 발전과 일자리 창출에 큰 도움이 될 것이었다.

'사람들이 이곳으로 신혼여행을 오도록 만들면……' 그의 얼굴에 야릇한 웃음이 퍼졌다. 온양은 20세기 중엽까지만 해도 신혼부부들이 즐겨 찾은 곳이었다. '신혼부부가 이곳에서 허니문을 즐기게 되면, 세상이 많이 좋아졌단 얘기가 나오겠지.'

오른쪽에서 말발굽 소리가 났다. 온양 읍내로 가는 길을 따라 긔병들이 달려오고 있었다. 근위대대 병사들이 긴장해서 길을 가로막고서 기다렸다.

"챵으이," 앞쪽에서 긔병이 경례하면서 외쳤다.

"챵의," 어느새 말에 올라타고 그들을 맞으러 나간 셩묵돌이 답례했다.

그제야 그는 그 긔병을 알아보았다. 6긔병졍대 1대대 3등대쟝인 졍효삼이었다. 지난번 김항텰이 이끈 셔산군 원졍군이 셔산군을 얻었을 때, 챵의군에 들어온 풍젼역(豊田驛)의 역장이었다. 김항텰과 쳔영셰가 좋게 얘기해서, 그도 눈여겨보고 있었다. 기회가 오면, 긔병졍 대쟝을 시킬 만한 인물이었다.

"챵의," 말에서 내린 졍이 그에게 다가와서 경례했다.

"챵의. 졍 대쟝끠셔 슈고랄 많이 하샀나이다."

"김항텰 총독이 원슈님끠 올이난 보고셔이압나니이다." 졍이 손에 든 봉투를 공손히 그에게 바쳤다.

"아, 녜." 그는 바로 봉투를 열었다.

원슈님젼 상셔

원슈님끠 알외옵ᄂᆞ니이다. 쇼쟝이 잇근 뎨일젼투단은 오늘 신시
에 목쳔현텽에 니르렀옵ᄂᆞ니이다. 우리 군대 니르르자, 목쳔현텽을
디킈던 관리들혼 모도 도망ᄒᆞ얏옵ᄂᆞ니이다. 이제 이 근텨에 젹군의
부대ᄂᆞᆫ 없ᄂᆞᆫ 둣ᄒᆞ옵ᄂᆞ니이다. 릭일은 원슈님끠셔 지시ᄒᆞ신 대로이
텬안군텽으로 향ᄒᆞ겠옵ᄂᆞ니이다. 원슈님 안녕ᄒᆞ시기롤 빌면셔, 글
월을 줄이옵ᄂᆞ니이다.

긔묘 ᄉ 월 초구 일
뎨일젼투단 ᄉ령 슈 륙군 총독 졍령 김항텰 배샹

그는 보고서를 다시 봉투에 넣어 셩묵돌에게 넘겼다. "졍 대쟝,
나죄 밥안 드셨나니잇가?"

"아직…… 잇다가 비샹식량알 들면 다외압나니이다."

"누룽디도 맛이 이시디만, 다슌 밥만 하겠나니잇가?" 그는 셩을
돌아보았다. "셩 대쟝."

"녜, 원슈님."

"복심이 어마님끠 알아보쇼셔, 혹시 밥이 졈 남았나. 목쳔셔 온
군사달히……"

"열하나이압나니이다." 그가 고개 돌려 긔병들의 수를 세자, 졍
이 송구스러운 낯빛으로 말했다.

셩이 배고개댁에게 져녁밥을 부탁하러 간 사이, 그는 졍에게서

목천현의 사정을 들었다. 김이 이끈 주력은 아산, 평택, 직산을 잇따라 점령하고 어제는 목천을 얻은 것이었다. 직산은 한성으로 가는 길목이라서, 관군의 패잔병들이 모여 저항을 시도했다가 막상 싸움이 시작되자 이내 흩어졌다고 했다. 나머지 고을들은 관원들이 도망해서 그저 얻은 것이었다. 김항렬의 보고대로, 이제 이 근처에 걱정할 만한 관군 병력은 없었다. 윤삼봉이 이끈 데이젼투단은 그저께 텬안군텽을 점령하고 어저께는 젼의현(全義縣)으로 향했다. 곧 보고가 올 터였다. 그 자신은 참모부와 보급부대들을 거느리고 천천히 뒤따르면서 점령한 고을들의 행정을 살폈다. 그가 지금 거느린 전투 부대는 안징의 17긔병경대와 백용만의 20보병경대뿐이었다.

저녁밥이 남아 있다는 얘기를 들은 긔병들이 궁 안으로 들어가는 것을 보고, 그는 서쪽 산으로 향했다. 그가 다닌 고등학교가 자리 잡았던 곳이었다. 그가 학교 다닐 때는 집들로 덮였던 산은 소나무들로 덮여 있었다.

봉우리에 올라, 그는 학교가 있던 서쪽 기슭을 살폈다. 뉘엿한 햇살을 받는 숲이 그의 가슴에서 짙은 그리움을 불러냈다. 무엇을 그리워하는지도 몰라서 오히려 더욱 시린 그리움이었다. 지금 돌아보아도, 고등학교에 다닐 때, 그는 행복하지 못했다. 그래도, 어쩌면 그래서, 가슴이 시리도록 그리웠다.

'멀리, 정말로 멀리 왔구나,' 그는 가볍게 탄식했다.

물리적으론 상상하기도 힘들 만큼 먼 시공을 건너왔고, 개인적으로도 많이 바뀌었다. 우연히 시간비행사가 되어, 이 세상에 불시착했다가, 이제는 반란을 이끄는 처지였다. 시간 여행에 나선 것이 작년 6월 10일이었는데, 오늘이 양력으로 5월 15일이니, 한 해가 채 못 되었고, 대지동 사람들을 이끌고 골짜기를 내려온 것이 음력으로 3월 7일이었는데 오늘이 4월 10일이니 한 달 남짓했다. 그동안에 그는 시간 줄기를 더할 나위 없이 근본적으로 뒤흔든 것이었다. 이제 그가 태어났고 지키겠다고 약속했던 시간 줄기는 역사의 흐름에서 떨어져 나갔을 터였다.

'흠. 어찌 보면, 대단한 성취네.' 야릇한 웃음이 그의 입가에 어렸다.

민중 반란을 이끄는 것은 아무에게나 주어지는 운명은 아니었다. 이제는 반란을 성공적으로 마무리할 자신도 있었다. 어렴풋이 모습을 드러냈던 생존 전략이 두 차례 '신례원 싸홈'에서 이기는 과정에서 또렷한 모습으로 다듬어진 것이었다.

좋은 전략은 목표가 뚜렷해질 때 비로소 모습을 드러낸다는 것을 그는 새삼 깨달았다. 목표가 가치 있고 뚜렷해야, 제약 조건들이 뚜렷해지고, 목표와 제약 조건들을 조화시키는 과정에서 좋은 전략이 나올 수 있었다. 그의 목표는 처음부터 뚜렷하고 굳었다. 시간 줄기에 대한 충격의 위험을 감수하면서 여기에 남기로 한 것은 자신의 지식으로 이곳 사람들의 삶을 조금이라도 낫게 만들려는 생각에서였다. 죽어가는 봉선이를 살리려고 발걸음을 돌렸을 때, 이 세상에서 살아갈 궤적이 결정된 것이었다.

그 목표를 이루려면, 그 자신이 이 낯선 세상에서 살아남아야 했다. 이제 어쩔 수 없이 반란을 이끌게 되었으니, 조선 정부로부터 독립된 기반을 지녀야 했다. 그 기반을 지키면서 한반도에 그가 지닌 현대 지식을 퍼뜨려 조선 사회 전체로 스며들게 하면, 그의 목표는 이루어질 터였다.

튱청우도는 그 목표를 이룰 수 있는 기반으로 충분했다. 조선 사회 전체를 지배하고 싶은 생각은 처음부터 없었다. 전통적 세계관과 이념을 지닌 사람들을 설득하는 일은 너무 힘들었다. 이씨 왕조와 유교 이념을 따르는 사람들에게 그의 통치와 자유민주주의를 내미는 것은 부질없는 일이었다. 게다가 너무 큰 지역을 차지하거나 한성으로 진군하면, 조선 정부는 종주국인 명(明)에 구원을 요청할 터였다. 실제로 조선은 임진왜란 때는 명에 그리고 동학란 때는 청(淸)에 원병을 요청했었다. 일단 명이 군대를 보내면, 걷잡을 수 없는 사태가 나올 것이었다.

그래서 그는 홍쥬를 중심으로 한 내보 지방과 금강 이북의 땅만으로 내보인민정부를 세운 것이었다. 그 정도의 땅과 인구를 지니면, 그가 존속하면서 자신의 생각들을 조선 땅에 퍼뜨릴 수 있을 것 같았다. 어차피 시간은 그의 편이었으므로, 그는 자신의 정권을 군사적으로 방어하면서 생각과 이념과 지식의 차원에서 공세를 펴나가면 되었다. 이른바 '전술적 방어와 전략적 공격의 조합'이었다.

그리고 조선 정부에 평화 공존을 제안할 생각이었다. 19세기엔 군사 이론의 중심적 교리는 '적군 주력의 섬멸'이 전쟁의 유일한 목적이라고 주장했다. 산업혁명 뒤엔 총력전과 대량 살상이란 개념이 등장했다. 그가 따르려는 것은 제2차 세계대전이 끝나고 미국과 소련 사이에 냉전이 시작되었을 때 미국 외교관 조지 케넌이 주장한 이론이었다. 케넌은 "때로는 적의 파멸을 추구하는 것보다 적과 공존하는 것이 낫다"고 했는데, 그 이론은, 소련이 공산주의의 내재적 약점들 때문에 궁극적으로 무너질 터이므로, 시간은 미국 편이라는 생각에 바탕을 두었다. 지금 이곳에서 그의 목표는 그의 지식을 퍼뜨려서 조선 사람들의 복지를 늘릴 최소한의 기지를 마련하는 것이었다. 관군과의 싸움에서 이겨 조선의 지배자가 되는 것이 아니었다. 그래서 그가 조선 국왕의 신하로서 내보 지역을 다스리는 형태로 공존하는 방안이 나온 것이었다. 그런 제안을 한성에 가져갈 사절로 리경란을 꼽고서, 리에게 급히 이리로 올라오라고 연락한 터였다.

그는 자신의 전략이 합리적이고 현실적이라 믿었다. 그리고 그 전략을 잘 추구하면, 자신이 이끄는 반란이 성공할 수 있다고 판단했다.

느긋한 한숨을 내쉬고서, 그는 근위병들을 둘러보았다. "나이 쇼싯적의 여긔 온 적이 이시나이다. 자아, 날이 어두워뎠으니, 나려가사이다."

12

저만큼 나루가 나타났다. 언오는 말 걸음을 늦추고서 뒤를 돌아보았다. 리경란이 따라서 말의 고삐를 잡아다녔다.

"이제 다 온 닷하나이다." 그는 싱긋 웃고서 말에서 내렸다.

"아, 네." 리도 따라서 말에서 내렸다.

"길이 멀어셔 많이 시드러우실 샌듸…… 현감끠 므슴 감샤의 말쌈알 드려야 할디 모라겠나이다." 말을 성묵돌에게 맡기고 리와 나란히 걸으면서, 그는 다시 리에게 치하했다.

"별말쌈알…… 쇼인끠 듕한 임무를 맛뎌주셔셔, 쇼인이 오히려 황공하압나니이다."

리는 그의 샹소(上訴)를 지니고 한성으로 가는 길이었다. 반역을 주도하는 자의 상소를 전달하는 일이라, 당연히 위험했다. 리는 어제 저녁에 평택에 닿았고 동헌에서 그와 함께 묵었다. 임금께 상소하고 싶은데 일을 맡길 만한 사람이 없다고 그가 얘기하자, 리는 혼쾌히 수락했다. 그가 미안한 뜻을 밝히자, 리는 '일홍역 싸홈'에서 졌을 때 이미 죽은 목숨이라고 담담히 말했다. 임금에게 진 빚과 그에게 진 빚을 한꺼번에 갚을 수 있으니, 잘됐다고까지 했다.

그가 상소를 올리는 것은 그의 전략에 따른 것이었다. 그로선 임금과 조정이 그의 반란에 대해 품은 두려움을 되도록 줄이고 싶었다. 정보의 부족은 언제나 걱정과 두려움을 키우는 법이었다. 느닷없이 일어난 민중 반란에 관해선 특히 그러할 터였으므로, 반란을 이끄는 장수의 편지는 조정의 걱정과 두려움을 조금이라도 줄이리라고 기대할 수 있었다. 그는 특히 임금을 안심시키고 싶었다. 원래 지금 임금인 선조(宣祖)는 전왕 명종(明宗)의 사자(嗣子)가 아니었다. 선조는 명종의 막내 동생인 덕흥 대원군(德興大院君)의 셋째 아들로 갑자기 왕위에 올랐으므로, 아무래도 정통성에서 약했고, 본인도 그 점을 늘 의식했던 듯했다. 자연히, 그는 사람들을 의심하는 성향이 있었고 불충하거나 모반을 시도했다고 비난받은 사람들을 아주 모질게 대했다. 그것이 그가 임진왜란을 공부하면서 받은 인상이었다.

아울러, 한창 힘을 키우는 터라, 그는 관군과 다시 싸우는 것을 단 하루라도 늦춰야 했다. 그가 조정에 대해 공격적인 태도를 지닌 것이 아니라는 점이 밝혀지면, 아무래도 조정이 반란의 진압을 덜 서두를 터였다.

자신이 쓴 상소의 내용을 떠올리면서, 그는 야릇한 웃음을 지었다.

국왕 폐하끠 올이읍는 글

　국왕 폐하끠셔 만슈무강ᄒ심을 긔원하면셔 쇼신 리언오는 폐하끠
글을 올이읍ᄂ니이다. 쇼신은 튱쳥우도 례산현에 사ᄂ 백셩으로 폐
하의 셩덕을 닙어 잘 살아왔읍ᄂ니이다. 그러나 근년에 관원들희 횡
포가 졈졈 심ᄒᆞ야뎌셔 백셩들흔 살기 졈졈 어려워뎠읍ᄂ니이다……

　무난해 보이는 이 글에 실은 덫이 하나 있었다. 작지만 제거하거
나 피하기 어려운 덫이었다. 조선의 국왕은 폐하(陛下)라 불리지
않았다. 조선에서 폐하는 중국의 황제들에 대해서 쓰는 말이었다.
대신 뎐하(殿下)라 불렸다. 국왕의 후계자는 태자(太子)가 아니라
셰자(世子)라 불렸다. 지금 임금을 폐하라 부름으로써, 그는 조정
의 국왕과 신하들 사이에 갈등의 씨앗을 심은 것이었다. 성리학의
논리에 따라 중국에 대한 복속을 자연의 이치로 일반화한 조선의
문신들에게 이것은 쉽게 피해갈 수 없는 덫이었다. '무지몽매한 백
셩'이 쓴 말을 놓고 따지는 것은 그 백성을 괄목상대할 만한 존재
로 높이는 것이었다. 그렇다고 그냥 넘어가는 것은 그들의 철학에
어긋나는 일이었다. 그는 그 덫이 그들의 발목을 잡아서 그의 반란
에 대한 효과적 대응을 늦춰주기를 기대한 것이었다.
　그가 상소에서 밝힌 뜻도 그런 효과를 고려한 것이었다. 그의 주
장들은 대략 일곱 가지였다.

　1. 그가 군사를 일으킨 것은 탐관오리의 가렴주구로부터 백성들

을 구하려 함이다.

2. 그와 그가 거느린 호셔챵의군 군사들은 모두 임금과 나라에
   충성한다.

3. 그래서 호셔챵의군은 튱쳥도 안에 머물고 임금이 계신 한셩으
   로 향하지 않았다. 앞으로도 튱쳥우도에 머물고 다른 지역으
   로 나아가지 않을 것이다.

4. 지금 나라가 어려운 것은 조정의 신하들이 동인과 서인으로
   나뉘어 서로 싸우기 때문이다.

5. 그렇게 붕당을 이룬 신하들을 물리치는 것이 시급하다.

6. 첫 단계로 령의정, 좌의정, 우의정을 파면하고 새로 의정부를
   구성해야 한다.

7. 아울러 조정에 나아가지 않은 현인들을 기용하여 당쟁을 막게
   해야 한다.

그가 당쟁을 일삼는 조신들을 거세게 공격한 것은 국왕으로선
불쾌할 리 없었다. 조정의 신하들은 이미 네 해 전부터 동인과 서
인으로 나뉘어 드러내놓고 싸우기 시작했다. 나라를 생각하는 원
로가 더러 붕당 정치의 폐해를 걱정했지만, 현실에선 누구도 두 당
파의 한쪽에 들어야 했다. 그런 상황에선 임금의 선택도 제약을 받
았고 임금의 뜻대로 나라를 다스리기도 어려웠다.

당파 싸움에 몰두한 조신들을 비난하고 임금에게 그들을 물리치
라고 호소했으니, 논의의 초점은 자연스럽게 그의 반란에서 조신
들의 당쟁으로 옮겨갈 터였다. 조정이 그의 반란에 대한 대책을 세

울 때, 그처럼 격렬한 비난은 조신들에게 미묘한 심리적 압박으로 작용할 것이었고, 그의 반란을 결코 용납해선 안 된다고 주장하는 극단적 세력을 억제할 수도 있었다.

그래서 그는 일부러 독이 든 말들과 표현들을 골랐고, 그처럼 거칠게 분노를 내뿜는 것에서 뜻밖으로 큰 즐거움을 맛보았다.

어느 나라해나 붕당돌흔 이시옵ᄂ니이다. 그러하나 붕당돌희 싸홈이 우리나라텨로 심흐고 나라해 해로온 례는 없옵ᄂ니이다. 녁수애셔 ᄀ장 일홈눈 당쟁은 송의 신당과 구당 수이의 싸홈이옵ᄂ니이다. 왕안석의 신법이 시행ᄃ외면셔, 송 묘뎡의 됴신들흔 두 붕당의 ᄒ나에 쇽ᄒ야 격렬ᄒ게 싸홨옵ᄂ니이다. 그러하나 그 싸홈은 나라희 법도애 관흔 것이었으모로, 뜯이 아조 없었던 것은 아니었옵ᄂ니, 후세 사롬돌히 그 일애셔 됴흔 교훈을 얻었옵ᄂ니이다. 시방 우리나라해션 붕당돌히 오직 사롬돌 수이의 친소애 똘와 밍굴ᄋ디고 권셰를 놓고 셔로 싸호옵ᄂ니이다. 수졍이 그러홈ᄋ로 싸홀 일이 없어도 셔로 죽기 살기로 싸호옵ᄂ니이다. 그러흔 붕당돌희 싸홈애셔 후셰 사롬돌히 므슴 됴흔 교훈을 얻을 수 이시겠옵ᄂ니잇가. 후셰에 우리 당쟁의 녁수롤 닑으면셔 오직 경멸과 분노만올 늣길 새옵ᄂ니이다. 시방 당쟁애 몰두ᄒ는 됴신돌흔 님굼끠 불튱ᄒ고 나라롤 해ᄒ는 무리이옵ᄂ니이다.

그는 자신의 상소가 조정에 큰 물결을 일으키기를 기대하고 있었다. 국왕과 조신들의 이해가 다르고, 집권한 동인들과 세력을 잃고 기회를 노리는 서인의 이해가 다르고, 그의 표적이 된 세 정승과 아랫사람들의 이해가 다르니, 반응에서도 미묘한 차이들이 있을 터였다. 그런 차이가 조정의 다음 대응을 조금이라도 늦춘다면, 그로선 더 바랄 것이 없었다. 앞으로 12년 뒤 일본에 정세를 탐색하려고 갔던 통신사(通信使) 일행이 일본의 조선 침략 의도에 대해서로 다른 보고를 올릴 터였다. 나라의 안위가 걸린 일에서도 당파싸움을 한 사람들이니, 그의 반란에 대한 대응에 관해서도 서로 다툴 가능성은 작지 않았다. 그래서 그는 일부러 애매모호한 표현들을 많이 썼다. 글의 생명은 간결하고 명료한 데 있다는 격언과는 달리, 이런 글의 효용은 길고 애매한 데 있었다.

분명한 것은 그의 상소가 조정으로선 나쁜 소식이란 점이었다. 그리고 그런 나쁜 소식을 전하는 사자(使者)는 어느 경우에나 환대를 받지 못했다. 고대에선 나쁜 소식을 전한 사자를 죽이는 풍습까지 있었다.

그는 미안하고 안쓰러운 마음으로 리졍란을 살폈다.

자신의 고단하고 위험한 처지를 잘 아는지라, 리의 낯빛은 어두웠다.

그들이 나루에 이르자, 3척후대대쟝 라승죠가 맞았다. 물살에 나룻배 하나가 가볍게 흔들리고 그 앞에 늙수그레한 사공과 그 아들로 보이는 젊은이가 공손히 서서 기다리고 있었다. 건너편엔 말한 필과 급쥬로 보이는 사람 둘이 기다리고 있었다.

그는 걸음을 멈추고 리를 바라보았다. "어려운 임무를 맞다주신데 대해 현감끠 다시 한 번 감샤의 말쌈알 드리나이다."

"감샤의 말쌈안 쇼인이 원슈님끠 올여야 하압나니이다. 지금히 원슈님끠셔 쇼인애게 베프신 은혜는 백골난망이압나니이다."

"현감끠셔도 아시겠디마난," 그는 어렵게 얘기를 꺼냈다. "채후신 총독안 원래 보령 슈영의 군관이었나이다."

"네, 원슈님." 리가 고개를 끄덕였다.

"우리 챵의군히 보령 슈영을 공격하얐을 적의 슈사난 도망하고 군사달토 많이 흩어디었나이다. 오직 채 총독이 끝까장 남아셔 싸홨나이다. 그리하다 부샹하야 우리 챵의군에 븓잡혔나이다. 쇼쟝이 챵의군에 귀슌하기랄 권하얐아도 마암알 돌리디 않았나이다." 한숨을 길게 내쉰 뒤, 그는 말을 이었다. "그러하나 내죵애 돌아온 슈사 이하 슈군 쟝슈들흔 채 총독알 칭찬하기는커녕 온갖 허황다외얀 녜아기달할 지어내어 모함하려 하얐나이다. 마참내 목숨을 부디하기도 어렵게 다외자, 채 총독안 쇼쟝알 찾아왔나이다."

리가 무겁게 고개를 끄덕였다.

"앗가 말삼드린 대로, 됴뎡에셔 엇디 나올디 모라겠나이다. 혹시 현감끠셔 텨신하기가 어려워디시면……"

"이대 알겠압나니이다. 원슈님, 감샤하압나니이다." 리가 읍했다. "그러하시면 쇼인안 가보겠압나니이다."

그도 읍했다. "그리하쇼셔. 길이 멀고 험하니, 조심하쇼셔."

리가 나루로 내려가서 나룻배에 올랐다. 그리 큰 강은 아니어서 나룻배도 작았다. 말을 배로 건네느라, 애를 먹었을 듯했다.

원래 한셩으로 가는 데는 직산으로 가서 큰길로 가는 것이 편리했다. 역마(驛馬)를 이용할 수도 있었다. 이곳 안셩쳔(安城川) 하류

올미곶 나루를 고른 것은 리정란이 슈원도호부사(水原都護府使)와 교분이 있다고 했기 때문이었다. 나루 건너편이 슈원 땅이었다. 반군 우두머리의 상소를 지니고 한성까지 가는 일엔 적잖은 위험이 따랐다. 현직 부사가 돌봐준다면, 빠르고 안전하게 한성에 이를 터였다.

현직 관리가 힘이 센 것은 모든 사회들에서 같았지만, 이곳에선 유난히 그러했다. 관존민비라는 말을 늘 새기게 될 만큼 정부의 힘이 세고 시민들의 힘이 너무 약한 사회인 데다, 사회 기반 시설이 아주 부족한 세상이라, 현직 관리의 태도에 따라 많은 것들이 결정될 수밖에 없었다. "본관 사또애겐 경승도 '하오'라 한다"는 속담이 그 사실을 유창하게 말해주었다.

배에서 내려 말에 올라타기 전에, 리가 다시 그를 향해 읍했다.

그도 읍하고서 리가 말에 올라타고 나루 위로 올라서는 것을 지켜보았다. 그리고 말에 올랐다. '이제…… 어찌 됐든, 이제……'

한참 가다 문득 돌아보니, 가물가물할 만큼 작아진 리의 일행이 좁은 길을 따라 북쪽으로 가고 있었다. 초여름 햇살이 내리고 있었지만, 리의 모습은 초겨울 바람에 쓸려가는 낙엽처럼 보였다. 해미 현감으로 잘 지내다 문득 반군의 포로가 되어 반군 우두머리의 문서를 조정에 전하는 사자가 된 것이었다. 민란은 많은 사람들의 삶을 느닷없는 회오리 속으로 몰아넣고 있었다. 그리고 누구도, 반란을 일으킨 그 자신도, 이제는 반란을 제어할 힘이 없었다. 반란의 회오리는 나름의 논리에 따라 점점 거세게 불고 있었다.

정
복
자

제 1 4 부

1

"이번에 '신례원 싸홈'애셔 이긘 뒤로 우리 챵의군은 여러 고을
흘 얻었나이다. 신챵, 온양, 아산, 평택, 직산, 목쳔, 젼의, 그리고
이곳 텬안—모도 여듧 고을히니이다. 여러 대쟝달끠셔 군사달할
이대 잇그신 덕분이니이다." 언오는 흐뭇한 웃음을 띠고서 텬안군
텽 동헌에 둘러앉은 지휘관들을 둘러보았다.

"원슈님끠셔 소쟝달할 이대 잇그셔주신 덕분이압나니이다." 앞
줄 한가운데 앉은 경언디가 고개를 숙이면서 매끄럽게 대꾸했다.

"우리 군셰도 딸와 커뎠나이다. 그러하야셔 부대달할 새로 편성
하았나이다." 그는 군령이 적힌 두루마리를 사람들 앞에 펴놓았다.

호셔챵의군 군령 데오십팔호

왼녁과 곧히 새로 부대둘흘 편성홈.

총참모부 슈 녀권보호참모부쟝 겸 슈 의약참모부쟝 부위 최월매

뎨삼 취사대대쟝 딕스 김막슌

륙군 본부 뎨이십오 보병졍 대쟝 딕위 국승규

뎨이십륙 운슈졍 대쟝 졍스 송옥신

뎨이십칠 공병졍 대쟝 졍스 오명한

뎨이십팔 궁슈졍 대쟝 딕위 김영츈

슈군 본부 뎨팔 슈군공병대대쟝 딕스 방학션

긔묘 스 월 십륙 일

호셔챵의군 원슈 리언오

그저께 13일에 태안현텽을 점령했다는 채후신의 보고가 어제 닿았다. 채가 이끈 군대가 접근하자, 관군은 저항할 생각이 없어서 이내 도망쳐서 슈군의 소근보진으로 향했다고 했다. 마침 소근보진의 쳠졀계사가 채에게 호의적인 인물이어서, 서로 공격하지 않기로 은근히 약조를 맺었다 했다. 언오가 채후신에게 관군 슈군과의 관계를 좋게 유지하도록 애써보라고 미리 지침을 준 터였다. 채의 보고에 따르면, '보령 슈영 싸홈'에서 도망쳤던 슈군졀도사는 다시 슈영으로 복귀했다.

"그젓긔 우리 슈군이 태안군을 얻었다고 채후신 총독이 보고하얏나이다. 이제 우리 챵의군은 내보 지방알 거의 다 얻었나이다. 그러하야셔 종요로온 디역들흘 디킈는 임무를 이리 경하얏나이

다." 그는 군령이 적힌 두루마리를 걷고 새 두루마리를 폈다.

호서창의군 군령 데오십구호

호나. 종요로온 디역들홀 디킈는 임무를 왼녁과 ᄀᆞᆮ히 졍홈.
　　　동북방면군은 텬안, 평택, 직산, 목쳔, 젼의, 연긔의 여섯
　　　고을흘 방어홈.
　　　셔븍방면군은 셔산, 태안, 당진의 세 고을흘 방어홈.
둘.　동븍방면군에 쇽훈 부대돌흔 왼녁과 ᄀᆞᆮ홈.
　　　데일보병졍대
　　　데삼보병졍대
　　　데오보병졍대
　　　데륙긔병졍대 (데팔대대 제외)
　　　데이십륙운슈졍대
　　　데이십칠공병졍대
　　　데이십팔궁슈졍대 데일대대
　　　쳑후참모부 데일쳑후대대
세.　셔븍방면군에 쇽훈 부대돌흔 왼녁과 ᄀᆞᆮ홈
　　　슈군 젼 부대
　　　륙군 데륙긔병졍대 데팔대대
　　　　데팔공병졍대 데칠대대
　　　　데십삼운슈졍대 데삼대대
네.　슈 륙군 총독 졍령 김항렬 명 동븍방면군 ᄉᆞ령.

슈 슈군 총독 부위 채후신 명 셔븍방면군 수령.

긔묘 ㅅ 월 십륙 일
호셔챵의군 원슈 리언오

"연긔(燕岐)는 아직 얻지 못하얐디만, 래일 나이 우리 챵의군을 잇글고셔 얻을 새니이다." 사람들이 읽기를 기다려, 그가 설명했다. "연긔를 얻은 뒤혜는, 계쇽 남녁으로 나려가셔 금강애 니르르고 다시 셔녁으로 강알 딸와 나려가 바다애 이를 새니이다. 이번 작젼이 긑나면, 튱쳥우도난 우리 챵의군의 따히 다외나이다."

사람들이 모두 고개를 끄덕였다. 튱쳥감사를 지내셔 마음이 착잡할 경언디도 낯빛에 별다른 기색이 없었다.

"동븍방면군과 셔븍방면군에 쇽하디 아니한 부대달한 모도 나와 함끠 움즉이나이다. 오날안 젼의현텽에서 묵고 래일안 연긔현텽을 얻을 새니이다. 션봉안 윤삼봉 대쟝이 맛달 새니이니, 김 총독과 윤 대쟝끠셔는 부대 배티에 관해 나와 따로 녜아기하사이다."

"녜, 원슈님."

"군사달히 몀심을 들면, 바로 츌발하나이다. 돌아가셔셔 쥰비하쇼셔."

사람들이 일어서서 나가자, 최월매가 그에게 몸을 숙여 인사했다. "원슈님, 쇼쟝애게 듕요한 임무를 맛뎌주셔셔 감샤하얍나니이다."

"최 대쟝 말쌈대로 녀군보호참모부난 아조 종요로온 임무를 슈행하나이다. 녀군들히 몸과 마암 모도 편히 복무할 수 이시도록 최 대쟝끠셔 열심히 보살펴주쇼셔."

"녜, 원슈님. 열심히 하겠압나니이다."

"뎌적 례산애셔 군사 하나이 녀군을 겁간한 일안 나이 잊디 아 니하얐나이다. 이번 작젼이 끝나면, 엄듕히 쳐티하겠나이다."

"녜, 원슈님. 이대 알겠압나니이다."

최가 인사하고 나가자, 그는 김항텰과 윤삼봉을 가까이 불렀다. "션봉 부대난 칠보병졍대하고 이십오보병졍대로 하사이다."

7보병졍대는 원래 윤이 거느려온 부대고 25보병졍대는 7보병졍 대 1대대를 바탕으로 편성된 부대였다.

"녜, 원슈님," 윤이 대꾸하자, 김이 고개를 끄덕였다.

"쳑후병과 긔병은 윤 대쟝이 대쟝달콰 샹의하셔셔 배티하쇼셔."

"녜, 원슈님."

"그러하면, 윤 대쟝, 뎜심 먹은 뒤 바로 출발하도록 하쇼셔. 션 봉안 어둡기 젼에 젼의현텽에 닿아야 하나이다."

"녜, 원슈님. 이대 알겠압나니이다."

"이번 작젼은 오래 걸월 새니이다," 윤이 나가자, 그는 김에게 말했다.

"녜, 원슈님."

"여긔 동븍 방면을 김 총독이 디킈고 이셔셔, 나이 안심하고 군 사달할 잇글고 남녁으로 나려가난 것이니이다."

"이대 알겠압나니이다. 쇼쟝애게 맛뎌주신 일이 어그러짐이 없 도록 열심히 하겠압나니이다." 김이 책임감의 무거움이 실린 목소리로 대답했다.

"김 총독, 나이 웨 김 총독애게 이곳알 디킈는 임무를 맛뎠난디 아시나니잇가?"

그의 말뜻을 모르는 얼굴로 김이 그의 얼굴을 살폈다.

"동북방면군 사령이 종요로온 직책이니, 김 총독이 맛다난 것이야 이상할 리 없나이다. 그러하나 다란 대쟝달토 이곳알 디킐 수 이시나이다. 그러하야도 나난 처엄브터 김 총독애게 이 임무를 맛디려 하얐나이다. 김 총독과 다란 대쟝달 사이애난 다란 몀이 하나 이시나이다." 잠시 뜸을 들인 뒤, 그는 말을 이었다. "김 총독끠션 처엄브터 챵의군을 잇글었나이다. 그리고 싸홈마다 이긔었나이다. 그러하야셔 륙군 총독이라는 가장 높안 디위에 이르렀나이다. 그런 쟝슈는 자갸 능력을 다란 사람달해게 증명해 보일 필요가 없나이다. 그러하야셔 일알 신듕히 쳐티할 수 이시나이다. 남이 비난할 것을 두려워하디 아니하고 자갸 소신대로 결정할 수 이시나이다."

그의 말뜻을 알아들은 김이 천천히 고개를 끄덕였다.

"동북방면군 사령의 임무는 젹군을 이긔고 따할 새로 얻는 것이 아니외다. 지원군이 올 때까장 우리 따할 디킈고 군사달할 보전하야, 내죵애 반격할 힘을 비츅하난 것이니이다. 즉, 방어 임무이니이다. 그러한 임무는 다란 사람달히 비겁하다고 손가락질하난 것을 마암에 두디 아니할 만큼 마암이 굳은 쟝슈만이 감당할 수 이시나이다. 김 총독, 므슴 뜯인디 아시겠나니잇가?"

"녜, 원슈님," 김이 힘이 실린 목소리로 대꾸했다. "원슈님 말쌈알 깊이 새겨셔 일을 그르츠디 아니하도록 하겠압나니이다."

264

2

"스승님, 참아로 오래건만의 뵈옵나니이다." 송긔슌이 감탄하는 얼굴로 그를 살폈다. "거의 한 해 다외얏나니이다?"

"녜. 나이 됴한드르를 떠난 디," 언오는 잠시 따져보았다. "열한 달이 다외얏압나니이다."

"하아, 이리 뵈올 줄 몰랏압나니이다. 군사달히 와셔 스승님끠셔 나랄 보자 하신다난 녜아기랄 하얏을 때, 놀랏압나니이다. 스승님끠셔 묘향산아로 도랄 닥아시려 가샷난듸, 갑작도이……"

그는 텬안을 떠나기 전에 쳑후병 셋을 됴한드르에 보냈다. 송긔슌을 만나 작년 5월에 됴한드르의 만셕이네셔 머믄 불승이 보냈다고 얘기하라고 했다. 만일 송이 응낙하면, 다른 사람들에게 들키지 않게 연긔현텽으로 안내하라고 일렀다.

"녜, 놀라셨겠디요." 그는 웃음 띤 얼굴로 고개를 끄덕였다. "신형이 아바님은 그사이 엇디 디내샷압나니잇가?"

"나야 므어…… 별일 없이 디냈압나니이다." 탐스러운 수염을 쓰다듬으면서, 송이 느긋한 웃음을 얼굴에 올렸다.

"됴한드르 사람들 모도 잘 겨시나이다?"

그리움과 고마움이 문득 그의 가슴을 시리게 적셨다. 이 세상에 불시착한 그를, 5백 년 뒤의 세상에서 온 시간비행사를, 따뜻하게 맞아준 사람들이었다. 아직 한 해가 채 못 되었는데, 거기서 보낸 시절이 아득하게 느껴졌다.

"녜. 모도 별고 없이 디내고 이시압나니이다. 시방도 모도 스승님 녜아기랄 하고 이시압나니이다."

"만셕이네도 별고 없으시디요?"

"녜. 아, 만셕이 할마님이…… 만셕이 할마님끄셔 돌아가샸압나니이다. 작년 겨을에."

"만셕이 할마님끄셔……?"

"녜."

그의 가슴에 아릿한 느낌이 흘렀다. 만셕이 할머니는 그가 이 세상에 나와 처음 만난 사람이었다. 그들이 처음 만나던 순간이 영화의 한 장면처럼 눈앞을 스쳤다. 그는 문밖에 서서 집 안을 들여다보고 있었고, 그녀는 마당 안쪽에 등을 보이고 쪼그리고 앉아서 보릿짚을 묶고 있었다. 기척을 느끼고 흘긋 돌아다본 그녀가 그를 보고 놀라서 몸이 굳어지면서 제대로 묶이지 않은 보리짚단이 풀어졌다. 그가 고개를 숙여 인사하고서, 운동모자를 썼음을 깨닫고 급히 벗고서, 다시 고개를 숙였다. 5백 년의 세월을 건너, 그들은 그렇게 만났다.

266

"엇디 갑작도이……?"

"감긔 겨시다 갑작도이 숨이 차시더니 돌아가샸압나니이다."

"아, 녜." 그는 고개를 끄덕였다. 감기가 폐렴으로 번진 듯했다.

그는 눈을 감고 그녀 얼굴을 떠올렸다. 그리고 가슴 가득한 고마움과 애틋함을 합장한 손에 모아 기원했다, "나무아미타불. 나무관세음보살. 부대 극락왕생하쇼셔."

왕일지가 소반을 들고 들어왔다. 손님을 위한 슈정과 그릇, 그가 마실 숭늉, 그리고 호두, 잣, 대추 같은 과일이 든 접시가 놓여 있었다.

"겸 드쇼셔. 멀리 오시느라 목이 많이 마라실 샌듸, 겸 드쇼셔."

"녜." 송이 고개 숙여 인사하고 슈정과 그릇을 집어 들었다.

"만석이하고 만슌이는 잘 디내디요?"

"녜. 만슌이는 지금도 나랄 보면, 스승님 어디 겨시냐고 묻삽나니이다." 송이 싱긋 웃었다. "만슌이 스승님끠 경이 많이 들었던 모양이압나니이다."

그는 천천히 고개를 끄덕였다. 그가 됴한드르를 아주 떠난다는 사실을 깨닫자, 녀석은 그에게 달려들어 다리를 꼭 껴안았다. 연신 손등으로 눈물을 훔치면서 제 할머니가 억지로 떼어놓자, 녀석은 몸에서 기운이 모두 빠져나간 듯 젖은 땅바닥에 털썩 주저앉더니 눈물을 주르르 흘렸다.

떠나감은 조금 죽는 것이다,

그가 사랑하는 것에 대해 죽는 것이다:

언제나 어디서나

사람은 자신의 한 조각을 남긴다.

에드몽 아로쿠르의 얘기대로, 그는 됴한드르에 자신의 한 조각을 남긴 것이었다. 설령 됴한드르를 다시 찾는다 하더라도, 그때 거기 남긴 자신의 한 조각을 되찾을 수는 없을 것이었다.

그리고 그 한 조각에서 가장 크고 아픈 부분은 어쩔 수 없이 만석이 어머니에게 품었던 욕정이었다. 한여름 맑은 나절 그녀와 그가 서로 마음이 끌렸음을 문득 확인한 순간이 눈앞을 스쳤다. 지나간 사랑의 슬픔이, 이루지 못한 사랑의 덧없음이, 비석을 적시는 빗물처럼, 새겨진 기억들을 지우지도 새로운 기억을 새기지도 못하는 빗물처럼, 그의 마음을 적셨다. 아로쿠르의 탄식이 그의 마음에 길게 울렸다, '사람이 흩어버리는 것은, 작별할 때마다 사람이 흩어버리는 것은 그의 넋이다.'

"어, 싀훤하다." 송이 손등으로 수염을 닦으면서, 감탄했다. "슈정과 맛이……"

그는 아득한 시공으로 돌아갔던 마음을 급히 불러들였다. "너모 급히 오시라 해셔……"

"아니압나니이다. 이리 스승님을 뵈오니, 너모 반가워셔……"

"나이 됴한드르를 떠나 묘향산아로 가난듸……" 그는 그동안에 있었던 일을 송에게 들려주기 시작했다.

됴한드르에서 여기까지 오는 사이에 송은 쳑후들에게서 호셔챵 의군에 관해서 들었을 것이었다. 내보 지방에 난이 일어났다는 얘기는 오래전에 들었을 것이고. 그는 그런 얘기들을 됴한드르에서 송이 알았던 그의 모습에 맞추어서 들려주었다.

"스승님끠셔 이리 큰일을 하실 줄은…… 스승님끠셔 덕이 높안 도인이신 줄이야 이믜 알았디마난, 이리 큰 군사랄 니르혀셔 셰샹 알 바꾸실 줄은 몰랐압나니이다." 송이 웃음을 지으면서 연신 감탄했다.

"나이 신형이 아바님을 뵙자 한 것은……" 그는 쌀어음을 발행하고 홍쥬식화셔를 설립한 것을 송에게 설명하기 시작했다. 본질적으로 화폐와 금융에 관한 얘기라서 이곳 사람들로선 이해하기 쉬운 일들은 아니었지만, 송은 이내 알아들었다. 송은 시골에서 농사를 지었지만, 상거래에 아주 무지한 사람은 아니었다. 그가 반지를 팔아 노자를 마련했을 때도, 송이 나서서 문의 읍내에서 필방을 하면서 청쥬의 송방을 위해 일하는 사람에게 팔았었다.

"시방 우리 챵의군이 텬안애 많이 머믈고 이시나이다. 그 군사 달할 위하야 텬안애 홍쥬식화셔 텬안지졈을 내려 하나이다. 식화셔에셔 하난 일이 다란 사람달희 돈알 받아셔 돈이 필요한 사람달해게 빌려주는 것이니이다. 그래셔 식화셔를 맛단 사람달한 큰돈알 달호나이다."

송이 진지한 낯빛으로 고개를 끄덕였다. 그가 하려는 얘기를 짐작한 것이었다.

"시방 나이 많안 사람달할 거느렸디만, 식화셔 일텨로 등한 일알 믿고 맛딜 사람달한 그리 많디 아니하나이다. 그러하야셔 신형이 아바님을 뵈옵져 한 것이외다. 신형이 아바님끠셔 홍쥬식화셔 텬안지졈을 맛다쥬쇼셔."

송이 한참 생각하더니 윗몸을 숙여 인사했다. "스승님끠셔 그리
듕한 일을 맛뎌주시겠다 하시니, 감샤하압나니이다. 그러하오나,
스승님, 나난 싀골애셔 녀름짓는 촌부인듸, 그뎌로 듕한 일을 엇디
감당할 수 이시겠나니잇가?"

"식화셔의 일이야 아조 쉬운 것은 아니디만 아조 어려운 것도
아니나이다. 거래랄 티부에 긔록하면 다외나이다. 나이 듕히 녀기
는 것은 곧안 마암이나이다. 큰돈알 마암이 곧디 아니한 사람달해
게 맛딜 수 이시겠나니잇가?"

송이 잠자코 고개를 끄덕였다.

"나이 시방 신형이 아바님끠 강쳥하디 못하난 것은 이 일이 위
험하다는 사졍 때문이나이다. 됴명이 아직 우리 챵의군을 의로운
군사로 녀기디 아니하나이다. 딸와셔 신형이 아바님끠셔 우리 챵
의군을 도와주시겠다면, 다란 사람달 모라게 하셔야 하나이다. 식
솔알 다 잇글고셔 텬안아로 오셔야 하나이다. 쉬운 일이 아니나이
다."

송이 무겁게 고개를 끄덕였다.

"결심하기 힘든 일이오니, 오래 생각하셔셔 신형이 아바님 뜯을
알외요주쇼셔."

송이 고개를 끄덕였다. "녜, 스승님. 이대 알겠압나니이다."

송기슌이 그와 함께 저녁을 들고 객사로 돌아가자, 그는 연긔현
의 방어를 맡은 대쟝들을 불렀다. 한용국은 5보병졍대 1대대쟝으

로 연긔현 주둔군 사령이었다. 김쇼욱은 6긔병정대에 속한 긔병단 대쟝이었고, 박챵선은 1쳑후대대에 속한 쳑후단대쟝이었다. 왕길슈는 연긔현령에 딸린 관노들의 우두머리였고 왕만금은 현령에서 남쪽으로 10리가량 되는 금사역(金沙驛)에 딸린 관노들의 우두머리였다. 어저께 이곳 관노비들을 모두 챵의군으로 받아들인 것이었다. 금사역의 역리들은 챵의군의 긔병대로 편입되었다.

"오날 모도 밧바샸나이다?" 앞에 앉은 사람들을 둘러보면서, 그는 웃음 띤 얼굴로 부드럽게 말했다.

"녜, 원슈님. 졈 밧봤압나니이다," 열적은 웃음을 얼굴에 올리면서, 한용국이 대답했다.

"모도 슈고랄 많이 하샸나이다."

방문이 열리더니, 왕일지가 유승면의 도움을 받아 술상을 들고 들어왔다.

"오날 모도 슈고랄 많이 하샸아니, 나이 한잔식 권하겠나이다." 술상이 놓이자, 그가 술 주전자를 집어 들었다. "자아, 한 대쟝."

한이 급히 사기 술잔을 집어 그 앞에 내밀었다. 이어 차례로 술잔들이 채워졌다.

술잔을 내밀면서, 그가 선창했다, "챵의."

"챵의," 모두 화창하면서 그의 술잔에 자기 잔을 부딪쳤다.

"래일 우리 본대난 남녁으로 떠나나이다," 술잔이 비고 다시 채워지자, 그가 말했다. "공쥬로 나려가셔 금강알 딸와 튱쳥우도의 남아지 고을들홀 얻을 새니이다. 그리다외면 여긔 연긔현은 여러 분들끠셔 디킈게 다외나이다."

"녜, 원슈님. 이대 알겠압나니이다." 한이 윗몸을 숙이면서 대꾸했다. 한은 쟝복실 사람이었는데, 체수도 작고 앞에 나서는 성격도 아니어서, 아직 대대쟝에 머물고 있었다. 이번에 연긔현 주둔군 사령이 되면서, 처음으로 중요한 직책을 맡은 것이었다.

"연긔현은 동녁으로 쳥주목과 닿았고 남녁으로난 공쥬목과 닿았나이다. 둘 다 큰 고을히고 큰 군사랄 거느렸나이다. 그러하나 연긔는 쟉안 고을히고 여러분들끠셔 거느린 군사난 아조 쟉아나이다. 여러분들홀 도올 우리 챵의군은 가쟝 갓가온 부대 멀리 텬안애 이시나이다. 여긔 연긔는 외로온 쳐디이나이다. 딸와셔 여러분들끠셔 맛다신 임무는 매이 어려운 일이외다."

사람들이 무겁게 고개를 끄덕였다.

"나난 여러분들끠셔 여긔 연긔현을 끝까쟝 디킈기를 바라난 것이 아니외다. 한번 쳥쥬목이나 공쥬목에셔 군사랄 뮈면, 여러분들끠셔 막아실 수는 없나이다. 그리 큰 군사이 와도 여긔를 디킈시라고 여러분들끠 명하난 것이 아니외다. 므슴 녜아기인디 아시겠나니잇가?"

"녜, 원슈님," 한이 대답하자, 다른 사람들이 자신 없는 목소리로 따랐다. 그의 얘기가 좀 뜻밖이었던 듯했다. 쟝수가 부하 지휘관들에게 내리는 명령은 늘 '목숨이 다할 때까쟝 디킈라'는 것이었다.

"젼에 나이 쟉안 군사달할 거느린 우리 대쟝애게 진디를 디킈라난 명만알 나렸나이다," 그는 왕부영에게 례산현텽을 지키는 임무를 맡겼던 일을 얘기하기 시작했다. 가슴속 가까스로 아물었던 상처가 다시 터져서, 목이 메었다. 눌러도 눌러도 눈물이 솟구쳐, 수

건으로 눈물을 훔치면서 애기를 겨우 마쳤다.

가운데 앉은 한이 손등으로 눈물을 씻고 있었다. 그는 왕부영의 애기를 했지만, 한은 쟝복실 사람이니, 어쩌면 리산구를 생각하고 눈물을 흘리는지도 몰랐다.

"쳥쥬나 공쥬에셔 큰 군사달히 오면, 여러분들끠셔는 빨리 텬안의 동북방면군 본부에 그 쇼식알 알려야 하나이다. 긔 여러분들희 첫재 임무이니이다. 아시겠나니잇가?"

"녜, 원슈님. 이대 알겠압나니이다." 이번에는 모도 힘차게 대답했다.

"한 대쟝."

"녜, 원슈님."

"격군이 오면, 우리 군사달할 두 패로 난호쇼셔. 한 패난 여긔를 디킈면셔 격군이 다가오난 것을 막고, 다란 패난 우리 군사달희 가권들흘 다리고 텬안아로 피하도록 하쇼셔. 격군이 이곳알 다시 졈령하면, 우리 군사달희 가권들을 해틸 수 이시나이다. 한 대쟝, 아시겠나니잇가?"

"녜, 원슈님. 이대 알겠압나니이다."

그는 지연전을 펼치면서 텬안으로 후퇴하는 방안에 대해 사람들과 상의했다. 그의 뜻을 알아듣자, 사람들은 활발하게 자신들의 의견을 내놓았다. 긴 애기 끝에 현실적인 방안이 만들어졌다.

먼저, 격군이 움직이는 정황을 보면, 즉시 긔병들이 텬안에 보고한다.

다음, 텬안으로 물러나기로 쥬둔군 사령이 결심하면, 모든 군사들의 가족들은 현령으로 모인다.

셋째, 1등대는 가족들을 보호하면서 서북쪽으로 이동해서 국사봉(國士峰)에 진지를 마련한다.

넷째, 나머지 부대들은 젹군과 싸우면서 시간을 벌다가, 어둠을 이용해서 북으로 탈출하여 국사봉으로 향한다.

다섯째, 국사봉에서 합류한 부대는 산줄기를 타고 북쪽으로 내려가서 차령(車嶺)을 넘어 광덕산(廣德山) 줄기를 타고 텬안으로 향한다.

여섯째, 쳑후를 쳥쥬 근처와 공쥬 나루 북안까지 보내서 형편을 살핀다. 쳑후 요원들이 부족하므로, 관노와 관비 출신 요원들을 활용한다.

일곱째, 보병대대는 등대별로 야간에 국사봉까지 행군하는 훈련을 두 차례 실시한다.

논의가 끝나자, 그는 한쪽에서 술 시중 들던 왕일지를 돌아보았다. "왕 딕병."

"녜, 원슈님." 그녀가 무릎걸음으로 한 걸음 다가앉았다.

"우리 수울 한잔식 더 해도 다외겠나니잇가?" 그가 눈에 웃음을 담고 묻자, 그녀가 배시시 웃고 자리에서 일어나 밖으로 나갔다.

그는 흐뭇한 얼굴로 앞에 앉은 사람들을 둘러보았다. 모두 낯빛이 밝았다. 자신들의 운명을 스스로 결정하는 일은 누구에게나 뜻이 깊고 마음이 고양되는 일이었다. 명령을 받아 그대로 따르는 군대에선 특히 그러했다. 그리고 왕길슈와 왕만금은 어제까지만 해도 관노들이었다. 자기의 뜻을 펴본 적이 없는 사람들이었다.

"위험한 이곳에 쟉안 군대만알 남겨놓고 떠나게 다외야셔, 여러분들끠 미안한 마암이 크나이다. 여러분들끠셔 우리 챵의군의 뜻을 너비 알외야셔, 많안 사람달히 우리 챵의군에 들어오도록 하쇼셔. 비록 여긔 연긔현이 쟉안 고을히디만, 우리 챵의군이 참아로 사람달할 위한 군대라난 것이 알려디면, 사람달히 모호일 새니이다. 여러분들끠셔 한 대쟝알 듕심으로 합심하야 일알 쳐티하쇼셔. 그리하면 시방 일개 대대애 디나디 아니하난 군셰 오래디 아니하야 졍대로 늘어날 수도 이시나이다."

"녜, 원슈님. 이대 알겠압나니이다. 쇼쟝이 꼭 졍대로 맹갈아놓겠압나니이다." 한이 힘주어 대답하자, 모두 힘이 들어간 목소리로 따랐다.

쥬둔군 대쟝들을 배웅하고서, 그는 잠시 동헌 앞마당에서 서성거렸다. 보름을 며칠 넘긴 달이 비춰서, 동헌 마루에 걸린 장명등이 없었더라도, 훤할 터였다.

윤삼봉이 거느린 션봉은 오늘 아침 공쥬로 향했다. 공쥬목 관아 바로 건너편 금강 북안의 금강원(錦江院)과 그 북쪽 5리에 있는 일신역(日新驛)을 점령하는 것이 작전의 목표였다. 그리고 그가 거느린 본대의 전투 부대들은 거의 다 금사역에 머무르고 있었다. 그래서 현텽 안은 그리 시끄럽지 않았다.

산새 소리가 가까이서 들렸다. 산줄기들 사이에 자리 잡은 고을이었다.

급한 일들을 처리하고 나자, 가슴에 서글픔이 차오르고 있었다.

송기슌을 만나고 됴한드르가 바로 옆이라는 생각이 드니, 지난날들이 새로워지면서, 그동안 가슴속 깊이 눌러 넣었던 기억들이 고개를 들었다.

'반지를 되찾아야 하는데. 되찾을 수 있을까?' 송을 만나니, 퍼뜩 노자를 마련하려고 송을 통해서 문의 필방 주인에게 판 결혼반지 생각이 났다. 벌써 한 해 가까이 되었으니, 반지가 그대로 남아 있을 것 같지 않았다. 다른 편으론, 그것은 무척 화려한 반지였다. 당시 결혼반지를 크고 화려하게 만드는 것이 유행해서, 그의 아내가 루비가 든 반지를 해주었다. 지금 이곳의 세공 기술론 도저히 낼 수 없을 화려한 장식들 때문에, 그 반지를 산 상인이 골동품으로 여겨 그대로 보관하고 있을 수도 있었다.

'이 전쟁이 끝나면, 한번……' 쓴웃음이 입가에 어리는 것을 느끼고, 그는 고개 들어 달을 살폈다. 많이 이지러진 달이 가슴속의 서글픔을 짙게 했다. 모든 것들을 전쟁이 끝난 뒤로 미루고 있었다.

'전쟁이 끝나면. 내가 승리하면.' 어쩔 수 없었다. 전쟁이 끝날 때까진 모든 것들을 미룰 수밖에 없었다. 이제는 아빠를 알아볼 그의 딸을 그리워하는 것까지.

'내가 패하면, 모든 것이 끝이지.' 다시 나는 산새 소리를 한 귀로 들으면서, 그는 새삼 자신에게 다짐했다.

3

"쳥양현 원졍군 츌발하겠압나니이다. 챵의," 류갑슐이 외치고서 경례했다.

"챵의." 언오도 바로 서서 답례했다.

미륵원(彌勒院) 앞길에 늘어선 원졍군 대열이 서쪽으로 뻗은 길을 따라 천천히 움직이기 시작했다. 쳥양현 원졍군은 류의 2보병 졍대가 주력이고 22긔병졍대의 1개 듕대, 28궁슈졍대의 1개 듕대 그리고 19운슈졍대의 1개 대대가 배속되었다.

그가 거느린 본대는 어제 아침 공쥬 일신역을 떠나 오후 늦게 이곳 졍산현(定山縣)에 이르렀다. 그는 바로 쳥양현을 점령하기로 마음먹었다. 쳥양은 높은 산줄기들 사이에 있는 작은 고을이었지만, 튱쳥우도의 여러 길들이 만나는 교통의 요지였다. 북쪽 길은 대흥과 례산으로 뻗고, 북서쪽 길은 홍쥬로 뻗고, 서쪽 길은 보령에 이르고, 남쪽 길은 홍산(鴻山)과 부여(扶餘)에 이르고, 동쪽 길은 이곳 정산을 거쳐 공쥬에 이르렀다. 이제 차령산맥 남쪽 금강 북쪽의 지역을 점령했으니, 청양을 장악해야 사람들과 정보들이 제대로 오갈 터였다. 류갑슐은 원래 대흥현 쥬둔군 사령이었고 청양과 대흥은 인접했으므로, 그는 청양을 점령하면 원정군을 청양현과 대흥현 쥬둔군으로 편성하라고 류에게 일렀다.

이곳 미륵원은 정산현텽에서 10리 남짓한 곳에 자리 잡았다. 칠갑산을 넘어야 하므로, 아침 일찍 출발할 수 있도록 원정군을 이곳에서 숙박하게 한 것이었다. 그도 여기서 잤다. 본대는 정산현텽과 유양역(楡楊驛)에 머물고 있었다.

"챵의," 19운슈경대 1대대쟝 박갑돌이 경례했다. 뒤로 수레를 끌고 미는 운슈병들이 따랐다.

"챵의," 그는 답례하고서 박에게 한 걸음 다가섰다. "박 대쟝."

"녜, 원슈님."

"칠갑산 줄기를 넘어야 하니, 운슈병들히 특히 슈고로올 새니이다."

"아, 아니압나니이다. 늘 하난 일인듸⋯⋯"

"나이 운슈병들히 고생하난 줄 이대 알고 늘 고마워한다고 군사달해게 녜아기하쇼셔."

"녜, 원슈님. 이대 알겠압나니이다. 챵의."

마지막 부대는 긔병대였다. 열 남짓한 긔병들이 창을 세우고 다가왔다.

"챵의," 듕대쟝 량홍신이 기운차게 외쳤다. 성환역의 역리였었는데, 몸집도 크고 마음씨도 호방해서, 그가 이미 장수감으로 여기

278

는 사람이었다.

"챵의." 그는 답례하고 웃음을 지었다. "날이 더운듸, 사람도 사람이디만, 말달히 슈고랄 많이 할 새니이다."

"녜, 원슈님. 말달히 디치디 아니하게 마암을 쓰겠압나니이다." 그의 말뜻을 알아차린 량이 싱긋 웃으면서 대답했다.

정산현텽으로 돌아오면서, 그는 차령 남쪽 금강 북쪽 지역을 점령하는 일에 따르는 어려움들에 대해 생각했다. 이 지역을 점령하는 것은 어렵지 않았다. 저항하는 세력은 아직까지 없었고 앞으로도 그럴 것 같았다. 문제는 이 지역의 중심적 고을들인 공쥬목과 부여현의 관아가 금강 남쪽에 있다는 사실이었다. 그래서 군대를 주둔할 곳이 마땅치 않았다. 군대가 주둔할 시설을 마련하는 일은 무척 힘들고 시간이 걸렸다. 그런 시설이 없으면, 민간에 폐해를 끼칠 수밖에 없었다. 관아가 북쪽에 있는 고을은 이곳 정산현뿐이었는데, 정산은 전략적 가치가 전혀 없었다. 호남에서 공쥬를 거쳐 한성으로 가는 큰길에서 정산은 너무 벗어났고 배후지도 없었다. 합리적 방안은 금강을 건너 공쥬와 부여를 점령하는 것이었다. 그러나 그것은 전선을 너무 확대하는 조치여서 그의 전략에 어긋났다. 게다가 그가 다스리는 지역이 금강으로 나뉠 터였다. 다리가 없는 상황에서 큰 강으로 나뉜 지역을 지키고 다스리는 일은 너무 힘든 과제였다.

현텽에 거의 이르렀을 때에야, 그는 마음을 정할 수 있었다. 원래의 계획과 금강 남쪽 튱청도 지역을 모두 점령하는 방안을 절충

해서, 부여현만을 점령하는 것이었다. 부여현은 공쥬목에 딸린 고을로 크기나 인구나 전략적 중요성에서나 공쥬보다 훨씬 작았다. 그래서 부여만 점령하면, 공쥬를 점령할 때 나올 반작용을 크게 줄일 수 있었다. 그리고 부여는 금강이 굽이도는 곳에 자리 잡아서, 삼면이 금강으로 보호되었고, 자연히, 지키기 쉬웠다. 북쪽에서 접근하기도 훨씬 수월했다. 절충안이 좋은 경우는 드물었지만, 이번엔 부여만 점령하는 것이 합리적 방안으로 보였다.

현텽에 닿자, 그는 대쟝들을 불러 모으고 부여현을 점령할 계획을 밝혔다. 그리고 윤삼봉에겐 내일 일찍 선봉을 이끌고 부여로 떠나라고 지시했다. 작전의 목표는 금강 북안 은산역(恩山驛)과 금강원(金剛院)을 점령하고 백마강(白馬江)의 나루들에 있는 배들을 되도록 많이 확보하는 것이었다. 본대는 모레 뒤따르기로 했다.

다음엔, 뗏목을 만드는 일에 관해 공병대쟝들과 19운슈졍대 3대대쟝인 신경환이 상의하라고 지시했다. 신경환은 법성보창 조운선 도사공이었으니, 물을 건너는 일에선 전문가였다.

이어, 그는 대기하고 있던 권농들에게 뗏목을 만들 나무를 벨 일꾼들을 모아달라고 부탁했다. 부여에 가서 나무들을 베는데, 하루 품삯으로 쌀 두 말을 주되, 사흘 치를 선불한다는 조건이었다. 계약 기간은 일단 엿새로 하되, 연장되면, 품삯은 하루 세 말로 하기로 했다. 각 면마다 열다섯 사람씩 모아달라고 했다. 정산현엔 면이 여덟 있었으니, 일꾼들은 모두 120 명이 된다는 얘기였다. 무슨 날벼락이 내리나 걱정하던 권농들은 나무를 베는 일꾼들을 모아달라는 얘기에 안심하고 후한 조건에 얼굴이 밝아졌다. 그는 권농들에게 좋은 연장들을 갖추어 보내달라고 신신당부했다.

　금강을 건너 부여현을 공격한다는 얘기가 퍼지자, 초여름 햇살 아래 노곤하던 챵의군 진영엔 아연 활기가 돌았다. 아직 싸움에서 한 번도 패배를 겪지 않은 군대라서, 챵의군은 사기가 높았다. 127명이 모두 전사한 '례산현텽 싸홈'의 전설은 병사들의 자부심을 떠받쳤다. 그래서 싸움이 다가왔다는 소식은 걱정 대신 기대를 불렀고, 션봉에 속한 부대들은 특히 바쁘게 움직였다.

　그가 그린 튱청우도 지도를 놓고 공병대장들과 신경환이 열심히 얘기하는 모습에 흐뭇한 눈길을 던지고서, 그는 길텽으로 내려갔다. 거기서 기다리는 호쟝에게서 민심을 알아보고 함께 대장간을 둘러볼 생각이었다. 『신증동국여디승람』엔 정산현텽에서 5리 되는 곳에 '텰야(鐵冶)'가 있다고 나와 있었다. 앞으로 산업을 일으키려면, 가장 필요한 것이 쇠붙이를 많이 생산하는 것이었다.

　"오래 기다리시게 하야셔 미안하압나니이다." 이미 어제 권농들과 함께 만난 참이라, 그는 가볍게 인사하고 읍했다.

　"아니압나니이다." 길텽 마루에 걸터앉았던 호쟝 민정셕이 급히 일어나서 읍했다.

　그는 섬돌을 올라가 마루에 걸터앉았다. "편히 앉아쇼셔. 쇼쟝 안 이리 앉겠나이다."

　"아, 네, 나아리." 민이 조심스럽게 다시 앉았다.

　"우리 호셔챵의군에 대해 사람들이 므슴 녜아기랄 하나니잇가?" 얼굴에 부드러운 미소를 띠고서, 그는 지나가는 얘기처럼 가볍게 물었다.

"모도 쟝하시다고 녜아기하압나니이다." 민이 매끄럽게 대꾸했다. 호쟝이니, 응구첩대에 능할 터였다.

"그러한듸 어젓긔 우리 챵의군 션봉이 니르르니, 현텽의 관노달까장 도망하얏압나니이다. 다란 고을헤션 이러한 일이 업섯난듸, 여긔 작안 고을헤셔……" 햇살이 가득한 마당을 내려다보면서, 그는 가볍게 고개를 저었다.

"사람달히 잘 모라고……" 민이 미안한 웃음을 얼굴에 올렸다. "이곳이 원래 냥반달히 많이 사난 곳이라셔, 졈……"

민의 얘기가 이내 들어오지 않아서, 그는 민의 얼굴을 살폈다. 이곳 정산이 비록 작은 고을이지만 양반들이 많이 사는 곳이란 민 자신의 자부심이 담긴 얘기로 들을 수 있었다. 그러나 민의 얘기엔 서리 계급이 양반 계급을 바라보는 시각도 담겨 있는 듯했다. 자주 바뀌는 수령들의 비위를 맞추면서 자신들의 잇속을 채워온 서리 계급의 미묘한 태도가 담긴 것도 같았다. 누가 주인이 되어 호령하든, 자신들을 어쩌지 못한다는 자신감이 느껴지기도 했다. 어쨌든, 호쟝답게 녹록치 않은 인물이리란 생각이 들었다.

"여긔 냥반달한 엇던 셩씨들히시니잇가?" 민의 얘기를 곰곰 음미하면서, 그는 무난한 화제를 골랐다.

"한산 리씨하고 은진 송씨 대셩이압나니이다. 정산 젼씨난, 밭 젼자 젼씨인데, 여긔 본향이압나니이다."

"아, 그러하압나니잇가?" 그는 천천히 고개를 끄덕였다.

듣고 보니, 이곳 민심이 언뜻 보기보다 미묘한 면이 있었다. 양반들이 그렇게 세력이 크면, 챵의군의 통치를 순순히 따르지 않을 수도 있었다. 하긴 이곳은 뒷날 을사늑약의 체결에 반대하는 의병 운동이 처음 일어난 곳이었다. 참판을 지낸 민종식(閔宗植)이 기병을 주도했었다. 사정이 그러하다면, 쥬둔군의 규모를 좀 늘리는 것이 옳을지도 몰랐다.

"쇼쟝이 호쟝 얼우신끠 뵈압자 한 것은 쇼쟝이 마알할 한디위 둘어보고 식버셔…… 얼우신끠셔 길알 겸 가라쳐주쇼셔."

"아, 녜. 원슈 나아리끠셔 마알알 둘어보신다면, 쇼인이 앏애 셔겠압나니이다." 민이 일어섰다.

그도 따라 일어섰다. "이곳애 쇠랄 달호난 대쟝이 이시다 하던 데, 몬져 그곳아로 가사이다."

문득 민의 얼굴에 곤혹스러운 빛이 어렸다. 그가 의아해하자, 민은 급히 고개를 돌리면서 주먹을 입에 대고 헛기침을 했다.

"대쟝이 이시다 하던데, 대쟝이 실로 이시나니잇가?"

민의 얼굴이 곤혹스러움으로 일그러졌다. "이시기난 이시난듸…… 시방 일알 아니하난 것으로 알고 이시압나니이다."

의혹의 구름이 그의 마음에 컴컴한 그늘을 드리웠다. 민의 낯빛과 얘기엔 음산한 기운이 어렸다. '그곳에 군대가 매복했다?'

그러나 윤삼봉은 정산현의 관원들이 모두 현감을 따라 남서쪽 길로 도망쳤다고 보고했다. 윤의 군대가 큰길을 따라 남동쪽에서 왔으니, 현감이 부여현 쪽으로 가는 그 길을 고른 것은 자연스러웠다. 그렇게 도망친 현감이 군사들을 모아서 돌아와 매복했다는 것은 상상하기 어려웠다. 게다가 척후들이 금강 쪽을 경계하고 있었다. 관군이 움직이는 것을 척후들이 놓쳤을 것 같진 않았다.

'도망친 사람들이 거기 숨었다?'

현텽에서 도망친 사람들이 대장간에 숨었을 가능성은 있었다. '텰야(鐵冶)'라는 표현대로 쇠를 녹이는 시설까지 갖추었다면, 그럴 가능성은 컸다. 대장간 근처에 철광석을 캐내는 굴이 있다면, 많은 사람들이 오래 숨을 수도 있었다.

그는 잠시 상황을 되살폈다. 원래 생각했던 대로, 근위병 몇을 데리고 호쟝의 안내를 받아 대장간을 둘러보는 것은 분명히 경솔했다.

"얼우신, 잠깐만 여긔 겨시쇼셔. 쇼쟝이 우리 군사달해게 한마디만 니르고 돌아오겠압나니이다."

길텽에서 나오자, 그는 급히 동헌으로 돌아왔다.

공병졍 대쟝들과 신경환은 아직도 열심히 의논하고 있었다. 신경환이 무엇을 설명하고 다른 사람들이 귀를 기울여 듣고 있었다.

"림 대쟝."

"네, 원슈님," 림형복이 달려왔다.

"가셔셔 박우동 대쟝하고 황구용 대쟝하고 황칠셩 대쟝 세 분을 이리 오라 하쇼셔."

림이 달려가자, 그는 셩묵돌에게 말했다, "셩 대쟝, 내아에 가셔 이곳 관비달 가온대 나이 든 사람달할 두엇 다려오쇼셔."

사람들이 다 모일 때까지, 그는 대장간을 기습하는 계획을 세웠다. 거기 누가 또는 무엇이 있든, 일단 완벽하게 포위하고 접근하는 것이 좋을 듯했다. 나중에 아무것도 없다는 것이 드러나면, 그가 좀 우스꽝스러운 처지에 놓이겠지만, 지금 그로선 사소한 위험이라도 질 생각이 없었다.

성묵돌이 관비들 셋을 데리고 왔다. 모두 두려워서 몸을 옹송그리고 있었다. 이미 속량되어 노비의 신분을 벗어났고 챵의군에 적을 두었지만, 남정네들이 도망쳤으니, 여전히 두려울 수밖에 없었다. 배고개댁이 뒤늦게 알고서 쫓아왔다. 취사병들로 편입된 모양이었다.

관비들은 대장간에 대해 잘 알고 있었다. 현텽을 나서면, 바로 앞쪽에 광생산(光生山)이라는 야트막한 산이 있는데, 그 산 뒤쪽에 골짜기가 있고 골짜기 아래쪽에 대장간이 있다고 했다. 골짜기를 흐르는 시내에서 쇠가 나고 시내 상류 산비탈에 쇠굴이 하나 있다고 했다. 그가 부드럽게 묻고 자기들 대쟝인 배고개댁이 거들자, 그녀들은 차츰 말문이 트였고, 끝내 현감이 요 며칠 새 그곳에 자주 갔다는 얘기까지 나왔다. 공쥬에서 무기들을 가져와 벼른다는 얘기를 들었다고 했다.

그제야 그는 상황을 짐작할 수 있었다. 그리고 급히 달려온 대쟝들에게 상황과 계획을 설명했다. 황칠성이 긔병들을 이끌고 산을 멀리서 포위하면, 황구용의 쳑후들이 앞장서서 골짜기의 대장간으로 접근하고 박우동의 궁슈들이 뒤에서 엄호한다는 구상이었다. 작전의 지휘는 박우동이 맡았다. 그는 불가피한 경우가 아니면 사람들을 다치게 하지 말라고 박에게 일렀다.

박우동의 지휘 아래 부대들이 급히 떠나자, 그는 호쟝과 함께 천천히 뒤따랐다. 챵의군이 광생산을 에워싸는 것을 보자, 호쟝은 놀라서 그를 흘긋 살피더니 이내 곤혹스러운 낯빛이 되고 마침내 체념하는 듯 고개를 떨구었다. 그는 모른 척하고 읍내의 형편에 대해 물었다. 읍내에서 군량을 조달하려는 생각이었다.

정산현령에 곡식이 좀 있었지만, 작은 고을이라 넉넉지 못했다. 공쥬의 일신역에서 군량을 얻지 못했으므로, 운슈병들이 싣고 온 군량은 많지 않았다. 당장 벌목할 인부들의 삯으로 꽤 나가야 했다. 그리고 은산역에서 여러 날을 묵을 터인데 그곳에서 조달할 수 있는 군량은 한계가 있을 수밖에 없었다. 정산의 토호들에게서 한 2백 석 거두면, 사정이 좀 풀릴 터였다. 다행히, 벌목꾼들이 이곳 사람들이므로, 그들의 삯으로 나갈 쌀 때문에 정산현 전체가 굶주리는 일은 없을 터였고 오히려 가난한 사람들로의 소득 재분배 효과가 있을 터였다.

그가 근위대대를 이끌고 산을 돌아 남쪽 골짜기로 들어섰을 때, 작전은 이미 끝나 있었다. 무릎을 꿇은 한 무리의 사람들을 챵의군 군사들이 감시하고 있었다.

"챵의." 박우동이 골짜기를 올라오는 그에게 다가와서 경례했다.

"챵의."

"대쟝애 사람달히 숨어 이셨압나니이다. 공쥬에서 연장달할 가져온 쟈달힌데, 모도 열세히압나니이다."

"공쥬에셔?"

"녜, 원슈님. 공쥬목사이 연장달할 여긔 대쟝애셔 벼리라 보냈다 하압나니이다."

"여긔 대쟝의 쥬인은 뉘이니잇가?"

"뎌 사람이압나니이다." 박이 맨 앞에 무릎 꿇고 앉은 사내를 가리켰다. 웃통을 벗었는데, 한눈에 대장장이임을 알 수 있을 만큼 몸집이 다부지고 팔뚝이 억세어 보였다. 두 손이 불티에 타서 검었다.

"이리 졈 오쇼셔."

그가 부르자, 그 사내가 조심스럽게 일어나더니 허리를 숙여 인사했다.

"나난 호셔챵의군 원슈 리언오이압나니이다." 그도 인사했다.

"쇼인안 홍션행이압나니이다." 사내가 다시 허리를 깊이 숙였다.

"여긔 슈상한 긔미 이시다 하야, 우리 이리 왔압나니이다. 엇디 다외얀 일이압나니잇가?"

"쇼인이 여긔 대쟝알 하난듸……" 대장장이가 떠듬떠듬 얘기를 시작했다. 들어보니, 공쥬목사가 보낸 사람들이 낡은 무기들을 이리로 보내서 버리도록 했다는 것이었다. 사흘 전에 여기 닿아서, 이제 거의 다 버리었다고 했다.

"아, 그러하압나니잇가? 엇던 것들힌디 한번 보사이다."

"녜, 나아리. 이리 오시옵쇼셔."

그는 대장장이를 따라 컴컴한 대장간 안으로 들어섰다. 대장간 냄새가 훅 끼쳤다. 버리다 만 무기들이 널려 있었고 풀무질을 하지 않아 시들어가는 화로의 숯불 속에 달궈진 연장의 날들이 들어 있었다.

대장장이가 뒷문을 열고서 그를 기다리고 있었다. 앞장선 셩묵돌의 뒤를 따라 그 문으로 나가 보니, 제법 넓은 뒤뜰에 대장간에서 쓰임직한 것들이 널려 있었다. 뒤뜰 한쪽에 새로 벼리고 수리한 무기들이 차곡차곡 쌓여 있었다. 대부분 창과 칼이었다. 언뜻 보기에 2백 점은 넘을 듯했다.

'횡재했구나.' 얼굴에 웃음이 배어 나오는 것을 느끼면서, 그는 고개를 끄덕였다. '흠. 이 정도 무기면 일개 정대를 무장시키고도 남겠다. 원래 반란군은 정부군의 무기들로 무장하게 마련이지.'

"아," 뒤따라온 박우동이 탄성을 냈다. "연장달히 이리⋯⋯"

무기들 옆에 나무통이 하나 놓여 있었는데, 쇠구슬 같은 것들이 담겨 있었다.

"뎌것은 므슥이니잇가?"

"살쵹이압나니이다," 그의 얼굴을 살피던 사내가 대답했다. "공쥬 사람달히 살쵹알 쳔 개 맹갈아달라고 하얐압나니이다."

"살쵹이라⋯⋯" 그는 급히 통으로 다가섰다. 막 주조한 살촉들이 통에 가득했다. 갓 부어진 쇠의 빛깔이 그의 눈에 더할 나위 없이 아름답게 들어왔다.

옆으로 다가선 박은 입이 벌어졌다. "이 살쵹달로 살알 맹갈면⋯⋯"

그는 뒤뜰을 둘러보았다. 한쪽에 높은 집이 한 채 서 있었다. 그 앞에 새로 깨트린 노(爐)의 조각들로 보이는 것들이 널려 있었다.

"뎌긔셔 쇠랄 맹갈아시나니잇가?"

"녜, 나아리."

그는 고개를 끄덕이고 돌아섰다. 대장간을 나오자, 그는 아직 무릎을 꿇고 앉은 사람들에게 물었다. "여러분들의 위두는 뉘이시니잇가?"

맨 뒷줄에 앉은 사내 하나가 고개를 쳐들었다. "나이 이 사람달희 위두이압나니이다."

"공쥬목사끠셔 여러분들홀 보내샸나니잇가?"

"녜, 나아리. 그러하압나니이다."

"공쥬진 연장달할 여긔 대장애셔 벼리라 하샸나니잇가?"

"녜, 나아리. 그러하압나니이다."

"여러분들흔 공쥬진 군사달히시니잇가?"

"녜, 나아리. 쇼인은 공쥬진 군관이압고 이 사람달한 모도 공쥬진 군사달히압나니이다."

"연장달한 어드리 공쥬에셔 여긔로 가져오샸나니잇가?"

"배애 실어 가져왔압나니이다."

"그 배난 시방 어디 이시나니잇가?"

"공쥬 곰나라로 돌아갔압나니이다."

고개를 끄덕이고서, 그는 잠시 생각했다. "벼린 연장달한 어드리 공쥬로 가져갈 생각이시니잇가?"

"래일 아참애 배 이리 오기로 약속하얐압나니이다."

'배 한 척까지 생길 모양이구나.' 그는 낯빛을 바꾸지 않은 채, 박우동을 돌아보았다. "박 대쟝."

"녜, 원슈님."

"몬져, 이분들홀 경산현텽 길텽으로 모시쇼셔. 이대대와 긔병대가 호송하도록 하쇼셔."

"녜, 원슈님. 이대 알겠압나니이다."

"여긔 이시난 공쥬진 연장달한 모도 현텽으로 옮기쇼셔. 남아지 군사달히 옮기도록 하쇼셔. 나난 여긔 대쟝 쥬인하고 녜아기를 겸 하고 돌아가겠나이다."

"뎌긔, 나아리," 대장장이가 다급히 불렀다. "뎌긔 세 사람안 여 긔셔 일하난 사람달히압나니이다."

"아, 그러하나니잇가? 그러하면 세 분은 이리로 나오쇼셔."

세 사람이 살았다는 낯빛으로 일어나서 앞으로 나왔다.

"세 분끠셔는 대쟝애 들어가셔셔 하시던 일을 마져 하쇼셔."

"녜, 나아리." 때 절은 흰옷을 입은 품으로 보아 이 마을 사람들 이 분명한 세 사람은 바로 대장간 안으로 사라졌다. 곧 풀무질하는 소리가 났다.

공쥬진 군사들을 호송하는 챵의군 병사들이 움직이는 것을 보 고, 그는 대장장이에게로 몸을 돌렸다. "이 대쟝안 오래다외야 닷 하압나니이다."

"녜, 나아리. 대대로 나려온 대쟝이압나니이다." 그의 낯빛을 살 피면서, 대장장이가 조심스럽게 대답했다.

"시방 우리 챵의군에선 쇠 많이 이셔야 하압나니이다. 앒아로 이 대쟝애셔 나오난 쇠난 모도 우리 챵의군에셔 사겠압나니이다."

"아, 녜, 나아리, 감샤하압나니이다." 말을 그렇게 했지만, 낯빛 은 기쁘기보다는 걱정스러웠다.

"값안 후히 드리겠압나니이다. 쇠를 맹갈려면, 돈이 많이 들 새 니, 쌀로 션금을 드리겠압나니이다."

사내의 낯빛이 밝아졌다. "나아리, 감샤하압나니이다."

"그리하고 이번에 공쥬진의 연장달한 우리 챵의군이 접슈하얏 아니, 그 연장달할 벼린 삷알 우리 챵의군에셔 내난 것이 도리이압 나니이다. 잇다가 현텽으로 오쇼셔. 우리 믈자참모부에 녜아기하 셔셔 돈알 받아가쇼셔."

"녜, 나아리. 참아로 감샤하압나니이다." 대장장이가 허리 굽혀 인사했다.

그는 대장장이에게 쇠를 만드는 방식에 대해 물었다. 그의 짐작 대로, 이 대장간에선 중세에 일반적으로 쓰인 제철 방식을 쓰고 있었다. 철광석과 숯을 뒤섞은 혼합물을 여러 시간 풀무로 가열하면, 광석 속의 철은 해면처럼 되고 진흙이나 다른 광물들은 숯의 재와 섞여 광재(鑛滓)가 되어 철을 감싸게 된다. 그러면 노를 깨트리고 쇳덩이가 아직 뜨거울 때 힘차게 두드려서 광재를 되도록 많이 제 거하고 철 덩이들을 하나로 만든다. 이런 과정을 되풀이하면, 좋은 시우쇠가 나오는 것이었다.

대장장이의 얘기를 들어보니, 이곳의 제철은 전망이 그리 밝지 않았다. 원래는 골짜기에서 사철(砂鐵)을 얻어서 쇠를 만들었는데, 대장장이가 어렸을 적에 사철 광맥이 바닥이 났고, 이제는 뒷산의 쇠굴에서 광석을 캔다고 했다. 그러나 광맥이 크지 않아서 제철 사 업을 늘리기는 어려울 듯했다. 상당히 아쉬웠다. 튱쳥우도엔 큰 철 광이 없어서, 앞으로 쇠를 구하기가 쉽지 않을 터였고, 그것이 경 제 발전의 애로가 될 수도 있었다.

"홍 대인, 여긔 대쟝애셔 나오난 쇠난 우리 챵의군애셔 모도 사 들이겠압나니이다. 그러하니, 사람달할 모호아셔 쇠랄 다외얄사록 많이 맹갈아쇼셔."

"녜, 나아리. 이대 알겠압나니이다."

"홍쥬에 리자형이라 하난 사람이 이시나이다. 혹시 홍 대인끠셔
그 사람알 아시나니잇가?"

대장장이 얼굴에 처음으로 웃음기가 어렸다. "녜, 나아리. 쇼인
이 맹간 쇠랄 리자형이 사 간 적이 이시압나니이다. 믿을 만한 사
람이어셔, 쇠를 달호난 사람달한 모도 그 사람알 알고 이시압나니
이다."

"아, 그러하나니잇가? 리자형 그분이 우리 챵의군의 딕군사이
시니이다. 앒아로 홍 대인과의 거래난 리자형 딕군사를 통하야 하
도록 하겠압나니이다."

"아, 녜, 나아리. 이대 알겠압나니이다."

4

"그쟈달히 거긔 숨은 것을 원슈님끠션 엇디 아압샸나니잇가?"
졍언디가 감탄하는 얼굴로 그에게 물었다.

"『신증동국여디승람』알 보니, 이 고을헤 '텰야'이 이시다 하얐압
나니이다. 쇠난 우리 챵의군에 아조 죵요로온 것이라셔, 한번 둘어
보고 식브었나이다. 이곳 호쟝애게 길알 가라쳐달라고 부탁하얐더
니, 그 사람이 당황한 낯빛이 다외야셔 말알 더듬더이다. 산젼슈젼
다 겪었을 호쟝이 그리 당황한 것이 슈샹하야, 군사달할 보냈나이
다."

"원슈님의 옳아신 판단 덕분에 우리 챵의군이 큰 젼과랄 얻었압
나니이다. 연쟝달토 많고 살쵹도 쳔 개나 다외고."

"실은 군량도 졈 얻었나이다." 그는 클클 웃었다. "공쥬진 군사
달히 잡혀오쟈, 호쟝안 사색이 다외얐나이다. 쇼쟝이 아모 녜아기
아니하고 그저 읍내의 부자달히 군량미 이백 셕만 챵의군에 팔기

랄 바란다고 하얏더니, 깃븐 얼골로 나가더이다."

경이 웃음 띤 얼굴로 고개를 끄덕였다. "이대 하압샸나니이다. 잘못한 일알 쳐벌하야 챵의군의 위엄을 셰우면서, 쳐벌을 군량미 랄 파난 것으로 하야 챵의군의 쟈비랄 늣기도록 하압샸나니이다."

"고마오신 말쌈이시니이다. 공쥬진 군사달회 녜아기를 들어보 니, 엿새 젼에 새로 부임한 목사이 군사달콰 연쟝달할 졈고하고 금 강의 배달할 살피라 하고 군사달히 뮐 때 들어가난 믈쟈달할 마련 하라 하얏다 하더이다. 새로 온 목사이 뉘냐 물엇더니, 남보(藍浦) 현감알 디낸 신샹졀(申尙節)이라 하더이다."

"신샹졀이라." 경이 뇌고서 생각에 잠겼다.

그도 신샹졀의 발탁이 지닌 뜻을 다시 새겨보았다. 현감은 종 6품이고 목사는 졍3품이었다. 단번에 품계를 일곱 단계나 뛰어오 른 것은, 내란이 일어난 비상시라는 점을 고려하더라도, 대단한 파 격 인사였다. 이번 '신례원 싸홈'에서 경군(京軍)이 패배한 일로 조 정이 받은 충격을 말해주었다.

한참 뒤에 경이 헛기침을 하고서 심각한 얼굴로 그를 바라보았 다. "원슈님, 신샹졀은 셔반(西班)인데, 담략이 이셔셔 병사(兵使) 랄 할 만한 인재이압나니이다. 작년 구월에 남보로 도임하얏난데, 갑작도이 공쥬목사이 다외얏다면, 됴졍의 뜻은 분명하압나니이다. 젼라도 군사랄 움즉이겠난 뜻이압나니이다."

"아, 녜. 군사끠셔도 그리 생각하시나니잇가?" 그는 반갑게 받 았다. "쇼쟝도 그런 생각알 하얏나이다."

마음이 흐뭇했다. 그의 생각도 같았다. 신샹졀이 아무리 뛰어난 장수라 하더라도, 공쥬진관의 군대만으로 챵의군을 상대할 수는 없었다. 챵의군이 공쥬를 점령하는 것을 막으면서, 젼라도 군대가 동원되면, 전라도에서 튱청도 북부와 한성으로 가는 길목인 공쥬에서 두 군대가 합세해서 북진하겠다는 뜻이 분명했다. 자신의 정세 판단이 튱청도 관찰사를 지낸 졍의 판단과 같다는 것은 마음 든든해지는 일이었다. 아울러, 졍이 솔직하게 자신의 생각을 밝혔다는 점도 흐뭇했다. 이제는 챵의군과 운명을 함께하겠다는 생각을 한 것이었다. 하긴 이제 그가 패하면, 졍은 만고의 역적으로 역사에 남을 터였다.

"신샹졀이 금강 이남의 땅을 온전히 디킈면, 전라도 군사가 올아와셔 합셰한다는 뜻임이 분명하압나니이다."

"녜, 군사 말쌈이 리치애 맏나이다. 그러하면 우리 챵의군은 엇디해야 하나니잇가?"

"젼라도 군사이 올아오기 젼에 공쥬진 군사랄 텨야 하압나니이다. 두 군사달히 합치면, 우리 이기기 그만큼 어려워딜 새압나니이다." 졍이 머뭇거리지 않고 대답했다.

"아, 녜. 참아로 됴한 말쌈이니이다." 짐짓 태연히 말했지만, 그는 속으로 심하게 자신을 꾸짖었다. 졍의 얘기는 이내 눈에 뜨이는 것이었다. 특별히 군사에 대해서 많이 알아야 눈에 보이는 것이 아니었다. 그러나 그는 그것을 미처 생각지 못한 것이었다. 챵의군이 부여현을 점령해서 견고한 방어 진지를 마련하면, 적군이 감히 금강을 넘어서지 못하리라는 생각에 붙잡혀 있었다. 여러 번 싸움에서 이기면서, 그의 마음이 너무 풀어졌거나 아니면 오만해졌다는 얘기였다.

"원슈님의 칭찬알 들을 만한 녜아기난 다외디 못하압나니이다. 누구나 이내 생각할 수 이시난 녜아기이압나니이다."

"젼라도 군사난 강한 군사인데, 어드리 하면……?"

졍이 잠시 생각했다. "원슈님 말쌈대로, 젼라도 군사난 강한 군사이압나니이다. 그러나 우리 챵의군이 군셰를 빨리 키우면, 젼라도 군사도 이길 수 이시다고 쇼쟝안 생각하압나니이다. 몬져 공쥬를 텨셔 공쥬진의 군사달히 흩어디게 하고셔, 널리 모병하야 군셰를 키우쇼셔. 금강 남녁의 공쥬, 부여, 셕셩, 니셩, 은진, 련산, 회덕, 진잠애셔 모병하면, 군셰 크게 늘어날 새압나니이다."

"군사 말쌈알 들으니, 쇼쟝의 마암이 든든하나이다. 그러나 백셩들히 니르현 군사이 됴뎡에셔 보낸 군사랄 이긔기는 아조 어려온 일이나이다. 고려됴 오백 년과 됴션됴 이백 년, 칠백 년 력사애셔 백셩들히 니르현 군사이 됴뎡의 군사랄 이귄 적은 단 한 번도 없었나이다." 마음에 내내 얹혔던 생각이 엉겁결에 입 밖으로 나와버렸다. 반란을 이끄는 지도자로서 결코 입 밖에 내선 안 될 얘기였다.

"이번은 다를 수 이시다고 쇼쟝안 생각하압나니이다." 졍이 태연히 받았다.

"고마오신 말쌈이시압나니이다."

졍이 진지한 얼굴로 그를 살폈다. "쇼쟝이 튱텽좌도와 쳥쥬 병영의 군사달할 잇글고셔 례산아로 왔알 적에, '립문이라 하난 요승이 백셩들을 혹하게 하야 난리랄 니르혔다'고 들었압나니이다. 뒤헤 백셩들헤게 물었더니, 원슈님의 행격을 아난 사람이 없었압나

니이다. 작년에 홀연히 대지동이라 하난 산골애 나타나셔셔 병자
달할 보살피고 죽어가난 사람달할 살리셨다난 녜아기만 들었압나
니이다. 그때 원슈님을 미륵불(彌勒佛)이시라고 녀기는 사람달히
많다고 들었는데, 처엄에는 요망스러운 녜아기라고 녀겼압나니이
다. 이제는 그 사람달히 옳게 보았을디도 모라겠다는 생각이 들기
도 하압나니이다."

뜻밖의 얘기에 그는 잠시 경의 얼굴을 살폈다.

경의 얼굴은 진지했다.

대꾸할 말이 생각나지 않아서, 그는 뜻 없는 웃음을 얼굴에 올린
채 뒷머리를 쓰다듬었다. "나이 미륵불이라면……"

"원슈님끠셔는 이 셰상 누구보다도 자비로오시고 누구보다도
일을 니치에 맞게 쳐티하시압나니이다. 그리하고 앒일달할 이대
아시압나니이다. 엇던 때난 원슈님끠셔 이미 살아보신 것텨로 앒
일알 아시압나니이다. 백셩들히 원슈님은 미륵불이시라고 녀기는
것이 죠곰도 이샹하디 아니하압나니이다."

속이 뜨끔했다. "이미 살아본 것텨로 앞일을 안다"는 말에 등이
서늘했다.

"미륵불이 잇그는 군사이 엇디 인간달히 잇그는 군사애 패할 수
이시겠압나니잇가?" 경이 힘이 들어간 목소리로 결론을 내렸다.

시낭이 출현하고 시간비행사 압둘 김이 죽은 채 발견된 뒤, 미륵
불 사상이 조선 반도를 휩쓸었던 일이 생각났다. 삶이 워낙 힘들고
이 세상의 질서가 워낙 냉혹하므로, 사람들은 미륵불이 열 새 세상
을 간절히 그리게 마련이었다. 5백 년 전에, 아니 후에, 압둘 김이

그랬던 것처럼, 그가 미륵 신앙에 불을 지핀 것이었다.

"일젼에 쇼쟝이 셕현공 대쟝과 녜아기할 적에, '우리 원슈님이 미륵불이라 믿는 사람달히 이시나이다'고 했더니, 셕대쟝이 태연하게 '그럴 수도 이시압나니이다'라고 대답하얐압나니이다. '셕대쟝은 엇디 아시오?'하고 물었더니, '쇼승은 모라압나니이다. 그러나 우리 원슈님끠셔 미륵불이시라는 것이 밝혀뎌도 놀랍디 아니할 새압나니이다. 만일 미륵불끠셔 시방 이 셰샹애 나오신다면, 우리 원슈님텨로 나오실 닷하압나니이다'라고 대답하얐압나니이다."

대꾸할 말이 없어서, 야릇한 미소를 얼굴에 띤 채, 그는 그저 가볍게 고개를 끄덕였다.

"그리 말하고셔, 쇼쟝애게 녯날 녜아기 하나랄 들려주었압나니이다. 녯날 신라 시졀에 덕이 높안 대사이 겨셨는데, 한번은 보살과 만나기로 약속알 하얐압나니이다. 그날 아참애 엇던 늙은 거사이 다 해야딘 도포 차림애 죽은 강아지를 넣은 망태를 메고 와셔 이 졀에 이시난 불승 아무개랄 보러 왔노라고 하모로, 대사를 모시는 즁이 대사애게 그 녜아기랄 젼하얐압나니이다. 보살알 만날 쥰비를 하던 대사이 '미친 쟈인 모양이다'라고 말하자, 즁이 나가셔 그 늙은 거사를 쫓아냈압나니이다. 그 거사난 '아샹(我相)이 이시난 쟈이 나랄 엇디 알아보겠나' 하고셔 망태를 쏟으니 죽은 강아지가 사자 다외고 그 거사난 보살로 변하여 그 사자를 타고 하늘로 올아갔압나니이다. 대사이 크게 뉘우치고 급히 딸와갔디만, 끝내 보살알 만나디 못하얐압나니이다. 셕대쟝이 그 녜아기랄 쇼쟝애게 들려주고셔 '나난 돌다리나 놓난 땡츄즁이라, 우리 원슈님끠셔 미륵불이셔도 알아볼 안목이 없압나니이다'라고 하얐압나니이다."

그는 고개를 젖히고 한참 동안 껄껄 웃었다. "현공 스승님 말쌈안 션승다온 말쌈이니이다. 션승들흔 덕이 높아딜수록 말쌈이 어렵다 하던데…… 현공 스승님의 덕이 참아로 높안 닷하나이다."

그가 고개를 젓는 것을 보고, 경이 조심스러운 웃음을 얼굴에 띠었다.

"셩 대쟝."

"녜, 원슈님," 셩묵돌이 방문을 열고 안을 들여다보았다.

"십이공병에 가셔셔, 현공 스승님끠 말쌈드리쇼셔, 곡차랄 한잔 드시러 오시라고."

"녜, 원슈님."

'아상을 벗어나는 데는 곡차가 도움이 될 수도 있지.' 자장(慈藏) 대사의 설화를 떠올리면서, 그는 자신에게 농담을 건넸다.

은산역 둘레는 난장판이었다. 아니, 은산면 전체가 그랬다. 갑자기 5천 명 가까운 군대가 들이닥쳤으니, 어쩔 수 없었다. 혼란과 불편을 줄이려고, 그로선 찬찬히 계획을 세웠지만, 뜻대로 될 리 없었다. 부여현령을 점령할 수 있었다면, 상당히 나을 터였지만, 은산역과 금강원의 시설만으론 너무 부족했다. 그나마 윤삼봉이 이끄는 선봉이 아침 일찍 홍산현 공격 작전에 나서서, 사정이 좀 나은 것이었다.

정산에서 이곳까지는 30리 길이어서, 그가 이끈 후발대는 점심 먹고 떠났는데도, 아직 해가 많이 남아 있었다. 창의군은 금강 북안의 6개 면에 포진했다. 은산역과 금강원이 있는 방생동면(方生洞面), 북쪽의 공동면(公洞面), 서남쪽의 송원당면(松元堂面), 가좌동면(加佐洞面) 및 천을면(淺乙面), 그리고 동남쪽 도성면(道城面)에 각기 임무에 따라 배치되었다. 정산에서 데려온 벌목꾼들은 산이 깊은 북쪽 공동면에 배치되었고 목수들은 금강천(金剛川) 하류인 도성면에 배치되었다. 서쪽으로 진공(進攻)할 전투 부대들은 해창(海倉)이 있는 천을면을 중심으로 숭원당면과 가좌동면에 배치되었다. 뗏목을 만들 나무들을 하류로 나를 병력들은 금강천 연변에 배치되었다. 그는 시설이 그래도 나은 은산역과 금강원엔 주로 녀군들이 묵도록 배려했다.

군대가 커지면서, 녀군이 가장 빨리 늘어났다. 병력을 징집하는 것이 아니라 지원하는 사람들로만 챵의군을 구성해왔는데, 농사철이라 지원하는 남성들엔 한계가 있을 수밖에 없었다. 반면에, 참모본부의 지원 업무들엔 여성들이 할 수 있는 것들이 많아서, 참모본부가 빠르게 커지면서, 녀군들이 빠르게 늘었다. 여성들이 극도로 차별받고 재능을 펼 기회가 전혀 없는 사회에서 한번 여성들에게 똑같은 기회가 열리자, 녀군들의 에너지와 능력이 활짝 꽃피었다. '꽃핀다'는 비유가 이보다 더 적절한 경우는 없었다. 생기가 도는 녀군들을 볼 때면, 그는 정말로 흐뭇했다. 자신이 이 세상에 이루려 했던 혁명이 실제로 이루어지고 있음을 그들의 생기 넘치는 얼굴들이 보여주는 것이었다. 실제로 전투에 뛰어드는 일 말고는 녀군들이 못 하는 일은 드물었다. 술 마시는 데서도 지지 않는 듯했다.

바쁘게 움직이는 참모본부 요원들을 살피는 눈길로 바라보면서, 그는 자신에게 고개를 끄덕여 보였다. 역사적으로 그리도 많았던 민란들이 거의 다 실패한 것은 물론 다양한 요인들 때문이었지만, 두드러진 까닭들 가운데 하나는 지도자가 병력들을 제대로 통제할 수 없었다는 사정이었다. 그는 지금 지휘관들을 통해서 모든 부대들을 지휘할 뿐 아니라 참모본부를 통해서 모든 부대들을 '기능적으로 통제'하고 있었다. 그래서 그가 내린 명령은 지휘관들만이 아니라 참모본부 요원들에 의해 시행되고 점검되었다. 이번에 본대가 경산을 출발하기 전에 그가 내린 명령도 그렇게 감독되고 있을 터였다. 그것은 '첫째, 물을 끓여 먹을 것, 둘째, 야전 변소들을 깊이 팔 것, 셋째, 민간에 폐를 끼치지 말 것, 넷째, 부득이 민간에 폐를 끼쳤으면, 즉시 사과하고, 민사참모부에 보고할 것'이었다.

그는 먼저 공동면에 배치된 벌목꾼들이 어떤지 살펴보기로 마음먹었다. 금강천을 따라 올라가는 길이 20여 리 된다고 했으니, 말탄 근위병들만 데리고 다녀오면, 시간은 충분했다. 가볍게 말을 달리면서, 그는 뗏목으로 금강을 건너 부여를 공략하는 작전 계획을 다시 음미했다.

금강을 건널 때는 주로 뗏목을 이용해야 했다. 나룻배는 윤삼봉이 확보한 배 네 척에 경산에서 획득한 한 척뿐이었다. 적군이 금강 남안에서 도강을 저지하려고 시도하는 상황을 상정해야 했으므로, 그는 단숨에 적군이 장악한 남안에 상륙해서 교두보를 마련할 만한 병력을 상륙시키고 싶었다. 그래서 그는 안전하고 조종하기 쉽고 오래 쓸 수 있는 뗏목들을 많이 마련해보라고 지시했었다. 앞으로 그가 다스리는 지역이 금강 양쪽에 생길 터이므로, 강을 건너기 좋은 뗏목들을 차제에 많이 만들려는 생각이었다.

그가 요구한 것은 폭이 15자에 길이가 80자 안팎인 뗏목 30척이었다. 뗏목 한 척에 1개 등대가 승선하는 것으로 해서, 뗏목들을 되돌리지 않고도 단숨에 3개 정대가 건널 수 있도록 계획한 것이었다. 뗏목의 앞쪽과 왼쪽엔 다섯 자의 나무와 멍석으로 만든 벽을 세워서 적군의 화살을 막도록 했다. 강을 건넌 뒤엔 그 벽들을 밖으로 젖힐 수 있도록 해서, 원시적인 상륙정 노릇을 할 수 있게 설계했다. 새로 부임한 공쥬목사가 싸움을 준비해왔으니, 챵의군의 도강을 적극적으로 저지한다는 가정 아래 도강 계획을 세운 것이었다.

뗏목을 만드는 데는 통나무들과 그것들을 묶을 끈이 필요했다. 나무를 베면서 칡넝쿨도 함께 거두고 모자란 것은 새끼줄을 쓸 계획이었다. 경산에서 데려온 벌목꾼 120명과 목수 10명에 여기서 모집한 벌목꾼 80명과 목수 몇 명을 투입하고 통나무들을 운반하는 데는 3개 정대를 투입할 계획이었다. 가문 철이라, 금강천의 수량이 얼마 되지 않으므로, 임시로 둑을 만들어 채운 뒤, 나무들이 다 준비되면 임시로 뗏목으로 엮어서 하류로 흘려보낼 셈이었다.

도강 준비의 총지휘자는 셕현공이었다. 원래 돌다리를 잘 놓는 장인인 데다, 12공병정대를 이끌어서 챵의군의 사정에 밝았다. 불승이어서, 학식도 있고 언변도 좋았다. 무엇보다도, 아직 장삼 입고 염불하는 불승의 풍모 때문에 다른 사람들이 우러러보았다. 그가 없어도, 여러 대쟝들을 통솔해서 일을 진행할 만한 인물이었다. 경산과 부여의 벌목꾼들과 목수들은 셕심셩이 지휘하고, 나무들을 금강천 하류로 나르는 일은 19운슈정 대쟝 한위삼이 지휘하고, 뗏목을 조립하는 일은 쟝츈달이 지휘하고, 뗏목들을 실제로 조종하는 일은 신경환이 맡을 터였다.

모든 것들이 계획대로 돌아가면, 열흘이면 도강 준비가 되리라는 계산이 나왔다. 그로선 조급할 필요가 없었다. 어차피 공쥬목사는 챵의군의 동정을 잘 알고 있을 터였다. 연긔군에서 남하해서 금강 북안을 따라 공쥬목, 졍산현, 부여현으로 움직였으니, 챵의군의 위치와 의도를 제대로 파악하고 있을 터였다. 그렇게 도강 준비를 하는 동안, 그는 주력을 이끌고 서쪽 고을들을 점령해서 챵의군을 군세를 늘릴 셈이었다.

"원슈 나아리, 이 길로 드시옵쇼셔." 앞장선 죠담이 왼쪽으로 난 작은 길을 가리켰다. 죠담은 은산역 동남쪽 도성면의 권농이었다.

"아, 네." 언오는 가볍게 목례하고 그 길로 접어들었다.

북쪽 공동면에 올라가서 벌목꾼들과 목수들이 제대로 묵을 수 있는가 확인하고 온 참이었다. 고용한 인부들에게 마음을 쓰고 잘해주는 것은 당연했지만, 그는 그들에게 특별히 마음을 썼다. 일단 인연이 생겼으니, 그들이 챵의군에 호감을 품도록 해서, 그들을 챵의군에 받아들이려는 생각이었다. 일이 잘되면, 나무를 잘 다루는 공병졍대 하나가 그대로 생기는 것이었다. 앞으로 나무를 잘 다루는 사람들이 많이 필요할 터였으므로, 그로선 욕심이 날 수밖에 없었다. 그래서 벌목꾼들과 목수들을 챵의군 편제에 따라 출신 면별로 8개 단대로 편성하고 우두머리가 될 만한 사람들을 단대쟝으로 임명했다.

"이제 한 오 리 더 가면, 다외압나니이다." 죠가 말했다.

"아, 네." 고개를 끄덕이고서, 그는 야릇한 웃음을 지었다. 여기 사람들 '5리'는 대중없었다. 실제로 5리 정도인 경우도 있었지만, 10리 가까운 경우도 있었다. 그래서 그는 '오 리 남았다'는 얘기를 들으면, '그리 멀지 않았다'라고 받아들이게 되었다.

그가 찾아가는 곳은 그의 숙소가 마련되었다는 도성면의 오곡리(吾谷里)라는 마을이었다. 그가 은산역이나 금강원에 자리 잡으면, 병사들이 쉴 곳을 빼앗는 셈이어서, 그는 처음부터 민가에 들기로 했다. 도강 지점에 가까운 곳이 편리할 것 같아서 그곳을 찾으니, 도성면이었고, 그래서 권농인 죠에게 부탁했었다. 죠는 자신의 선임자였다는 사람의 집을 주선해주었다.

길은 곧 시내를 건너 왼쪽 봉우리에서 내려온 산자락을 돌았다. 왼쪽 골짜기에 아담한 마을이 자리 잡고 있었는데, 방죽의 둑으로 보이는 야트막한 제방에서 작은 시내가 흘렀다. 길에서 갈라져 마을로 올라가는 작은 길 가에 솟대가 서 있었다.

높다란 장대 끝에 앉아 저무는 햇살을 조용히 받는 그 나무오리를 보자, 문득 송구스러운 마음이 들었다. 풍요와 평화를 기원하는 마을 사람들의 간절한 마음이 깃든 그 나무오리는 그에게 말없이 묻는 듯했다, 여기 무슨 일로 찾아왔느냐고.

"뎌 마알한 함양리라 하압나니이다," 그의 눈길이 향하는 곳을 보자, 죠가 설명했다.

"아, 네. 함양리라 하샸나니잇가?"

"녜, 함양리라 하압나니이다."

"함양리라……" 그의 마음속에서 미묘한 물살이 일었다. 함양(咸陽)은 중국 진(秦) 제국의 수도였다. 중국 대륙을 통일해서 동아시아에선 이전에 없었던 대제국을 건설한 시황제(始皇帝)가 부호 12만 명을 강제 이주시키고 아방궁(阿房宮)을 지어 호화롭게 만든 도시였다. 조선의 외진 곳에 있는 산골 마을이 그 이름을 딴 것이었다.

'함양의 운명과는 다르기를······' 저녁밥 짓는 연기가 평화스럽게 오르는 초가들이 불러낸 아릿한 그리움을 가슴에 품고서, 그는 기원했다. 시황제가 함양을 그리 호화롭게 만든 뒤 채 한 세대가 지나지 않아서, 함양은 항우(項羽)의 군대에게 점령되어 약탈당하고 아방궁은 불탔다.

그는 문득 무거워진 마음으로 다시 걸음을 옮기기 시작했다. 사람들은 물론 모르고 있었다. 아무도 모르고 있었다. 오직 그만이 알고 있었다. 지금 조선으로 몰려오는 먹구름을. 열세 해 뒤 임진년에 일어날 참혹한 재앙을. 세상 사람들이 모르는 비밀을 혼자 안다는 것은, 누설할 수 없는 천기(天機)를 마음에 품고 산다는 것은, 외로운 삶이었다.

6

"이제 우리 챵의군은 다시 셔녁으로 진군하나이다. 금강알 건널 떼를 마련하려면, 여러 날 걸월 새라, 그 틈에 셔녁 고을들홀 얻으려는 것이니이다. 듕군은 림쳔군(林川郡)으로 향하고, 시방 홍산현에 머므는 션봉은 한산군으로 향하나이다. 여긔 부여현에는 금강 알 건널 떼를 마련하난 부대달만 머므나이다." 앞에 앉은 지휘관들을 한 바퀴 둘러보고서, 언오는 말을 이었다. "션봉은 윤삼봉 대쟝이 잇그시고, 듕군은 나이 잇글고, 부여현 쥬둔군은 셕현공 대쟝끠셔 지휘하시나이다. 므슴 녜아기인디 아시겠나니잇가?"

"녜, 원슈님. 이대 알겠압나니이다." 사람들이 힘을 준 목소리로 대답했다.

"션봉과 부여현 쥬둔군에 속하난 부대달한 여긔 군령에 나와 이시나이다." 그는 두루마리를 집어 앞에 펴놓았다.

호셔챵의군 군령 뎨륙십팔호

흐나. 뎨십팔포병경대룰 선봉에 배쇽홈.

   선봉은 한산군을 겸령홀 것.

둘. 뎨십이공병경 대쟝 부령 셕현공올 부여현 쥬둔군 스령에
   임명홈.

   부여현 쥬둔군은 왼녁과 곧히 편셩홈.

> 뎨팔공병경대
>
> 뎨십이공병경대
>
> 뎨십칠긔병경대 뎨일대대
>
> 뎨십구운슈경대

세. 부여현 쥬둔군은 금강 도강애 필요흔 쟝비돌홀 쥰비홀 것.

   아올아셔 투셕긔 십이 문과 텩셕긔 일 문을 졔작홀 것.

네. 둔군은 오날 스월 이십칠일 림쳔군으로 출발홈.

다숫. 참모본부 부쟝돌흔 부여현 쥬둔군에 배쇽홀 요원들의 명단
   올 인사참모부쟝애게 즉시 보고홀 것.

긔묘 스 월 이십칠 일

호셔챵의군 원슈 리언오

"셔진형 대쟝끠셔 잇그시난 십팔포병경대난 선봉애 배쇽다외나
이다. 셔 대쟝, 아시겠나니잇가?"

"녜, 원슈님," 셔가 냉큼 대답했다. 셔는 이미 그에게서 설명을

듣고 그가 윤삼봉에게 내리는 작전 명령이 든 봉투를 받은 터였다.

"한산군에는 읍성(邑城)과 산셩(山城)이 이시나이다. 건지산셩(乾至山城)이라 하난 토셩(土城)은 오래다외야셔 걱명할 바 없디마난, 읍셩은 새로 사안 셕셩이어셔 사졍이 다라나이다. 젹군이 셩을 디킈려 들면, 셩을 티기 쉽디 아니할 새니이다. 사졍이 그러하야셔 십팔포병졍대랄 션봉애 배쇽하얐나이다. 셩을 티단 대난 셕탄알 쏘난 샤격 긔계만한 것이 없나이다." 그는 사람들에게 상황을 설명했다.

사람들이 고개를 끄덕였다.

"그러하시면, 셔 대쟝끠셔는 부대랄 잇그시고셔 바로 출발하쇼셔."

"녜, 원슈님. 이대 알겠압나니이다." 셔가 바로 일어나 경례했다. "뎨십팔포병졍 대쟝 딕위 셔진형, 출발하겠압나니이다. 챵의."

그도 자리에서 일어나 답례했다. "챵의. 잘 다녀오쇼셔."

셔가 나가자, 그는 말을 이었다. "부여현에 남아 도강 쥰비를 할 부대달한 쟝츈달 대쟝의 팔공병졍대, 셕현공 대쟝의 십이공병졍대, 우승호 대쟝의 십칠긔병졍대 뎨일대대, 한위삼 대쟝의 십구운슈졍대이니이다. 아시겠나니잇가?"

"녜, 원슈님. 이대 알겠압나니이다."

"남아지 부대달한 모도 듕군에 쇽하야 나와 함끠 오날 림쳔군으로 떠나나이다. 듕군에 쇽한 대쟝달끠셔는 부대로 돌아가셔셔 바로 출발할 수 이시다록 쥰비하쇼셔. 쥬둔군에 쇽한 대쟝달끠셔는 나와 졈더 의논알 하사이다."

듕군 소속 지휘관들이 나가자, 그는 쥬둔군 지휘관 네 사람을 둘러보았다. "도강 쥰비에 대하야난 이믜 여러분들끠 자셔히 녜아기 하얐아니, 나이 따로 녜아기할 바난 없나이다. 다만, 투셕긔와 텩셕긔를 맹가난 일이 이시나이다. 우리는 우리 군사달히 떼를 타고 강알 건널 때 젹군이 건넌편 강변에셔 맞셔 싸호리라고 샹졍해야 하나이다. 우리 군사달히 건널 때 젹군이 살알 쏘고 떼를 틔면, 우리 군사달히 어려울 새니이다. 가장 됴한 길안 젹군이 건너편 강변에 다가오디 못하게 하난 것이니이다. 그리하난 대 샤격 긔계만 한 것이 없나이다. 투셕긔와 텩셕긔로 셕탄알 쏘아대면, 젹군이 감히 강 갓가히 나오디 못할 새니이다. 살과난 달리, 높이 떴다 떨어디 는 셕탄안 강둑 뒤에 숨은 젹도 틔니, 젹군이 멀찌감치 믈러날 새니이다."

그가 얼굴에 느긋한 웃음을 띠자, 사람들의 얼굴에도 느긋한 웃음이 떠올랐다.

"녜, 원슈님. 그러하압나니이다," 셕현공이 대답하자, 다른 사람들이 고개를 끄덕였다.

그가 투셕긔를 12문이나 주문한 것은 도강할 때의 공격쥰비샤격만을 고려한 것은 아니었다. 나무들이 많고 목수들도 많이 모은 참에 투셕긔를 충분히 만들어서, 아예 포병졍대 하나를 새로 만들려는 생각이었다. 활과 살이 부족하고 훈련된 궁슈들도 드문 터라, 투셕긔는 챵의군에겐 쓸모가 큰 미사일 무기였다. 특히, 공셩젼에 긴요했다.

"샤격 긔계들홀 맹갈아난 일안 쟝 대쟝끠셔 맛다오샸아니, 이번

310

에도 쟝 대쟝끠셔 슈고랄 하야주쇼셔."

"녜, 원슈님. 이대 알겠압나니이다." 쟝이 대답하고서 두 손을
비볐다.

"투셕긔야 별 어려움이 없겠디마난, 턱셕긔는 부인들희 긴 머리
이셔야 하니, 졈 어려운데⋯⋯" 그는 쟝에게 웃음을 보였다. "뎌
번엔 쟝 대쟝끠셔 머리를 구하노라 슈고랄 많이 하샸나이다. 이번
에 우리 챵의군을 위하야 머리를 바티난 부인들끠는 이러한 모자
랄 드리쇼셔."

그는 일어나서 방 한구석에 놓인 보자기를 들고 돌아왔다. 사람
들의 눈길이 보자기로 쏠렸다.

"이것은 머리를 자른 부인이 쓸 모자이니이다. 우리 챵의군을
위하야 소듕한 머리를 자른 부인들끠 드리도록 하겠나이다."

사람들이 고개를 내어 밀고 모자들을 살폈다. 자주 비단에 노랑
색실로 내보인민정부의 상징인 벼 이삭을 수놓았고 옆에 분홍 리
본이 달려서 아름다웠다. 텬안에 머물면서 시간이 날 때 그가 디자
인하고, 그동안 침션 요원들이 정성을 들여 만든 것이었다. 이곳
에선 여인들은 모자를 잘 쓰지 않았다. 의식에서 족두리를 쓰는 것
을 빼놓으면, 겨울에 남바위나 조바위를 쓰는 정도였다. 모자를 패
션의 일부로 여기는 일은 없었다. 이곳 사람들의 미적 감각을 몰라
서, 그는 챙이 없고 단아한 스타일을 골랐지만, 사람들이 어떻게
받아들일지 자신이 없었다. 그래도 새로운 모자가 이곳 사람들이
패션을 인식하는 계기가 되기를 은근히 기대하고 있었다.

"머리를 자른 부인들끠는 돈알 받디 않고 그저 주는 것이압나니

잇가?" 쟝이 물었다.

"그러하나이다. 자른 머리에 대한 값알 후히 텨주고 이 모자도
그저 주난 것이니이다."

사람들이 고개를 끄덕였다.

그는 보자기를 쟝 앞으로 밀어놓았다. "쟝 대쟝끠셔 보관하쇼
셔. 그리하고 앒아로 이 모자랄 쓴 부인끠는 우리 챵의군 군사달한
모도 경례를 하도록 하쇼셔. 그리하난 것이 도리에 맞고 사람달토
우리 감샤할 줄 아난 군사라난 것을 늣길 새니이다."

"뎌긔 보이는 산이 셩흥산(聖興山)이니이다." 언오는 손을 들어
멀리 앞쪽에 솟은 산을 가리켰다. "봉오리랄 둘어싼 셩이 바로 셩
흥산셩이니이다."

지휘관들이 진지한 낯빛으로 그가 가리킨 산셩을 바라보았다.
이미 그로부터 셩흥산셩이 굳은 요새라는 것을 들은 터였다. 『신
증동국여디승람』은 림쳔을 '수륙지츙(水陸之衝)'이라고 기술했다.
물길로나 육로로나 요충이라는 얘기였다. 이어 부여풍(扶餘豊)이
이끈 백제 부흥군을 당(唐)이 진압하러 나섰을 때, 당쟝(唐將) 유
인궤(劉仁軌)가 림쳔은 "험하고 굳어서, 공격하면 군사들이 많이
상하고, 수비하면 아주 쉬운 곳"이라 해서 당군이 공격을 포기했
다고 나와 있었다.

그가 직접 이끈 듕군은 아침 늦게 은산역을 떠나 백마강 하류의
규암진(窺岩津)을 거쳐 부여현과 림쳔군 사이를 흐르는 쟝암강(場
岩江) 다리를 건너 림쳔군으로 들어섰다. 그는 안징에게 17긔병경

대를 이끌고 림쳔군텽으로 가는 길목에 있는 령유역(靈楡驛)으로 가서 말들을 확보하고 역리들을 챵의군에 들어오도록 설득하라고 지시했다. 안징은 임무를 성공적으로 수행해서, 그의 부대가 령유역에 닿았을 때는 역리들이 나와서 그를 환영했다. 령유역에서 점심을 먹고 다시 남쪽으로 10리를 행군해서, 이곳까지 온 것이었다.

"뎌긔 뎌 고개랄 넘으면, 바로 림쳔군텽이니이다." 그는 셩흥산 줄기를 넘는 나지막한 고개를 가리켰다. "이제 우리 챵의군이 뎌 길로 나아가면, 격군은 도망하거나 셩흥산셩으로 올아가셔 싸홀 새니이다."

사람들이 무겁게 고개를 끄덕였다.

"그러모로 우리가 몬져 셩흥산셩을 졈령하난 것이 됴한 계책이니이다."

사람들이 모두 고개를 끄덕였다.

"옳아신 말쌈이압시나니이다," 박우동이 받았다.

"명즁일 대쟝안 특공졍대랄 잇그시고셔 셩흥산셩을 졈령하쇼셔."

"녜, 원슈님. 이대 알겠압나니이다," 명이 대답했다.

"박우동 대쟝안 일개 궁슈대대랄 다리고셔 명 대쟝의 특공대랄 도와주쇼셔."

"녜, 원슈님. 알겠압나니이다," 박이 대답하고 싱긋 웃었다.

"셩흥산셩을 졈령하면, 내로 신호하쇼셔. 불을 피워 내랄 올이쇼셔."

"녜, 원슈님. 이대 알겠압나니이다."

"그러하면, 명 대쟝과 박 대쟝안 특공경대와 궁슈대대랄 잇글고셔 몬져 출발하쇼셔. 내 올오면, 우리는 뎌 고개랄 넘어 림쳔군텽을 티겠나이다."

"녜, 원슈님." 두 사람이 일어나 그에게 경례하고 돌아섰다.

두 사람이 얘기하면서 한참 걸어가더니, 박우동이 급히 돌아왔다. 그리고 배고개댁에게로 다가서더니 그녀 귀에 대고 나직이 말했다.

"불씨?" 그녀가 목소리를 낮추어 물었다.

"녜."

배고개댁이 고개를 끄덕이고서 일어섰다. 연기를 피우려면, 불씨를 갖고 가야 한다는 것에 생각이 미친 모양이었다.

명쥰일과 박우동이 부대들을 잇글고 셩홍산을 올라간 지 30분이 채 못 되어, 셩홍산 봉우리에서 연기가 올랐다.

"자아, 가사이다," 군악대에 새로 편입된 경산과 부여의 농악꾼들과 얘기를 나누던 그가 외쳤다. "림쳔군텽을 향하야 가사이다."

행렬이 문득 잠에서 깨어난 거대한 뱀처럼 움직이기 시작했다. 그는 군악대를 쳑후와 17긔병경대 바로 다음에 세웠다. 그리고 고개에 올라서면, 바로 군악을 울리기 시작해서 싸움이 끝날 때까지 쉬지 않고 취주하라고 지시했다.

김갑산이 이끄는 12보병경대가 고개에 올라서자, 군악이 시작되었다. 「호셔챵의군가」였다. 이어 「우주 용병의 세레나데」가 나왔다. 목성의 위성 개니미드에서 일어난 내전에 돈을 받고 참가한 소행성대 출신 용병들의 활약을 그린 영화 「하늘을 떠받친 사내

들」의 주제가였는데, 그가 군악대에게 가르친 행진곡들과 행진곡
풍 노래들 가운데 가장 인기가 높은 곡이었다. 「자니가 집으로 돌
아올 때」와 「보기 대령 행진곡」도 인기가 높았다. 이곳 중세에서도
군대는 군대여서, 병사들은 그 곡들에 외설적인 가사를 붙여 부르
고 있었다.

군악이 울리자, 나른하게 움직이던 행렬이 문득 팽팽해졌다. 전
투 부대들이 지나가자, 그는 군악참모부장 한정희에게 바로 뒤따
라 가면서 군악으로 병사들을 독려하라고 지시했다. 그리고 앞으
로 나아가서 정세를 살폈다.

"원슈님, 군령엔 아무도 없압나니이다. 우리가 오난 것을 보고
모도 도망하얐압나니이다. 사람달한테 들어보니, 산성으로 올아가
난 것을 보았다 하압나니이다." 쳑후들을 이끌고 앞쪽으로 나갔던
황구용이 달려와서 보고했다.

그는 빙그레 웃으면서 고개를 끄덕였다. "산셩으로 올아갔다
면……"

얼마 지나지 않아서, 박우동이 셩흥산셩에서 내려와 얼굴에 느
긋한 웃음을 띠고서 보고했다, "군슈로 보이는 쟝슈이 한 오십 명
다외난 군사달할 잇글고셔 산셩으로 올아왔다가 우리 몬져 산셩을
차지한 것을 보고 놀라셔 산줄기를 타고 셔남녁으로 도망하얐압나
니이다. 도망하는 자들이 하도 날나셔, 살 하나도 쏘디 못하얐압나
니이다."

7

저만큼 다리가 나타났다. 횃불을 든 병사 둘이 길을 안내하고 있었다. 한산군과 셔쳔군(舒川郡)을 잇는 길산보셕교(吉山浦石橋)였다.

"챵의," 그가 다가가자, 다리 위에 있던 2쳑후대대쟝 마셕규가 달려와서 경례했다.

"챵의. 마 대쟝 슈고 많소이다."

마가 씨익 웃었다. "아니압나니이다, 원슈님."

"쳑후는 어디까장 나갔나니잇가?"

"네거리까장 나갔압나니이다. 거긔셔 망알 보난데, 슈샹한 긔미는 아직 없다 하얐압나니이다."

"황 대쟝안 어디 이시나니잇가?"

"황 대쟝안 시방 길산원에 이시압나니이다."

길산원(吉山院)은 셔쳔군텽에서 동쪽으로 10리 되는 곳에 있었다. 한산에서 셔쳔까지가 꼭 30리 길이니, 3분의 2를 온 것이었다. 셔쳔군 공략에 나선 챵의군은 한산군텽에서 저녁을 일찍 들고 6시에 서쪽으로 출발했다. 그리고 8시까지는 10리 서쪽에 있는 신곡역(新谷驛)에 모든 부대들이 도착했다. 4천 명 가까이 되는 군대라, 선두가 신곡역에 도착했을 때, 후미는 막 한산군텽을 나서고 있었다. 신곡역에선 미리 닿은 선발대가 마련한 밤참을 들었다. 그리고 9시에 출발해서 10시가 조금 지난 지금 행렬의 선두가 셔쳔군으로 들어선 것이었다.

그는 횃불을 든 병사들 옆에 서서 다리를 건너는 병사들을 살폈다. 먼저 그와 함께 온 특공대 병사들이 지나갔다. 대나무 사다리를 얹은 수레들을 밀고 있었다. 한산에는 좋은 대나무들이 많았다. 그래서 공성에 쓸 사다리들을 충분히 만들었고 무기가 시원치 않았던 병사들은 새로 깎은 죽창들을 지녔다.

그 뒤를 긔병 1개 대대가 걸어서 따랐다. 이어 박우동이 이끈 궁슈들이 지나갔다. 새로 점령한 고을들에서 모병하면, 보병들은 많이 늘어났지만, 궁슈들은 좀처럼 찾기 어려웠다. 다행히, 경산과 부여의 산이 깊은 북쪽 면들에서 궁슈들을 열 가까이 모을 수 있었다. 보병들이 방패가 없는 터라, 그는 돌격하는 보병들을 엄호할 궁슈들의 필요성을 작전할 때마다 절실히 느꼈다.

이어 포병과 포병을 지원하는 운슈병들이 지났다. 그 뒤를 군악대 요원들이 따랐다. 저번 '신례원 싸홈'에서처럼 군악대의 몫이 클 터였다. 이어 보병졍대들이 따랐다. 한참 떨어져서 보급과 행정을 맡은 총참모부 요원들이 걸어왔다. 그 뒤를 보급품들을 수레들에 실은 운슈병들이 따랐다. 그 뒤를 보병들이 호위했다. 후위는 긔병들이었다. 야간 작전이라, 이번 작전에서 긔병들의 임무는 제한적일 터였다.

다리를 건너면, 바로 길산원이었다. 다리를 건넌 부대들은 행군 순서대로 길에 앉아서 쉬고 있었다. 곧 물과 견과와 볶은 콩이 병사들에게 지급되었다. 이럴 때는 술을 내는 것이 좋았다. 싸움을 앞둔 두려움을 줄이고 에너지를 빨리 보충하는 데는 술만 한 것이 없었다. 아쉽게도, 멀리 원정에 나선 지금, 몇천 명의 병사들에게 술을 낼 형편이 못 되었다.

행렬이 다시 움직이기 시작했다. 휴식과 간식으로 원기를 회복한 데다가, 목표가 가까워지자, 병사들의 움직임이 아까보다 훨씬 활발해졌다. 그는 맨 앞으로 나아갔다.

길은 서남쪽으로 5리가량 곧게 뻗다가 셔쳔군텅에서 셔쳔보(舒川浦)로 가는 길과 만나는 네거리에서 북쪽으로 꺾였다. 그 네거리를 쳑후들이 장악하고 있었다. 별다른 움직임이 없다는 황구용의 보고를 받자, 그는 지휘관들을 불러 모았다.

"마침 오늘이 오월 초하라라, 달이 없나이다. 달이 없어셔, 행군하난 대난 어려웠디만 셩을 티난 대난 됴할 새니이다."

그의 가벼운 농담에 사람들이 웃음으로 대꾸했다.

"이제 현텽까장 채 오 리 아니 다외나이다. 황구용 대쟝의 녜아기로난 슈상한 긔색이 없다 하나이다. 딸와셔 우리 이믜 셰운 계획대로 움즈일 새니이다. 작전은 윤삼봉 대쟝끠셔 지휘하쇼셔."

"녜, 원슈님. 이대 알겠압나니이다," 사람들이 일제히 대답했다.

흔들리는 횃불에 드러난 얼굴들이 내는 흥분을 억누른 목소리들이 그의 마음에 물결을 일으켰다.

"한경희 대쟝."

"녜, 원슈님." 뒤쪽에 섰던 한이 한 걸음 앞으로 나왔다.

"군악대난 뎌긔 산 모롱이랄 디나 현텽이 보이면, 군악알 올이쇼셔."

"녜, 원슈님. 이대 알겠압나니이다."

"「호셔챵의군가」를 자조 올이요셔. 그리하고 모단 부대쟝달한 군사달히 「호셔챵의군가」랄 군악애 마초아 브르도록 하쇼셔."

"녜, 원슈님. 이대 알겠압나니이다."

"그러하면, 나이 이제 지휘권을 윤삼봉 대쟝끠 넘그나이다. 윤 대쟝, 지휘하쇼셔."

"녜, 원슈님. 이대 알겠압나니이다. 챵의." 윤이 경례했다.

"챵의." 그는 답례하고 윤에게 자리를 비켜주었다.

곧 행렬이 북쪽으로 난 길을 따라 움직이기 시작했다. 달 없는 밤에 성을 치러 가는 것이 병사들의 처지에선 결코 마음이 가벼울 수 없는 일이었지만, 걸음이 무거운 병사들은 없었다. 녀군들까지 걸음이 가벼웠다. 대견하고 고마웠다. 여기 있는 병사들은 대부분 챵의군에 합류한 지 한 달이 채 못 되었다.

그가 굳이 밤에 셔쳔군텽을 치기로 한 것은 챵의군을 야간 작전에 익숙한 군대로 만들려는 뜻에서였다. 챵의군은 군대 경험이 없는 병사들로 이루어졌지만 사기는 높은 군대였다. 그런 군대는 야간 작전에 비교 우위가 있었다. 이곳에선 밤에 싸움을 하지 않는 것이 관행이어서, 야간 전투는 드물었다. 그래서 야간 전투에선 관군이 반란군에 대해 누리는 이점이 사라졌다. 이미 홍쥬성을 얻을 때와 신례원에서 경군(京軍)을 깨트릴 때에 그 점이 증명되었다. 그래서 그는 챵의군을 야간 전투를 잘하는 군대로 만들 생각이었다. 특히, 군악을 울려 적군의 사기를 떨어뜨리고 셕탄을 쏘는 무기들로 공격쥰비샤격을 한 뒤에 공격하는 과정을 익히도록 할 셈이었다.

행렬의 머리가 산모퉁이를 돌자, 바로 군악이 올랐다. 곧 병사들이 군악에 맞춰 「호셔챵의군가」를 목청껏 부르기 시작했다.

  깃발이 펄럭인다
  깃발이 펄럭인다
  힘차게 나아가자
  힘차게 나아가자
  호셔챵의군
  호셔챵의군

고요한 그믐밤 속으로 폭음처럼 오른 병사들의 군가 소리는 그의 가슴속으로 「환희의 송가」처럼 밀려 들어왔다.

  모도 잘사난 셰샹
  모도 편안한 셰샹
  우리 힘으로

우리 힘으로

여긔 셰우고져

여긔 셰우고져

우리 니러셨노라

우리 니러셧노라

아아아아아아아

아아아아아아아

호셔챵의군

호셔챵의군

　모두 잘사는 세상을 이루고자 사람들을 이끌고 일어섰던 영웅들
의 이름들이 마음을 스쳤다. 그들은 모두 자신들의 꿈을 이루지 못
하고 스러졌다. 그들의 꿈이 들어서기엔 세상의 질서는 너무 촘촘
하고 단단했다. 지금 그는 그 촘촘하고 단단한 질서를 비집고 들어
가려는 것이었다. 갓 들어온 병사들이 그믐밤 하늘에 올리는 군가
소리를 쐐기로 삼아.

　행렬이 거의 다 지나가고 후위를 맡은 15보병정대 2대대와 17긔
병정대만 네거리에 남았다. 남쪽 셔쳔보영에서 오는 슈군이 이곳
에 이르려면, 1킬로미터가 넘는 들판 길을 거쳐야 했다. 이곳만 지
키면, 슈군에게 기습당하는 일은 없을 터였다.

　"그러하면 나난 앒아로 가보겠나이다. 두 분끠셔 이곳알 이대
디킈여주쇼셔," 그는 2대대쟝 맹쥬영과 17긔병정 대쟝 안징에게
말했다.

"네, 원슈님. 이대 알겠압나니이다." 두 사람이 대답하고 경례했다.

그가 앞쪽으로 나아갔을 때는 벌써 공격준비샤격이 한창이었다. 성을 남쪽과 동쪽에서 에워싼 챵의군 앞쪽에서 대나무 보호판 뒤에 놓인 투셕긔들이 셕탄들을 부지런히 성안으로 쏘았다. 텩셕긔는 성 안쪽 멀리 셕탄들을 보내고 있었다. 군악 소리와 병사들의 합창까지 어울려, 성 둘레는 시끄러웠다.

투셕긔 12문과 텩셕긔 1문은 쉬지 않고 성안으로 셕탄들을 쏘아보냈다. 힘들여 여기까지 가져온 셕탄들을 쏘지 않으면 서운할 터이고 남는 셕탄들은 다시 가져가야 할 터이니, 포병들은 아예 여기서 다 쏘고 가겠다고 마음먹은 것 같았다.

공격준비샤격은 10분 넘게 이어졌다. 그러나 성안에선 아무런 대응이 없었다.

문득 군악이 그치더니, 날라리 소리에 실린 「경긔병 서곡」의 빠른 가락이 들렸다.

"챵의군 앒아로," 어둠 속으로 윤삼봉의 목소리가 퍼져나갔다.

"챵의구운," 사다리를 든 병사들이 앞장서서 성벽을 향해 달려나갔다.

그는 긴장된 마음으로 성벽을 살폈다. 그러나 성 안에선 여전히 반응이 없었다.

병사들이 사다리를 타고 성벽으로 올라섰다. 여전히 적군의 반응은 없었다. 곧 성문이 열렸다.

누가 외쳤다, "다 도망하얐다."

그 소리에 환성이 터지고 병사들이 성문 안으로 쏟아져 들어갔다.

"원슈님, 셩을 얻은 모양입니다." 어느 사이엔가 그의 곁으로 다가선 윤삼봉이 사무적인 목소리로 보고했다.

8

셔쳔군뎡 안은 어지러웠다. 깨진 기와들과 물건들이 마당을 덮어서, 발을 딛기가 쉽지 않을 지경이었다. 집들은 훨씬 더 참혹했다. 성한 지붕이 없었다.

'셕탄 이백사십 발의 위력이……' 언오는 머리를 저었다. 야간 공격준비샤격의 효과가 크기를 기대했지만, 이렇게 파괴적일 줄은 그도 생각지 못했다. '투셕긔가 세 문이나 고장 났을 정도로 쏘아 댔으니…… 은산에서 만드는 열두 문이 더해지면, 어떤 성이라도 공격할 수 있겠다.'

안징이 급히 다가왔다. "원슈님, 브르압샸나니잇가?"

"녜. 안 대쟝 어셔 오쇼셔." 그는 지붕들을 가리켰다. "간밤애 우리 일거리를 많이 맹갈아놓안 모양이니이다. 뎌 지붕들헤 새 디새랄 올이려면, 품이 많이 들 새니이다."

그의 가벼운 농담에 안이 싱긋 웃었다. "셕탄달히 뎌리 떠러뎠으니, 젹군이 혼비백산하야 도망하기 밧밧알 새압나니이다."

"이제 두곡역(豆谷驛)을 접슈할 차례이니이다. 뎌변에 령유역을 접슈할 때, 안대쟝끠셔 일알 이대 쳐티하샸난듸, 이번에도 슈고랄 하야주쇼셔."

"녜, 원슈님. 이대 알겠압나니이다. 실로난 령유역쟝 엄쳔셕하고 신곡역쟝 문백규하고 그 일알 의논하얐압나니이다. 두곡역은 신곡역이나 령유역과 함끠 리인도(利仁道)에 쇽하야, 두곡역 사람달콰 잘 아난 사이라 하압나니이다. 두 사람이 두곡역쟝알 만나셔 녜아기하기로 하얐압나니이다."

"안 대쟝, 참아로 잘하샸나이다. 쟝슈는 그텨로 일알 쳐티할 방도랄 미리 생각하여야 하나이다. 그러하시면, 바로 두곡역으로 가쇼셔."

"녜, 원슈님. 쇼쟝 두곡역으로 츌발하겠압나니이다. 챵의."

안징이 17긔병졍대를 이끌고 군텽에서 10리 거리인 두곡역으로 떠나자, 그는 군사(軍師)들이 묵고 있는 객사로 향했다. 객사도 셕탄들을 맞아서 어지러웠다. 야간 작전 뒤의 짧은 잠을 자고 막 아침을 먹은 병사들이 깨진 기왓장들을 치우고 있었다.

"방금 안징 대쟝이 십칠긔병을 잇글고셔 두곡역을 접슈하러 츌발하얐나이다." 그는 군사들에게 상황을 설명했다.

"아, 녜." 경언디가 웃음 띤 얼굴로 고개를 끄덕였다. "우리 긔병이 졈졈 막강해디고 이시압나니이다."

다른 군사들이 고개를 끄덕였다.

"이제 셔쳔보영을 접슈할 차례이니이다."

그는 심상한 어조로 말했지만, 방 안의 분위기는 문득 팽팽해진
듯했다. 모두 깨달은 것이었다. 그가 찾아온 목적은 셔쳔보영을 접
수하는 일과 관련되었다는 것을. 그리고 모두 알았다. 가까운 역을
접수하는 일과 슈군만호가 지키는 셔쳔보영을 접수하는 것은 근본
적으로 다르다는 것을.

"옳아신 말쌈이압시나니이다." 낯빛을 바꾸지 않은 채, 졍이 말
했다. "셔쳔보영을 우리 챵의군이 졉슈하여야, 비르소 이곳 셔쳔
이 안명다외얄 새압나니이다."

"군사끠셔 말쌈하신 대로이나이다. 시방 셔쳔보영을 맛단 쟝슈
는 엇던 사람이니잇가?"

"셔쳔보영의 만호난 김근슈라 하난 사람이압나니이다." 졍이 잠
시 생각을 가다듬었다. "평판도 됴코, 쇼쟝이 보기에도 됴한 쟝슈
이압나니이다. 흠이라면 수울을 너모 많이 드는 것이압나니이다.
올 초애 만취하야셔 실수를 졈 하얐기에 쇼쟝이 근신하라 한 적이
이시압나니이다."

"우리 챵의군으로션 그 쟝슈를 귀슌하도록 하난 것이 가장 됴한
계책이나이다."

모두 무겁게 고개를 끄덕였다. 옳은 얘기지만 실제로 하기는 어
렵다는 생각이 들었을 터였다.

"옳아신 말쌈이시압나니이다. 쉽디는 아니하겠디마난, 됴한 계
책인 것만안 분명하압나니이다." 졍이 힘주어 말했다.

그는 졍을 응시했다. "군사끠셔 그 쟝슈에게 귀슌하도록 권유하
시면, 엇더하겠나니잇가?"

정이 고개를 끄덕였다. "쇼쟝이 권유한다고 그 사람 마암이 바뀔 리야 없겠디마난, 셜령 실패하더라도 크게 해로온 일은 아니니, 한번 해볼 만하압나니이다. 우리 챵의군의 명성이 이믜 높아니, 시방 저희도 마암이 불안할 새압나니이다. 쇼쟝이 한번 귀슌을 권유하난 편지를 뎐하겠압나니이다."

"참아로 고마오신 말쌈이시니이다." 그는 정의 선선한 응낙이 정말로 고마웠다. "나이 보기에, 시방 셔쳔보영의 슈군들 앒애난 세 길히 이시나이다. 하나난 셔쳔보셩을 디킈면서 우리 챵의군과 싸호난 길이니이다. 둘은 모도 배랄 타고 바다로 피신하야 내죵애 다란 곳아로 가난 길이니이다. 세는 우리 챵의군에 귀슌하난 길이니이다. 이 세 길 모도 슈군들헤게 입에 단 길은 아니외다. 우리와 싸호면, 군사달히 많이 죽고 상할 새며, 결국 싸홈애 뎌셔 배로 도망할 수밧긔 없나이다. 배로 도망하면, 갈 곳이 맛당치 아니하나이다. 여긔 튱쳥도의 슈군 진영은 조만간 우리 챵의군이 얻을 새니, 젼라도나 경긔도로 가난 길밧긔 없나이다. 그러나 임디를 디킈디 못하고 쫓겨온 군사달할 뉘 반기겠나니잇가? 나라해셔도 문책할 새니이다. 우리 챵의군에 귀슌하면, 신셰 곤궁하디 아니하고 참아로 님굼님을 위하야 싸호개 다외나이다. 그런 사정을 군사끠셔 잘 셜명하셔셔 셔쳔보셩 슈군들히 엇던 길이 옳안 길인디 보다록 하야주쇼셔."

"녜, 원슈님. 이대 알겠압나니이다," 정이 진지한 얼굴로 대답했다.

"다란 군사달끠셔도 정 군사끠셔 하시난 일알 많이 도와주쇼셔."

"녜, 원슈님. 이대 알겠압나니이다."

이어 그는 군사들에게 셔쳔에서 회군하겠다는 뜻을 밝혔다. 내친 김에 비인(庇仁), 남보(藍浦), 보령(保寧)의 서해안 세 고을을 마저 점령하여 배후의 위협을 없애고 싶었다. 그러나 공쥬 공략이 시급한 터라, 바로 은산으로 돌아가서 금강을 건널 준비를 마쳐야 했다.

객사에서 나오자, 그는 다시 동헌으로 향했다. 이제 한 고을을 점령한 뒤에 하는 일들은 체계적으로 진행되었고 그래서 참모본부 요원들이 스스로 처리했다. 벌써 챵의군의 포고문들이 각 면들에 나붙고 있을 터였다. 그래도 그가 판단해서 결정을 내려야 할 일들이 많았다. 당장 해야 할 일은 이 고을의 유력자들을 모아놓고 군량미를 팔고 사노들을 속량하되 대금은 챵의공채로 받으라고 설득하는 것이었다. 일방적으로 추진하니, 설득이라 하기도 뭣했지만, 그래도 챵의군이 명화적(明火賊)이 아니라 이 고을을 다스릴 세력이라는 점을 알리는 것은 긴요했다.

해가 뉘엿했다. 멀리 삼남셰션호송소(三南稅船護送所)가 있다는 개야소도(開也召島)는 그늘에 덮였고 그 옆에 돛배 두 척이 한가롭게 고기잡이를 하고 있었다. 바로 앞쪽 개울에선 아이들이 고기를 잡고 있었다. 평화로운 풍경이었다.

그러나 언오의 입에선 한숨이 새어 나왔다. 평화로운 풍경 아래엔 가난이 배어 있었다. 학교에 갈 나이인데 개울에서 고기를 잡는 아이들의 집안은 물론 가난할 터였지만, 작은 돛배를 타고 고기잡

이를 하는 사람들의 삶도 틀림없이 가난에 찌들었을 터였다. 이 세상에 나온 뒤 늘 만났던 것이 사람들의 가난한 삶이니, 새삼스러울 것도 없었지만, 그래도 가난한 삶을 가까이서 살피게 되니, 마음이 어두워졌다.

'이 가난을 어떻게 벗어나나?' 벌써 여러 번 마음에 떠오른 물음이 다시 떠올랐다.

그가 일으킨 반란은 조선 사회가 가난에서 벗어날 수 있는 기회였다. 지금 가난에서 벗어나지 못하면, 결국 20세기 후반에 남조(南朝)가 이룬 경제 발전을 기다려야 할 터였다. 지금 경제 발전의 씨앗을 뿌리지 못하면, 4백 년의 가난이 기다리는 것이었다.

그는 장항촌(獐項村)에서 돌아오는 길이었다. 『신증동국여지승람』에 "셔쳔군 북쪽 14리에 림슐소(林述所)가 있는데 지금 이름은 장항촌이다"라고 나와 있었다. 소(所)는 고려 시대에 천인들이 모여 살던 곳이었으므로, 지금도 그곳엔 신분이 천한 사람들이 모여 살고 있을 것이었다. 자연히, 현 체제에 반감이 큰 지역일 터였다. 그는 거기서 군사들을 모집해보려고 점심 들고서 근위대대만 데리고 찾았다. 막상 가서 살피니, 사람들이 많지 않았고 모두 가난에 찌들어 하루하루 살기가 바빴다. 사람들을 모아놓고 무슨 얘기를 할 상황이 아니어서, 그곳 사람들의 사는 얘기를 좀 듣고 그냥 돌아선 참이었다.

경제 발전을 이루려면, 먼저 사람들의 지식수준이 높아져야 했다. 합리적 판단을 할 수 있는 지식을 갖추고 필요한 기술들을 발명하는 시민들이 있어야, 경제가 발전할 수 있었다. 지식수준이 높아지려면, 먼저 사람들이 글을 읽을 수 있어야 했다. 문맹률이 높은 사회가 빠르게 발전할 수는 없었다.

시민들이 글을 읽게 되어 지식수준이 높아지는 것엔 물론 혁명적 함의도 있었다. 신라 말기부터 조선조 말기까지 조선의 지배 계급은 거의 바뀌지 않았다. 그들이 그리 오래 권력을 독차지할 수 있었던 비결은 바로 지식의 독점이었다. 배우기 무척 어려운 중국 문자인 한문을 공식 언어로 삼고 지배 계급만이 그 언어를 배울 기회를 누리도록 함으로써, 조선의 지배 계급은 지식을 독점했다. 그리고 그런 독점을 통해서 다수인 피지배 계급들을 조종하고 통제했다. 자식들이 부모에게 효도하는 것과 신하들이 임금에게 충성하는 것과 노비들이 상전들에게 충성하는 것은 본질적으로 같은 도리라는 논리는 피지배 계급들을 조종하고 통제하는 데 더할 나위 없이 효과적이었다. 이제 그가 문맹을 줄이고 새로운 지식들을 널리 퍼뜨리면, 조선의 압제적 질서는 물을 머금은 흙벽돌처럼 주저앉을 터였다.

지난겨울 그가 대지동에서 아이들에게 글을 가르친 것도 바로 그런 생각에서였다. 그때는 눈에 뜨이는 효과를 기대할 수 없었지만, 지금은 상당한 정치적 기반을 가진 터라 본격적으로 시도해볼 만했다.

그는 김소향과 왕영지를 떠올렸다. 김은 텬안군의 기생이었고 왕은 림쳔군의 기생이었는데, 둘 다 한문으로 시를 쓸 만큼 학식이 있었다. 물어보니, 언문도 잘했다. 다른 기생들도 글은 깨친 터였다. 그래서 기생들을 선생들로 삼으면, 사람들이 한글과 기초 한자들을 배우도록 하려는 그의 뜻을 당장 실현할 수 있었다. 글을 아는 기생들이 면들을 순회하면서 아이들과 여인들을 가르치면 되었다. 하루 두어 시간씩 한 달가량 배우면, 한글과 기초 한자 백 자 정도는 배울 터였다. 지금 그로선 상설 학교를 지을 처지도 못 되었지만, 이곳 아이들도 여러 해 학교 공부를 할 처지가 못 되었다. 사내아이들에게 활을 쏘는 법도 가르친다면, 궁슈들이 함께 다니면서 기생들을 보호하게 되니, 실제적일 터였다. 일단 여기 셔천군에서 소규모로 시작해보고, 계획을 다듬어서 다른 고을들로 확산하는 방안이 실제적일 터였다. 계획대로 교육 사업이 진행되면, 과목에 산수를 추가할 수도 있었다.

아이들이 환성을 질렀다. 어레미에 큰 고기가 걸려든 모양이었다.

얼굴에 느긋한 미소가 배어 나오는 것을 느끼면서, 그는 걸음을 늦추고 마냥 즐거운 녀석들을 바라보았다. 한가로운 물음이 떠올랐다. '돌보는 이 없이 저렇게 자연 속에서 스스로 자라나는 아이들과 어려서부터 인공적 환경에서 살면서 학교 공부에 시달리는 21세기의 아이들 가운데, 어느 쪽이 더 행복할까? 나라면 어느 쪽을 고를까?'

그가 개울은 건너려는데, 멀리 고개를 넘는 긔병들이 보였다. 급히 달려오는 품으로 보아, 그를 만나러 오는 것이 분명했다.

문득 긴장된 가슴으로 그는 졈백이에게 빨리 달리라는 신호를 보냈다. 곧 사람들을 알아볼 수 있게 되었다. 맨 앞에 선 사람은 안징이었고 그 뒤를 따르는 사람은 경언디였다. 셔쳔보영과 관련된 일을 보고하러 오는 모양이었다.

"셔쳔보영 만호이 쇼쟝알 한번 만나셔 샹의하고 식브다난 편지를 보내왔압나니이다." 말 탄 채 인사가 끝나자, 경언디가 설명하고서 품에서 봉투를 꺼냈다.

"아, 그러하나니잇가? 일이 잘 다외가나이다. 군사끠셔 슈고랄 많이 하샸나이다."

"아직은 일이 확실하디 않아셔, 마암알 놓알 때난 아니디만, 일단 쇼쟝이 만호랄 만나보난 것이 엇더하올런디……?"

"군사끠셔 몸소 만나보시난 것이 됴할 닷한듸…… 언제 만나보실 생각이시니잇가?"

경이 흘긋 해를 살폈다. "시방 두곡역으로 가셔 사람알 보내면, 오날 나죄에 만날 수 이실 새압나니이다. 이런 일안 쇽히 끝내난 것이 됴한 법이라셔……"

"옳아신 말쌈이시니이다. 그리하쇼셔."

"알겠압나니이다. 챵의."

"챵의."

빠르게 멀어지는 사람들을 천천히 따르면서, 그는 바삐 계산하기 시작했다. 셔쳔보영의 만호가 챵의군에 귀순한다면, 상황이 문득 밝아질 터였고 그의 작전 계획도 보다 적극적인 내용을 담을 수 있었다. 그동안 그는 셔쳔군에 주둔시킬 군대의 성격과 규모를 놓고 고심하던 참이었다. 만일 슈군들이 귀순해 온다면, 셔쳔을 서남쪽의 군사적 거점으로 삼을 수 있었다.

밤 10시 가까이 되자, 그는 일찍 잠자리에 들기로 했다. 어젯밤에 잠깐 눈을 붙였더니, 저녁 든 뒤엔 몸이 풀어지고 졸렸다.

이를 닦으려고 그가 동헌 마루로 나서자, 사람들이 몰려왔다. 성묵돌이 사람들을 가로막고 확인했다. 정언디의 목소리가 났다.

"원슈님. 정언디 군사끠셔 셔쳔보영 만호 나아리와 군관달콰 함끠 오압샸나니이다." 사람들을 일일이 확인한 성이 그에게 보고했다.

"아, 그러하시나니잇가?" 그는 급히 신을 신고 마당으로 내려섰다.

"어셔 오쇼셔. 군사끠셔 슈고랄 많이 하샸나이다." 이어 그는 낯선 사내들에게 허리 굽혀 인사했다. "쇼쟝이 리언오이압나니이다."

그 사내들이 급히 허리 굽혀 인사했다.

"쇼쟝이 셔쳔보영 만호 김근슈이압나니이다." 맨 앞에 선 융복 차림의 사내가 대답했다.

"이리 뵙게 다외야셔 반갑삽나니이다. 어셔 동헌으로 올아쇼셔."

자리를 잡자, 그는 술상을 내오게 했다. 그리고 경에게서 협상의 내용을 들었다. 조건들이 합리적이어서, 그는 선뜻 경이 합의한 것들을 추인했다.

술상이 나오면서, 분위기가 한결 부드러워졌다. 그는 되도록 가벼운 어조로 그가 군대를 일으킨 목적을 얘기했다. 그리고 자신의 기병이 결코 임금에 대한 모반이 아님을 강조했다. 물론 누구도 그 얘기를 그대로 믿지 않을 터였지만, 벼슬하던 사람들과 협력하려면, 그런 허구가 필요했다. 그는 셔쳔보영의 상황에 대해 일체 묻지 않았다. 그런 일은 나중에 총참모부를 통해서 처리하는 편이 나았다.

만호와 군관 세 사람은 객사에서 군사들과 함께 묵기로 되었다. 원순보의 안내로 셔쳔보영 사람들이 객사로 떠나자, 그는 졍언디에게서 보다 자세한 얘기를 들었다. 그리고 김근슈에 대한 예우에 대해서 졍의 의견을 들었다.

졍을 배웅하려고 마당으로 내려서면서, 그는 웃음 띤 얼굴로 졍에게 물었다, "이번 일텨로 젹군을 귀순하게 하난 일안 참아로 어려운 일인데, 군사꺼셔 아조 확실하게 쳐티하샸나이다. 셔쳔보영 사람달해게 므슴 녜아기랄 하샸나니잇가?"

졍이 싱긋 웃었다. "배랄 타난 사람달한 모도 부텨끠 기원한다고 젼에 들었압나니이다. 그러하야셔 김만호애게 말했압나니이다, '우리 원슈님꺼셔는 미륵불이시라고 믿난 사람달히 많소이다.'"

그는 껄껄 웃었다. "군사꺼셔……"

졍이 진지한 얼굴로 덧붙였다, "김만호이 곧이듣디 아니하난 얼골이길래, 쇼쟝이 말했압나니이다, '나도 그리 믿고 있소이다.'"

9

'내가 또 무엇을 하려고 했었지?' 군령의 초안을 잡던 손길을 멈추고, 언오는 생각을 더듬었다. 셔천군을 점령하고서 은산역으로 회군하는 데 따르는 조치들을 군령으로 공식화하는 참이었다.

'아, 그렇지. 순회 학교를 설치하는 거였지.' 어제 구상한 대로, 일단 셔천군에서 아이들에게 한글, 기초 한자, 산수, 그리고 활쏘기를 가르치는 순회 학교를 시행해보려는 것이었다.

"원슈님." 셩묵돌이 무엇을 들고 방 안으로 들어섰다.

"녜, 셩 대쟝." 그는 조심스럽게 붓을 벼루에 놓고 셩을 쳐다보았다.

"명 대쟝이 이것을 원슈님끠 보여드리라 하야셔……" 셩이 들고 있던 것을 그에게 보였다. 무슨 상자로 보였다.

"복심이 어마님이?"

"녜, 원슈님." 셩이 그의 앞에 그 상자를 놓고서 조심스럽게 덮개를 열었다. 옻칠한 나무 상자 안에 책들이 들어 있었다.

"책인듸…… 이것 어듸셔 낫다 하더니잇가?"

"어제 나죄애 명 대쟝이 내아 벽쟝알 치우다가 찾았다 하였압나니이다. 내아 벽이 셕탄알 맞아 허믈어뎠는데, 벽쟝의 홁알 쓸어내다 거긔셔 찾았다 하였압나니이다."

그는 고개를 끄덕였다. 내아가 셕탄을 많이 맞아서 지붕과 벽이 많이 상했는데, 배고개댁이 취사대 녀군들을 데리고 내아를 치우다가 찾은 모양이었다. 배고개댁이 먼지를 털어낸 듯, 책들은 무척 낡았지만, 먼지는 없었다. 맨 위의 책은 『농사딕셜(農事直說)』이었다. 셰종(世宗) 치세에 발간된 농서였다.

'말로만 들었던 책을 여기서 보는구나.' 얼굴에 웃음을 띠면서, 그는 그 책을 옆에 놓았다.

다음 책을 살피던 눈에 '訓民正音'이라는 글자들이 들어오면서, 가슴이 한순간 졸아들었다. 『훈민정음』의 원본을, 현대에서 국보로 여겨진 책을, 만난 것이었다. 물론 이곳에서 그 책은 그리 귀한 책은 아닐 터였다. 그래도 그 책을 조심스럽게 집어 드는 그의 손길이 가볍게 떨렸다.

나랏말쓰미 듕귁에 달아 문쫑와로 서르 스뭇디 아니홀쌔 이런 젼 추로 어린 백셩이 니르고져 홀배 이셔도 무춤내 제 뜯들 시러 펴디 몯홀노미 하니라. 내 이를 위호야 어엿비 너겨 새로 스믈여듧 쫑를 밍フ노니 사룸마다 해여 수비 니겨 날로 쑤메 뻔안킈 호고져 홀 뜨르미니라.

336

서문에 담긴 임금의 뜻이 새삼 가슴속으로 젖어 들어왔다. 세종대왕은 참으로 특이한 임금이었다. 그의 치적이 오랜 조선 역사에서 가장 뛰어났다는 얘기만은 아니었다. 그는 백성의 이익을 자신의 이익보다 높인 임금이었다. 그가 아는 한, 그렇게 백성의 이익을 자신의 이익보다 앞세운 임금은 세종대왕뿐이었다. 훈민정음의 창제는 무엇보다도 상징적으로 그 점을 드러냈다.

절대 권력을 쥔 통치자는 자신의 권력 기반을 흔들 수 있는 모든 요인들을 억제하게 마련이다. 그래서 모든 변화들을 싫어하고 현상을 유지하려 애쓴다. 18세기에 오스트리아를 다스린 절대 군주 마리아 테레지아는 제도들을 개선하자는 제안이 나올 때마다 "모든 것을 지금 그대로 놔둬라"라고 답했다.

절대 군주들이 가장 두려워한 것은 백성들이 생각하는 사람들이 되는 것이었다. 그래서 백성들이 글을 배우고 책을 읽는 것을 무엇보다도 싫어했다. 15세기에 구텐베르크가 인쇄술을 발명하자, 사람들은 그 기술의 중요성을 이내 깨달았고 서유럽에 빠르게 전파되었다. 그러나 오토만 제국의 술탄은 회교도들이 아라비아어로 인쇄하는 것을 금했다. 그래서 오토만 제국엔 3백 년 동안 인쇄기가 도입되지 않았고 19세기 후반까지 책들은 필사본으로 출판되었다.

세종은 왕실과 지배 계급의 이익을 위협하는 조치인 문자 창제를 기득권층의 집요한 반대를 물리치고 강행했다. 조선처럼 억압적이고 수탈적인 사회에서 세종과 같은 임금이 나왔다는 사실은 그에겐 깊은 불가사의였다.

상자 맨 밑에 있던 책엔 『점필재집(佔畢齋集)』이란 제목이 붙어 있었다. 기억 속의 이름과 책의 내용을 한참 대조해보고 나서야, 그는 그 책이 김종딕(金宗直)의 문집임을 확인했다. 김종딕은 성종(成宗) 치세에 활약한 문신으로 성리학의 대가였고 뛰어난 제자들을 길러냈다. 그의 제자들 가운데 하나인 김일손(金馹孫)이 『성종실록(成宗實錄)』의 사초(史草)에 그의 「조의제문(弔義帝文)」을 언급한 것이 연산군(燕山君) 치세에서 무오사화(戊吾士禍)의 단초가 되었고, 그는 부관참시(剖棺斬屍)를 당했다.

이제 언오는 그 책들이 든 상자의 내력을 짐작할 수 있었다. 연산군 치세에 무오사화가 일어나고 김종딕이 부관참시를 당하자, 『점필재집』을 갖고 있던 누군가가 화를 입을까 두려워해서 그 책을 상자에 넣고 내아의 벽장 깊숙한 곳에 감추었는데, 이번에 투석기 석탄들을 맞아 내아 벽이 많이 허물어지면서 배고개댁의 눈에 뜨인 것이었다. 그는 한숨을 길게 내쉬고서 성묵돌을 바라보았다.

"셩 대쟝."

"녜, 원슈님."

"복심이 어마님끠 말쌈드리쇼셔, 이 책달히 아조 귀한 책달히라고."

"녜, 원슈님."

"그리하시고…… 작전 회의를 할 새니, 대쟝달해게 이리 모호이라 하쇼셔."

"녜, 원슈님. 셔쳔보영 군관달토 참예하압나니잇가?"

"녜. 참예하라 하쇼셔."

성이 나가자, 그는 책들을 숨긴 사람이 누구일까 생각해보았다. 이런 책들을 지녔고 내아에 숨겼을 만한 사람으론 당시 셔천군수밖엔 없었다. 어쨌든, 그 사람의 조심성 덕분에 지금 그는 온전한 『훈민졍음』 한 권을 얻은 것이었다. 연산군은 자신의 폭정을 비난한 글들이 졍음으로 쓰였다고 졍음으로 쓰인 책들을 많이 없앴다. 비록 세종이 직접 만드신 책이지만, 『훈민졍음』도 화를 입었을 가능성이 컸고 아마도 그래서 더욱 귀하게 되었을 터였다.

곧 사람들이 모여들었다. 다 모였다는 보고를 받자, 그는 군령과 『훈민졍음』을 들고 마루로 나갔다.

간단한 치하 인사를 한 뒤, 그는 본론으로 들어갔다. "우리 챵의군은 오날 나죄애 부여를 향하여 회군하나이다."

사람들이 그의 얘기를 새길 틈을 준 뒤, 그는 말을 이었다. "회군하기 전에 필요한 일달할 군령으로 명하얏나이다. 몬져, 이번에 우리 챵의군으로 들어오신 셔천보영 쟝병들홀 이리 편성하얏나이다." 그는 군령을 앞에 펴놓고 읽었다.

호셔챵의군 군령 뎨칠십일호

ᄒᆞ나. 완녁과 곧히 임명홈.

군수 딕령 김근슈
딕군수 졍위 리쟝훈
뎨이십일 슈군 독립대대쟝 딕수 현듕구

뎨이십이 슈군 독립대대쟝 딕수 김홍립

셔쳔보영 병사들 가운데 챵의군에 들어오겠다는 병사들은 3백 명가량 되었다. 그들 가운데 기능을 지닌 사람들을 공병이나 포병과 같은 특수 병과들에 돌리고 남은 사람들로 슈군 2개 대대를 만들었다. 륙군으로 편성하면, 대우하는 데 어려움이 있었다. 이미 경험을 많이 쌓은 슈군 병사들은 높은 품계를 바랄 터인데, 현실적으로 이미 챵의군에서 공을 세운 병사들과 형평을 맞추는 것이 불가능했다.

셔쳔보영의 만호와 슈셕(首席) 군관은 군사(軍師)로 삼고, 나머지 군관들은 대대쟝으로 삼았다. 21슈군 독립대대의 1개 듕대는 셔쳔보영에 남아서 전선들을 관리하도록 할 생각이었다.

둘.　셔쳔군, 한산군, 림쳔군 밋 홍산현을 디킈는 셔남방면군을 새로이 편성홈.

셔남방면군에 쇽흔 부대달흔 왼녁과 곧홈.

　　뎨십륙보병졍대

　　뎨십일궁슈졍대 뎨오대대

　　뎨십삼운슈졍대 뎨오대대 뎨이듕대

　　뎨십칠긔병졍대 뎨이대대 뎨일듕대

　　뎨삼쳑후대대 뎨일듕대

　　뎨이십일슈군 독립대대 뎨삼듕대

　　한산군 쥬둔군

      림쳔군 쥬둔군

      홍산현 쥬둔군

      졍위 박우동을 셔남방면군 수령에 임명홈.

"박 대쟝."

"녜, 원슈님," 박우동이 긴장한 목소리로 대꾸했다.

"셔남방면군은 큰 고을 넷을 쟉안 병력으로 디킈어야 하나이다. 딸와셔 민심을 얻어야 하나이다. 사람달히 우리 챵의군을 백셩을 위하난 군사달히라고 녜아기하다록 하쇼셔."

"녜, 원슈님. 이대 알겠압나니이다."

"우리 챵의군이 보령 슈영을 얻었을 적에 군령 뎨이십이호로 개색환납(改色還納) 졔도랄 없갰나이다. 문셔참모부에셔 그 군령을 여러 쟝 맹갈아놓았아니, 각 면마다 하나식 브티쇼셔. 사람달히 됴하할 새니이다."

"녜, 원슈님. 이대 알겠압나니이다."

   세.   총참모부에 교화참모부를 새로이 셜티홈.

        교화참모부는 호셔챵의군 군수돌콰 민간인돌희 교화올 담
        당홈.

        행 교화참모부쟝 군사 딕령 원슌보

        행 군내교화과쟝 군사 딕령 원슌보

           슈 뎨일교화계쟝 부병 김소향

           슈 뎨이교화계쟝 딕병 왕영지

슈 뎨삼교훅계쟝 딕병 유승긔

슈 뎨오교훅계쟝 딕슈 윤병식

행 민간교훅과쟝 군슈 딕령 원슌보

1계쟝은 졍음을, 2계쟝은 한자를, 3계쟝은 산수를, 그리고 5계
쟝은 활쏘기를 가르치기로 되었다. 유승긔는 서텬군텽 호방의 셔
원으로 셈을 잘했고, 윤병식은 11궁슈졍대의 듕대쟝이었다.

"우리 챵의군은 모단 사람달히 사람다이 살 수 있게 하려 니러
셨나이다. 사람이 사람다이 살려면, 셰샹 리티랄 알아야 하나이다.
셰샹 리티랄 알려면, 몬져 글을 닑을 수 이셔야 하나이다."

대쟝들이 서로 흘긋거렸다. 그들 가운데 글을 읽을 줄 아는 사람
은 몇 안 되었고, 글 얘기가 나오니, 주눅이 드는 모양이었다.

"당쟝 필요한 것은 언문을 닑을 수 이시난 것이니이다. 언문은
백오십 년 전에 셰종대왕끠셔 맹갈아샸나이다. 본대 일홈안 훈민
졍음이니이다. 백셩들홀 가라치난 올한 소리라난 뜻이니이다. 셰
종대왕끠셔는 손조 훈민졍음을 가라치난 책알 펴내샸나이다." 그
는 『훈민졍음』을 들어 사람들에게 보였다.

사람들의 눈길이 일제히 그가 든 책으로 쏠렸다.

"이 책알 펴내시면서, 셰종대왕끠셔는 훈민졍음을 맹갈아신 뜻
을 말쌈하샸나이다. 나이 한번 닑어보겠나이다." 헛기침으로 목을
고르고서, 그는 서문을 낭독하기 시작했다. "나랏말쌈이 듕귁에
달아 문자와로…… 사람마다 해여 수비 니겨 날로 쑤메 편안킈 하
고져 할 따람이니라."

사람들에게 뜻을 새길 틈을 준 다음, 그는 말을 이었다. "세종대왕끠셔 말쌈하신대로, 훈민정음은 배워셔 쓰기 매오 쉬우나이다. 그러하야셔 사람달히 언문이라 하나이다. 쉬운 글이란 뜻이니이다. 이제 우리 챵의군의 군사달한 디위 높든 낮든 모도 훈민정음을 닉힐 새니이다. 나이 많고 품계 높안 사람달토 모도 닉히쇼셔. 모라난 것이 붓그러운 것이 아니라 배우디 아니하난 것이 붓그러운 것이니이다. 그러하야셔 교학참모부를 새로이 셜티하얐나이다. 언문을 닉히고 죵요로온 한자달토 닉히나이다. 몬져, 여긔 셔쳔군에 쥬둔하난 챵의군 군사달해게 가라치고 그 뒤헤는 셔쳔군의 면들흘 돌아다니면셔 아이달해게 가라칠 새니이다. 원슌보 군사끠셔 손조 교학참모부장의 직임을 맏다샸나이다. 참아로 고마오신 일이니이다. 김소향 부병과 왕영지 딕병은 한문과 언문을 다 잘 아나이다. 박 대쟝."

　"녜, 원슈님."

　"여긔 셔쳔군에 쥬둔하난 군사달히 렬심히 글을 배호다록 하쇼셔."

　"녜, 원슈님. 이대 알겠압나니이다."

　"군령에 대하야 믈어보실 것이 이시나니잇가?" 그는 사람들을 둘러보았다.

　"글을 가라치난 일안 몬져 셔쳔군에셔 해보고 차차 다란 고을들로 확산하시겠단 말쌈이시압나니잇가?" 경언디가 물었다.

　"녜, 그러하압나이다. 우리 챵의군도 쥬둔군은 틈이 졈 날 새니, 쥬둔군 몬져 교학할 생각이니이다."

모두 글을 배우는 일에 관심이 많아서, 논의가 이어졌다. 그가 글을 잘 아는 기생 출신 군사들을 기용하겠다는 생각을 밝히자, 분위기가 문득 가벼워져서 논의가 더욱 활발해졌다.

　"그러하면 회군하난 일에 대하야 말쌈드리겠나이다," 얘기가 잦아들자, 그는 행군 계획에 대한 얘기를 꺼냈다. "부여까장 돌아갈 때난 밤애 행군하겠나이다. 야간 전투 훈련을 하난 긔회로 삼겠나이다. 오날 밤애난 한산군까장 가나이다. 나죄 밥 들고셔 해시에 츌발하니, 그리 아시고 쥰비하쇼셔."

10

바위 뒤에 몸을 숨기고, 언오는 앞쪽을 살폈다. 바로 앞으로 백마강이 흐르고 그 너머에 성을 허리에 두른 부소산(扶蘇山)이 솟았다.

그의 옆쪽에 선 사공 노인이 조심스럽게 가래를 내뱉었다. 이곳은 금강천이 백마강에 합치는 지점 바로 남쪽에 솟은 작은 봉우리였다. 도강 지점을 고르기 위해 지형을 살피러 올라온 것이었다. 도강 작전을 지휘할 윤삼봉, 법성보창 도사공 출신으로 뗏목의 운전을 지휘할 신경환, 셔쳔보영의 군관이었던 현등구와 김홍익, 그리고 이곳에서 오래 나룻배를 부린 늙은 사공이 그를 따라 올라왔다.

그가 거느린 본대는 사흘 밤을 야간 행군하여 어젯밤에 은산역에 도착했다. 적군이 챵의군의 움직임을 눈치 채지 못하도록, 그는 야간 행군에서 소리와 불빛을 철저히 통제했다. 특히 어젯밤에 림쳔에서 은산으로 올 때는 강 건너편으로 소리가 들리지 않도록 애

썼다. 자신이 은산으로 돌아왔다는 것을 알리지 않으려고, 그는 지금 눈에 뜨이는 빨간 운동모자 대신 무명 수건을 두르고 있었다.

본대가 서쪽 고을들을 공략하는 동안 은산역 둘레에 남은 부대들과 인부들은 도강 준비를 열심히 했다. 비록 그의 희망엔 못 미쳤지만, 그가 걱정했던 것보다는 훨씬 나았다. 뗏목들은 거의 다 만들어졌는데, 적의 화살을 막을 앞쪽과 왼쪽의 벽은 거의 손을 대지 못한 상태였다. 투석기는 6문이 완성되었고 곧 3문이 더 만들어질 터였다. 나무를 다듬는 연장들이 크게 부족한 터라, 그로선 다행스러웠다.

가장 좋은 도강 지점은 한눈에 들어왔다. 금강천 합류 지점 바로 아래였다. 금강천을 내려온 뗏목들이 바로 닿을 수 있었고 긴 모래밭이 있어서 상륙하기에도 좋았다. 근처에 산이 없어서, 숨어 있던 적군에게 기습을 당할 위험도 없었다.

불행하게도, 적군도 같은 생각을 한 모양이었다. 그 지점에 가까운 강둑에 관군들이 몰려 있었다. 서쪽으로 원정하는 사이에, 그는 셕현공으로부터 은산 둘레의 정세를 줄곧 보고받았다. 공쥬목사로 보이는 장수가 관군 병력을 이끌고 와서 군사들을 배치했다는 것이었다. 공쥬목사는 두 번 백마강에 나타났다고 했다. 그가 챵의군 본대를 이끌고 서쪽으로 출발한 다음 날에 왔었고 어제 낮에 왔다고 했다. 이곳에서 묵지는 않은 모양이었다.

그러나 기습의 요소가 완전히 사라진 것은 아니었다. 도강 시점을 고르는 것은 그의 몫이었다. 만일 적군이 그가 돌아온 것을 아직 알지 못한다면, 기습의 효과를 충분히 거둘 수 있었다.

그는 쌍안경을 들어 적군 진지를 살폈다. 적군은 금강천 합류 지점 바로 위쪽의 봉우리를 거점으로 삼아 긴 강둑을 따라 부소산 성까지 병사들을 배치했다. 적군 병사들은 군데군데 모여 있었는데, 특별히 하는 일은 없었다. 처음에 배치되었을 때야 긴장했겠지만, 여러 날 아무 일도 일어나지 않으니, 병사들의 마음이 풀렸을 터였다.

그는 자신이 고른 도강 지점을 사람들에게 가리켰다. 그리고 그들의 의견을 들었다. 한눈에 들어오는 곳이라, 의견이 다른 사람은 없었다. 그는 사공 노인에게 금강천을 내려온 뗏목들이 합류 지점에서 어떻게 움직일지 물어보았다. 그 대목이 가장 불확실하고 위험했다. 경험 많은 사공은 큰 문제가 없을 것 같다고 했다. 신경환이 금강천 하구 양쪽에 배를 한 척씩 두어 만일의 사태에 대비하는 것이 좋겠다고 하자, 모두 찬성했다.

그는 다시 쌍안경으로 적군 진지를 살폈다. 아무래도 북쪽 봉우리를 거점으로 삼은 군대가 공쥬목 군대 같았다. 모두 5백 명은 넘는 것처럼 보였다. 물론 주력은 다른 곳에, 아마도 부여현텽이나 부소산성에, 있을 터였다.

쌍안경을 내리고서, 그는 혼자 고개를 끄덕였다. 속으로 결정한 것이었다, 내일 밤에 도강하기로. 서쪽으로 떠나기 전 뗏목들과 투셕귀들을 만들라고 지시했을 때만 해도, 그는 야간 도강이 너무 위험하다고 판단해서 주간 도강을 생각했었다. 이제 사정이 달라졌다.

먼저, 공쥬목 군사들이 합세한 터라, 자칫하면, 도강한 챵의군이 협공당할 위험이 컸다. 반응 속도가 느린 야간 도강이 오히려 안전했다.

둘째, 야간 도강에 이은 공격은 기습의 효과를 지닐 터였다. 북쪽 봉우리에 진을 친 군대는 쉽게 포위할 수 있었다. 잘하면, 많이 사로잡을 수도 있었다. 전라도 군사가 곧 올라올 것이 분명했으므로, 그는 이번엔 관군을 쫓아내는 것만으론 충분치 않다고 보았다. 공쥬목 군대의 위협을 아예 없애는 것이 긴요했다.

셋째, 여러 번 야간 전투에서 관군에게 이긴 터라, 챵의군은 야간 전투에서 관군에 대해 비교 우위가 있었다.

넷째, 여러 조건들이 야간 공격에 좋았다. 내일은 초파일이니, 반달이 있을 터여서, 너무 어둡지 않았다. 오래 가물어서, 강폭도 그리 넓지 않았다. 여러 날 야간 행군을 해서, 병사들의 생체 리듬도 야간 전투에 적응했을 터였다.

"얼우신." 그는 사공 노인에게로 몸을 돌렸다.

"녜, 나아리."

"뎌긔 뎌 산안 일홈이 므슥이니잇가?" 그는 강 건너 공쥬목 군사들이 거점으로 삼은 산을 가리켰다.

"돌뫼라 하압나니이다."

"돌뫼 아래 마알안 일홈이 므슥이니잇가?"

"샘골이라 하압나니이다."

"아, 녜." 그는 윤삼봉에게 가까이 오라고 손짓했다. "윤 대쟝."

"녜, 원슈님."

"뎌긔 돌뫼와 샘골 둘에를 자셔히 살펴보쇼셔. 우리 군사달히 강알 건너면, 바로 뎌긔를 에워쌀 새니이다. 시방 뎌긔 머므는 군사달할 사로잡아야 하나이다."

"녜, 원슈님. 이대 알겠압나니이다." 윤이 대답하고서 긴장된 자세로 그곳을 살폈다. 다른 사람들도 그가 가리킨 곳을 살폈다.

그는 아직 밤에 도강한다는 것을 밝히지 않았다. 기습을 제대로 하려면, 물론 그 정보가 적군에 새어 나가지 않아야 했다. 지금 이 자리에 모인 사람들 가운데 그가 깊이 믿는 사람은 윤삼봉뿐이었다. 나머지 사람들은 기회가 오면, 적군에게 넘어갈 가능성이 있는 사람들이었다. 야간 공격에 관한 정보를 지니고 적군에 귀순하면, 모든 죄가 사면되고 상을 받을 터였다. 유혹이 클 수 있었다.

"션발대가 돌뫼와 샘골의 젹군을 티고 나면, 후쇽 부대달콰 함끠 부여현텽과 부쇼산셩의 젹군을 틸 새니이다."

봉우리에서 내려오면서, 그는 흘긋 아래쪽 강에 눈길을 던졌다. 가뭄으로 좔아붙은 강은 개펄을 드러내고 햇살 아래 몸을 말리고 있었지만, 이곳은 천 년 전에 당(唐)과 신라의 군사들의 함성으로 덮였었다. 그리고 백제가 문득 무너졌다. 10리가 채 안 되는 곳에 낙화암(落花岩)이 있었다. 그 비극적 역사가 그의 가슴에 푸른 그늘을 드리우면서, 그의 입에서 뜻 모를 한숨이 새어 나왔다.

"이제 원슈님끠셔 부대긔를 슈여하시겠압나니이다." 문셔참모부 부부쟝 쟝용셰가 외쳤다.

"부대 차렷! 원슈님께 대하야 경례!" 새로 창설된 뎨이십구공병졍대의 대쟝으로 임명된 셔긔쥰이 구령을 불렀다.

"챵으이!" 병사들이 구호를 외치고 경례했다. 예행연습을 했을 텐데, 병사들은 아직 동작들이 서툴렀다.

"챵으이!" 셔가 돌아서서 경례했다.

"챵의!"

셔가 돌아서서 구령을 붙였다. "바로."

셔가 다시 돌아서자, 언오는 옆에 세워진 깃발을 집어 높이 치켜들었다. 챵이 손뼉을 치자, 바라보던 대쟝들과 병사들이 손뼉을 쳤다.

그는 셔에게 깃발을 건넸다. 셔가 깃발을 받아서 휘젓자, 병사들이 손뼉 치고 소리를 질렀다.

경산현과 은산역 둘레에서 모집한 벌목꾼들과 목수들로 29공병 졔대를 편성한 참이었다. 거의 열흘 동안 같이 일하면서, 그들은 챵의군에 대해서 알게 되었고 자연스럽게 호감을 갖게 되었다. 쥬둔군 사령 셕현공의 권유를 받자, 그들은 거의 다 챵의군에 들어왔다. 그는 그들을 목수들, 경산현 출신 벌목꾼들, 그리고 은산역 둘레에서 온 벌목꾼들로 나누어 3개 대대를 편성했고 셔긔쥰을 졔대쟝에 임명했다.

이어 침션대대 녀군들이 부대원들에게 품계쟝을 달아주었다. 여드레 동안 벌목하고 뗏목들을 만든 것을 실전으로 간주하여, 모두 벌목꾼들에겐 딕병의 품계를 주고 목수들에겐 부병의 품계를 주었다.

그가 병사들과 악수하는데, 쳔영셰가 긔병들을 이끌고 다가왔다. 급히 달려온 듯, 말들이 입에 거품을 물고 있었다.

"어셔 오쇼셔, 쳔 대쟝."

"챵의." 쳔이 경례했다.

"챵의."

"원슈님, 김항텰 총독이 원슈님끠 올이난 글을 갖고 왔압나니이다."

"아, 그러하시나니잇가? 슈고랄 많이 하쇻나이다. 보사이다." 그는 병사들의 대열에서 벗어나 한쪽으로 비켜섰다.

쳔이 품에서 봉투를 꺼냈다.

원슈님젼 샹셔

원슈님 그소이애도 긔톄후 일향 만강ᄒ옵신디 굼굼ᄒ옵ᄂ니이다. 다른 대쟝돌토 모도 무ᄉ흔디 굼굼ᄒ옵ᄂ니이다. 쇼쟝도 무ᄉ히 동북 방면을 디킈고 이시옵ᄂ니이다. 다른 일이 아니오라 어젓긔 나죄애 됴뎡에셔 보낸 관원들히 직산현에 도탹ᄒ얐옵ᄂ니이다. 안핵ᄉ 직챡올 가즌 사ᄅᆷ은 특진관 리쥰민이라 ᄒ옵고 젼 해미현감 리졍란이 수행ᄒ얐옵ᄂ니이다. 일행은 모도 닐굽이옵ᄂ니이다. 그러ᄒ야셔 쇼쟝이 그 관원들홀 직산현 객사애 머믈게 ᄒ얐옵ᄂ니이다. 쇼쟝이 홀 일올 하교ᄒ야주시옵쇼셔. 원슈님 안녕ᄒ시기롤 빌면셔 글월을 줄이옵ᄂ니이다.

긔묘 오 월 류 일

동북방면군 ᄉ령 슈 륙군 총독 경령 김항텰 배샹

그는 고개를 끄덕였다. 반가운 소식이었다. 한성의 조정에서 반란군과 대화를 하겠다는 뜻을 지녔다는 것은 일단 좋은 징조였다. 안핵사(按覈使)라는 직책은 사정을 살피는 사절로 보였다. 리경란이 수행했다는 사실도 나쁜 징조는 아니었다.

"천 대쟝, 슈고랄 많이 하샸나이다. 긔병들도 슈고랄 많이 하샸나이다. 겸 쉬쇼셔."

"녜, 원슈님."

그는 다시 병사들의 대열에 들어가서 신분이 군사로 바뀐 것을 아직 실감하지 못하는 듯한 병사들과 악수하면서 격려했다.

2백 명이나 되는 병사들의 품계장을 다는 일은 시간이 꽤 걸렸다. 마침내 쟝용세가 외쳤다, "원슈님 훈시가 이실 새압나니이다."

병사들이 다시 대열을 갖추었다.

"뎨이십구공병졍대 군사 여러분," 경례가 끝나자, 그는 훈시를 시작했다. "오날 여러분들끠셔 호셔챵의군에 들어오신 것을 환영하나이다. 우리 호셔챵의군은 모단 사람달히 사람다이 살 수 이시난 세샹알 맹갈려 니러셨나이다……"

신병들에게 하는 훈시였지만, 그는 자신에게 다짐을 두는 기분으로 말했다. 요즈음 그는 자신이 너무 스스로에게 관대한 것이 아닌가 하는 생각이 들곤 했다. 싸움마다 이기고 군세가 늘어나고 사람들이 자신을 떠받드니, 모르는 사이에 마음이 풀어지고 자신의 사소한 잘못들을 고치지 않고 그냥 넘어가는 버릇이 생겼다.

"여러분들끠셔는 이믜 뎨를 맹가난 일에셔 큰 공알 세우셨나이다. 앒아로도 셔긔쥰 졍 대쟝을 듕심으로 단결하야 공알 셰우쇼셔. 우리 함끠 살기 됴한 셰샹알 맹갈아사이다. 훈시 긑."

29공병의 창설식이 끝나자, 그는 윤삼봉에게 오늘 밤에 금강천에서 야간 도강 훈련을 할 준비를 하라고 지시했다. 뗏목마다 1개 듕대가 타고 슈군 셋이 합류했다. 셔쳔보영에서 근무했던 슈군들은 뗏목의 키를 잡고 노를 젓는 일을 맡았다. 듕대원들 가운데 건장한 병사들로 투셕긔를 운용할 팀을 꾸리도록 했다. 듕대는 원래 정원이 34명이었지만, 실제론 30명이 채 못 되는 경우가 흔했다.

윤이 부대장들을 모아 야간 훈련 계획을 의논하기 시작하자, 그는 군사(軍師)들과 함께 역쟝의 방으로 들어갔다.

"김항텰 총독이 이런 글을 보내왔나이다." 그는 봉투에서 편지를 꺼내서 졍언디에게 보였다.

"아, 녜." 졍이 받아서 읽기 시작했다.

"다란 군사달끠셔도 넑어보쇼셔." 졍이 편지를 다 읽고서 그에게 내밀자, 그는 다른 사람들을 가리켰다.

"특진관이란 직책안 엇던 직책이니잇가?" 모두 편지를 읽고 나자, 그가 졍에게 물었다.

"특진관안 경연에 참셕하난 관원이압나니이다. 졍삼품 이상의 문관애게 나리압나니이다."

경연(經筵)은 임금이 학문을 닦기 위해 학문과 덕망이 높은 사람들을 궁중에 불러 강연하는 자리였다.

"경연에 나가난 관원이라면, 명망이 높안 사람일 터인데…… 리쥰민이라 하난 사람안 엇던 사람이니잇가?"

"원슈님끽셔 짐작하신 대로 명망이 높안 사람이압나니이다."

그는 고개를 끄덕였다. "근년에 됴뎡의 관원들히 동인과 셔인으로 난호아뎟다 하더이다. 리쥰민이라 하난 사람은 동인과 셔인 가온대 어느 당애 쇽하나니잇가?"

졍이 잠시 생각을 가다듬었다. "신암안, 신암안 리쥰민의 호이압나니이다. 신암안 남명(南冥) 죠식(曺植) 션생의 생질이압나니다. 그러하야셔 동인에 속하난데…… 붕당알 딧난 것을 맛당치 못하게 녀겨 율곡(栗谷) 이이(李珥) 션생과 갓가온 사이이압나니다."

"그러한 사람이 안핵사로 온 것은 반가온 일이니이다. 안핵사랄 졉대할 사람안 시방 우리 챵의군에셔 군사뿐이시니이다."

"쇼쟝이 신암과 안면이 이시난 사이이니, 쇼쟝이 안핵사랄 졉대하난 임무를 맛다 원슈님끽셔 긔병하신 뜯을 셜명하겠압나니다."

"군사끽셔 그리하야주시면, 내 마암알 놓을 수 이실 새니이다. 그러하시면 군사끽셔 편리하신 때애 류긔병 쳔영셰 대쟝과 함끠 텬안아로 츌발하쇼셔."

"녜, 원슈님. 이대 알겠압나니이다. 쇼쟝이 안핵사랄 만나면, 므슴 녜아기랄 하여야 하압나니잇가?"

"군사끽셔 아시난 대로 말쌈하쇼셔. 우리 챵의군은 감촐 것이 아모것도 없나이다. 안핵사끽셔 보고 식브신 것들흘 마암대로 보게 하쇼셔."

졍이 싱긋 웃었다. "원슈님."

"녜?"

"신암안 셜득할 가치가 이시난 사람이압나니이다. 쇼쟝이 원슈님의 높아신 덕에 감화다외다록 한번 로력하야보겠압나니이다."

11

집 마당으로 들어서기 전에, 언오는 하늘을 올려다보았다. 무수한 별들이 밝게 빛나는 밤하늘은 언제나 그에게 감탄과 슬픔을 함께 불러냈다. 11시가 채 되지 않았는데, 달은 벌써 부소산 위에 걸려 있었다. '모레 밤엔 조금 더 밝고 좀 늦게 지겠지.'

도강 훈련을 감독하고 오는 길이었다. 훈련 준비가 덜 되고 훈련에 시간이 많이 걸려서, 맨먼저 뗏목을 타고 강을 건널 제1파(第一波) 부대들만 가까스로 뗏목을 한 번씩 타보고 훈련이 끝났다. 그래서 그는 도강 작전을 하루 미루기로 했다. 하루가 급한 판이라, 그로선 속이 탔지만, 밤에 뗏목 한 번 타보지 않은 부대들을 강물로 내몰 수는 없었다. 하루를 늦추면, 뗏목들과 투석기들이 늘어나니, 제1파의 힘도 그만큼 강해진다는 생각으로 그는 타는 마음을 달랬다.

'원래 군대라는 게 다 그렇지. "스내푸SNAFU"라 하잖았나.' 그는 씁쓰레한 웃음을 지었다.

SNAFU는 'Situation Normal: All Fucked Up'의 약자로 군대는 늘 엉망진창이라는 얘기였다. 제2차 세계대전 때 미군들이 쓴 말이라 했다. 조그만 실수도 허용되지 않는 잠수함에서도 어처구니없는 실수들은 일어나게 마련이었는데, 그때마다 선배 장교들이 그 말을 쓰곤 했다.

그는 바깥마당까지 나와 그를 맞는 바깥주인에게 인사하고 안마당으로 들어섰다. 그는 주인의 사랑을 본부로 쓰고 있었다. 근위대대 전체가 마을에 머무는 터라, 그는 쌀 열 섬을 마을에 돌리고 이 집엔 따로 석 섬을 내놓았다. 물론 그래도 집 안을 차지한 것이 미안했다.

그가 방으로 들어와 자리 잡자, 최월매가 마실 것을 내왔다. 슈정과를 마시면서, 그는 오늘 훈련에서 나온 문제들을 수첩에 정리하기 시작했다. 당장 급한 것은 투석기와 요원들을 보호할 방호판을 마련하는 일이었다. 투석기들을 만드는 데 마음이 쏠려, 방호판을 마련하는 일엔 마음을 덜 쓴 것이었다.

"원슈니임," 그가 수첩을 덮고 허리를 펴자, 옆에서 기다리던 최월매가 은근한 어조로 말했다.

그녀의 어조에 반사적으로 긴장하면서, 그는 그녀를 돌아보았다. 그녀가 무슨 일을 꾸며놓고서 그에게 알릴 때 쓰는 어조였다.

"원슈님. 이 집안사람달히 원슈님을 흠모하야……" 그녀가 무릎걸음으로 한 걸음 다가앉았다. "이 집안에 과년한 딸이 이시난대…… 오날 밤애 원슈님을 뫼시고 식브다 하얐압나니이다."

느닷없는 얘기에 그가 미처 대꾸를 하지 못하는 사이, 그녀가 냉큼 일어나 밖으로 나가더니 문밖에서 기다리던 처녀를 앞세우고 들어왔다.

"원슈님끠 인사 올이쇼셔," 최가 은근한 어조로 그 처녀에게 말했다.

"쇼녀 원슈님끠 문안 인사 올이압나니이다." 그녀가 또렷한 말씨로 인사하더니 그에게 큰절을 올렸다.

그도 황급히 맞절을 했다. 그녀에게서 풍기는 향그러운 냄새가 문득 그의 마음을 덮었다. 그의 몸속 깊은 곳에서 무엇이 깨어나 몸을 일으켰다.

"뉘시니잇가?" 엉겁결에 나온 물음인데, 어쩐지 예의에 어긋나는 것처럼 느껴졌다. 너무 느닷없는 일이라, 경황이 없었다.

"쇼녀는 이 집 쥬인 백한로의 손녀 묘월이라 하압나니이다." 그녀가 공손하나 또렷한 말씨로 대꾸하고서 고개 들어 그를 응시했다. "원슈님을 이리 갓가이셔 뵈압게 다외야셔, 쇼녀 마암 한없이 깃브옵나니이다."

자신도 모르게 그녀의 얼굴과 몸매를 살피고 있었음을 깨닫고, 그는 얼굴이 붉어졌다. "나난 리언오라 하나이다."

"녜, 원슈님. 원슈님의 높아신 명성은 소녀도 이믜 들었압나니이다. 원슈님끠셔 루추한 집에 류숙하시난 것은 영광이라고 소녀의 한아비와 아비 소녀애게 말쌈하얏압나니이다."

"아, 그러하시나니잇가?" 그는 별 뜻 없이 고개를 끄덕였다. 그는 적잖이 혼란스러웠다. 그녀의 출현이 워낙 느닷없는 일이어서,

그로선 그녀를 어떻게 대해야 할지 몰랐다. 그리고 두 사람의 첫 대면을 그녀가 주도하고 있었다.

"그러하시면 쇼쟝안 믈러가겠압나니이다. 원슈님, 편히 쉬쇼셔." 일이 잘 풀려간다고 느낀 최월매가 일어섰다.

"아, 최 대쟝, 슈고랄 많이 하샸나이다." 별 뜻 없이 한 말이었는데, 해놓고 보니, 오해받기 딱 좋은 얘기였다.

"묘월 아씨, 원슈님 잘 뫼시쇼셔," 그녀가 은근하게 말했다.

"녜, 대쟝님. 쇼녀이 정셩으로 원슈님을 뫼시겠압나니이다," 묘월이 대꾸하고서 고개를 숙여 인사했다.

최가 문을 닫자, 방 안엔 잠시 무거운 정적이 내렸다. 그는 어떻게 해야 할지 생각이 나지 않았다. 어색해진 분위기를 가볍게 만들 만한 얘기도 생각나지 않았다. 묘월은 차분히 앉아서 기다리고 있었다. 그녀의 차분한 기다림은 그에겐 무슨 말보다 더 공격적으로 느껴졌다.

"묘월 아씨난 몇 설이시니잇가?" 나이가 궁금해서라기보다 무슨 말이든지 해야 할 것 같아서 물어본 것이었다.

"열닐굽 설이압나니이다."

다시 정적이 내렸다. 그녀는 여전히 차분히 앉아서 기다리고 있었다.

그는 더 미룰 수가 없다고 판단했다. 이대로 가면, 좋은 결말이 나기 어려울 터였다. 그는 마음을 다잡아 힘들게 말을 밀어냈다, "쇼쟝안 홍쥬에 뎡혼한 녀인이 이시나이다."

"녜, 원슈님. 쇼녀의 집안애셔도 알고 이시압나니이다. 최 대쟝이 사정을 자셔히 녜아기하얏압나니이다."

어이가 없었다. "묘월 아씨의 한아바님과 아바님끠셔는 나이 뎡혼한 여인이 이시다는 녜아기를 들으시고도 아씨랄 이리……"

"쇼녀의 집안애셔는 쇼녀이 원슈님의 졍실이 다외기랄 바라난 것이 아니압나니이다. 쇼녀도 원슈님의 졍실이 다외기랄 바라난 것이 아니압나니이다. 긔는 너모 외람다외얀 일일 새압나니이다." 그녀가 그를 바라보았다. "쇼녀는 그저 원슈님을 뫼시라난 말쌈알 듣고 이리 들어왓압나니이다."

"그것 참," 난처한 마음에 그는 혼잣소리를 했다. 한숨이 나왔다. "묘월 아씨, 나난 모래면 군사달할 잇글고 여긔를 떠나나이다. 한번 떠나면, 다시 돌아올 긔약이 없소이다."

"돌아오신다난 긔약안 쇼녀도 쇼녀의 집안도 바라디 아니하압나니이다. 그리하난 것은 너모 외람다외얀 일인 줄 이대 알고 이시압나니이다."

"엇디 다외얏든, 나이 묘월 아씨와 잠자리랄 갇히 할 수는 없나이다. 그리하난 것은 내 욕심알 채오려고 아씨의 일생알 망티난 일이니이다. 아씨, 일어나셔셔 밧가로 나가쇼셔," 그는 그녀의 마음이 상하지 않도록 부드러운 말씨로 간곡하게 말했다.

그녀는 잠시 고개를 숙이고 손가락으로 방바닥을 문지르기만 했다. 이윽고 그녀가 고개 들어 그를 보았다.

그녀 눈에 눈물이 가득한 것을 보자, 날카로운 아픔이 그의 마음을 찢었다. '도대체 내가 지금 무슨 짓을 하는 건가?'

"쇼녀는 부모 말쌈알 딸와 이 방애 들어왓압나니이다," 그녀가 흐느끼는 목소리로 말했다. "이제 쇼녀는 원슈님 명을 딸와 이 방애셔 나가압나니이다. 쇼녀의 어미는 몬져 쇼녀의 뜯을 물었습니다. 원슈님끠셔는 쇼녀의 뜯을 묻도 아니 하시고 방애셔 나가라 하압시나니이다." 그녀가 저고리 고름을 들어 눈물을 닦았다.

"아, 긔는…… 나이 잘못하얐나이다." 그는 고개를 숙였다. "묘월 아씨의 뜯은 므슥이시니잇가?"

"원슈님끠셔 처엄 이 집에 오샜알 때, 원슈님을 뵈았압나니이다. 그때 발셔 쇼녀의 집안애셔는 쇼녀로 하야곰 원슈님을 뫼시도록 하자난 녜야기 이셨압나니이다." 그녀가 울음이 담긴 목소리로 말했다.

"아, 그러하샸나니잇가?"

그녀는 다시 차분히 기다리는 자세로 앉아 옷고름으로 눈물을 훔치고 있었다.

그제야 그는 깨달았다. 그녀는 자신이 이미 여러 날을 두고 생각한 끝에 오늘 밤에 이 방에 들어온 것이지 순간적 충동으로 들어온 것이 아니라는 얘기를 한 것이었다. 자신의 뜻을 완곡히 그러나 또렷이 밝힌 것이었다.

"그러나……" 그는 당혹스러운 마음을 가다듬었다. "만일 나이 오날 밤 묘월 아씨와 함끠 디내면, 묘월 아씨난 평생……"

"쇼녀이 오날 밤 원슈님을 뫼시던 바로 널어셔셔 이 방알 나가던, 쇼녀는 원슈님을 뫼신 녀자로 세상에 알려딜 새압나니이다. 쇼녀이 이 방애 들어셨을 때, 쇼녀의 운슈는 이믜 뎡하야뎠압나니이다."

듣고 보니, 그녀 얘기가 맞았다. 그가 그녀 손목조차 안 잡았지만, 이미 이 세상 사람들에겐 그녀는 그와 하룻밤을 잔 여인이 된 것이었다. 그리고 그가 그냥 떠나면, 그녀는 평생 살아야 하는 것이었다, 손목도 한번 잡아주지 않은 사내의 여인으로.

"묘월 아씨, 아씨 스스로 나랄 원하시나니잇가? 부모 말쌈알 딸 오난 것이니잇가?"

그녀가 고개를 힘차게 들어 그를 응시했다. "원슈님, 쇼녀이 원하디 아니하얐다면, 아모리 부모의 명이 듕하다 하더라도, 쇼녀이 이리 방애 들어왔겠압나니잇가?"

그녀의 거센 눈빛과 항의에 떠밀려, 그는 눈길을 돌려 타들어가는 촛불을 바라보았다. 촛농이 흘러가는 시간처럼 흘러내리고 있었다.

"쇼녀는 오직 하랏밤만 원슈님을 뫼실 수 이시다고 들었압나니이다. 쇼녀는 하랏밤이면 죡하다고 생각하얐압나니이다. 이 밤이 디나면, 쇼녀는 평생을 호셔챵의군 원슈를 뫼신 녀자로 살아가겠압나니이다. 원슈님끠셔 쇼녀의 뜯을 받아들이시든 믈리티시든 쇼녀는 세상 사람달 앒애 원슈님을 뫼신 녀자로 나셔겠압나니이다."

어차피 호셔챵의군 원슈의 계집으로 살아갈 여인에게 소박맞은 여인의 비참함까지 안기겠느냐는 물음이었다. 아니, 그런 선택은 너무 유치하고 어리석어서 고려할 것도 없다는 자신의 생각을 담은 선언이었다.

그는 마음이 벅차서 이내 대꾸를 못하고 촛불만 바라보았다. 여기 궁벽한 산골 마을에서 이런 처녀를 만난 것이 믿어지지 않았다.

고울 뿐 아니라 똑똑하고 마음까지 굳은 처녀에겐 말로 그리기 어려운 매력이 있었다. 마음의 둑이 무너지고 거센 욕정의 물살이 덮치는 것을 느끼며, 그는 그녀에게 손을 내밀었다.

그녀가 성큼 그의 품 안으로 들어왔다. 봄날의 촉촉한 흙냄새 같은 푸근한 냄새가 그를 휩쌌다.

어쩐지 그녀의 삶이 자신 때문에 불행해질 것 같다는 예감이 서러운 그늘을 드리운 마음으로 그는 그녀 등을 쓰다듬고 또 쓰다듬었다. 오늘 처음 만난 열일곱 살 처녀가 오랜 세월을 같이 지낸 여인처럼 느껴졌다. 버티던 촛농이 아쉬운 몸짓으로 흘러내리자, 촛불이 껌벅거렸다.

12

언오가 봉우리로 올라서자, 먼저 와 있던 근위병들이 말없이 경례했다. 그저께 낮에 지형을 살피러 올라왔던 합류점 바로 아래 봉우리였다.

"모도 슈고 많이 하시나이다." 그는 답례하고서 한마디 덧붙였다.

두엇은 낯이 좀 설었다. 이번 서남 원정에서 뽑은 병사들이었다. 그는 근위병들을 자주 바꾸는 데 마음을 썼다. 근위병이라는 직책엔 후광과 특권이 어리게 마련이므로, 자주 바꾸는 것이 바람직했다. 그래서 지휘관 재목이라 판단되는 근위병은 단대쟝 자리가 나면, 이내 내보냈다. 근위병은 특별한 재능이 필요한 직책이 아니었다. 그저 성실하고 충성심이 깊으면 되었다.

숨을 돌리면서, 그는 밤 풍경을 살폈다. 다행히 구름이 없어서, 아흐레 달이 작전 지역을 환히 비추었다. 금강 너머 적진은 조용했다. 돌뫼와 샘골엔 화톳불 몇 개가 어둠 속에 밝은 구멍들을 냈다.

긴 강둑 한가운데에 지펴진 화톳불 둘레엔 관군 병사들이 모여 있었다. 관군 지휘부가 있을 부여현령은 부소산에 가려서 보이지 않았다. 그는 쌍안경으로 강둑의 적병들을 살폈다. 저녁을 먹고 불을 쬐면서 담소하고 있었다. 적군은 아직 챵의군이 도강을 준비하는 것을 모르고 있었다.

'일단 도강 작전은 기습이 될 것 같은데……' 고개를 끄덕이면서, 그는 뒤쪽 그의 군대가 집결한 곳을 돌아보았다. 금강천을 따라 뗏목들이 한 줄로 떠 있었다. 물을 가두었던 상류의 둑을 조금 열어서, 뗏목을 띄우는 데 필요한 수량은 되는 듯했다. 그 아래쪽 합류점 가까이에 문제가 생긴 뗏목을 도울 배 두 척이 매여 있다. 나머지 배들은 도강 지점의 모래밭에 있었다.

상황이 예상대로라는 것이 확인되자, 그의 마음은 이내 묘월에게로 돌아갔다. "하룻밤을 자도 만리장성을 쌓는다"고 했는데, 이틀 밤을 그녀와 잔 것이었다. 잠자리에서의 즐거움과 헤어짐의 아픔이 어울려, 그녀와 헤어진 지 겨우 세 시간인데도, 벌써 그녀가 그리웠다. 헤어지던 장면이 다시 떠올랐다. 그녀는 언제 다시 오겠느냐고 묻지 않았다. 그에게 큰절을 올리는 것으로 작별 인사를 대신했다. 그도 말없이 그녀를 끌어안고 그저 등만 쓰다듬었다.

금강천변 집결지에서 불길이 올랐다. '믈수릐 작젼'이 시작된 것이었다.

가슴이 좔아드는 느낌이 들어, 그는 가슴을 펴고 숨을 깊이 쉬었다. 날렵하게 물고기를 낚아채는 물수리처럼 작전이 이루어지라고 그런 이름을 붙였지만, 적의 저항 속에 이루어지는 야간 도강 작전인지라, 그의 마음속에선 일어날 수 있는 온갖 사고들이 영화 장면 들처럼 스쳤다.

금강천에 길게 뜬 뗏목들이 천천히 물길을 따라 내려오고 있었 다. 제1파에 속하지 않는 전투 부대들이 그가 선 봉우리 뒤쪽으로 난 길을 통해 금강 서안으로 움직이기 시작했다. 강 건너편 관군 진영에선 아직 별다른 움직임이 없었다.

도강 병력은 모두 13파들로 편성되었다. 가장 어려운 것은 기병 대의 말들을 건네는 일이었다. 작전이 순조롭게 진행되어도, 내일 낮에야 모두 건널 수 있단 얘기였다.

드디어 맨 앞 뗏목이 합류점에 이르렀다. 뗏목은 잠시 불안하게 돌더니 바로 본류를 타고 서남쪽으로 내려갔다.

그는 안도의 한숨을 길게 내쉬었다. 그리고 적진을 살폈다. 아직 적진은 조용했다. 쌍안경으로 살펴도, 급한 움직임은 없었다.

이제 맨 앞 뗏목은 상륙 지점인 모래밭이 거의 끝나는 곳에 이르 렀다. 본류엔 뗏목 네 척이 떠 있었다.

갑자기 관군 진영이 시끄러워졌다. 뗏목들을 발견한 관군 병사 들이 소리치면서 뗏목들을 가리키고 있었다. 이어 돌뫼 아래서 화 톳불을 쬐던 병사들이 급하게 강둑으로 올라섰다.

맨 앞 뗏목엔 명쥰일이 이끄는 특공대 1개 듕대가 타고 있었다. 다음 뗏목엔 궁슈 1개 듕대가 타고 있었다. 도강 작전을 지휘하는 윤삼봉이 거기 타고 있었다. 황구용이 이끈 척후 1개 듕대가 탄 뗏 목이 그 뒤를 따랐다. 넷째 뗏목부터 7보병졍대와 25보병졍대 병 사들이 탔다. 두 보병졍대 사이에 군악듕대가 탔다. 마지막 두 척엔 뗏목들을 다시 강 서안으로 몰고 올 공병 1개 등대와 운슈병 1개 등대가 탔다. 빈 뗏목의 조종은 신경환이 지휘할 터였다.

첫 뗏목에서 내린 특공대 병사들은 모래밭으로 올라서자 이내 강둑으로 달려가기 시작했다. 다음 뗏목에서 내린 궁슈들은 대형을 이루더니 돝뫼 쪽으로 강을 거슬러 올라가기 시작했다.

그사이에 관군들은 대오를 갖추어 뗏목들이 닿은 곳으로 달려오고 있었다. 이미 강을 건너 상륙하는 챵의군에 대응할 준비를 잘 한 듯, 군관으로 보이는 자의 지휘 아래 빠르고 질서 있게 움직이고 있었다.

황구용의 지휘 아래 쳑후들은 특공대의 오른쪽으로 나아갔다. 부소산성 쪽에서 올라올 적군들에 대비하려는 것이었다. 쳑후들이 후위인 셈이었다.

7보병졍대의 뗏목들이 잇달아 모래밭에 닿았다. 병사들은 서둘러 투셕긔를 설치했다. 큰 대나무 방호판이 적군의 화살로부터 병사들을 조금은 지켜줄 터였다.

돝뫼 쪽으로 올라가던 궁슈들이 걸음을 멈추더니 앞에 방패들을 세워놓았다. 이어 화살이 일제히 날아올랐다. 달려오던 관군들이 멈칫했다. 그사이에 다시 화살이 날아올랐다. 이번엔 화살들이 과녁을 찾았다. 비명이 들리더니, 관군 대오가 흐트러졌다. 다시 화살이 날았다. 다시 비명이 나더니, 관군들이 돌아서서 도망치기 시작했다. 7보병졍대의 투셕긔들이 강둑으로 셕탄을 쏘아대기 시작했다.

문득 군악 소리가 올랐다. 군악등대가 닿은 것이었다. 「호셔챵의군가」의 가락이 너른 강변에 울려 퍼졌다. 병사들이 따라 부르기 시작했다. 이미 강을 건너 적진에 석탄을 퍼붓은 병사들도, 뗏목에 탄 채 강을 내려오는 병사들도, 그가 선 봉우리 남쪽으로 난 샛길을 따라 도강 지점으로 향하는 병사들도.

    깃발이 펄럭인다
    깃발이 펄럭인다
    힘차게 나아가자
    힘차게 나아가자
    호셔챵의군
    호셔챵의군

그는 가슴을 열고 그 노랫소리를 받아들였다. 뜨거운 무엇이 속에서 치솟는 것을 느끼면서, 그는 싸움터의 상황을 살폈다. 적군은 도망치기 바빴다. 반격할 만한 예비 병력은 보이지 않았다. 부소산성 쪽에서 아직 움직임이 없었다. 고개를 끄덕이고서, 그는 한숨을 길게 내쉬었다. 교두보가 마련된 셈이었다. '믈수리 작젼'의 1단계가 성공적으로 이루어진 것이었다.

반달이 비추는 어둑한 강과 들판에 챵의군 병사들의 함성은 이어지고 있었다.

    아아아아아아아
    아아아아아아아

368

호셔챵의군

호셔챵의군

13

저만큼 셕셩현(石城縣) 원정군의 앞머리가 다가왔다. 아는 곡들을 번갈아 연주하던 군악대가 「아이다」의 「이기고 돌아오라」를 연주하기 시작했다. 이 환송식을 위해서 어제 그가 새로 가르친 곡이었다.

말고삐를 잡은 원정군 사령 윤삼봉이 다가오면서 경례했다. "챵의."

"챵의." 언오도 답례하고 손을 내밀었다. "윤 대쟝, 잘 다녀오시오."

"녜, 원슈님. 다녀오겠습니다. 챵의."

"챵의." 이제는 익숙한 장면이었지만, 그래도 원정군을 떠나보낼 때는 가슴이 먹먹했다.

윤 바로 뒤엔 마셕규가 이끈 2쳑후대대가 따랐다. 이어 7보병졍대, 28궁슈졍대 2대대, 25보병졍대, 19운슈졍대, 30포병졍대, 29공병정대가 따랐다. 후위는 17긔병정대 2대대였다. 원졍군은 셕셩현을 얻으면 은진현(恩津縣), 련산현(連山縣), 니셩현(尼城縣)을 잇달아 공략한 뒤 본대와 합쳐 공쥬셩을 치기로 되어 있었다. 튱쳥우도 공쥬진관엔 진잠현(鎭岑縣)과 회덕현(懷德縣)도 있었지만, 너무 멀고 젼략적 가치가 작았다. 공쥬를 얻으면, 원졍군은 금강 이남의 튱쳥우도 지역을 지키는 동남방면군으로 편셩될 터였다. 이번 작젼의 목표들 가운데 하나는 예하 부대들의 유대를 강화하여 동남방면군을 유기적 부대로 만드는 것이었다. 이미 7보병정대와 25보병정대는 챵의군에서 가장 젼투력이 강한 부대들이 되었고 윤삼봉의 장악력은 완벽했다. 그리고 그저께 밤 '믈수릐 작젼'으로 금강을 건너고 이어 부여현텽을 공략하면서, 챵의군의 모든 부대들은 유대가 한결 깊어졌다.

'믈수릐 작젼'은 사고 없이 잘 진행되었다. 윤삼봉의 지휘 아래, 제1파는 교두보를 확보하고 돝뫼의 관군들을 포위했다. 젼과는 그리 크지 않아서, 백 명이 채 못 되는 관군들이 잡혔다. 그들 가운데 챵의군으로 귀순한 자들은 신분과 고향을 고려해서 각 부대들에 배치했고 나머지는 포로로 삼아 부여현텽의 방비를 강화하는 작업에 투입하기로 했다. 부여현텽이 앞으로 금강 이남 튱쳥우도의 본부가 될 터였으므로, 방어선을 설치하는 일이 시급했다. 포로들을 오래 잡아두고 일을 시키는 것이 마음에 걸려서, 그는 그들에게 약속했다, 일을 열심히 하면, 석 달 뒤에 모두 방면하겠다고. 석 달이 지나면, 젼라도 군사들과의 싸움이 끝났을 터였다.

부여현텽을 지키던 관군들은 작은 병력이 아니었지만, 한밤에 뗏목을 타고 강을 건너 군악에 맞춰 군가를 부르면서 밀어닥친 챵의군에 제대로 맞설 의지는 없었다. 투셕긔로 셕탄들을 쏘아대자, 관군들은 서쪽 강가를 따라 도망쳤다.

원정군이 다 지나가자, 그는 옆에 선 사람들의 낯빛을 살폈다. 좌슈를 비롯한 별감과 권농들이었는데, 모두 깊은 인상을 받은 듯했다.

"참아로 쟝한 일이압나니이다." 좌슈 리인규가 매끄럽게 말했다.

"감샤하압나니이다." 그도 매끄럽게 대답했다.

지금 그는 이 사람들과 미묘한 줄다리기를 하고 있었다. 부여현에 배정된 군량미와 쇽량 사노의 규모에 관한 것이었다.

이제는 점령한 고을에서의 초기 행정은 경상적 과정이 되어 있었다. 도망한 아젼들과 셔원들을 설득해서 불러 모아 관청의 급한 일들이 진행되도록 하고, 젼적들과 창고들을 확보해서 대조하고, 관노비들을 쇽량시켜 챵의군으로 받아들이고, 관둔젼을 관노비들에게 분배해서 그들의 충성심을 확보하고, 역과 원들을 접수해서 말들을 확보하고 역졸들을 챵의군으로 들어오도록 설득하고, 유지들을 불러 모아 군량미와 쇽량 사노의 규모를 제시하고 자율적으로 배당해서 챵의군에 제공하도록 만드는 일이 모두 참모본부 요원들에 의해 거의 기계적으로 이행되었다. 그는 군량미와 쇽량 사노의 규모처럼 판단이 필요한 일들만 살폈다.

부여현의 금강 남쪽 지역에 배당된 군량미는 2백 셕이고 쇽량 사노는 50명이었다. 그가 그런 규모를 제시하자, 리인규가 좀 경감해달라고 요청했다. 공쥬목에서 온 군사들의 군량으로 백 셕 넘게 부여현텽에 바쳤다는 애기였다.

원졍군은 동쪽으로 곧게 난 길을 따라 서두름 없이 멀어지고 있었다. 그는 사람들을 둘러보았다. "그러하시면, 들어가사이다."

"녜, 원슈님," 리가 대답하고서 앞장서라고 그에게 손짓했다.

"여긔에 녯날 비셕이 하나 이시다난 녜아기랄 들었나이다. 혹시 얼우신들 가온대 비셕에 대해 잘 아시난 분이 겨시나니잇가?" 천천히 걸으면서, 그는 리에게 물었다.

"비셕 말쌈이압시나니잇가?"

"녜. 녯날 비셕."

"비셕이라……" 리가 혼잣소리를 하며 잠시 생각했다. "어이, 박 권농."

"녜?" 대방면 권농이라는 박만슐이 대꾸하고서 가까이 다가섰다.

"능산리 김몽룡이 녯날 비셕에 대해 이대 안다난 녜아기랄 들었는듸, 그 사람이 참아로 잘 아나?"

"녜, 좌슈 얼우신. 김몽룡이 녯날 것들흔 모도 잘 아나이다."

"좌슈 얼우신, 그 김몽룡이라 하난 분을 쇼쟝이 시방 졈 뵈올 수 이시나니잇가?"

"아, 녜," 리가 대꾸하고서 박을 보았다. "박 권농, 자내 능산리 애 갔다 와야겠네. 가셔 김몽룡이애게 호셔챵의군 원슈님끠셔 보자 하신다고 니르게."

박이 부리나케 떠나자, 그는 리를 돌아보았다. "공쥬 군사달해 게 군량미랄 많이 내셨다 하시니……"

리의 얼굴이 밝아졌다. "녜, 원슈님."

"백 셕만 내도록 하쇼셔. 쇽량할 사노달토 삼십 인으로 하쇼셔."

"녜, 원슈님. 원슈님의 크신 은혜 백골난망이압나니이다."

김몽룡이 현텽에 이른 것은 해가 뉘엿할 때였다. 사십대의 사내
였는데, 선비의 풍모가 있었다.

"얼우신끠셔 녯날 비셕을 잘 아신다 하기 이리 뵈압고자 하얐나
이다." 인사가 끝나자, 언오는 얼굴에 웃음을 띠고 부드러운 목소
리로 말했다.

"아, 녜. 원슈님끠셔 알고 식브신 것이 이시면, 쇼인이 아난 대
까장 말쌈 올이겠압나니이다." 공손함 속에 단단한 무엇이 들어
있는 말씨였다.

근위병이 소반을 들고 들어왔다. 손님을 위한 슈졍과 사발과 그
가 청한 숭늉 사발이 놓여 있었다.

"목이 마라실 샌데, 졈 드쇼셔."

"녜, 감샤하압나니이다. 원슈님끠셔 몬져……"

"나난 발셔 많이 들었나이다. 어셔 드쇼셔."

김이 목을 축이자, 그는 말을 이었다, "녯날 백제 신라와 당나라
애 패망하얐알 적의 당나라 쟝슈이 여기 부여 따해 자신의 공알 기
리난 비셕을 셰웠다난 녜아기 이시던데……"

"아, 당유인원긔공비랄 말쌈 하압시나니잇가?"

"녜. 바로 그이니이다."

당유인원긔공비(唐劉仁願紀功碑)는 백제가 멸망한 뒤 당의 도독
(都督)으로 백제의 옛 땅을 다스린 유인원의 공적을 기린 비였다.

언오는 그 비를 이미 부여박물관에서 보았다. 그러나 그가 거기서 본 비는 죽은 비였다. 비바람으로 마모된 비를 보호하고 보다 많은 사람들이 볼 수 있도록 하려는 뜻에서 박물관 안으로 옮겼겠지만, 제자리에서 건물 안으로 옮겨지면서, 천 년 넘게 비바람을 맞으며 옛 싸움을 증언하던 그 비는 또 하나의 죽은 유물이 된 것이었다. 그는 살아 있는 비를, 그것을 세운 사람들이 뜻했던 대로 당시의 이야기를 후세에 전하는 모습을, 보고 싶었다.

그 비를 읊은 유득공(柳得恭)의 「백제 사수 제4수」가 그런 아쉬움을 짙게 했다.

때로 거친 언덕 가을 풀 속
가던 사람 말 멈추고 당나라 비를 읽는다.

時見荒原秋草裏
行人駐馬讀唐碑

이우는 가을 풀숲에 홀로 선, 천 년의 바람과 서리를 견딘 옛 비석의 비문을 읽는 것은 잘 꾸며진 박물관에서 안내문을 참고하면서 읽는 것과는 정취가 다를 터였다.

"그 비난 여긔 바로 뒤헤, 부쇼산 줌턱에, 이시압나니이다."

"아, 녜. 그러하면 얼우신끠셔 길할 겸 가라쳐주쇼셔."

"녜, 원슈님. 길알왼다 할 것도 없압나니이다. 바로 뒤헤 이시압나니이다."

김을 따라 부소산을 쉬엄쉬엄 오르면서, 그는 김의 신상에 대해 물었다. 이곳 유지들이 옛일들에 관한 전문가로 선뜻 꼽았다면, 김은 적어도 향토사(鄕土史)의 전문가였다. 지금 이곳에서 향토사는 과거를 보는 데 아무런 도움이 되지 않는 학문인데, 그런 분야를 혼자 연구하는 사람이 있다는 것은 뜻밖이었고 그만큼 반가웠다. 자연히, 김의 내력과 됨됨이가 궁금했다.

"얼우신 본관안 어디이시니잇가?"

"쇼인안 김해 사람이압나니이다."

"김해 김씨면, 김유신 쟝군의 후손이시니이다?"

"녜, 원슈님. 그러하압나니이다."

"백제를 멸한 신라 쟝군의 후손이 백제 따해셔 백제 력사랄 공부하시다니……"

그를 흘긋 돌아다본 김이 그의 웃는 얼굴을 보고 따라서 웃음을 지었다. "엇디엇디 하다 보니, 그리다외얐압나니이다. 셰상의 인연이라 하난 것이……" 김이 고개를 저었다.

문득 분위기가 가벼워지는 것을 그는 느꼈다. 김유신의 후손이 백제 고도(古都)의 향토사를 연구한다는 작은 반어(反語)를 공유했다는 사실이 두 사람 사이에 작은 다리를 놓은 듯했다.

"얼우신끠셔는 과거를 보샀나니잇가?" 평평한 곳에 올라서자, 그는 걸음을 멈추고 물었다.

"아니압나니이다." 김이 쓸쓸함이 살짝 어린 웃음을 얼굴에 올렸다. "쇼인안 처엄브터 과거를 볼 마암이 없었압나니이다. 쇼인의 증죠끠셔 과거를 보디 말라난 유언을 남기샀압나니이다."

증조부의 유언에 따라, 그의 집안에선 과거를 보지 않는다는 얘기였다. 김의 증조부는 김일손(金馹孫)과 같은 집안이어서 무오사화에 연루될 뻔했다고 했다.

"아, 그러하시나니잇가?" 그는 고개를 끄덕였다.

벼슬은 어느 사회에서나 위험했다. 그러나 조선처럼 지배 계급이 생산 활동을 거의 하지 않고 피지배 계급들의 생산물을 착취해서 살아가는 추출적 사회extractive society에선 특히 위험했다. 생산량은 한정되었는데, 지배 계급의 인구는 늘어나기 때문에, 권력을 향한 경쟁은 늘 치열하고 패배한 세력은 참혹한 운명을 맞았다. 조선조에서 그런 권력 다툼은 초기엔 기득권을 누리려는 훈구파(勳舊派)와 권력에 새로 참여하려는 사림파(士林派) 사이의 대립인 사화(士禍)의 형태를 했고 지금은 당쟁(黨爭)으로 보다 구조화되어 가고 있었다.

"규암 송인슈 선생도 그와 비슷한 유언을 남기샸나이다."

"아, 그러하압나니잇가?"

김은 송인슈를 잘 모르는 듯했다. 그가 송인슈의 일화와 신도비를 세운 일을 말해주자, 김은 감탄했다. 그리고 문의(文義)에 있는 신도비를 꼭 찾아보겠다고 했다.

"아, 참, 이번에 셔천군텽에셔 『졈필재집』을 얻었나이다." 다시 길을 오르면서, 그가 말했다.

"아, 그러하압샸나니잇가? 『졈필재집』을……" 김이 반색했다.

"녜. 내아 벽쟝에 뉘 숨겨둔 것을 찾았나이다. 나이 잇다가 보여 드리겠나이다."

"원슈님, 감샤하압나니이다."

"이제 우리 호셔챵의군이 니러션 디 두 달이 넘었나이다. 그새 닐어난 일달히 많안데, 경황이 없어셔, 일일이 긔록하디 못하얐나이다. 군령들이 있긴 하디마난, 뉘 자셔히 긔록하여야 하나이다. 그리하여야 후셰 사람달히 우리 니러션 뜯과 한 일달할 알 새니이다."

"녜, 원슈님. 그러하압나니이다."

"혹시 얼우신끠셔 우리 챵의군에 들어오실 뜯이 겨시면, 들어오셔셔 챵의군의 행젹을 긔록하야주시기를 바라나이다. 후셰를 위하야 됴한 일이니, 슈고로오시더라도…… 얼우신끠셔 한번 생각해 보시기 바라나이다."

"녜, 원슈님. 쇼인알 그리 높이 생각하야주시니, 황공하압나니이다."

"얼우신끠셔 이 일알 맜다주신다면, 우리 챵의군 참모본부에 '긔록참모부'를 새로이 셜티할 생각이니이다."

"녜, 원슈님. 이대 알겠압나니이다. 쇼인이 깊이 생각하야 곧 쇼인의 뜯을 원슈님끠 말쌈 올이겠압나니이다."

이야기하는 사이에 일행은 산 중턱에 이르렀다.

"뎌어긔 뎌 비셕이 바로 당유인원긔공비이압나니이다." 김이 우뚝 선 비석을 가리켰다.

"아, 녜."

그는 천천히 비로 다가갔다. 5백 년의 세월을 건너 다시 만난 비가 그의 가슴에 그리움 비슷한 감정의 물결을 일으켰다. 5백 년의 세월이 결코 짧지 않아서, 비는 훨씬 덜 훼손되었고 비문도 또렷했다. 비석 머리에 엉킨 용들도 훨씬 생동감이 있었다.

"글씨가 참아로……" 비문을 보노라니, 그도 모르게 탄성이 나왔다.

"져슈량 셔체이압나니이다," 김이 설명했다.

"아, 그러하나니잇가?" 그는 고개를 끄덕였다. 한문과 서예에 문외한이었지만, 져슈량(褚遂良)이 당(唐) 태종(太宗)을 보좌한 명신들 가운데 하나로 뛰어난 서예가였다는 것은 알고 있었다.

그는 새삼 비문을 살폈다. 대리석에 새겨진 해서(楷書)에선 힘이 느껴졌다. 세월에 삭지 않았을 때의 비문을 상상하면서, 그는 한숨을 쉬었다. 어떻게 보면, 부질없는 일이었다. 사람 키의 곱절이나 되는 비석을 세운 것이 유인원이나 당군(唐軍)의 행적을 더욱 영웅적으로 만든 것은 아니었다.

아득한 사막에서 큰 군대 돌아가니
모래 평원엔 외로운 수자리 한가롭다.
헛되이 한 조각 돌을 남겨서
오랜 세월 연연산에 있도다.

絶漠大軍還
平沙獨戍閑
空留一片石
萬古在燕山

그는 당의 시인 유장경(劉長卿)의 「평번곡(平蕃曲)」을 속으로 뇌었다. 그리고 보니, 유장경은 유인원과 거의 같은 시대 사람이었다. 유장경이 읊은 역사는 후한(後漢)의 두헌(竇憲)이 흉노(匈奴)를 정벌하고 몽골의 연연산(燕然山)에 괴공비를 세운 일이었다.

그러나 다른 각도에서 보면, 이 비석 덕분에 유인원의 이름과 행적이 천 년 넘게 전해지는 것이었다. 그냥 잊히는 것보다야 훨씬 나았다. 한 사람의 행적에서 천 년 넘게 지난 뒤에 무엇이 남았다는 것은 대단한 성취였다.

그는 비를 새삼스러운 눈길로 살폈다. 비문의 화사하고 힘찬 글씨와 비석 머리의 꿈틀거리는 용들에서 정복자의 기개가 뿜어 나왔다. 그랬다, 비석은 살아 있었다. 정복자의 거센 자부심과 욕망으로 돌은 돌 이상의 것이 되어 있었다.

문득 정복의 길을 나서고 싶은 욕망이 그의 가슴을 거세게 채웠다. 자신이 모은 군대를 이끌고 이 세상 전부를 정복하고 싶었다. 세상을 정복한다는 것, 세상에 자신의 뜻을 투사한다는 것 — 어쩌면 그것은 생명의 본질에서 나온 일일지도 몰랐다. 생명의 본질은 끝없이 뻗어나가고 싶어 하는 욕망이었다. 진화의 과정이 그렇게 만들었다. 그래서 정복의 욕망은 멈출 줄 몰랐다. 이제 그는 알렉산드로스 대왕을 이해할 수 있을 것 같았다. 정복자에겐 정복 자체가 목적이었다. 삶에게 삶 자체가 목적이듯이.

그는 자신이 어느 사이엔가 정복의 욕망을 따르고 있었다는 것을 깨달았다. 군대를 이끌고 텬안을 출발할 때만 해도, 그는 금강

이북의 땅만 확보할 생각이었다. 막상 금강을 따라 서쪽으로 내려오다가, 그는 부여현에 방어 거점을 마련하기로 했다. 이제는 퉁청우도 땅을 다 확보하려는 것이었다. 그리고 누가 알겠는가, 전라도 군대를 깨뜨리고 나면, 전라도도 차지하고 싶어질 줄?

'정복? 내가 싸움마다 너무 쉽게 이겨서, 오만해진 건가? 이러다가 크게 패하는 건 아닐까?' 그의 마음 한구석에서 경계하는 목소리가 말했다.

'나는 다르지,' 그는 그 경계하는 목소리를 안심시켰다. '나는 이 세상을 무력으로 정복하려는 것이 아니지. 만일 내가 하려는 것이 정복이라면, 그것은 지식으로써 정복하려는 것이지. 지금 내가 벌이는 작전도 그렇게 지식을 널리 퍼뜨릴 기지를 얻으려는 것 아닌가?'

수단이 무력이든 지식이든, 정복의 욕망은 끝이 없다는 것을 그는 깨달았다. 삶이 뻗어나가는 데서 어떤 제약도 인정하지 않듯, 사람의 정복욕도 제약을 인정하지 않는 것이었다. 제약을 인정하지 않는다는 점에선, 지식이 삶보다 훨씬 근본적이었다. 하긴 삶의 본질은 앎이었다. 뜻 모를 웃음을 얼굴에 띠고서, 그는 천 년 세월을 견딘 비석을 어루만졌다.